日蓮伝説殺人事件

内田康夫

角川文庫
23048

日蓮伝説殺人事件　目次

プロローグ

　何かの祭りでもあるのだろうか、遠くで歓声が上がるのを聞いて、伊藤木綿子《ゆうこ》はふっと目覚めた。

　腕や腿《もも》の外側に心地よいけだるさが張りついている。汗ばんだ軀《からだ》のすみずみまでゆき渡った充足感と一緒に、ベッドに沈み込んでしまいそうな気分であった。

　見開いた目の上に塩野満《しおのみつる》の背中が見えた。裸のまま座ってテレビを眺めている。夢うつつに聞いた歓声はテレビから流れ出していたものらしい。

「何、見てるの？」

　木綿子は横たわったまま、腕を塩野の腰に巻きつけ、猫のように丸くなって、甘えた声を出した。

　塩野は答えなかった。テレビに夢中なのかもしれない。小さな音量を聞き逃すまいとするのか、上半身をわずかに傾けた。

「音、もっと大きくしていいわよ」

「………」

　塩野は手元のリモコンを操作した。テレビの音量が大きくなった。アナウンサーの声が

「天安門広場《てんあんもん》……」と言っている。

「なあに？　また中国のニュース？」

木綿子は頭をもたげ、派手な花柄の掛け布団ごしにテレビを見た。

天安門広場に蝟集《いしゅう》した群衆の中に、装甲車が狂ったように走り込んでゆく。蜘蛛《くも》の子を散らすように逃げた群衆が、火炎ビンや石を投げて抵抗していた。

画面は軍隊に撃たれた人びとを次つぎに映し出した。

血塗《ちまみ》れになって歩いて行く女性。

放心したように、何かを呟《つぶや》きながらよろめき走る青年。

広場の惨状を見つめ、無言で滂沱《ぼうだ》の涙を流す若者。

「あいつだ……」

塩野が小さく、しかし激しく言った。

テレビは若者の顔をじっと捉《とら》えつづけていた。鼻梁《びりょう》が高く、目が大きく、頰《ほお》には贅肉《ぜいにく》ひとつなく、顔立ちの整った、いかにもインテリらしい青年であった。

「あいつ、死ぬ気だな……」

塩野は感動に震える声で呟いた。

「知ってるの、あの人？」

塩野の「あいつ」という言い方に、親しい友人に対するような気安さを感じて、木綿子は訊《き》いた。

「ああ……」

塩野は木綿子の存在を思い出したように、チラッと振り返り、気のない口調で言った。

「知っている」

「ほんとに？」

「ああ、ほんとだ、ニューヨークで一緒だった」

画面は次のシーンに変わった。病院に運び込まれる夥《おびただ》しい負傷者たち。対照的に傲岸《ごうがん》にさえ見える戦車の隊列。

そして、なぜか、またふたたびあの青年のクローズアップを映した。撮影者もテレビ局も、よほど青年の顔に惹《ひ》きつけられたにちがいない。

木綿子も画面に見入った。生まれてこのかた、これほど真摯《しんし》な想いを湛《たた》えた人間の表情に出くわしたことがなかった。

「いい顔してるぅ……」

少しおどけて言った。

「よせ、そういう軽薄な言い方は」

塩野のそんなふうなきつい口調も、木綿子にははじめての経験だった。

「ムキになることないじゃない」

「…………」

塩野は黙った。

テレビニュースは次の話題に移った。塩野はすぐにスイッチを切った。

しかし、姿勢はそのまま、じっと空白のブラウン管を眺めている。

「あいつ、死ぬ気だな……」

またポツリと言った。声が潤《うる》んでいるのに気がついて、木綿子は思わず半身を起こし、塩野の顔を覗《のぞ》き込んだ。

塩野は顔を背けようとしたが、木綿子の視線のほうが早かった。

驚いたことに、塩野は泣いているのであった。声は立てないが、涙がポロポロこぼれ落ちていた。

「どうしたの？」

木綿子は呆《あき》れて、塩野の腕を摑《つか》み、揺すった。なんだか、塩野が遠い人になってしまいそうな不安を感じていた。

「ねえ、誰なの、あの人？　どういう関係だったの？」

「言っただろう、ニューヨークで会った男だって」

塩野は物憂《ものう》げに、木綿子の手を振りほどきながら言った。

「同じアパートに住んでいたんだ。東洋人同士だったし、あいつは日本語もできたし、それで友達になった」

「それで？……」

「それで……あいつ、おれに、助けてくれって言ったんだ」

「助けてくれ？……どういうこと、それ？　強盗か何かに襲われたの？」

塩野は黙って、目を閉じ、吐息をつきながら、ゆっくり首を横に振った。木綿子はひどい疎外感を味わった。

「それって、何なの？　どういう意味なわけ？」

「日本は嫌いだって言った」

「？……」

「日本は嫌いだけど、助けてもらいたいって言うんだ。大嫌いな日本に、日本人にすがりつくよりほかに、故国を救う方法がないって言うんだ」

「？……」

「おれはいやだって言った」

「そりゃそうよ、嫌われてまで助けなきゃならない義理はないわ」

「そうじゃないんだ。おれは単に、そういう面倒なことはいやだって、そう言ったんだ」

「……」

「あいつは悲しそうに、じっとおれを見つめていた。それから、また、『助けてくれ、助けてください』と言った、頭を下げてそう言った」

止まっていた涙が、また塩野の目からあふれ落ちた。さらに言葉を繋《つな》げようとして、それは言葉にならず、「うう……」という慟哭《どうこく》になった。

第一章　宝飾の時代

1

白木美奈子《しらきみなこ》が伊藤木綿子に、「あなたに折り入って相談があるの」と言ったのは、朝の社長の訓示が終わって、社員食堂からエレベーターホールへ出た時だった。

社長の結城孝雄《ゆうきたかお》は週に一度、大抵は月曜日の朝に社員を集めて訓示を垂れる。自分の経営理念を披瀝《ひれき》するのがほとんどだから、毎度毎度、そう目新しい内容があるわけではないのだが、なかなか説得力のある話し方ではある。

結城は訓示の中でしばしば、日蓮宗の開祖日蓮の名前や思想を引用する。「日蓮聖人の精神に学んで……」という言い方をする。

「人間として生まれた以上、ぜひとも、個性的な、人真似でない生き方をしたいものです。日蓮聖人は既成仏教の壁を破るために、攻撃的な生きざまを貫きました。それゆえに偉大な業績を残し得たわけですが、攻撃的であるためには、自ら信念を持たなければなりません。それには自己を確立し、模倣《もほう》でない人生を生きることです。たとえば……」

そうして、現実のビジネスの中で、いかに日蓮の精神を生かすかを熱っぽく語る。

日蓮宗の総本山がある身延山《みのぶさん》に近い町の出身で、先祖代々、熱心な日蓮宗の信者だから当然といえば当然だが、結城の場合は、人間としての日蓮を信奉しているのであって、宗教的な意図で説教しようというわけではない。訓示で引用される「偉人」の顔触れを見ても、エジソンが出てきたり、ナポレオンが出てきたり、織田信長、キューリー夫人、ゴルバチョフ、後醍醐《ごだいご》天皇……と多彩だ。

その中でとりわけ頻度の多いのが日蓮——ということなのである。

そんなわけだから、社員のほうも比較的、素直に真面目《まじめ》に聞く姿勢でいられる。

訓示が終わって、社員がゾロゾロと食堂を出ようとしている時、ホールのほうから白木美奈子がやってきた。

彼女が朝の社長の訓示に付き合うことは、まずない。こんなふうに、早朝から顔を見せること自体、ごく珍しかった。

木綿子がドアを出たところで、白木美奈子は木綿子を呼び止め、腕を引っ張るように、壁際まで連れて行った。

「夕方、五時過ぎに企画室で待っていてくださる？　あ、ほかに何か予定がなければ、の話だけど」

「ええ、予定はありませんけど、あの、何でしょうか？」

木綿子は美奈子のふだんとは違う、あらたまった様子が気になって、訊《き》いた。

「うーん……」

美奈子は思案して、「その時に話すわ、じゃあ、お願いね」と離れて行った。

木綿子はわれ知らず、顔が上気しているのに気づいた。白木美奈子は木綿子がひそかに憧れている女性だ。彼女と話す時には、いつだって胸のときめきを覚える。こんなふうに身近に顔を寄せ合って、秘密めいた話をすれば、なおさらのことだ。

白木美奈子は現在の日本では、五本の指に入る宝石デザイナーである。世界に通じるという形容をしてもいい。日本ではまだまだ数少ない女性であることでも、デザイナーとして異色の存在だった。

日頃は自分の経営する東京のデザインオフィスにいて、月に三度か四度、甲府《こうふ》にやってくる。木綿子の勤める「株式会社ユーキ」とは専属契約によって結ばれ、宝飾品に関する彼女のデザインは、ユーキが独占使用できることになっている。

美奈子のそういう、いわばもっとも女性らしく、もっともノーブルなイメージのある宝石デザイナーという職業そのものも憧れだが、それ以上に、彼女の妖気《ようき》漂うばかりの美しさに木綿子は憧れ、ときには、それの裏返しのような嫉妬《しっと》をすら感じるほどであった。

「何見惚《みと》れてるのよ」

いきなり肩を叩《たた》かれ、振り返ると、製品管理課の島崎泰子《しまざきやすこ》が意味ありげな目付きで笑っていた。

「べつに……」

木綿子はそっけなく言った。

島崎泰子は嫌いではないけれど、扱いにくい先輩であった。十二年前に高校を卒業してすぐ、入社したと聞いたから、もうたぶん三十を越えたはずだ。先代社長までの「結城宝飾」がいまの社長の代になって「ユーキ」と名前を変えた草創期には、彼女が宝石デザインと加工を担当していたのだそうだ。もっとも、その頃はデザインといっても、特別な才能もいらず、パリやニューヨークのファッションの模倣をしていればことが足りた。

多様化だのオリジナリティーだのが要求されるようになったいま、宝飾品産業は日々新たなデザインを送り出さなければ生きてはゆけない。

ユーキには兼子義勝《かねこよしかつ》という、いわば子飼いのデザイン室長がいる。骨っぽい顔をした、おおよそファッションには無縁のような男で、実際、十数年前に二十二歳で入社した当時は、営業関係の仕事に従事していた。そのあいだに、兼子はデザイン学校に通い、コツコツと自らの才能を伸ばした。

兼子の才能を認めたのは、現社長の結城孝雄である。兼子のデザインセンスは抜群であった。女性的で、しかも思いきった斬新《ざんしん》なデザインを考え出す。これまでの職人気質《かたぎ》の連中とは、はっきりモノが違った。

兼子が頭角を現すのと並行して従来の技術者やデザイナーの存在は影が薄れた。新社長は社内人事の大異動を断行し、そのときに島崎泰子もデザイン担当をはずされた。

そして三年前に、ユーキは白木美奈子と専属契約を結んだ。

まだ力不足のユーキにとっては、少し大きすぎる「買い物」ではあったが、白木美奈子の導入は成功した。パリの宝石博覧会に出品したネックレスが、イギリス王室に買い上げられて「ミナコ・シラキ」の名声を高めるとともに、「ユーキ」ブランドもまた、一躍世界的なものになった。

兼子室長のデザインが、いくぶん奇を衒《てら》うような、流行の少し先を急ぎすぎるのに対して、美奈子のそれは、現在の時流が要求する感覚や変化を、みごとにキャッチしたものが多い。

ユーキ社長の結城孝雄は兼子と美奈子を両輪のように巧みに操り、競わせるようにして、ユーキのオリジナルデザインをよりいっそう高度のものにした。

ユーキでは、白木美奈子は文字どおり「孤高」といってよかった。専属契約を結んだだけの、いってみればタレントのような立場だから無理もないが、本人よりむしろ、社員のほうが「先生」という見方で、若干、敬遠ぎみなところもあった。

その中で、木綿子は社長や兼子室長についで、白木美奈子と付き合う機会が多い。新しいデザインを発想する際や、新製品開発の打合わせには木綿子も必ず出席する。宝飾品の価値を決定するのは、デザインはもちろんだが、なんといっても宝石それ自体の価値に負う部分が大きい。つまり宝石鑑定士である伊藤木綿子の出番が多くなるというわけだ。

木綿子はアメリカに一年留学して、宝石鑑定士の資格を取った。なぜその道を選んだかについては、彼女なりの理由づけはあるにはあったが、たぶんにアメリカへゆく口実だった意味あいが濃かった。

帰国してみると、アメリカ帰りの女性宝石鑑定士というのが珍しいのか、マスコミにも取り上げられ、すぐにユーキに採用された。

ユーキには宝石鑑定士の資格保有者が三人いるけれど、その中で、美奈子は木綿子の才能を高く評価し、際立って重用してくれた。美奈子の言によると、木綿子には宝石のグレードの鑑定だけではなく、感覚的にすぐれたところがあるらしい。このデザインにはこの宝石を——といった進言が、白木美奈子の嗜好《しこう》にマッチすることがしばしばあった。

美奈子は木綿子のそういう才能を早くから見抜いて、ほかの社員とははっきり違う接し方をした。何かというと相談を持ち掛けたり、二人きりの食事に誘ったり、にわか雨の時など、彼女の運転するBMWで自宅まで送ってくれたりもした。

木綿子は木綿子で、美奈子のすべてに憧れを抱いた。ついには、少しでもあやかりたい気持ちが高じて、美奈子のよりはだいぶグレードは落ちるし、かなりの中古ながら、お揃《そろ》いの青いBMWを手に入れた。

そういう関係を、同僚や上司までが羨《うらや》ましそうな目で見て、中には「いいセンいってるんじゃないの?」などとヤッカミ半分、いやらしい想像をはたらかせる者もいた。

たしかに、そう勘繰られても仕方がないほど、美奈子は木綿子に優しかった。逆に、ほかの一般社員に対しては、きびしい態度で接していた。兼子室長と仕事の上で意見を交わすときなど、周囲にいる者がハラハラするくらい、容赦のないポーズをとった。

デザインポリシーの優劣は、所詮《しょせん》は相対的なものだから、どちらがいいとか悪いとか、にわかに判断できないのがふつうだ。要はそれがヒット商品になるか、いなか、結果が出てはじめて、デザイナーの感覚と才能が証明されることになる。

だから、本来から言えば、ある程度の検討はともかく、徹底的に相手を説き伏せるような論議は虚しいはずなのだが、美奈子は妥協することを知らないかのように、あくまでも、自己の正しさを主張してやまなかった。

兼子は美奈子ほど輝かしい名声はないが、しかし、デザイナー仲間の中ではずば抜けて評価が高い。美奈子より三つ年長ということもあって、自信の点では結構、負けてはいない。だから議論はいつも白熱するし、最後には結論が出ないまま、二人の主張するパターンのものを並行して製作するということになるケースがほとんどであった。

二人のデザインのどちらがよく売れるかという判定は、いまのところついていない。同時発売はなるべく避けるようにしているけれど、まれにかち合った場合でも、白木美奈子の作品がよく売れることもあれば、逆に兼子義勝のものが上回ることもある——といった具合だ。

「悔しいけど、あのひと、すごいわ」

木綿子と二人だけのとき、美奈子が密かにそう述懐したことがある。

「兼子さんのは、物真似がないのよね。自分の持っているものが、まるで噴火するみたいに出てくるっていう感じ……」

そう言って唇を噛《か》む美奈子を見て、木綿子は鳥肌が立つような感動を覚えた。美奈子に対する尊敬と憧憬《どうけい》の想いは、それ以来、ますますつのるばかりだった。

兼子のほうも、口には出さないが、美奈子の才能を認めている気配は、木綿子も感じていた。美奈子がデザイナーとして参加してから、兼子のデザインにはイメージの広がりが出た。美奈子も兼子もよきライバルに恵まれて、自分の才能にいっそうの磨きがかかったといっていいらしい。

2

「白木さんと、何を話していたの？」

島崎泰子はしつこく、エレベーターの前までつきまとって訊《き》いた。

「なんでもありませんよ。ただ、夕方頃、ちょっと話したいことがあるって言ってたんです」

「ふーん……夕方ねえ、何かのお誘いじゃないの？」

泰子はニヤニヤ笑いながら言った。

「何かのって、何のことですか？」

「さあねえ……何かしらねえ。あのひと、男に興味がないっていう噂《うわさ》だけど……」

「やめてくださいよ、朝っぱらから」

木綿子は露骨に眉《まゆ》をひそめて、エレベーターに乗り込んだ。エレベーターの中には、ほかに何人もの社員がいるから、泰子は口を噤《つぐ》んでしまった。

　夕刻、そろそろ身仕舞にかかろうかという頃、白木美奈子から内線電話がかかった。ロビーで待ち合わせて、食事に行こう――ということであった。木綿子はなんだか、島崎泰子に冷やかされた、スキャンダラスなことが、現実に起きるような気がした。

　美奈子と木綿子は、新旧二台の青いBMWを列ねて駐車場を出た。同僚たちが羨ましそうに見送るのを意識して、木綿子は誇らしいような、恥ずかしいような、複雑な気分を味わっていた。

　前にいちど行ったことのあるフランス料理店に入った。美奈子はディナーのコースとワインを注文した。木綿子が運転のことを心配すると、「大丈夫よ、これっぽっち。外に出る頃には消えているわ」と笑った。

　乾杯がすんだところで、美奈子はバッグから小さな紙包みを出した。紙を広げるとビロード貼《ば》りの指輪ケースだった。ケースはどこにでもあるものだったけれど、中身の指輪には見憶《みおぼ》えがあった。

「あら、これ、うちの社の……」

「そう、私がデザインしたシリーズよ」

　美奈子は「ちょっと見て」と、ケースごと木綿子に渡した。

　幅広のゴールド地に小粒エメラルドを四列に埋め込み、その中央に一・五キャラットのダイヤモンドをドッシリと据えた、ユーキの人気シリーズの一つだ。ゴールドとエメラルドのラインは微妙な曲線を描き、全体のイメージはアラビヤの妖《あや》しい気配を想わせる。

メインの宝石はダイヤとルビーとサファイヤの三種類があるが、それぞれ、デザイン上に微妙な変化をつけてある。客は一種類では満足せず、三種を揃えて持ちたい欲望に駆られるのだ。

「これ、どうかしたのですか？」

木綿子は掌に載せた指輪と美奈子の顔を見比べて、困惑ぎみに訊いた。

「だめよ、もっとちゃんと見なきゃ」

かすかに笑いの残る顔で、しかし美奈子はきびしく言った。

美奈子の様子にただならぬものを感じて、木綿子はいつもバッグにしのばせているルーペを取り出すと、あらためて指輪を覗《のぞ》き込んだ。

「？………」

木綿子は声にならないほどの声を発してから、視線を美奈子に上げて、「変ですよ、これ……」と呟《つぶや》いた。

「変て、どう変なの？」

「この石、少し変みたいです」

「だから、どう変なのって訊いてるの」

「こんな石をうちで使っていたかしら？」

美奈子は黙って、じっと木綿子を見つめた。

「ちょっと見た感じですけど、あまりいい石じゃないみたいです。少なくとも、この指輪のグレードとは釣り合いませんよ」

　このシリーズの上代価格は確か、最低でも二百万円台を設定しているはずだ。これだけの大きさのダイヤモンドだと、おそらく三百万円台に乗っていると思われる。しかし、ひと目見た直感でもおかしいと思った。ルーペでメインのダイヤモンドを子細に見ると、小さな濁りや、たぶん傷によると思われる、不規則な反射が見えた。台は純粋にユーキオリジナルだが、このダイヤモンドではせいぜい百万円の価値しか与えられない。

　美奈子は少し背を反《そ》らすようにして、「ふーっ」と大きく吐息をついた。

「伊藤さんもやっぱりそう思う」

「ええ、こんな製品を出しているとすると、信用に関わるのじゃないかしら」

「でしょうね」

「でも先生、それ、どうしたんですか？　まさか、これからこんなものを売りに出すわけじゃないでしょう？」

「そうじゃないわ」

「じゃあどうしたんですか？」

「Mデパートのショールームにあった品よ。おととい、ショールームで、この指輪を見たの。それでちょっと気になったものだから、借りてきたのだけど、もし伊藤さんが言うようにイケナイ品だとすると、明るみに出る寸前で気がついたっていうことね」

「ええ……でも、これ、ほんとうにうちから出た作品なんですか？」

「そうじゃないとすると、どういうこと？」

「たとえば、どこかでうちのデザインを盗んだイミテーションじゃないかって思って」

「違うわね。このシリーズを発表してから、まだ間がないでしょう。イミテーションを作るにしたって、台座の金型の製作が間に合わないはずですもの」

「それもそうですね」

「それに、このゴールドの細いラインは、イミテーションじゃ出せないデリケートなデザインになっているわ。これは間違いなく、私のシリーズのオリジナルよ」

「でも、先生の作品にこんな粗悪な石をつけるなんて、考えられませんもの」

料理が運ばれてきて、会話が跡絶えた。オードブルとスープがすむまで、二人は重苦しくおし黙ったままだった。

「鑑定書によると、石の鑑定はあなたもしたことになっていたけれど、あなた、ちゃんと見たの？」

ふいに美奈子が訊いた。ふだんの口調と変わってはいないけれど、木綿子はドキリとした。

「ええ、このシリーズの製品には、もちろん私もタッチしていますけど、この石そのものについてはどうだか……たぶん私は見ていないと思います。見ていれば気がつくはずです。このシリーズに関しては、小島さんと依田さんもタッチしていて、私なんかよりもむしろ、お二人の扱った量のほうが多いと思います」

無意識のうちに、木綿子は弁解口調になっていた。

「この石の鑑定書には、依田さんとあなたの署名があったわよ」

「依田さんですか……」

木綿子は眉をひそめた。

「たぶん先生もご存じかと思うんですけど、あまり忙しい時なんかだと、鑑定書には二人が署名していても、実際には一人しか見ていないこともあるんです」

「らしいわね」

美奈子も頷《うなず》いた。

宝石の鑑定や鑑別は肉眼やルーペはもちろん、顕微鏡、X線鑑別器、偏光器、紫外線鑑別器、分光光度計、ジェムカラーなどによって精密に行われる。誤差の範囲も定められていて、きちんとやれば一人でも、充分、できる仕事である。それでもなお、事故の発生を防ぐために、二名が検査を行い署名するのが建前になってはいるのだが、煩雑な作業を丁寧にやるひまがない場合など、つい多少の手抜きが行われるものなのだ。

「だとすると、依田さんがやったミスだっていうこと？」

「そんな……」

木綿子は絶句した。エスカルゴが喉《のど》につかえそうだった。

「依田さんがこんな単純ミスを犯すなんて、とても考えられませんよ」

依田由夫は経験二十年という、ベテランの宝石鑑定士である。アメリカで資格を取った木綿子は、依田のもとで実務の勉強を遣《や》り直したといってもいい。人柄にはちょっといやなところがあるけれど、仕事は出来る人物だ。その依田がミスを犯したり、いわんや、間違った鑑定書を書くはずがないと木綿子は思った。

「単純ミスかどうかは分からないわよ」

「は？……」

美奈子の言う意味が摑《つか》めなくて、木綿子は彼女の顔を見つめた。

「意図的にそうしたっていう可能性だって、ぜんぜんないわけじゃないでしょう」

「意図的に、ですか？……」

木綿子の疑問に答えるべきかいなか、美奈子は少し迷ってから、明るく言った。

「まあいいわ、今日はこのくらいにして、あとは食べるほうに専念しましょう」

「でも……」

「いいからいいから。せっかくのお料理がまずくなっちゃうわよ。その代わり、明日、それを精密検査してみてくださる」

「ええ、ぜひやってみたいですけど」

「お願いするわね。それじゃ、その指輪は仕舞って、いつも持ち歩いていてくださる？……あ、そうそう、ただしこのこと、しばらくのあいだは誰にも黙っておいてちょうだい」

「ええ、それはもちろん、誰にも言ったりしませんけど。でも、どうしてそんな間違いが生じたのかしら?……」

「ただの間違いならいいのだけれど……」

美奈子はまたしても、意味ありげなことを言った。

翌日、木綿子は仕事の合間に、白木美奈子から預かった指輪の鑑別をした。といっても、小島や依田の目を掠《かす》めてこっそりやらなければならないので、なかなかそのチャンスがなかった。

昼休みになって、二人が食事に出た隙《すき》に作業に取り掛かった。

鑑別顕微鏡をセットし、スイッチを入れて、覗《のぞ》いてみた。

(やっぱり――)と木綿子は緊張した。最初の印象どおり、このダイヤモンドは劣悪なものだ。大きさは立派だし、ちょっと見には光沢も申し分ないように見える。素人が見ても気づかないかもしれないが、すぐれた鑑識眼を持った者なら、第一印象でなんとなく分かるものである。

案の定、石の奥に傷とぼんやりした濁りがあった。木綿子が鑑定したら、まず製品に使用するようなことはしない。第一、仕入れ段階でチェックしてハネるだろう。

(なぜこんな石が混じったのかしら?――)

木綿子は昨日、美奈子が言っていた「意図的に……」という言葉を思い出した。たしかに、何らかの意図を持っていなければ、こんな粗悪な石を混入させるとは思えない。だとすると、やはり依田が――そう思った時、いきなり背後から声がかかった。

「なあに、仕事してるの？」

　島崎泰子だった。木綿子はドキンと、一瞬、心臓が停まった。

「ううん、ちょっと勉強してるんです」

「ふーん、真面目《まじめ》なんだ……」

　泰子は興味深そうに寄ってきて、木綿子の手元を覗いた。急に隠すわけにもいかず、木綿子はさり気なさを装って、指輪の台のほうだけを掌で覆った。

「ダイヤかァ……かなり大きいわね、一・五キャラットぐらいかな？」

「ええ、さすがですね、大体そのくらいだと思います」

「いい石なの？」

「でもありません、安物です……あの、何かご用ですか？」

「ご用ってわけじゃないけど、食堂にいなかったから、何しているのかなって思って……それに、昨日の白木さんとのこと、聞かせてもらいたいし」

「ああ、べつに何ていうことないですよ。ただ、この次のデザインのこと、いい知恵はないかって、そういうことです」

「嘘《うそ》でしょう、それだけの話なら、フランス料理なんか行くはずないもの」

「あら……」

　木綿子は驚いた。

「島崎さん、見ていたんですか？」

「ははは、やっぱしそうだったのね。ううん、私じゃないけど、ある人が……油断してると、どこで誰に見られているか分からないわよォ」

最後のところは、顔をニューッと突き出すようにして言った。

食事をしてから、木綿子はロビーの電話を使って、東京の白木美奈子に検査結果を報告した。

「やっぱりそうだった……」

美奈子は沈んだ声で言って、しばらく沈黙した。

「あ、このこと、誰にも気づかれてないでしょうね？」

「ええ、誰にも……」

木綿子の脳裏に、島崎泰子の顔が浮かんだが、そのことは黙っていた。

「そう、充分気をつけて。この電話も近くに誰もいないでしょうね？」

「ええ、ここはロビーですから大丈夫です。でも、そんなに心配して……あの、これ、大変なことなんですか？」

「さあ……まだ分からないけど、ことによるといやなことになるかもしれないわね。でもあなたは気にしないでいいのよ。ただ、秘密だけは守ってちょうだい」

「はい」

美奈子は電話を切りかけて、「あ、そうそう」と言った。

「ちょっとつかぬことを訊《き》くけど、伊藤さん、塩野っていう人、知ってる？」

「えっ……」

木綿子はギクッとした。美奈子の口から塩野の名前が飛び出すとは思いもよらぬことだった。

「あの、塩野さんて……」

「宝石鑑定士だそうだけど」

「ああ……」

木綿子の胸は固い棒でも飲み込んだように、息苦しかった。努めて平静を装ってはいるけれど、それは電話だからできることであって、面と向かって言われたなら、美奈子の目に、こっちの取り乱し方が異様なものに映ることだろう。

「もしかしたら、ニューヨークで一緒だった人じゃないでしょうか？」

「そうらしいわ。そうなの、あなたを知っている人なの。で、どんな人？」

「どんなって……それほど親しかったわけじゃないですし……私よりずっと先に帰国してしまいましたから」

「ああ、そうだったの」

「あの、その塩野さんがどうかしたのでしょうか？」

「ん？　ええ、ちょっとね……でもなんでもないの。いずれ詳しいことはお話しするけれど」

美奈子は「じゃあ」と軽く言って電話を切った。

木綿子はしばらく受話器を握って、立ち竦《すく》んでいた。美奈子がどうして塩野を知っているのか——それに、なぜ自分との関係を問い質《ただ》したのか——。

美奈子と一つの秘密を共有した、心地よい興奮を感じたばかりだというのに、木綿子はその美奈子に隠し事をしている後ろめたさで、心が冷える想いだった。

同じ宝石業界に生きる人間同士なのだもの、美奈子が塩野のことを知っていても不思議ではないのかもしれない。塩野と会って、雑談の折にでも「伊藤木綿子」の名前が出たのかもしれない。

それはいいけれど、その会話の中で、自分がどんなふうに語られたのかを想像すると、木綿子の気持ちはますます萎縮《いしゅく》するばかりであった。

その日はそれっきり、何事も起こらなかった。次の日、白木美奈子が会社に来ているという噂《うわさ》を耳にして、木綿子はお呼びがかかるのを心待ちにしていたが、結局、何もなかった。ただ、夕方遅く、社を出て振り返った時、社長室の窓にこうこうと明かりが灯っていたのが、妙に気になった。

そしてその次の日の午後、待ち人からの電話が入った。

運悪く、その電話は依田が取った。ちょうど三時になるところで、木綿子がお茶をいれに席をはずしていた時だった。

「木綿ちゃん、電話だよ」

依田が呼んでくれて、受話器を渡す時、ニヤリと笑って親指をグッと突き出した。

木綿子は依田に背を向けた。

「塩野です」

「ああ……」

木綿子は胸がキュンとなった。デートの際のさまざまなシーンが頭の中のスクリーンに再現されて、思わず顔が赤らんだ。

「会えるかな？」

「はい、結構ですけど」

木綿子は背後の依田と小島を意識して、硬い口調で答えた。

「だったら、三十分後、県立美術館に来てくれますか？」

「えっ……」

木綿子は当惑した。勤務時間中に社を出ることは珍しくないけれど、相手が相手だけに、ひどく気がさした。

「じゃあ、そういうことだから、よろしく」

あっけなく電話が切れた。何も言う間がなかった。

3

取材のテーマが『日蓮』だと聞いた時、浅見は即座に断った。

「僕が不信心なことは、藤田さんだって知ってるじゃないですか」

「不信心と仕事は関係ないでしょうが」

『旅と歴史』編集長の藤田は、鼻毛を抜きながら、無感動な声で言った。

「いや、だめですよ。とにかく、宗教的な知識は皆無なんだから。一から調べて書かなきゃならないし、第一、宗教の話題とは肌が合いません」

「宗教宗教って言うけどさ、日蓮は宗教人というより、歴史上の人物じゃないの。だからウチの雑誌で取り上げるわけだし、豊臣秀吉だとか徳川家康だとかを書くのと、同じ感覚でやってくれりゃいいのよ」

「そうはいきませんよ。秀吉だの家康だのは、ある程度、史実に基づいてさえいれば、多少の脚色をしたって構わないけれど、日蓮は日蓮宗の教祖でしょう。へたに書けば文句を言われるし、かといって、褒《ほ》めて書けば、ほかから突き上げを食うでしょうからね。そういうの、僕は苦手なんですよ」

「なるほど、浅見ちゃんて、そういう男だったのかねえ」

藤田は顎《あご》を突き出すようにして、下目に浅見を見た。

「そういう男とはどういう男です？」

「つまりさ、相手によっては黙ってしまうような、日和見《ひよりみ》ってわけだ」

「その言い方はひどいな」

「だって、そういうことじゃないの。ジャーナリストの端くれとしてさ、対象を選んで仕事をするというのは、堕落の最たるものじゃないの」

「へぇーっ……」

浅見は思わず笑ってしまった。

「なるほど、藤田さんは立派なジャーナリストですよね。このあいだ、某代議士に一杯飲まされて、センセイの出身地の『英雄』を特集したり、その英雄がセンセイの祖先だ——みたいな伝説を、まことしやかに書いたり、そういうのは堕落とは言わないのでしょうかねえ」

「………」

藤田は嫌な顔をしたが、その程度のことでめげるような男ではない。

「そう、おっしゃるとおり、私だって時には節を曲げて、悪魔にたましいを売ることだってないわけじゃないですよ。しかしですね、そのお蔭《かげ》で、この高尚すぎて売れない雑誌の経営がなんとか成り立って、面白《おもしろ》くもないルポ記事に、多額の原稿料を払えるのだということも考えてもらいたいものだけどねえ」

「………」

今度は浅見が沈黙した。

「まあ、あれだよ。浅見ちゃんもさ、結構なソアラなんかに乗ってるけど、あれ、ローンの残りはどれくらいあるの？」

「分かりました、やりますよ」

浅見は憮然《ぶぜん》として、言った。

「日蓮でも空海でも、やりますよ」

「いや、無理しなくていいのよ。予備軍はワンサカいるんだから」

「はあ……」

さすがに、そうまで言われては、浅見のプライドに触った。

「じゃあ、僕でなくてもいいわけですか」

「ん？　いや、それはさ、つまりその、もののたとえっていうか、最悪のケースを想定しての話であってさ。そりゃ、なんですよ、浅見ちゃんにやってもらえるなら、それに越したことはないわけですよね」

「どっちなんですか？　僕を使うんですか、使いたくないんですか？」

「使うだなんて……いや、むろん、できれば浅見さんにお願いしたいというのは、つねにわが編集部の既定方針ですよ」

藤田はついに「浅見さん」と呼び方を変えた。顔はニコニコ笑っているが、心中、（このクソ忙しい時に、おまえさん以外、手の空いてるルポライターがいるわけないだろうが――）と思っているにちがいない。

いまいましいのは浅見も同じだが、藤田編集長との長い友情を無にするのも、それに、ソアラのローンの財源を無にするのもしのびがたいものがあったので、結局、仕事を引き受けることにした。

「それで、いったい、日蓮の何を書けっていうのですか？」

「身延山時代のことを書いてもらいたいんだよね」

「身延山というと、えーと、たしか日蓮宗の総本山でしたっけ？」

「なんだ、何も知らないようなことを言って、ちゃんと知ってるじゃないの。能あるブタはヘソを隠すってやつ？」

「僕だって、その程度の知識はあります。しかし、それ以上のことは知りませんよ」

「いいのいいの、何も知らないくらいで、丁度いいの」

「知らなくていいって……、どういう意味です？」

「日蓮の身延山時代というのはさ、もう、すっかり晩年だし、九年間も一つところにじっとしていた時期なんだよね。だから、派手な話もないし、それ自体はあまり面白くないのよ」

「だったら、どうして……」

「まあまあ、聞いてよ。要するに、今回の企画は、身延山を中心にした『伝説の旅』という狙《ねら》いでいきたいわけ。信玄ブームにあやかって、あっちのほうをテーマにしてさえいれば、そこそこ雑誌も売れるし、それに、JR身延線なんか、ギャルに結構、人気があるっていうから、旅行ガイドとしてもウケるんじゃないかと思ってさ。いや、下部《しもべ》とか、温泉も多いから、ジイさんバアさんも喜ぶんじゃないかな。ついでに秘湯めぐりとか……」

「ちょっと待ってくださいよ」

浅見が止めなければ、藤田の饒舌《じょうぜつ》は際限なく続きそうだった。

「日蓮はどこへ行っちゃったんです？」

「ああ、日蓮か……日蓮は身延山にいるじゃないの」

「身延山にいるって……呆《あき》れたなあ、いま聞いた中には、日蓮のニの字も入ってないじゃないですか」

「え？ そうだった？ そりゃまずいよ。なんたって、タイトルにはぜひとも『日蓮』という名前を使いたいんだから。タイトルに日蓮の文字があれば、日蓮宗の信者が買ってくれるかもしれないってわけ」

「驚いたなあ……」

浅見は、ほとほと呆れた。

「それじゃ、まるで、羊頭狗肉《ようとうくにく》、詐欺じゃないですか」

「そういう言い方はないでしょう。書くのは浅見ちゃんよ。すべては浅見ちゃんの書き方しだいですよ」

「つまりは、僕に責任を転嫁しようっていうんでしょう」

「あははは、それは言えてるけどさ」

藤田はどこまでも食えない男だ。

「しかし、冗談はともかく、みっちり取材して、いいものを書いてよ。この企画は、そういうわけで、売れる要素がいっぱいあるんだからさ。もちろん取材費は湯水のように……

とは言わないけど、湯水のほうは温泉でたっぷり浸ってもらえるし。そうそう、甲州の女は情が深いっていうから、何かいいことがあるかもね」

「そういうの、僕は何も期待しませんよ」

「へへへ、まあ、いいからいいから、おれが代わりたいくらいだなあ」

藤田のそういうところだけは、浅見はどうしても好きになれないのである。

冗談はともかく、浅見は日蓮に関する知識はまったくと言っていいほどなかった。もともと宗教には無縁な男だ。ことに日本の宗教は神仏混淆《こんこう》だとか、さっぱりわけの分からないことが多い。いったいぜんたい、お不動さんや権現さまは神様なのか仏様なのか、はっきりしない。それをABCから勉強するのはしんどい話だ。それに、宗教が政治に絡んだりしているのを見ると、そういう世界に足を踏み入れることさえ躊躇《ちゅうちょ》したくなる。

原稿料は魅力だが、そんなわけで浅見にしてみれば、あまり気乗りのしない仕事であった。いったん引き受けたものの、断ろうかどうしようか、気持ちが定まらなかった。もしその夜、思いがけない出来事が起こらなければ、たぶん浅見はせっかくの仕事を棒に振っていたかもしれない。

4

まったく珍しいことではあった。その夜、浅見家のリビングルームに、家族全員の顔が揃《そろ》っていた。いつも帰りが遅い陽一郎も、二人の子供の相手をしている。

「あらまあ、何年ぶりのことかしら」

ずっと編み物に没頭していた雪江が最初に気づいて、若やいだ声を発した。

「ほんと、光彦さんとパパが一緒にいることだって、滅多にありませんものね」

兄嫁の和子が大袈裟《おおげさ》に同調した。兄の息子と娘までが、「ほんとだね、叔父《おじ》さんがいるなんて」と言っている。

叔父さんこと、浅見光彦だって、ちゃんと気がついている。だからこそ、席をはずすわけにいかず、すっかり冷えきった食後のコーヒーを、未練たらしく啜《すす》りながら、ぼんやりとテレビを見ているのだ。

「いいですねえ、こうして、ご家族みなさまがお揃いだなんて」

お手伝いの須美子も、嬉《うれ》しそうに、胸の前で両手をこすり合わせた。

「そうねえ」と言いかけて、雪江未亡人は、次男坊にジロリと視線を流した。

「でもねえ、ほんとうにいいものか悪いものか……本来なら、とっくの昔にここにいてはいけないはずの人がいますからね」

浅見は慌《あわ》ててリモコンを操作して、テレビの画面をいくつも変えた。

「まあきれい」

兄嫁が義弟の苦境を救うように、言った。

「あ、光彦さん、いまのチャンネル、ちょっと戻してくださらない」

「はあ」

浅見は一つ前のチャンネルに戻した。

大きな真珠のネックレスの画面に、「ダイアナ妃のネックレス」という字幕スーパーがダブッている。

「ほんと、きれいですねえ」

須美子のすっとんきょうな声につられて、雪江が老眼鏡をはずして覗《のぞ》き込んだ時、画面は変わって、次々に、宝石を使った装身具が紹介された。

――いま、山梨ジュエリー業界に新しい風が吹きはじめています。

そういうナレーションが入った。どうやら番組はたったいま始まったばかりらしい。

――信玄ブームに沸く山梨県は、昔から水晶の産地として知られていますが、その水晶は現在はほとんど産出せず、水晶細工によって培《つちか》われた研磨技術だけが、今日まで受け継がれ、甲府を中心に貴金属装身具の一大産地を形成しています。

しかし、山梨県の装身具メーカーは、水晶細工時代から長いあいだ、個人経営の研磨職人に依存する形態から抜け出ておりませんでした。ことにデザインのセンスなどの面から、外国のメーカーから大きく遅れをとっていたという事実は否定できません。

ところが、ここ数年、まったく新しいポリシーを持ったメーカーが力をつけ、長い停滞に喘《あえ》いできた山梨のジュエリー産業に、明るい展望がひらけようとしています。

番組は公共放送の、それも真面目《まじめ》な教育的番組なのだが、兄嫁や須美子はもちろん、雪江までが目の色を変えて、画面に映し出されるきらびやかな宝石や装身具の数々に見入っている。

(やれやれ――)

浅見は呆れながらも、ものが「山梨県」だけに、なんとなく『日蓮』や『身延山』と結びつきそうな予感があって、なかば冷やかな目で番組にお付き合いしていた。

番組は、これまで、設計(デザイン)から製作、鋳造、キャスティング、粗仕上《あらしあ》げ、組み立て、石止め、研磨仕上げといった作業工程のすべてを、熟練した職人がひとりで行っていたものを、近代的設備を持った装身具メーカーが、工程ごとに分業化し、流れ作業方式を採用するという、画期的な改革に成功したことを紹介した。

この方式によって、これまで大きな欠点であった、職人個々の技術的な差も均質化され、高級品も効率よく、低コストで作り出されるというのである。

たしかに、画面で紹介される工場内部の風景は、まるで時計メーカーのように整備された工場だ。若い技術者が並んで作業する様子は、比較するために取材したと思われる水晶細工の個人工場とでは、比較にも何にもならないほど近代的であった。

圧巻はその製品を展示即売するショールームと、そこに展示してある製品群だった。

円形の広々としたショールームは、大理石の床、金色の柱、赤いビロードに覆われた壁——と、それ自体が宝石箱のような輝きを持ち、しかも、計算され尽くした照明によって、シックでゴージャスな雰囲気を醸《かも》し出している。

その効果的な演出をバックに、宝石と貴金属を洗練されたデザインでアレンジした装身具がズラリと並ぶ。

女たちは、ついに兄の娘までが参加して、「まあ」とか「あらーっ」とか「すてき」といった、きわめてプリミティヴな溜《た》め息《いき》を洩《も》らすばかりとなった。

ショールームにはいかにも成り金そのもののような、あまり上品とはいえない、中年の女性客が何人か訪れて、豪華な装身具を指に嵌《は》め、耳に吊《つ》るして、うっとりとした顔を見せている。

ここに到って、女どもはついに黙りこくり、上目遣《づか》いに画面をじっと見つめつづけ、番組終了と同時に、その視線をいっせいに陽一郎に向けたのである。

「さて、そろそろ風呂《ふろ》にするか」

寸前、陽一郎は殺気を感じた君子のように、サッと立ち上がるやいなや、ドアの向こうへ消えた。四人の視線は空を切って、腹立ちまぎれのように、運も悪く要領も悪い弟に突き刺さった。

もっとも、文句をつけようにも、これほど張り合いのない相手はいない。この次男坊と宝石とでは、まるっきり接点がないし、今後も永久に期待できそうにない。

そう見極めたのか、四人の女性は、もういちど溜め息をついたのを最後に、たったいま思い描いたばかりの、束《つか》の間の夢に訣別《けつべつ》することにしたらしい。

「日本も変わったものですねえ」

雪江はそれなりの感想を言わなければ気がすまないとでも思うのか、聞きようによっては捨て台詞《ぜりふ》のように言った。

「あんなに飢えていたというのに、すっかり忘れてしまって、いまやホウショクの時代っていうわけですかしらねえ」

浅見はすぐに、「ホウショク」が「飽食」と「宝飾」をかけて言ったのだと気づいて、

「あはは」と笑った。しかし、ほかの連中にはいささか高級すぎる駄洒落《だじゃれ》だったのか、まったくウケなかった。

「光彦は、ほんと、ばかげたことに、妙に頭の回転がいいのね」

雪江は、褒《ほ》めたのか貶《けな》したのか、つまらなそうに言って、編み物を再開した。

浅見は宝石には無縁で、欲しいとも悔しいとも思わなかったが、番組の内容には興味と好奇心を抱いた。思えば奇妙な番組だったのである。

何が奇妙かというと、まず、番組中で「メーカー」の社名が出なかった。公共番組だからといって、取材協力を求めた場合には、チラリ程度であっても、一応、取材相手の名前を紹介するのがふつうだ。

もちろん、たいへんな宣伝効果があるのだから、相手側が名前を出されるのを拒否する理由はないだろう。

それから、あれだけ工場内部やショールームを紹介しておきながら、建物の外観は一切、画面に出なかった。「山梨県甲府市」とは言ったが、取材した会社のある場所もはっきりしない。

（なぜなのだろう？——）

浅見は空白に戻ったブラウン管を眺めながら、ぼんやり考えた。

何気なく見逃してしまえば、どうということもないのかもしれないが、そういう些細《ささい》なことに、妙にこだわるのが、浅見の悪い癖でもあり、特長でもあった。

（そういえば——）と浅見は気がついた。

若い従業員は大勢映し出されていたが、幹部や社長の姿は、ついに出てこなかったのではないか——。

零細な水晶細工の工場を取材した画面には、経営者兼技術者の老人がちゃんと登場している。

うす汚れたちっぽけな作業場を背景に、インタビュアーの「景気はどうか」という質問に対して、浮かない顔で、「ぜんぜんだめだな」と言っていた。

本来なら、当然、新しいジュエリー産業の未来を展望する、社長や幹部の力強い談話があっていいはずである。ルポする側としても、それを取材しない道理はない。

(取材はしたが、ネグッたということだろうか?——)

考えれば考えるほど、全体的に見て、どことなく、奥歯に物が挟まった——という形容がぴったりするような、何か物足りない、消化不良の印象が残った。

浅見家の女四人は、あっさり諦《あきら》めた様子だが、番組を見て、あのショールームへ行きたいという女どもは無数にいるにちがいない。もしかすると、いま頃はテレビ局のデスクに、問い合わせの電話が殺到しているのではないか。

(そうだ——)

浅見は電話に向かって、テレビ局の番号をプッシュした。

電話は話し中だった。何度かけ直しても話し中音が返ってくる。思ったとおり、番組の反響は大きく、電話が殺到しているにちがいない。

浅見は諦めて、翌朝まで待った。

翌朝、例によって九時半に起きた浅見は、食事前に受話器を握った。

何度めかに電話が通じた。

「昨夜、おたくの教育番組を見た者ですが、あの番組で紹介された山梨県の宝石メーカーは、何という会社なのか、それを知りたいのですが」

——申し訳ありませんが、お教えできないのです。

ニベもない答えが返ってきた。

——その種の電話をたくさんちょうだいしておりますが、一切、お答えできないことになっておりまして、はい。

そう言うと、うんざりしたというように、電話を切った。

（何なのだ、これは？――）

そっけない応対の中に、テレビ局の当惑と秘密主義が感じられた。腹も立ったが、好奇心はますます刺激された。

だいたい、人間という動物は、拒否されればされるほど、その壁をうち破りたいという欲望が強くなる。隠されれば隠されるほど、知りたい欲求は大きくなる。

もっとも、軍事秘密や企業秘密を探るのは犯罪だし、個人のプライバシーを暴《あば》く趣味も浅見にはない。

しかし、今度の場合は、どうもその「秘密」に素通りできないものがあると思った。隠さなくてもいいものを隠している――という、不純なニュアンスが感じられた。

（なぜだろう？　なぜそうする必要があるのだろう？――）

浅見は装身具メーカーの実体ももちろんだが、そうやって隠しごとめいたことをした番組そのものに対して、むしろ興味を惹《ひ》かれた。

浅見の脳裏に、中央自動車道の沿線風景が蘇《よみがえ》った。甲府盆地のかなたに、八ヶ《やつが》岳《たけ》連峰が浮かぶ雄大な風景だ。甲府盆地を富士川に沿って南へ下がれば、下部、身延へ行く。

それとともに、「甲州金山」「甲府勤番」といった、何やらミステリアスなにおいのする言葉も思い浮かんだ。

カレンダーを見ると、『日蓮取材』と書き込みのある赤い丸印の日付が、三日後に迫っていた。

(行ってみるか――)

5

山梨県甲府市――大河ドラマ『武田信玄』で紹介され尽くして、いまさら説明するまでもないけれど、遠い地方の人には、ちょっとその位置が摑《つか》みにくいところだ。

甲府は富士山のほぼ北の方向に位置する。甲州街道(国道20号線)、中央本線が東西に走るほか、身延方面、秩父《ちちぶ》方面、富士方面からの地方道が集まってくる、交通の要衝である。この地に拠を構えていた信玄が、西に東に、忙しく転戦しなければならなかった事情が、よく分かる。

浅見は「甲府でいちばん」とガイドブックに書かれてあるシティホテルに宿を取った。甲州路取材の第一歩である。本来は下部温泉に泊まるはずだったのを、一日早く出て甲府で道草を食うことにした。

ホテルのフロントで、テレビ放送の話をして、例の装身具メーカーのことを訊《き》いたが、首をひねるばかりで、さっぱりラチが明かない。

これこれこういう内容の放送だったと、いくら説明しても、「さあ?」と困った顔をするばかりだ。

（おかしいな――）

浅見はまたしても、妙な気分がした。甲府の人間で、あのテレビ番組のことを知らないというのは不自然だ。第一、それほど広い街でもないだろうに、あれだけ喧伝《けんでん》されるような地元企業、しかも、ブライダル産業の一翼を担う宝石装身具メーカーである。いやしくもホテル業に携わる者が知らないというのはおかしい。

それに、フロント係の表情の微妙な動きには、知っていながら隠している――という印象があって、またしても、浅見は、秘密主義のにおいを嗅《か》ぎ取ったような気分がしてならなかった。

浅見は番組の終わり近くで見た、宝石を展示販売している豪華なショールームの話をして、心当たりはないかと尋ねてみた。

フロント係は、ようやく愁眉《しゅうび》を開いたというように、「それなら、あそこではないでしょうか」と言い、「宝石博物館」というのを教えてくれた。

「あそこなら、宝石を展示しているし、即売コーナーもあります」

メーカーと博物館とでは、ちょっとニュアンスが違いすぎるような気がするけれど、かりに違っても、とにかく、そこへ行けば何かが分かるだろうと、浅見は思った。

フロント係は、客の長い追及から逃れられるのが、よほど嬉《うれ》しかったのか、何も言わないのに、いそいそと、その場所までの地図を書いて説明してくれた。

「少し遠いですが、タクシーに言えば、すぐに分かります」

それなら、何も地図を書くことはなさそうなのに——。

彼の言ったとおり、タクシーの運転手はすぐに理解して、走り出した。鉄道をまたぐ陸橋を渡った、市街地の北の外れ近いところだ。鉄筋コンクリート三階建ての小さなビルである。

(やっぱり違うみたいだな——)

浅見はすぐにそう思った。

入り口で入場料を払い、窓口の女性にテレビ番組の話をしたが、「さあ、分かりませ

ん」とあっさり一蹴《いっしゅう》された。

中に入ると、暗い部屋の中にガラスケースが並び、さまざまな宝石が展示してある。豪

華さはないけれど、照明効果の使い方など、テレビで見たショールームと、どこか似た感

じがしないでもない。

(そうすると、ここなのかなあ——)

浅見は自信がなくなってきた。テレビの映像は、部分的なものだから、カメラ位置など、

撮影のしようによっては、実物のイメージと異なる場合がしばしばある。

展示室には、コーナーを設け、若い女性が説明役を務めていた。

浅見はその女性にもテレビの話をした。もう、この頃になると、浅見のほうにもある程

度の覚悟のようなものができていた。

案の定、女性は「分かりません」と答え、視線を逸《そ》らした。

「それでは訊きますが、甲府の装身具メーカーで、近代的な設備を整えているところはどこでしょうか？」

浅見は質問を変えた。

「さあ？……そういうところはないと思いますけど」

女性は無表情に言った。

浅見はあっけにとられた。

「そんな……現に、僕はたしかにテレビで見たのですよ」

「でも、そういうところがあるなんて、聞いたことがありません」

あやうく「そんなばかな！」と叫ぶところだった。

しかし浅見はこらえた。彼女は若い経験の少ない女性である。こういうところに勤務しているからといって、必ずしも、山梨県の宝石業界に通暁《つうぎょう》しているわけではないのかもしれない。

「そういうことについて、どなたか、詳しい方はいらっしゃいませんか？」

女性はしばらく考えてから、「この奥に、即売コーナーがありますので、そこの係の人に訊いてください」と言った。

「あ、そうでしたか」

浅見はようやく元気づいた。そここそが、あのきらびやかなショールームにちがいない

――という期待感が高まった。

展示室を出て、廊下を一度曲がった奥が「即売コーナー」であった。

たくさんの宝石装身具が並び、売られている。ダイヤもあればルビーもある。宝石の種類や、ランク、それに指輪、イヤリング、ネックレスなど、製品の種類ごとに、いくつかのコーナーに分かれている。

そういうレイアウトはテレビで放送された「ショールーム」と、やはり多少は似た印象があった。

（しかし、違うな――）

浅見はそう思わざるを得なかった。

いくら割り引いて考えても、テレビで見たあの豪華さはこんなものではなかった。ピカピカの床、金色燦然《さんぜん》と輝く柱、赤いビロードを貼《は》った壁面……。

（あれはどこにあるのだ？――）

浅見の胸に、苛立《いらだ》ちが渦を巻いた。

周囲には数組の客が訪れていて、それぞれショーケースの中を覗《のぞ》き込んで、品定めをしている。

客はほとんどが女性で、夫婦連れも二組あった。

応対の係員は三名、いずれも男性である。こういう「店」の従業員に女性がいないというのも、なんだか奇妙な感じだ。

浅見が歩いてゆく方向で、三人連れの女性客が、係員を掴《つか》まえて、何やら熱心に話を聞いている。

浅見は近寄って、聞くともなしに、そのやりとりを聞いた。

「……いや、そういうメーカーといったようなものは、存在しないのですよ」

係員は、紺色の三つ揃《ぞろ》いがいまにもはち切れそうな、肥満体質の男で、口を尖《とが》らせて喋《しゃべ》る癖があるらしい。

「でも、私たち、テレビで見ましたよ」

女性客の一人が、不思議そうに言った。

浅見の足が停まった。

「それで、ぜひそういうの、見てみたいなと思って、参りましたのよ」

「しかし、現実にそういった大規模な工場というのは、宝石装身具の世界にはないわけでして」

「そうすると、どういうところで作っているんですの？」

「まあ、言ってみれば個人の、熟練した職人が、自宅の仕事場で作っているのです。宝飾品は金とかプラチナとかいった、貴金属の細工ですからね、大規模な工場なんかでできるはずがないのです。全部個人ですよ」

「じゃあ、あれは何だったのかしらねえ？　たしかにテレビで見ましたけど」

「それはあれじゃないですか、つまりその、よく言われるヤラセというヤツです。テレビ向けにセットみたいなものを作って、それらしく見せるという」

「そうかしら？……」

女性たちは顔を見合わせた。

「そうなのかもねえ」

一人が言った。

「テレビって、そういうの、よくやるから。ほら、アマゾンの探検とかいうの、あったでしょう。未開のジャングルに、ついに人間が最初の第一歩を……なんていうので、はるかかなたから探検隊がやってくるのを、正面から撮影しているのよね。テレビなら、やりかねないわよ」

「そうねえ、そうなのかァ、なんだ、ばか見ちゃったわねえ」

三人の女性は憮然《ぶぜん》とした顔を見交わして、未練たらしい視線でショーケースを一瞥《いちべつ》してから、諦《あきら》めたように立ち去った。

係の男は、三人を見送って、「ふうっ」と吐息をついて、額の汗を拭《ぬぐ》った。

浅見は歩み寄った。

「ちょっとお訊《き》きしたいのですが、テレビの放送で見たのですが……」

「ああ、近代的な宝石メーカーっていうやつでしょう。いまのお客さんも訊いてたんですがね、あれ、困っちゃうんですよねえ。次から次へと訊かれて、仕事にも何にもならないんですよねえ。そんなものはないって言ってるんです。指輪だってイヤリングだって、手作りですよ、手作り。職人さんがコツコツ作るんです。あんなものは嘘《うそ》っぱちなんですから」

相手が男で、金もなさそうだと思うのか、係員はひどく愛想が悪い。それに、繰り返し繰り返し同じことを喋るのに、いいかげんうんざりしているにちがいない。

「そうですか、嘘っぱちですか……しかし、ひどいことをするものですねえ。山梨のジュエリー産業の信用を落とすことになりかねませんよねえ」

浅見は彼と同じ次元で、怒りを表明してやった。

「そう、まあ、そういうことですね」

係員は、やや戸惑ったように、頷《うなず》いた。

「ところで、この宝石博物館というのは、公的機関なのでしょうか？」

「まあ、公的機関のようなものですね。山梨県の地場産業である、宝石業者の連合会によって運営されております」

「そうすると、こちらでは、県内の業者の動向はすべて把握しているわけですか」

「そのとおりです」

「じゃあ、あんなテレビの、おかしなメーカーが存在しないことなど、一目瞭然《りょうぜん》で分かってしまうわけですね」

「そう、そうですとも」

「なるほどねえ。しかし、それなのにどうして、ああいう見え透いた嘘を放送したのですかねえ」

「まったく分かりませんねえ」

「さっきのご婦人たちもそうだったみたいですが、あのテレビを見て、甲府に来る人も多いでしょう」

「そのようですな」

「そういう人たちは、アテが外れて頭にきているでしょうね。ひどいものです」

「まったく……」

係員は浅見の憤慨を、持て余しぎみに、目をパチパチさせて、頷いた。

「何なのだ、これは？……」

宝石博物館を出ると、浅見は何度めかの問い掛けを、口に出して言ってみた。即売コーナーの係員の言い種《ぐさ》は、どう考えても詭弁《きべん》としか思えない。いくらテレビにヤラセはつきものとはいえ、相手は天下の公共放送である。そうそう出鱈目《でたらめ》はできるはずがない。テレビ放送を録画しておいて、あのショールームの絢爛《けんらん》を見せてやったら、あの男はどう答えるつもりだったのか。

しかし、そうしたくてもブツがないのだから黙って引き下がるほかはない。それを見越した強気だと分かっているだけに、腹が立った。

（それにしても、なぜああまで、見え透いた嘘をつくのだろう？――）

浅見はなんともいやな気分だった。山梨のジュエリー業界を通り越して、甲府の街そのものに嫌悪感を抱いた。

そういう先入観で眺めると、なんて雑駁《ざっぱく》な街だ――と思えてくる。

（いかんいかん――）

浅見は自らを戒めた。ルポライターに先入観は禁物である。公平、冷静な視点に立って、物事を素直に見なければいけない。

いったんホテルに戻って、駐車場からソアラを乗り出した。宝石博物館には駐車場がないから――と言われてタクシーを利用したのだが、こんな短い時間なら、路上駐車でもよかったくらいだ。

とにかく、大して広くもない甲府なのだ。グルグル走り回っているうちには、宝石装身具メーカーらしき建物や会社が見つかるかもしれない。

そう信じて、浅見はゆっくりと市街地のドライブを開始した。

浅見は甲府にはそれほど馴染《なじ》みがない。国道20号線を通って、八ヶ岳、諏訪《すわ》、松本、アルプス、木曾《きそ》方面へ向かったことは何度もあるけれど、現在の中央自動車道ができる前も、甲府バイパスというのがあって、道路は市街地を避けて通っていた。

いちどだけ、たまには――と思って、甲府市街に入ってみたが、なんだかゴチャゴチャして、道に迷った記憶がある。

甲府駅前を中心に、甲府の街はたしかに変わったらしい。大きなビルやデパートも建って、街が明るくきれいになった。

テレビドラマで勢いづいたように、街のあちこちに「風林火山」を染め抜いた旗や看板が立ち並んでいるのは、どうも食傷しそうだが、その分、活気が溢《あふ》れている印象はある。それに、山梨県は最近、とみに文化的事業に力点を置き、立派な県立美術館を建て、何億だか何十億だかをはたき、ミレーの絵画を買い入れたとも聞いた。

そのことを思い出して、浅見は、（そうだ、せっかく甲府に来たのだから、ミレーを見よう）と思った。

甲府バイパスを西へ向かう。案内表示がよく出ている。昭和インター近くで右に折れ、広い通りを行くと右側に大きな和風レストランがあった。

〔名物ほうとう〕の文字が目に飛び込んできた。浅見は躊躇《ちゅうちょ》なく、右折のウインカーを出した。朝十時頃に朝食をとったきりだ。時刻はとうに二時を過ぎていた。

〔ほうとう〕というのを、いちど食べてみたいと思っていた。見るからに旨《うま》いものを食わせそうな、粋な和風の建物も気にいった。

店の中は、浅見同様、ドライブ途中に立ち寄ったらしい客で、かなり混んでいた。四人掛けのテーブルに、すでに向かいあいに客がいるところに、「相席願います」と案内された。

浅見はもちろん「ほうとう」と頼んだ。メニューを見ると「千二百円」という値段がついている。麺類《めんるい》としては、まあ上等な値段といえる。どんなものが出てくるのか、期待が持てるところだ。

ひと足先に、隣の二人連れの客に〔ほうとう〕が運ばれてきた。小鍋《なべ》のような容器に入った、味噌《みそ》仕立ての、うどんとすいとんのあいのこのようなものらしい。

二人の客もはじめて食べるのか、ためつすがめつ眺めてから、おもむろに箸《はし》を使いはじめた。

しばらくは黙々と口を動かしていた。

「なんだ、大したもんじゃねえな」

一人が不愉快そうに言った。

「そうだな、名物に旨いものなしっていうけど、まったくだな」

隣の浅見に遠慮しながら、ブツブツ言うのが聞こえた。

「これが甲府の誇る名物か……」

そうも言った。

「この味、この内容でこの値段は高すぎるよなあ」

「これじゃ、客は二度と来ねえんじゃねえかな」

「それを承知の上だろう。どうせ、おれたちみたいなイチゲンの客ばかりを相手にしているんだから」

「まさか……たまたま悪い店にぶつかったということだろう」

「そうかもしれない。日頃の行いが悪いから、罰が当たったとでも思って諦《あきら》めるか」

「ははは……」

最後は笑って、半分ほど中身を残して、二人の客は行ってしまった。

浅見の前に〔ほうとう〕が運ばれてきた。隣で食べていたものと同じ品だった。太いうどんというか、細いすいとんというか、そういうものが入った味噌汁——のようなものだった。

薄い肉とシイタケとネギなども入ってはいるが、大した量ではない。

まさに二人の客が不満を述べたような代物《しろもの》で、結論的に言えば、彼らの感想に浅見も同感だと思った。

好意的に解釈すれば、この店だけが特別なのであって、ほかの店はもっと旨くて安いのかもしれない。でなければ、甲州名物〔ほうとう〕に期待して、甲府を訪れたお客を失望させ、顰蹙《ひんしゅく》を買う。ひいては山梨県民の信用と沽券《こけん》に関わる大問題だ。

客はなにも、通過客ばかりではないだろう。地元の客が入って、これではひどいと思ったら、しかるべき筋を通じて改善を求めるべきだ。

そうでなく、これが本来の〔ほうとう〕であるとしたなら、名物を標榜《ひょうぼう》する以上、内容を改良するか、値段をグッと下げるか、いずれかの方法を講じるべきである。

その結論で腹がくちくなった。

浅見は前の客と同じように、小鍋の中身半分を余して席を立った。

〔ほうとう〕は期待はずれだったが、ミレーはよかった。正直なところ、浅見はそれほど絵画に造詣《ぞうけい》が深いわけではない。難しい抽象画など、いいのか悪いのか、さっぱり分からないものが多い。

ミレーはその点、誰にも分かる。夕暮れの畑で、農家の夫婦が遠い晩鐘を聞きながら、夕べの祈りを捧《ささ》げる風景など、しみじみとした臨場感が味わえる。

ミレーのほかにも、かなりの数の絵画が展示してあった。少しせせこましいかな——と思わせるほどの点数である。沢山《たくさん》、展示しないと、客が物足りないと言うのだろうか。ミレーだけというわけにいかないところが、いかにも日本的なのかもしれない。

美術館は大きなもので、建物自体、じつに雰囲気がいい。広大な敷地とあいまって、訪れる者を、ゆったりとした「文化的気分」に浸らせてくれる。

山梨県がミレーを買い込み、豪勢な美術館を建てたとき、県民はもちろん、ほかの自治体などから非難や冷笑が浴びせられたそうだ。しかし、いまとなってみると、山梨県には先見の明があったと誰もが認めざるを得ない。県内の文化度を高めたばかりでなく、観光行政にも大きく寄与した。ミレーを見る目的で、わざわざバスを仕立てて、遠方からの観光客がやってくるのである。

これを羨《うらや》んで、他府県でも山梨方式を真似、外国の絵画を買い漁《あさ》る風潮が生まれた。しかし、おそまきながら始めたものだから、いっそう高い買い物になってしまった。ミレーに堪能《たんのう》し、広々とした美術館を仰ぐと、さほど経済力があるとも思えない山梨県が、これだけの巨大事業を企画した決断力に敬服させられる。

ところが、香り高い文化に浸った満足感を抱いて石段を下り、石畳のコンコースを歩きはじめると、その「いい気分」はふっ飛んでしまう。

美術館の正門前は、狭い道路一つを挟んで、二階建ての長屋のような商店が、乱雑に建ち並ぶ。美術館の客を目当てにするのだろうか、大きな、品の悪い文字で、商品名やら食い物の名前やらをデカデカと書き散らし、節操もなく人目を引いている。

（これもまた、日本的風景というものなのだろうな——）と、浅見はミレーの記憶が急速に薄らぐ想いがした。

駐車場に行って、ソアラのエンジンをかけ、クーラーを回して、しばらくじっとしていた。カンカン照りの日射しで、車の中は熱気が立ち込めている。

BMWがやってきて、浅見のソアラの隣に尻《しり》を突っ込む態勢になった。中古車をやっとこ買ったという感じで、ピカピカに磨き上げている。車はいちおう上等だが、運転技術はお粗末らしく、おっかなびっくりの感じで「車庫入れ」にかかった。

窓が開くと、運転席にいるのは若い女性だった。たかが車庫入れに、必死の形相である。危ないなと思っているうちに、案の定、浅見の車のバンパーにかすかに接触した。

「あ、すみませーん」

女性は車を止め、急いで出てきた。明るい栗色のスカートの裾《すそ》からこぼれる膝《ひざ》を気にしながら、ソアラのバンパーを覗《のぞ》き込んだ。

「大丈夫でしょう、バンパーだし」

にこやかに言ったが、浅見は内心、穏やかではなかった。ローン支払い中の愛車を、どうしてくれるんだ――と言いたかった。

どうも、甲府に来てからこっち、ろくなことはない。この方角は鬼門《きもん》に当たっていたのかもしれない。

下りていって、バンパーの傷を見た。掠《かす》り傷だ。それもバンパーとあっては、文句も言えない。

「バンパーなんて、もともと、ぶつかるためにある物ですから」

浅見は言ったが、笑顔が引きつりそうだった。

「すみません、新米なもんですから。あの、弁償させてください」

「いいんですよ」

浅見は女性の見上げる目にたじろいだ。二十五、六歳か。美しいひとであった。ボーイッシュな短い髪を無造作にオールバックにして、リスがびっくりしたような、つぶらな目をしている。

頭がいいにちがいないと思わせる、真っ直ぐ通った鼻筋。紅の色の薄い、小さな唇。物を言う時、チラッとこぼれる白い歯。

不安そうに、縋《すが》りつくような表情が、なんとも、いいのだ。

「なんでもありませんよ。それより、お怪我《けが》はありませんでしたか？」

浅見はドギマギして、ばかげた、そらぞらしいことを口走った。

（ばか、怪我なんかするわけないだろ――）

しかし、女性は笑うどころではなく、真剣なまなざしでバッグの中を探ると、名刺を取り出した。

「あの、私、こういう者です」

株式会社ユーキ　商品調達課
（米国宝石学会ＧＩＡ…ＧＧ）
　　伊藤木綿子

「宝石学会……ですか？」

浅見は目ざとくその部分を読んだ。

「ええ、一応、鑑定士の資格を持っているのです」

だから信用してください——という意味が込められているような口振りだった。

「あの、すると『ユーキ』というのは、何か宝石関係の会社ですか？」

「ええ、装身具のメーカーです」

「この住所を見ると、本社は甲府にあるのですね？」

「ええ」

「あの……」

浅見は舌がもつれそうになった。

「もしかすると、おたくの会社、ついこのあいだ、テレビで放送されませんでしたか？」

「ああ、あれですか。そうです、放送されましたけど」

「じゃあ、やっぱりあるんですね？」

「は？」

「ははは、そうでしょう、あるんでしょう、おかしいと思いましたよ」

「…………」

伊藤木綿子の目に、脅《おび》えの色が浮かんだ。おかしなことを口走る、アブナイ男——と思ったらしい。

「あ、すみません、失礼しました。いや、ずいぶん探して、いくら探しても見つからないものだから……」

浅見はやっと笑い収めて、頭を下げた。

「僕は浅見といいます」

名刺を出して言った。肩書のない名刺である。伊藤木綿子は、物問いたげな目を、チラッと浅見に向けた。

「雑誌のルポライターのようなことをやっています。と言っても、タレントのスキャンダルだとか、そういうものではなく、旅とか伝説なんかを訪ねる記事を書いているんです」

「はあ……でも、うちの会社を探していらっしゃったとか……」

「そうなんです。あのテレビを見ましてね、ぜひ見学したいと思って甲府に来たのですが、どういうわけか、まったく見つからない。それどころか、誰も知らないっていうのだから驚きました」

「ああ、それは隠しているからです」

「隠している？……やっぱり、そうですか」

「ええ、とても変な話なんですけど」

木綿子は眉《まゆ》をひそめて、言った。

第二章　デザイナーの死

1

「隠しているというのは、いったいどういうことなんですか？　あんなに徹底した秘密主義なんて、僕は見たことがありませんよ。まったく、おかしな街ですねえ甲府は」

浅見は啞然《あぜん》としながら、腹立たしさをぶつけるように言った。

「すみません」

木綿子はペコリと頭を下げた。

「え？　あ、あなたに責任はないですよ」

「でも、私も甲府の人間ですから」

「あ、いけない。そうでした。撤回します、甲府ではなく甲府のジュエリー業界は——と言うべきでした」

「あの、それにも私は関係しているのですけど」

「え？　そうか。そうでしたねえ、だめだなこれは、逃げようがない」

浅見は笑い出した。

「だけど、笑いごとでなく、宝石博物館で僕が受けた仕打ちは、夢でないほんとうのことなのですよ。いくら僕が忘れっぽい人間だからって、あんなにはっきりしたテレビの記憶です。間違いようがありませんよね。それに、僕だけじゃない、ほかの女性客が三人も同じ質問を係の人間に浴びせて、しきりに不思議がっていたのです。それにもかかわらず、係員は、およそ鉄面皮としか思えない無表情で、『いや、それは何かの見間違いでしょう、そういうものはありません、あるわけがないでしょう』の一点張りですからねえ。これはもう驚くばかりですよ。どうしてそこまで秘密主義に徹する必要があるのですかねえ？何があるのですか？」

「私もよく分からないのですけど」

木綿子は当惑したように、オズオズと答えた。

「やっぱり、業界には業界の、難しい問題があるみたいです」

「難しい問題……というと、どういう？」

「それは、いろいろと……」

「おかしいなあ、あなたみたいな若い人まで、なんだか言いにくそうにしているんですねえ」

「それは……」

木綿子ははじめて、反発するまなざしになった。

「私だって、いちおう甲府のジュエリー業界にいる人間ですもの」

「あ、なるほど、そうでしたね。つい、あなたのような美しくて若い女性は、そういう世界とはべつのところにいると思ってしまうのですよね」

「美しいなんて……」

木綿子は悪口を言われたような目で、浅見を睨《にら》んだ。

「そうすると、甲府のジュエリー業界そのものが、そういう秘密主義なのですか？　つまり、それはあなたの会社を含めて、という意味です」

浅見は慌《あわ》てて真面目《まじめ》な話題に戻った。

「ええ、まあ、結論的にはそうなるかもしれませんけど。でも、うちの社は、あくまでも地元との協調を大切にしたいので、業界の意向に沿っているだけだと思います」

「あ、なるほど……ようやく分かりましたよ。あれなんですね、あなたの会社は業界の中で、際だって突出してしまったんですね？　それで、業界っていうのか、いままでの個人経営を主体にしていた業者仲間の顰蹙《ひんしゅく》を買って、自粛しているという……」

「ええ、だいたいそういうことじゃないかって……でも、私は若いし、そんなに詳しいわけじゃないんです。ただなんとなく、そういうことなのかなあとか、そう思っているだけですから」

「いや、よく分かりますよ。あなたたち社員ですら、詳しい事情を知らないほど、秘密にしておかなければならない何かがあるということなのですね」

「いいえ、そうは言ってません」

「参ったなあ……」

浅見はとうとう笑い出した。

「とにかく、ちゃんとテレビで放映されているのに、甲府の街を走ってみても、誰に訊《き》いても、そういう会社だとか工場だとかのたぐいは見たことがない、間違いじゃないのかっていう答えが返ってくるんだから、これはもうただごととは思えませんよ。この住所に、ほんとうに会社があるのかさえ、なんだか疑わしくなってきたなあ」

「ありますよ、ちゃんと」

伊藤木綿子は憤然として言った。

「私の会社を、幽霊か何かみたいに言わないでください」

浅見がびっくりするような剣幕だった。

「そんなに怒らないでください。こっちだって、ああいうひどい目に遭《あ》って、腹が立ってならないのですから」

「すみませんでした」

「いや、あなたの責任じゃないって言ってるじゃありませんか」

「あ、そうじゃないわ、あなたがおっしゃったみたいに、そのことで私が謝る理由は何もないですもの。そうじゃなくて、車のことです」

「ああ、それはいいって言ったでしょう。気にしてませんよ」

「そうはいきません。必ず弁償しますから、その名刺のところに請求書を送ってください。

「じゃあ、どうも」

　ブラウスの襟元に揺れる、白いリボンを翻《ひるがえ》すと、木綿子はあっという間に浅見の前から立ち去った。

　なんだか、最後は伊藤木綿子にしてやられたような感じだが、それはそれとして、謎《なぞ》の宝石メーカーの存在は確かめられたのだ。あとは敵の牙城《がじょう》に肉薄して、秘密主義の壁を乗り越えるまでである。

　浅見はソアラを街に走らせた。心のどこかに、愛車のバンパーに受けたほどの、小さなしこりが残っているような気がした。

　驚いたことに、「株式会社ユーキ」はついさっき、浅見が通り過ぎたばかりの、国道20号線甲府バイパス沿いに堂々と建つ白亜のビルであった。

　地上五階建て、直線で幾何学模様を描くような、美しく変化に富んだ外観である。一階のエントランス付近は、グラスウォールをたっぷり取り入れたデザインだが、一階から五階まで、外壁の窓が小さく少ないのは、宝石を扱う業種としては当然だろう。それだけに白い壁面のスペースが多く、全体の印象は雪の女王のように清楚《せいそ》で優雅で、どことなく冷たさを感じさせる。

　とにかく、この付近——というより、甲府市街でこれほど美しい建物はほかにない。周辺には高い建築物さえ見当たらないから、前を通過すれば、いやでも目に入ってこないわけがない。それなのに、浅見の記憶に残っていなかったのは、建物のどこにも、敷地のどこを見渡しても、社名が掲げられていなかったからだ。塀と呼べるほどの高さのある仕切りはなく、境界線はほとんどが植え込みによっている。したがって門はないし門標ももちろん、ない。

建物に近づいて、広々とした玄関の前まで来て、ようやく小さな真鍮《しんちゅう》のプレートがあることに気づく。これでは素通りしてしまうわけだ。

厚い強化ガラスの壁面の向こうに、人の姿がチラホラ見える。ホールには受付らしきものもあるし、なかなか美人の女性がカウンターの中からこっちを見ている。

浅見はグラスウォールの中央にある大きなドアの前に立った。

ドアはオートで左右に開いた。ホールは広く、ちょっと東京のホテルを思わせる、瀟洒《しょうしゃ》な雰囲気である。

浅見は受付に近づいて、これまでにもう、うんざりするくらい繰り返してきた、「テレビで見ました。見学したいのです」という趣旨を、復唱した。

(また来た——)という表情が、美しい女性の顔に浮かんだ。

「あの、生憎《あいにく》ですが、ご見学は原則としてお断りさせていただいております」

微笑を湛《たた》えてはいるが、同じ質問に何十回か何百回か答えたという、あまりにも慣れすぎの感のある、ソツのない応対であった。

もっとも慣れということなら、浅見も失望には慣れっこになってしまっている。

「それはあれですか、やはり、業界の協調精神のためということなのでしょうか?」

「は？……」

女性は返答に窮した。そういうおかしな質問は、彼女の用意している答案集には書いてなかったにちがいない。

「これまでにも、テレビを見たと言って見学を希望してきた人は多いのでしょう？　そういうのはみんな追い返したのですか？」

「はあ、原則として、見学はお断りすることになっておりますので」

「原則はそうかもしれませんが、そういう姿勢はあなたの会社にとってマイナスになると思いますよ。ここまで辿《たど》りつくのだって、なかなか大変なのだし、交通費だってかかっているのだから」

女性は眉《まゆ》をひそめた。浅見の言い方に、難癖をつけに来たようなニュアンスを感じたのかもしれない。

「ちょっとお待ちください」

いったん引っ込んで、まもなく三十五、六歳ぐらいの、眼鏡をかけた男を伴って戻ってきた。

「お待たせいたしました」

男は頭を下げながら名刺を差し出した。

総務部広報課課長　岩村幹夫――この年齢で課長というのは、たぶん出世の早いエリートにちがいない。

「何か、見学をご希望だそうですが」

慇懃な態度であった。浅見はこれまでの経過をかいつまんで説明した。話しているうちに、疲労も手伝って、つい口調の端々に不満めいた気分がこもる。

「お怒りはごもっともかと思います」

男は老成した物言いをする。

「ご推察のとおり、いろいろと難しい問題を内包しておりまして、明快にお答えすることができないことはご了承いただきたいのですが、ま、しかし、折角お越しいただいたのでありますので、ご見学いただくことにいたしたいと、かように存じますが」

「それはありがたいですねえ」

浅見は喜んだ。どういう状況的変化があって、そうなったのかは分からないが、そんなことはどうでもよかった。要するにあのテレビで見た蠱惑《こわく》的なさまざまな映像が、現実に肉眼で見られるということに期待感が高まった。

しばらく待たされて、案内の女性がやってきた。小柄でこれまた可愛《かわい》い顔をしている。そういう係として教育されているらしいが、エレベーターの中で訊《き》いてみると、ことし短大を卒業したばかりの新人だという。それにしては応接の態度や説明の仕方にソツがなかった。

四階でエレベーターを下りると、そこが工場になっていた。白亜の瀟洒な外観からでは想像もできない作業スペースが、ちゃんと存在しているのである。まさにテレビで見たとおりの、まるで時計工場のような、きちんと整理整頓《せいとん》の行き届いた工場が、目の前にあった。

（あの連中は何を言っていたのだ？――）

浅見は宝石博物館の職員に対して、あらためて腹が立った。「そういうものは、絶対に存在しない」みたいなことを、堂々と言っていた。あれはいったい何だったのだろう？　業界の事情か何かは知らないが、ここまではっきりと「事実」があるというのに、よくあんまで、いけしゃあしゃあと、しかも熱弁を揮《ふる》って「嘘《うそ》」が言えたものである。それも、一人や二人ではなく、おそらく組織的に嘘をつくよう、指導し実行しているらしいのだから呆《あき》れる。

浅見は見学コースに従って、女性の説明を受けながら、もはや感動的といっていいカルチャーショックに襲われていた。

とにかく、ごくごく零細で、個人の手仕事でしかなかった宝石の加工作業を、ここではみごとに工業化しているのである。テレビでも多少は触れていたけれど、ロストワックス（精密鋳造技術）を駆使して指輪、イヤリングなどの、細かいデザインを施した金製品を、同時に均質に、大量生産できるシステムを開発している。これはおそらく、日本のアクセサリーメーカーとしては画期的なやり方にちがいない。

金型部門、鋳造部門、仕上げ部門と、それぞれは小規模だが、しかしともかく近代工業の態をなしている。鋳造の作業を見せてもらったが、複雑なデザインの細かい部分まで、きわめてあざやかに原形《オリジナル》を再現している。しかもそれが、同時に二、三十個も、まるで鈴なりのバナナのような恰好《かっこう》で誕生するのだから、感嘆に値する。

（なるほど――）と、浅見は「秘密主義」の理由が分かるような気がした。これでは、従来の手作業によっている零細な業者は到底、太刀打ちできっこない。おそらく、両者のあいだでは、かなり熾烈《しれつ》な確執があったにちがいない。

株式会社ユーキは、甲府のジュエリー業界では異端だったのである。

出る釘《くぎ》は打ち、異端は排除する――というのが、どの世界にも共通した旧体制を守る側の論理だ。しかも、この場合は零細な家内工業によって成り立っている地場産業――という旧弊《きゅうへい》を絵に描いたような体質が背景にある。

ユーキの社長がどういう人物か知らないけれど、この土地に生まれ育った人間の一人としては、そういう地元の事情を踏みにじってまで、独走するわけにはいかなかったのだろう。これだけ立派な工場を作り、白亜の殿堂を建てながら、看板の一つだに掲げないという、控えめな姿勢に、社長の苦衷《くちゅう》が見えるようだ。

それにしても、新旧双方のあいだで暗黙の了解が成立するまでの過程では、さぞかし陰湿な葛藤《かっとう》が繰り広げられたことだろう。舞台裏では、調停役と称する政治家なども暗躍したりして……と、浅見には例によって、余計な物までが見えてきてしまう。

模様になった。

2

四階から二階に下りると、床は本物か紛《まが》い物かはともかく、いまにも滑りそうな大理石模様になった。

エレベーターホールの正面に、透《す》かし彫りの入ったガラスのドアがある。磨きこまれた真鍮《しんちゅう》の把手《とって》を押すと、息を飲むような別世界が広がっていた。そこが問題のショールームだった。

浅見はおもわず「あった」と快哉《かいさい》を叫んだ。テレビで見たままの、あの豪華なきらめきに満ちた妖精《ようせい》の部屋がそこにあったのである。

大理石の輝きを浮かべる床、濃密な真紅のビロードに覆われた壁。そういった効果的なステージの上に、金色の縁で飾られたショーケースが並び、宝石類が展示してある。

直接、間接に宝石の輝きを演出する照明効果にも、細心の心配りが感じられた。適当に暗く、それでいて充分に明るく、それぞれの宝石の持つ味わいを最高の条件で見せようという意図が、はっきりと表れている。

これほど豪華なデコレーションを施した部屋に、驚くべきことに、客は一人もいなかった。

「お客さんはいないのですか？」

浅見は周囲の閑散とした様子を眺めて、訊《き》いた。

「ええ、ここはショールームで、ご商談のお客さまは別室でお話ししますから。でも、大抵は何人かいらっしゃるのですけど、今日はもう遅いですから」

なるほど、時計を見るとすでに四時を回っている。浅見は急いで宝石の見学にとりかかった。場合によったら、値段など訊いて、母親や兄嫁に報告しなければならないかもしれないのだ。

展示してある製品の中に「ダイアナ妃のネックレス」というのがあった。イギリスのダイアナ妃が、パリでお買い上げになった、ゴールドとパールを組み合わせたネックレスで、レプリカが飾られていた。なかなかみごとなものだ。

高額の製品にはそれをデザインした人物の名刺が添えてある。それによると、そのほとんどが男性と女性、二人の宝石デザイナーの手になるものであるらしい。浅見は宝石や装身具といえば、大抵、欧米の物真似かと思っていただけに、認識を改めた。

それにしても、次から次に展開する製品のどれもが、なんと蠱惑《こわく》に満ちていることか。これでは、女性が血道をあげたくなる気持ちも分かる。

浅見がショーケースの中に食い入るような視線を注いでいるところに、岩村幹夫課長がやってきた。

「いかがでしたか？」

柔らかな語調で訊いた。

「じつに素晴らしいですねえ。いや、宝石はもちろんですが、零細だった宝石製造業のかたちを、こういう企業形態まで高めた基本理念がです」

浅見は正直に感想を述べた。

「はあ、ありがとうございます。そうおっしゃってくださると嬉《うれ》しいですね」

「それにしても、業界の中では、ずいぶん軋轢《あつれき》があるのでしょうねえ」

「…………」

その話題になったとたん、岩村の職業的微笑を浮かべた表情が、微妙に翳《かげ》った。

「どうなんでしょう。初期の頃——いや、いまでも、かなり白眼視されているのではありませんか？」

「いえ、そういうことは……」

岩村は曖昧《あいまい》に言って、目の前で掌を左右に揺らした。

「ないということは考えられませんよ。現に、さっきお話ししたような秘密主義が、げんとして存在するのですから。おたくの会社だって社名を明示していないし、一般の人間にはどこでどういう商売をやっている会社なのかも分からないありさまじゃないですか。そのへんのことを、ぜひ話してくれませんかねえ」

「いや、それは困ります」

「それでは、もっと端的にうかがいますが、この製品はここで売っているんですか？　僕でも買うことができるのですか？」

「はい、それはもちろん商売でございますから、ご注文いただければお買い上げいただけます」

「そうでしょう？　しかし、それにしてはまったく宣伝をしている様子もないし、お客を招きいれる工夫をしている気配もないし、そのへんが妙ですよねえ」

「はあ、それはわたくしどもの不勉強というべきものかもしれません」

「それは違《ちが》うでしょう」

浅見は焦れて、強い口調になっていた。

「不勉強とか、そういう問題以前の、まったく売る気のない姿勢だとしか考えられませんよ」

「いえ、そんなことは……」

「ないとは思えませんねえ。常識的に言って思えませんよ。しかし、これだけの会社で、あれだけグレードの高い製品を送り出しているのですから、積極的に売らない理由がない。それも、かなりの量を売っていかなければ、近代化に設備投資をしたメリットはありませんからね。だとすると、いったいどういうルートで、どのようにして売るのかが問題です。僕でなくっても、誰だって疑問に思いますよ」

「まあ、たしかにおっしゃるとおり、わが社なりの方式というものはあります。将来的にはともかく、現時点では特定の一流デパートさんと提携させていただいておりまして、オープンな販売の方法は取らない方針でやっております。それ以上のことは、企業秘密に属しますので、お話しすることは差し控えさせていただかなければなりません」

微笑を湛《たた》えながらも、はっきりと、岩村課長は拒絶の姿勢を示した。

「しかし……」

浅見がさらに食い下がろうとした時、若い男性社員が小走りにやってきて、浅見に挨拶《あいさつ》する間も惜しむように、岩村を脇《わき》へ呼び、何事かを耳打ちした。

「なに？……」

岩村は不用意に声を発して、慌ててこちらに視線を向け、努めて平静を装った。

「どうも恐縮ですが、急な用事ができましたので、ここで失礼させていただきます。きみ、ご案内して」

鋭い目を案内の女性に向けると、ドアの方向に顎《あご》をしゃくった。

3

なんだか、最初から不吉な予感のするデートではあった。塩野の電話の様子だって、いつもと違う、力感のない声だった。

あんなふうに、一方的に待ち合わせの時間と場所を指定するというのも、塩野らしくないやり方だと思った。こっちの受け答えが硬かったせいかもしれない――だけど、勤務中だもの、それは仕方のないことじゃないの――と、木綿子は少し面白《おもしろ》くない気分だった。

とはいっても、塩野の誘いを不快に思うわけはない。やっぱり、知らず知らずのうちにいそいそと、気持ちが上擦《うわず》ってしまい、それを隠すのにかなりの努力を要した。

出がけに課長に急な用事を言いつけられたり、エレベーターがなかなか来なかったり、信号待ちがやたら多かったり――そういうことというのは、へんに重なるものだ。遅れを取り戻そうと、階段を駆け上がったが、塩野の姿はどこにもなかった。閉館時間近く、あまり人影のないガランとした館内に、いま来たばかりの木綿子が、取り残されたような気分に陥った。

駐車場でつまらない事故を起こして、妙な男にいちゃもんをつけられそうになったのだって、なんとなくついてない――という感じだったし、塩野がいっこうに現れないのも、そういうろくでもない日の、ろくでもない出来事の延長線上にあるのかもしれない。

美術館に入って、もうかれこれ三十分は経過した。階段を上がって、ミレーの部屋のほうへ行くところ――という指示だった。間違えようがない。

ミレーを見る客は県外から来る人が多いのだそうだ。はじめのうちは、物珍しさから、県内の学校関係を中心に、沢山《たくさん》の客を呼んだが、そのうちに下火になると同時に、こんどは県外の観光客の比率が増加した。当時としては破格ともいうべき高い買い物で、日本の海外美術品買い付けブームの火付け役みたいに、大評判になったミレーだが、いまとなってみると、県当局の文化担当者たちの狙《ねら》いは、ズバリ的中したといっていい。

木綿子は山梨県の文化水準の高さの証明だと、誇らしく思っている。

それなのに、さっきの男ときたら何よ——と、塩野が来ない腹いせを、駐車場で会った男にぶつけた。

甲府がおかしな街だなんて、ずいぶん失礼なやつだ。いくら宝石業界が秘密主義だからって、何もそのことを甲府全体のイメージに拡大解釈することはないのに。

もしかすると、あの男は、どこかタチのよくない店で、〔ほうとう〕の不味《まず》いのを食べさせられて、それで虫の居所でも悪かったのかもしれない。食べ物の怨《うら》みは恐ろしいっていうから——。

とりとめのないことを考えているうちに、時間はどんどん過ぎてゆく。会社を抜け出した理由は、「父の具合が悪いもので」というものだったけれど、こんなところでウロウロしているところを誰かに見られたりしたら、明日っからクビになっちゃう——。

四時になったので諦《あきら》めて会社に戻ろうと思っていると、

「あの、おたくさん、伊藤さんですか?」

背後から声がかかった。振り向くと、美術館員の紺色の制服を着たおばさんだった。

「はい、そうですけど」

「だったら、いま、伝言を頼まれました」

おばさんはメモを手渡した。

——下部温泉の熊野神社へ行ってください　塩野——

「何、これ？……」

木綿子は呆《あき》れて、つい非難するような目でおばさんを見た。

「さあ、何のことかしらねえ、そう伝えてくれって言ってましたよ」

おばさんも、大迷惑だ——と言いたげに、そっけなく言って、背中を向けた。

「あ、すいません。どうもありがとうございました」

木綿子は慌てて礼を言い、つづけて訊《き》いた。

「あの、これ、何時頃あったのですか？」

「だから、ついさっきですよ」

おばさんは向こうへ歩きながら、背中越しに言葉を投げた。

（なあに、これ？……）

木綿子はもういちどメモを見て、胸のうちで繰り返した。

（下部温泉の熊野神社へ行ってください）

塩野のことだ。電話で直接喋《しゃべ》るなら、「行ってくれよな」と言うところだろう。いつだってあのひと、一方的に、命令口調でそう言うのだから。

その塩野の「言葉」として「行ってください」と懇願調で綴《つづ》られた文句が、妙に新鮮に思えた。

（そういえば——）と木綿子は気がついた。さっき会社にかかった電話でも、塩野は「来てくれますか？」と言っているのだ。「来てくれ」とか「行ってるからね」ではなかったのが、気になるといえば気になる。

それにしても、「下部温泉の熊野神社」だなんて、どういうことなのだろう？

下部温泉は甲府からJRの身延線沿いに二十五キロほど南下したところにある、古い温泉だ。「信玄公の隠し湯」だったところという説がある。武田信玄が戦で負った傷を、ここで癒《いや》したのだそうだ。山梨県の人間なら、誰だって名前や由来ぐらいは知っている。

しかし、木綿子は下部温泉には行ったことがない。

塩野は行ったことがあるのかもしれないけれど、塩野と下部温泉の話をした記憶もない。デートの行く先としては、あまり適当な場所とも思えなかった。

それなのに、なぜいきなり「下部温泉の熊野神社」なのだろう？——

メモを見ながら茫然《ぼうぜん》と立ちつくしているうちに、どんどん時間が流れた。

いつのまにか館内には客の姿が一人も見えなくなった。そろそろ閉館時間が迫っている。追い出されないうちにここを出なきゃ——と思いながら、木綿子はどうすればいいのか当惑していた。

日暮れには、まだかなりの間があるといっても、下部温泉までは二時間ぐらいかかりそうだ。熊野神社とかいうところへ行くまでには夜になってしまうだろう。免許取りたての木綿子としては、よく知らない夜道を、車を走らせる自信はない。

それに、第一、このメモではいったい何時に行けばいいのか、指示がない。それとも、いつでもいいから行け——という意味なのだろうか？

何のために？——

考えているうちに、木綿子はしだいに腹が立ってきた。さんざん待たしたあげく、こんな一方的で意味のさっぱり通じないような伝言をして、塩野は何を考えているのだろう。もともと塩野は得体の知れないところがある男ではあった。

塩野とは、ニューヨークで宝石の勉強をしている時に知り合ったのだが、同じ日本人同士というだけのことで、それほど親しくなったというわけではなかった。木綿子より四つ歳上で、三年前からニューヨークにいるという程度のことしか知識がなかった。

塩野は宝石鑑定士の資格を取ると、さっさと日本へ帰ってしまった。それっきり、付き合いは終わるのかと思ったら、木綿子が帰国する飛行機の中で偶然、一緒になった。

そういう偶然というのは妙なもので、何か二人は不思議な縁で結ばれているような気分を抱かせる。赤い糸で結ばれて——などという連想もはたらくのである。

甲府に戻る前の東京で過ごした一夜、二人はあっさり、結ばれた。木綿子ははじめての経験で、父親が「アメリカなんかに行って、ろくでもないことになるぞ——」と言っていた、その「ろくでもないこと」に、最後の最後、それも東京に戻って来てなってしまったというわけだ。

塩野とはしかし、またそれっきりになるだろうと、木綿子はなかば諦めるような気持ちで、思っていた。木綿子は気の強い女だと自分でも思っている。こっちからノコノコと出掛けて行って、交際を継続してくれ——などとは、口が裂けても言えないタチである。塩野は東京の人間で、マンションに独り暮らしだと言っていたけれど、それも本当かどうか、確かめたわけではない。

甲府に引き上げて、ずっと何の連絡もなかった。やっぱり——と思い、時間とともに、そのまま忘れてゆくつもりだった。

帰国した当座、木綿子は父親のやっている、文房具店の一部に、アクセサリーを売るコーナーを設けようという計画だった。父親の信博《のぶひろ》は若い頃、水晶の研磨職人だったことがあって、家には水晶のかけらや細工ミスの半製品みたいなものが散らばっていて、子供の頃からそういうものに興味があった。ただのアクセサリー店から、ゆくゆくは宝石も扱う店にしよう——という心づもりもあった。そのための鑑定士の資格である。

信博も反対はしなかったのだが、その前に一度、会社勤めをしてみろ——と勧めた。地元甲府に数年前、新しい感覚の宝飾品メーカーが誕生して、優秀なスタッフを求めているという。木綿子も鑑定士としての技倆《ぎりょう》を磨くためにもなると思い、急遽《きゅうきょ》、就職することになった。アメリカ帰りの女性宝石鑑定士——というのが気にいられたらしく、山梨県内の女性としては、かなり高水準のサラリーをくれるというのも魅力だった。

地元の新聞なんかでも取り上げられたりして、木綿子としてはちょっといい気分の日々が続いた。

勤めが始まって間もない、去年の秋、塩野から突然、電話がきた。ずいぶん捜したというのだが、ちゃんと住所も電話番号も教えておいたはずだ。

それでも、塩野が甲府まで会いに来てくれた時は、木綿子はやっぱり嬉《うれ》しかった。「いそいそ」という言葉の意味を、生まれてはじめて実感した。

塩野は宝石鑑定士の資格を生かして、宝石アクセサリーのブローカー的な商売をしているということで、ベンツに乗っていた。

相模《さがみ》湖畔のホテルへ行って、木綿子は二度目の経験をした。

東京の時はなんだか儀礼的で、ちっとも楽しくなかったけれど、今度は自分から積極的に体を開く感じがあった。ひょっとすると、もう塩野から離れられなくなるのではないか――という、なんだか急に女っぽくなったような、後ろめたい気持ちもあった。

塩野とはそうやって、その後も、デートを重ねた。しかし、今日のように、会社をサボってなどというのは、ついぞなかったことだ。断るかどうか、迷っている時に電話が切れた。すっぽかすか――とも思ったけれど、塩野の妙に弱々しい口調が気になって、結局、急いでやってきてしまった。

(それなのに、なによ――)

木綿子は車に戻りながら、メモを握り潰《つぶ》した。車を走らせはじめてからも、下部温泉なんかに行くものか――と自分に言い聞かせていたのだが、会社に着く頃にはどうしていいか分からなくなっていた。

終業時間のほんの少し前に会社に戻った。課長が怖い顔をしてこっちを見るので、デートがバレたかな——と思ったが、べつに何も言われなかった。それでも、その顔を見て、木綿子は（明日、下部温泉へ行こう——）と決心がついた。

4

夕方ホテルに戻って、浅見は『旅と歴史』の藤田に電話した。いま甲府に来ていると言うと、ひどく驚いた。

「なんだ、もう知っているのか？」

「知っているとは、何ですか？」

「えっ？　それじゃ、あの事件のことで行ったんじゃないの？　あ、そう、それならいいんだけどさ。で、用事は何だい？」

「ちょっと待ってくださいよ、事件というのは何のことですか？」

「べつに大したことじゃないよ、いいんだ、もう」

「そっちがよくても、僕のほうはよくありませんよ。気になりますよ」

「じゃあ、気にしなければいいんだ」

「そんな……気にしないわけにいかないでしょう。いったい何があったんですか？」

「いいからいいから、浅見ちゃんはうちの仕事していればいいの。余計な探偵ごっこみたいなことはやめてよ、もう。だけど、そっちからかけてきたんだろ、用件は何なのさ」

「いや、それは明日の取材のことで、一応、最終的な詰めをしておきたいと思ったものだから……しかし、その前に、いまのそれ、何なのか教えてくださいよ」

「あんたもしつこいなあ、そんなことはどうでもいいから、仕事をちゃんとやってよ……あ、そうだ、いま甲府だって？　一日早いじゃないの。うちは明日からよ。今日の分、取材費は出ないから」

「分かってますよ、それより……」

「じゃあね」

ガチャリと電話は切れた。

（いまのあれは何だったのだろう？——）

浅見はいまいましい胸のうちで、思った。藤田の口振《くちぶ》りでは、どうやら甲府方面で何か事件が起きているらしい。

まったく情報というのは妙なもので、現場近くの人間より、はるかかなたの東京にいる人間のほうが、早くキャッチできるメカニズムになっている。社会の万事が東京中心に動いている証拠だ。

浅見は急いでテレビをつけてみた。しかし、中途半端な時間だから、どこのチャンネルを回してもニュースはやっていない。試しにフロントへ行って、何か事件が起きていないか訊《き》いてみたが、べつにありませんという話だった。

してみると、地震だとか大火事だとか洪水だとかといった、一般市民を震撼《しんかん》させるような大事件ではなさそうだ。もっとも、そういう事件なら、いくらなんでも浅見自身が気がつくはずである。

（ははあ……）

浅見はようやく気がついた。藤田が言っているのは刑事事件なのだ。浅見がそっちのほうにのめり込んで、肝心の日蓮のほうをおろそかにしそうな事件といえば、面白《おもしろ》そうな――というと語弊があるけれど、とにかく、浅見の興味をそそるような刑事事件が発生しているということにちがいない。

しかし、フロントに配達されたばかりの夕刊にも、とりたてて大きな事件は出ていなかった。夕刊には間に合わなかったのかもしれない。

仕方がないので、浅見はテレビの前に腰を据えて、ニュースが始まるのを待った。

「事件」は全国版ニュースの最後に扱われていた。ということは、全国的規模で報じられるべき内容の事件だったということだ。

――今日の午後、山梨県身延町の西八代《にしやつしろ》縦貫道路脇《わき》の崖《がけ》下で、女の人が死んでいるのを、近くに住む建設業者が発見し、警察に届けました。南部警察署と山梨県警で調べたところ、死んでいたのは、東京都目黒区に住む宝石デザイナー・白木美奈子さん三十五歳で、後頭部の打撲痕《だぼくこん》などから、何らかの事件に巻き込まれ、殺された疑いもあるものと見て、警察は調べております。白木さんは独り暮らしですが、昨夜から連絡がとれなくなっていたため、両親などが、心配していた矢先のことでした。白木美奈子さんは宝石を中心とした装身具のデザイナーとしては、わが国のトップクラスに入る人で、世界的な活躍が期待されていただけに、関係者は、今回の事件にショックを受けております。

全国版ニュースのあとのローカルニュースでも、その事件が報じられた。その中で、被害者は「甲府市の宝飾品メーカー・ユーキの専属デザイナー」である、という解説が加えられた。テレビは天気予報に移っていったが、浅見の頭はいまのニュースのことでいっぱいになった。

白木美奈子は、ついさっき見てきたばかりの「株式会社ユーキ」の契約デザイナーだったのだ。

そういえば、浅見が帰る間際、若い社員が岩村課長に何か報告していたが、あれはこの事件のことだったにちがいない。

(身延町か――)

浅見は事件発生の場所が、日蓮ゆかりの地の近くであることに思い当たった。これではあの藤田でなくても気になるはずだ。おまけに、藤田は知らないけれど、浅見は彼女の関係する会社に重大な関心を持って接触していた最中なのだ。

(やれやれ――)と浅見は、もはやこの事件との関わりを、避けて通るわけにはいかないことを、なかば諦《あきら》めの心境で思った。

5

白木美奈子が殺された事件のことは、木綿子が会社にいる時間までは、まだ社内で話題になっていなかった。ということは、つまり、上層部で箝口令《かんこうれい》をしいたことを意味する。

木綿子が自宅に帰ると、父親の信博が、いきなり、「大変なことだな」と言った。

父親の具合が悪いなどと、会社に嘘《うそ》をついたけれど、信博は至極元気だ。

「何のこと？」

木綿子が訊くと、信博は呆《あき》れ顔になった。

「なんだ、何も知らないのか。おまえの会社のひとじゃなかったか？　白木なんとかいう宝石デザイナー」

「白木さんならうちの社の専属だけど、白木さんがどうかしたの？」

「ああ、そのひとが殺されたとか、さっきテレビで言ってたが」

「えーっ？　うっそー……」

木綿子は父親の顔を見つめたきり、呼吸することさえ忘れた。じきに胸が苦しくなって、犬のように「ハッハッ」と息をした。

「おい、大丈夫か？」

信博は心配そうに木綿子の顔を覗《のぞ》き込んだ。

「どうして……」

木綿子はかろうじて口を開いた。

「ねえ、どうして？ 誰に？ いつ、どうして殺されたの？」

「まだ詳しいことは知らないけどさ、身延のほうで死体が見つかったそうだ。もっとも、そこで殺されたのかどうかは分からないとか言っていたな」

「ほんとに白木さんなの？」

「知らないよ、そんなこと。警察が……いや、テレビがそう言っているんだから」

「だけど、そんな……白木さんが殺されるなんて、どういう……」

言いながら、木綿子は「ハッ」と、あの指輪のことを思い出した。美奈子に指示されたとおり、バッグに入れて、つねに持ち歩くようにしているけれど、ひょっとすると、あの指輪のことが事件の原因になっているのかもしれない――。

「どうすればいい？」

うろたえて、木綿子は信博に訊いた。

「どうすればいいって、何がさ？」

信博は困った顔で、眉《まゆ》をひそめながら笑った。木綿子の取り乱し方があまりひどいので、いささか呆れている。自分と父親の気持ちのギャップが、木綿子をいっそう苛立《いらだ》たせた。

「だって、白木さんが殺されるなんて思ってもみなかったし、困っちゃうじゃない」

「そりゃ、会社は困るかもしれないけどさ、何もおまえがそんなにうろたえることはないだろう」

「違うのよ、父さんは分かってないのよ」

木綿子はそっぽを向いた。指輪の一件を父親に相談すべきかどうか、思案した。美奈子は誰にも言ってはならないと言っていたけれど、当の美奈子が死んだいまでも、その命令は生きているのだろうか？――

「変なことがあるのよ……」

木綿子はポツリと、呟《つぶや》くように言った。

「ん？」と信博は聴き取れなかったらしい。

「あのね、変なことがあったの」

木綿子はバッグから指輪ケースを取り出して、信博に渡した。

「これ、白木さんから預かっているんだけど」

信博は指輪を手にして、ためつすがめつ眺めてから、眉をひそめた。

「ダイヤじゃないか。こんな高価なもの預かって、大丈夫なのか？」

信博もかつては山梨県宝石業界にいたが、当時は水晶などの貴石類がほとんどで、貴金属は扱っていなかった。したがって、ダイヤが本物かどうか程度ならともかく、品質の良し悪しまで見極める能力はない。

「うん、それはいいんだけど、じつはね、ひょっとしたら、これが原因で白木さん、殺されたんじゃないかって」

「これが原因？　どういうことだ？」

「そのこと、白木さんから、絶対に誰にも話すなって言われているの」

「親にも話しちゃいかんのか？」

「うーん……誰にもっていう中には、親だって含まれているんじゃないかな」

「そうか、だったら言わないほうがいいな」

「そんなにあっさり言わないでよ」

「しかし約束は約束だろう」

「それじゃ、あれなの、私だけでこの秘密を背負っていろって言うわけ？　父親のくせに相談にも乗ってくれないわけ？」

「そんなこと言ったって、おれは何も知らないんだから、相談にも何も乗りようがないじゃないか」

「だからァ……」

木綿子はもういちど逡巡《しゅんじゅん》してから、決心した。

「それじゃ、父さんにだけ話すけど、これ、誰にも言っちゃだめよ」

「ああ、分かった、約束するよ。なんなら、指切りしたっていいぞ」

信博は木綿子のしこりをほぐすように、冗談を言ったが、木綿子は笑わなかった。

木綿子の話を聞くと、信博の顔からスーッと笑いが消えていった。

話を聞き終えると、あらためて指輪を見て、「それは変だな……」と、深刻そうに呟《つぶや》いた。木綿子の不安までが乗り移ったような、険しい顔であった。

「たしかに変な話だ」

「でしょう、父さんどう思う？　これって、やっぱり事件に関係があると思う？」

「うーん……分からないが、一応、可能性はあるかもしれないな」

「やだあ……」

木綿子は悲鳴を上げた。

「それじゃ、あれ？　警察に届けたりしなきゃいけないわけ？」

「ああ、そういうことかもしれない」

「そんなのいやよ私は」

「しかし、やむを得ないだろう。何しろ殺人事件なんだから」

「だけど、ほんとに関係があるかどうか、わからないじゃない。それに、白木さんは絶対に秘密にしてちょうだいって言ってたんだし……」

そう言いながら、木綿子は思い出した。

「そうだわ、白木さん、明るみに出る前に——とか言ってたんだわ」

「なんだい、それは？」

「白木さんがね、この指輪をMデパートのショールームから借りてきた話をした時、そう言ったのよ。『明るみに出る前でよかった』とか、そういうこと」

「ふーん、そんなこと言っていたのか……」

信博はまた眉をひそめ、視線を空中に彷徨《さまよ》わせてから言った。

「それだとすると、ちょっと考えたほうがいいのかもしれないな」

「考えるって？」

「だからさ、警察に届けることをさ」

「じゃあ、届けなくてもいいっていうこと？」

「ああ、もしあっさり届けていいものだったら、白木さんがそうしていたはずだろう。届けなかったというのには、何か理由があったはずだ。だから、届けるにしても、その前に社長か誰かに相談したほうがいいのかもしれない」

「社長かァ……どっちにしても気が重いなあ」

木綿子は憂鬱《ゆううつ》だったが、そうしなければならないのかもしれない——とも思った。

「まあ、いずれにしても、もう少し様子を見てからにしたらどうだ」

信博は娘の悩みを心配する顔で、慰めるように言った。

「案外、ぜんぜんべつの理由で殺されたっていうことで、犯人が挙《あ》がるかもしれないしな」

「うん、そうするわ」

木綿子はかろうじて救われた思いがした。

「やっぱり父さんに相談してよかった。肝心な時には頼りになるんだ」

「ははは、少しは親のありがたみが分かったか」

父の笑顔を見て、木綿子はいくぶん気持ちにゆとりができたけれど、この事件のおかげで、木綿子はしばらくのあいだ塩野のメモのことを忘れてしまった。もっとも、たとえ忘れていなくても、夜に入ってからではどうにも手の打ちようがないことであった。まさか夜の夜中に、下部温泉の熊野神社だかなんだか知らないけれど、人のあまり行きそうにない場所に、女独り、ノコノコ出掛けて行くわけにはいくまい。

それより、塩野から自宅に電話がかかってくることを、木綿子は期待していたのだが、その夜はついに何も言ってこなかった。

翌朝、会社に出ると、当然のことながら、社内は昨日の事件のことでてんやわんやの騒ぎだった。仕事内容の決まっている製造関係のセクションはともかく、事務関係や木綿子のような仕事の人間は、寄るとさわるとヒソヒソと噂《うわさ》話を交わした。

会社には朝早くから警察の人間も出入りして、いろいろな人間に事情聴取をしているらしい。

「そのうち、木綿子のところにも来るんじゃない」

島崎泰子が厭味《いやみ》たらしく言った。

「どうしてですか？」

「だって、あんたとはいろいろあったんでしょう、白木さん」

「どういう意味ですか、それ」

木綿子は腹が立って、まともに相手を睨《にら》んだ。

「おおこわ……」

泰子はニヤニヤ笑って、部屋を逃げ出した。

木綿子は気分が悪かった。精神的にだけでなく、ほんとうに胸がムカつくような気分がしてきた。昨日からのもろもろで、神経がいらだっているせいかもしれなかった。

青い顔をしていたのだろう。課長が「どうかしたのか?」と訊《き》いてくれたのをいいことに、木綿子は早退させてもらうことにした。

「いいだろう、どうせ今日は仕事になりそうにないのだから」

課長は顔をしかめながら言った。

木綿子は車に乗ると、家には帰らずに下部温泉に向かった。あれから塩野からの連絡はないのだけれど、むしろ何も言ってこないということのほうが奇妙に思えた。

何か分からない、とんでもないことが起きつつあるような、漠然とした不安感が、白木美奈子の死という、具体的な形に出くわして、一つの結果めいたものを暗示したような気がしてきた。

塩野の身に何かがあったのではないか——というのが、木綿子の不安であった。「下部温泉の熊野神社」などという、わけの分からない伝言をしたきり、まったく連絡が跡絶えているというのは、これはもう異常としか考えられない。

とにかく下部温泉へ行くしか、この得体の知れない不安から逃げ出す方法は思いつかなかった。

国道52号線はそれほど交通量はないけれど、ほとんどが片側一車線の追い越し禁止区域ばかりの道だけに、思ったほどスピードが上がらない。

おまけにガソリンの残量が頼りなくなってきた。沿道のスタンドに寄ってガソリンを満タンにして、ついでに小用をすませて出てくると、目の前に昨日、美術館の駐車場で会った青年の、あのいまいましい顔が、白い歯を見せて笑っていた。

「やあ、珍しいところでお会いしますねえ。よほど縁があるのかなあ」

ＢＭＷと並んで、白っぽいソアラがガソリンを入れている。木綿子が無視して車に乗ろうとするのを、追いかけるようにして言った。

「これから身延へ行くのですが、あなたもそうですか？」

「あら、どうして？」

思わず訊いた。

「だって、白木美奈子さん、身延で殺されたのでしょう？」

「あ……」

木綿子は思わず小さく叫んで、相手の顔を睨んだ。

第三章　下部温泉

1

浅見に言われるまで、木綿子は、白木美奈子の事件があった身延《みのぶ》が、下部《しもべ》町のすぐ隣にあることをまったくうっかりしていた。

それだけ、木綿子の気持ちが、塩野のメモにあった「下部温泉の熊野神社」へ向かっている証拠なのかもしれない。

それにしても、目の前にいる浅見という男が、ますます得体の知れない人物に思えてきた。

「あの、白木さんの事件と、あなたと、どういう関係があるのですか？」

つい、きつい口調になった。

「いいえ、特別に関係はありませんよ。ただ、たまたま取材したユーキさんの関係者だったものだから、なんだか他人のような気がしないというだけのことです」

「それだけのことで、わざわざ身延まで出掛けるのですか？」

「身延はもともと行く予定だったのです。ほら、お話ししたと思うけど、僕の本職は歴史とか旅とか、そういうものを取材してルポ風の雑文を書くことなのです。今回のテーマは日蓮さん。それで身延です」

「そうなんですか……」

これでは文句のつけようがない。

「でも、私は身延へ行くわけじゃありませんから」

木綿子は浅見に背を向けて、車に戻りかけた。

「え？　違うのですか。じゃあ、どちらへ？」

「そんなこと、あなたにお話しする義務はありません」

「はあ、それはたしかにそのとおりですが」

苦笑する浅見を尻目《しりめ》に、木綿子はＢＭＷに乗った。「じゃあ」と軽く挨拶《あいさつ》して、車をスタートさせる。

しばらく走って、追い掛けてくるかと後ろを気にしたが、その気配はなかった。それでも、木綿子は車のスピードを上げた。とにかく、むこうも国道52号線を身延へ行くのだ、のんびり走っていては、いつ追いつかれないともかぎらない。

52号線は富士川沿いにまっすぐ南下する。そして、身延山が右手に見えてくるあたりで川を渡ったところが下部町だ。

この付近は左右に山が迫っていて、52号線と富士川と、対岸の国道３００号線、それにＪＲの身延線が接近するところだ。

木綿子は52号線を左折、富士川を渡って下部に入った。

山梨県は温泉の湧出《ゆうしゅつ》が豊富なことでは、全国でも有数の土地柄である。その中でも下部はもっとも古くから開かれた温泉の一つだ。武田信玄の隠し湯というのは、あまりにも有名だが、一説によると、景行《けいこう》天皇の時代に発見されたという。もっとも、全国いたるところの「もののはじめ」に「景行天皇の御代」が出てくるから、こっちのほうはあまりあてにはならない。

JR下部駅から谷川沿いに、山峡深くまで行く坂道がある。その道を挟んで、細長い温泉街が続く。道路は車がやっと擦《す》れ違えるほどの狭さだが、それだけに温泉情緒がたっぷり漂っている。

街のとっかかりにある土産《みやげ》物店で「熊野神社はどこですか?」と訊《き》いた。

「ずっと上がって行って、神泉橋を渡ったところですよ」

おばさんが教えてくれた。

「だけど、車を停める場所がないから、少し上がったところにある共同駐車場に停めて行けばいいわね」

なかなか親切だ。そういえば、温泉場につきものみたいな客引きの姿もなく、気分のいい街である。

神泉橋付近は、なるほど、駐車のスペースのないところであった。言われたとおりそこから百メートルばかり先の駐車場に車を停め、後戻りして、熊野神社へ通じる石段にかかった。

石段下にある案内板を読むと、熊野神社の由来が書いてある。千二百年前に出来て、現在の社殿は武田信玄の謀将穴山梅雪の建立になるもので、すでに四百年を経《へ》ていると書いてあった。

ヒノキやスギやさまざまな雑木の生い繁《しげ》る中を、少し曲がりながら登って行く。長い石段であった。途中までは無意識に段数を数えていたのだが、それをいつしか忘れるくらい長かった。

山を覆う濃密な木々からは、セミの声が降りそそぐ。暑さには強い木綿子の額に、汗が浮かんだ。

石段が切れたところが頂上で、ポッカリと空が開けた。

およそ千平米《へいべい》ほどの広さがあるだろうか。そこに社殿と神楽殿が建っている。四百年かどうかはともかく、どちらも相当に古いことは確かだ。神主だとか、そういう人が住んでいる気配はない。それどころか、周囲には参拝する者の姿もまったくなかった。

まだ昼過ぎだというのに、山気の中に独りでいると、じっとしていられないほど、心細くなってくる。

とにかく、塩野の指示どおり、ここまでやって来はしたものの、ここに来ればどうなるのか、まるで分かっていないから不安だ。

塩野が現れるのかもしれないという気もないではなかった。しかし、この神社の佇《たたず》まいを見るかぎり、塩野にしろ誰にしろ、いつ来るとも知れない相手を待っていることができるような環境とは思えなかった。

　由緒書には「重要文化財に匹敵する」とか書いてあったけれど、信仰とか建築に興味のない目で素直に見れば、なんとも古く、そして汚い建物でしかない。

　それに、神社の壁という壁、戸板という戸板、はては賽銭箱《さいせん》にいたるまで、ぎっしりと書きこまれた落書きの多さには呆《あき》れるばかりであった。

　しかし、よく見ると、ただの落書きやいたずら書きではなく、祈りの言葉や、病気平癒のお礼などが書かれていることに気づく。悪かった足の病気が治ったとか、誰それの足を治してください――といったような文章を綴《つづ》っている。

　温泉地の神様だけに、傷だとか足の病気などに霊験があるのかもしれない。

　ためしに社殿の中を覗《のぞ》いて見ると、松葉杖が何本か積んであった。病気が快癒したお礼に来て、松葉杖を納めてゆく習わしがあるという話を聞いたことがある。この神社もそういう信仰の対象になっているらしい。

　ひとしきり、退屈しのぎに「落書き」を読んでしまうと、また心細さがつのってきた。

　こうして待っていても、必ず塩野が現れる保証は何もないのだ。せめて、日時でもはっきりさせておけばいいのに――と、塩野のドジに文句の一つも言いたくなる。

　しかし、塩野がそんな分かりきったミスを犯すとも考えられなかった。何かの齟齬《そご》があって、ちゃんとした伝言をできなかったのかもしれない。メモをくれた、美術館の女性が聞き間違えたということだって、あり得ないわけではないのだ。

かれこれ一時間ほどいて、木綿子は仕方なく石段を下った。

2

白木美奈子の死体が発見された現場は、西八代《にしやつしろ》縦貫道路脇《わき》の崖《がけ》下であった。この道路は比較的最近の建設で、まだ完成途上にある。したがって交通量はそれほど多くなく、ことに夜間はほとんど通行が跡絶えることもあるそうだ。

車で運んできて、無造作に死体を放り投げるというやり方は、いささか乱暴かもしれないが、この条件を考え、それに、藪《やぶ》の生えた崖下を見ると、それほど無謀という気もしない。

犯人は案外、充分な予備知識があった上で、ここを死体遺棄に相応《ふさわ》しい場所として選んでいるのかもしれないのだ。

とはいえ、日本中にこの程度の条件を備えた場所は無数といっていいくらいあるだろう。にもかかわらず、犯人がここを選んだというのは、たとえそれが偶然であったとしても、何らかの理由なり目的なりがあったことは確かだ。

浅見は事件を扱っている南部警察署へ行ってみた。

南部署のある南部町は、富士川を挟んだ対岸の富沢町とともに、いわば山梨県最南端の町である。

今回の取材旅行を前にして、浅見が一夜づけで調べた日蓮の伝記の中にも「南部」の名前が出てくる。

平安末期に甲斐《かい》源氏の一族がここに土着し「南部三郎」を名乗ったのが、町名の由来だということであった。南部氏は頼朝が決起した、例の石橋山の合戦に加わり、戦功があった人物だという。

のちに、奥州征伐にも参戦し、大いに戦功があったため、奥州の津軽、九戸《くのへ》、鹿角《かづの》などを与えられて現在の奥州「南部家」の祖にもなった。

そして、甲斐の所領に残った、南部一族分家初代の波木井《はきい》実長が日蓮に帰依し、所領の一部である身延山を日蓮に寄進したというのである。したがって、現在も南部氏の系列の多くが日蓮宗の信者であり、指導的立場にある僧侶《そうりょ》の中にも「南部」の名が少なくない。ちなみに、東郷元帥の農園別荘跡としても有名な、東京都府中市にある「東郷寺」の住職も直系37代目の南部家である。

南部町は江戸時代には宿場として繁栄した。ことに富士川の水運がさかんだった頃は、その中継点的な役割を担い、大いに賑《にぎ》わったという。しかし、明治末期に国鉄中央線が開通すると、水運業はすっかり寂《さび》れ、さらに大正九年に富士身延鉄道が開通するにいたって、完全に絶えた。

現在は人口約七千、林業を中心とする、小さな町だ。

南部署にはすでに捜査本部が設けられていた。有名な宝石デザイナーが殺された事件とあって、マスコミの出足もよく、警察署前には各社の旗を立てた車が停まっている。玄関のあたりをウロウロする連中は、大抵、記者かカメラマンだ。

浅見も車を下りて、連中の仲間入りをすることにした。

気配から察すると、どうやら、夕刊の締切に間に合うようにという、午後一番の記者会見があるらしい。

やがて、係官の案内で、記者たちは捜査本部であり記者会見場でもある会議室へ、ゾロゾロ歩きはじめた。浅見もちゃっかり、その最後尾にくっついて、会議室に入った。

発表は捜査本部長である、南部警察署署長が行った。

「どうも御苦労さんです」

署長は秋元警視といい、額の禿上《はげ》がった、中年というより初老といったほうがピッタリの男で、声がむやみに大きい。

「先程、新しい情報が入りまして、若干、捜査に進展が見られましたので、ご報告します。えー、被害者の白木美奈子さんは一昨日、下部温泉に宿泊することになっていたのだそうです。下部は下の部と書きます。つい隣の温泉町でありますが、……」

署長は遠来の記者のために説明を加えたが、記者連中の中から「下部温泉ぐらい、誰だって知ってますよ」と、じれったそうな声が上がった。

「下部温泉の下湯ホテルに、事件の前日、白木美奈子さんから電話予約がありまして、一昨日——つまり事件当日の夕刻四時頃、白木さんの連れと思われる若い男性が訪れ、チェックインだけをすませているということであります」

「というと、白木美奈子さん本人は来なかったのですか？」

記者の中でもベテランと思われる、顔つきも体型もゴツイ感じの男が、全員を代表するかたちで質問した。

「いや、それがですな、白木さんも来ていたと思われるふしがあるのです。ホテルの従業員の話によると、若い男はホテルの駐車場に停まった青いＢＭＷから下りてきたのだが、その車の中に女性の姿があったというのです」

「その女性が白木美奈子さんだったのですね？」

「たぶんそういうことでしょう。白木さんのマイカーは青いＢＭＷでして、また、若い男がホテルに預けた荷物を調べましたところ、白木美奈子さんのものであることも判明しました」

「チェックインだけをすませたと言われましたが、その後、二人はホテルにはまったく現れていないということでしょうか？」

「そのとおりです。ホテル側では、男の人が荷物を預けて行ったきり、いつまで経ってもやってこないので、心配していたところ、テレビのニュースを見て、もしかすると当人ではないかと思い、今日になって届け出たということであります」

「その、連れの男というのは何者ですか？」

「名前など、素性は現在までのところ分かっておりません」

「年齢はいくつぐらいですか？」

「えーと、年齢は三十歳前後、細面のなかなかのハンサムだったということです。服装はスポーツシャツの上にグレーの背広を着ていたそうです」

「その人物と白木さんの関係も分からないのでしょうね？」

「はい、残念ながら」

「しかし、その人物が犯人である可能性が強いのでしょう？」

「そこまでは分かりませんが、重要な参考人であることは間違いありませんので、目下、その人物の行方を追っているところであります」

署長は話すべきことはすべて話した——という顔で、記者連中を見渡した。

「ほかに何か質問がなければ、これで終わりますが」

「ちょっと待ってください」

記者たちの後ろのほうから、浅見が声を発した。

「はい、何でしょう？」

署長が座ったまま背伸びをするように、浅見を見た。

「チェックインをすませたそうですが、そのとき、その男性は何ていう名前を記帳したのですか？」

「あ、そうそう、忘れておりました。えーと、男の名前は野口俊夫、住所は東京都港区元赤坂一丁目四番地になっております。しかし、調べたところ、そこには該当するような人物は居住しておりません。なにしろ、その住所地は豊川稲荷《いなり》の境内でして」

記者たちは「ははは……」と失笑した。

「ところで、車はどうなったのでしょうか？」

だれた空気の中から、また浅見が発言した。

「目下手配中です」

「その野口という男が逃走に使っている可能性もあるわけですね？」

「そのとおり」

「白木さんの車の車種およびナンバーを教えてくれませんか」

「えーと、88年型のＢＭＷ、色は青、ナンバーは品川33ま×××です」

「ホテルの前にあった車がその車であるという証拠は、あるのですか？」

「いや、まだ、証拠はありませんがね」

「タイヤ痕《こん》などは採取できたのでしょう？」

「残念ながらできなかったようです」

「だとすると、必ずしも同一の車であるかどうか、それに、車に乗っていた女性が白木さんであるかどうかも分からないわけですね？」

「ん？ああ、まあ、厳密にいえばそういうことになりますが、しかし……」

署長はいやな顔をした。正直なところ、タイヤ痕の採取など、あまり熱心にやっていないのだ。

「しかし、まさかそんな……いや、そういうことも勘案しながら鋭意捜査を進めておりますがね。しかし、常識的に言って、同一のものであると思って差し支えないでしょうなあ」

「どうしてです?」

例のゴツイ記者が文句をつけた。

「この人の言うとおりだと思いますがねえ。警察はそこのところを、もう少し真剣に考えて、この付近で青いBMWに関する情報を収集したほうがいいんじゃないですか?」

「分かりました、もちろんわれわれの捜査にはあくまでも遺漏《いろう》はないつもりですが、なお、念のため、早速、各所に散っている捜査員たちに、その旨、指示を出しましょう」

署長は面目を失して、苦い顔をして隣の刑事課長に合図した。刑事課長も不愉快きわまる顔で席を立った。

3

会議室を出ると、さっきのゴツイ男が追ってきた。

「あんた、なかなか鋭いことを言いますなあ、感心しましたよ」

言いながら、名刺を出した。「毎朝新聞甲府支局　井上英治」とあった。「毎朝」は東京に本社のある一流紙である。

「僕は浅見といいます」

浅見は肩書のない名刺を、多少、気後れしながら出した。

「ほう、フリーですか、さすが一匹狼ですなあ、頭の回転が違う」

妙な感心の仕方をする。

「どうなんです？　これまでにも、相当、勇名を馳《は》せているんでしょう？　おもに週刊誌ですか、契約は」

「いえ、月刊誌です。それも、事件の取材とはあまり関係がないのです」

「ふーん、すると、何が本職です？」

「旅関係とか、地方の歴史とか、そういったつまらないものが多いのです」

「ほんとかなあ、信じられませんなあ。さっきのあれ、署長を問い詰めたあたりは、なかなか素人にはできませんよ」

「そうでしょうか。何となく、ああいう疑問が湧《わ》いただけですけど」

「ふーん、何となくねえ……」

井上は疑わしそうな目をした。

「しかし、ここにはこの事件の取材で来たんじゃないのですか？」

「そうじゃないのです。日蓮聖人の伝説を取材に来て、たまたまこの事件に遭遇しただけなのです」

「へえー、日蓮聖人をねえ……じゃあ身延山か。なるほど、理屈はあってますなあ」

井上の疑いはようやく晴れたらしい。

「しかしあんた、浅見さん、事件物は嫌いじゃなさそうだけど、違いますか？」

「はあ、興味はあります。推理小説なんかもよく読みますし」

「推理小説ねえ……昔は松本清張のなんか、よく読んだけど、近頃はろくなのがないでしょう。だいたい、事実のほうがよっぽど奇っ怪で面白《おもしろ》いですからなあ。竹藪《たけやぶ》に何億円もの金が捨ててあったり」

「はあ……」

浅見は曖昧《あいまい》に頷《うなず》いた。いくら知り合いだからといって、「内田康夫のが面白い」などとは言えない。

井上は言った。

「ところで、さっきあんたが言ったことね」

「車も人間も本物かどうか分からないんじゃないかっていう、あれだけど、どうなんです？　ほんとにそういう可能性はあるのかなあ？」

「あるんじゃないですか？」

「ははは、おっそろしくあっさり言いますな」

「しかし、可能性ということなら、充分、考えられることだと思いますが」

「いや、可能性ということだけでなくですよ。現実にそういうことをするという、その目的というか、狙《ねら》いというか、それは何だと思いますか？」

「もちろん、被害者の存在した場所を隠蔽《いんぺい》することが目的でしょう。つまり、アリバイ工作の一種だと思いますが」

「なるほど……そうでしょうな」

井上は言いながら、どういう場合なのかを、あれこれ思いめぐらせている様子だ。

「つまり、あれですな……下部温泉に白木美奈子が現れた時刻には、本物の白木美奈子はまったく別のところにいたという、そういうことですな」

「はあ、たぶんそうだと思います。わざわざホテルにチェックインしたり、車や、中の女性を見せたりしているのは、明らかに作為的ですからね。しかも、偽名を使っているし、その客が戻ってこないとなれば、ホテルだって神経を尖《とが》らせますよ。事件の話を聞いただけで、じゃあやっぱり、あの女性が——という連想に結びつきます。警察に通報したくもなるでしょうね」

「うーん……たしかにねえ。だけど、そういう工作をしておいて、犯人は何をしたのだろう？」

「彼女を殺害したのでしょう」

浅見はこともなげに言った。

「いや、それは分かりますがね、工作した効果は何かということですよ」

「下部からはるか遠く離れた場所……つまり、下部のホテルにチェックインした白木美奈子が、もし本人だったとしたら、時間的にみて、絶対に行けっこない場所に犯人がいて、完璧《かんぺき》なアリバイを作った上で、彼女を殺害したのですよ、きっと」

「なるほど、それはあり得ますなあ……しかし、警察は果たして、その方向で捜査をしているのかなあ？」

井上は玄関のところで、背後を振り返り、警察の中の動きを眺めた。

「さっきの署長の様子だと、どうもそういう感じには見えなかったけどねえ」

「これからやるんじゃないですか」

「そうでしょうな、あんたがああ言ったからね。そうでもなきゃ、永久に気がつかなかったかもしれないけど」

井上は一応、納得したように頷いて、玄関を出た。

「どうです、その辺でお茶でも飲みませんか。といっても、この辺りじゃろくなコーヒーもありませんがね」

井上の案内で、警察のすぐ近くにあるスナックに入った。ベニヤ張りの壁にメニューを書いた紙が貼《は》ってある。見るからに流行《はや》らない感じの店だ。なるほど、井上が保証したとおり、インスタントみたいなコーヒーが出た。

井上は電話で原稿を送ってから、浅見の前に座って、さっきの話の続きを始める態勢になった。

「ところで浅見さん、この事件のこと、どの程度まで知ってるんです？」

「いえ、僕は昨日のニュースで事件のことを知って、さっきここに来たばかりですから、あまり詳しいことは知りません」

「そうですか。だったら、被害者の白木美奈子のことも、どういう人物かなんてことは知らないわけですな」

「ええ、ただ、かなり有名な宝石デザイナーで、甲府のユーキという宝石メーカーと契約していることぐらいなものです」

「あ、そうなの……ふーん、それで事件の真相をズバリ言い当てちゃうんだから、あんたはすごいですなあ」

「困ったなあ、真相なんて、ちっとも言い当てていませんよ。ただ、ホテルに現れた女性が本物の白木美奈子じゃないかもしれないって言っただけです。それだって、単なるあてずっぽうかもしれないし、何も分かっちゃいないのですから」

「いやいや、そうでないね。あんたはすごい才能の持ち主ですよ。私はね、長年の勘で分かるんだなあ、それが」

長年などと言っているが、井上の歳はどう見ても三十七、八というところだ。

「ところで、事件の詳しい状況について、教えていただけませんか」

浅見は真顔になって、言った。

「ん？　詳しい状況って言いますと？」

「つまり、死亡推定時刻とか、そういったことです」

「あれ？　浅見さん、そういうの、まだ知らなかったの？」

今度は井上が呆《あき》れた。

「ええ、新聞なんかには、あまり詳しいことは載っていなかったように思います」

「そりゃまあそうだけど……しかし驚いたなあ、何も知らなくて、ああいうこと、ズバッと言ったりしちゃうわけねえ」

「はあ、どうせ仮説ですから、何でも言えちゃうのです」

「仮説にしてもですよ、大胆と言おうか、図々しいと言おうか……」

井上は笑い出した。顔の黒い、ゴツイ男だが、笑うと白い歯が光って、なかなか愛嬌《あいきょう》がある。

4

井上が話してくれた、白木美奈子の殺人死体遺棄事件に関する捜査データは、概《おおむ》ね次のようなものであった。

死亡推定時刻　九月二十六日午後五時〜午後九時頃
死因　後頭部打撲による脳挫傷《ざしょう》
凶器　金属バット等鈍器状のもの

現場付近の状況　特に犯人または犯行に関係があると特定し得るような遺留物はなし

「いまのところ、だいたいそんな程度しか分かってないみたいですがね」

井上は浅見がメモする手元を覗《のぞ》き込んで言った。

「それにしても、午後五時というと、彼女と男がホテルにチェックインしたのが四時だから、死亡推定時刻のもっとも早い時間だと、ホテルを出て殺されるまで、ものの一時間も経っていないわけですね」

浅見は言った。

「常識的に考えると、下部温泉に来て、旅館にチェックインして……となれば、そのあと付近を散策するか、遠くても、せいぜい本栖湖《もとすこ》だとか、富士五湖辺りまでドライブするか程度のことしか思い浮かびません。いくら四時間あれば東京や名古屋辺りまで行けるとしてもです」

「そのとおりですよねえ」

井上が相槌《あいづち》を打った。

「警察だって、そう思って、ごく常識的な四時間までの行動範囲で、彼女を見掛けた者はいないか、聞き込みを続けるつもりでいたんじゃないかな。ところが、浅見さんの言うようなアリバイトリックがあったとすると、そういうのは根本的に考え直さないといけなくなるってことだからねえ、署長が渋い顔をするわけですよ」

井上は愉快そうに笑った。

浅見も笑いかけて、「あれっ？」と店の外に視線を送った。

「ん？　何です？」

井上が身を乗り出した。

「いえ、ちょっと……青いBMWが通ったものですから」

「ははは、青いBMWなんて、掃いて捨てるほどありますよ。そんなの、いちいち気にしていたら、日本中の車を調べなきゃいけない……いや、冗談でなく、警察はそれをやらなきゃならないわけですなあ。考えてみると気の毒な話だ」

「まったくですね」

浅見はゆっくりコーヒーを飲んで、席を立った。

「さあ、僕は本職のほうを始めないといけないので、これで失礼します」

「そうですか、そいつは残念だなあ。しかし私もね、ぼちぼち甲府へ引き上げなきゃならんのです。とはいえ、今後ともよろしく頼みますよ。こっちもね、また何かあったら連絡します。浅見さんも、取材関係で、私で役に立つことがあったら言ってください。こう見えても、根っからの甲州人で、毎朝の井上っていえば、地元警察じゃちょっとしたカオだから、困った時には私の名前を言えば、多少は効き目があるはずです」

井上は握手を求めた。ゴツイ体軀《たいく》そのままの、ゴツイ感触であった。

浅見は井上に会ったことで、甲州人に対する考え方を、今後はあらためなければいけないと思った。甲州には「黒駒《くろこま》の勝蔵」とかいう人物が出ているぐらいだから、任侠道《にんきょう》の気風は根強く残っているのかもしれない。ジュエリー業界の秘密主義も、義理人情のシガラミという物差しで計ると、存外、別の見方ができるのかもしれないのだ。

それはともかく、浅見は胸騒ぎを感じて、南部署へ急いだ。さっきスナックの前を通ったBMWは、確かパトカーに先導されていたように見えたからである。

駐車場に停めてあるソアラの先に、青いBMWを発見した瞬間、浅見は自分の直感力に感心するより以上に、薄気味悪くさえ思えた。

BMWのナンバーは、まさに伊藤木綿子の車のものであった。

5

木綿子にしてみれば、災難としか言いようのない出来事であった。

熊野神社から下りてきて、近くの喫茶店に入った。喫茶店といっても、和洋折衷みたいな可愛《かわい》い店で、茶店が出すような和菓子もある。下部名物の温泉まんじゅうというのを食べ、のんびりお茶を飲んだ。

塩野に会えなかったのは不満だが、だいたい、あのへんてこなメモに釣られて、こんなところまでノコノコやってきたのが、間違いだったのかもしれない。

そう割り切ってしまえば、せっかく早退したのだもの、少しのんびりしようという気分になった。

　店を出てから、温泉町の土産《みやげ》物店を冷やかして、たっぷり時間をかけて駐車場へ上がって行った。駐車料金を払い、車に戻ったところに、人相の悪い男が二人、近寄ってきた。明らかに何か用事がありそうな顔だ。

　多少、薄気味悪い気もしたけれど、近くには駐車場の管理事務所もあるし、観光客もチラホラいる。

「ちょっとお訊《き》きしますが」

　二人の男のうち、背の低い、年齢の上のほうの男が言った。言いながら、ポケットから黒い手帳を覗かせた。

（刑事？――）

　木綿子はいやな気がした。もっとも、刑事に声をかけられて、楽しい気分になる人間はいないだろうけれど。

「この車、おたくさんのですか？」

「ええ、そうですけど」

「なかなかいい車ですなあ」

「ええ、無理して、ローンで買ったんです」

　無意識のうちに、それがどうした――という口調になった。若い女性だからって、BMWに乗って悪い理由はあるまい。頭金はたしかに親に出してもらったけれど、ローンの支払いぐらいなら、こちとら、稼ぐ自信があるんだから――という気もあった。

「なるほど、ローンでねえ。そりゃ大変でしょう」

「ええ、大変です。だけど、それがどうかしたんですか？」

よっぽど、盗んだわけじゃないですよ――とでも言ってやりたかった。

「じつは、最近、BMWが盗まれた事件がありましてね、あ、いや、何もおたくさんの車がそうだなんて言ってませんので、気を悪くしないで聞いてくださいよ」

刑事はこっちの気持ちを見透かしたように、ニヤニヤ笑いながら言った。

「それで、失礼だが、念のためにお訊きしますが、一昨日の午後四時頃、おたくさん、どちらにいました？」

「一昨日の午後四時ですか？」

木綿子はドキリとした。一昨日でなく、昨日の午後四時頃と、一瞬、錯覚したのだ。昨日の午後四時頃といえば、まさに、県立美術館に行って、塩野にデートの約束をすっぽかされた時刻だ。

「一昨日でしたら、会社にいましたけど」

「あ、そうでしたか。それなら問題ありませんなあ。で、会社はどちらですか？」

「甲府です」

「甲府の何ていう会社ですか？　もし名刺があればありがたいのだが」

「株式会社ユーキっていいます」

木綿子は名刺を出しながら、言った。

「ユーキ……」

とたんに、二人の刑事の表情に電流のようなものが流れた。

「ほう、ユーキの社員ですか」

刑事はもう一度、復唱した。それから生唾《なまつば》を飲み込んで、おもむろに言った。

「ユーキというと、一昨日、デザイナーの女の人が殺されたばかりですなあ」

「ええ、そうですけど」

「そうすると、おたくさんもその事件のことでこちらへ来たのですか？」

「は？……」

木綿子には、刑事の言っている意味が分からなかった。

「いや、質問を変えましょう」

刑事はまた、ニヤリと笑った。どうやら自分たちのペースにはまってきた——という感触を得たつもりらしい。

「今日はこちらに、一人で来たのですか？」

「ええ、そうですけど」

「ドライブですか」

「まあ、そんなところです」

「そんなところ……というと、それ以外の目的もあるわけですね？」

「ええ、いえ、そういうわけじゃないですけど……」

木綿子は答えながら、漠然と不安を感じはじめていた。刑事が職務質問をするからには、何かそれなりの理由があるはずだ。そのことと、塩野のメモとのあいだに、関連があるのだろうか？

「あの、何かあったのですか？」

木綿子は思わず、逆に質問をした。

「何かあったって……」

刑事はブスッとした顔になった。

「おたくさんの会社のデザイナーが殺されたのでしょうが。何かあったどころじゃないと思いますがなあ」

「そういう意味じゃなくて」

木綿子はムッとした。わざとこっちの意図をねじ曲げて受け取る、刑事のいやらしさに腹が立った。

「その事件と、私がここに来たことと、何か関係があるのかって訊いているんです」

「ふーん……そしたらあんた、何も知らないで下部に来たというのですか？」

「？……」

そう言われても、木綿子にはさっぱり意味が分からない。その気持ちは正直に表情に現れたらしい。刑事は困惑したように、首を傾《かし》げた。

「じつはですなあ、殺された白木さんだが、事件の直前、この下部に来ているのですよ。しかもですね、彼女が乗っていたのが、おたくさんのと同じような、青いBMWでしてねえ。それで一応、こうやって話を聞かせてもらっているのです」

「ああ、そういうこと……」

木綿子はほっとすると同時に、ばからしくなった。

「だって、私がこの車を選んだのは、白木さんにあやかろうっていう気持ちがあったからなんですもの。だから無理して、似たような車を選んだんです。もっとも、似ているのは車種と外観だけで、グレードはずんと落ちますけどね」

「なるほど、そういうわけですか」

刑事はようやく納得したように見えたが、それで解放してくれるというわけではなかった。

「それはそれとしてですな、ここに来た目的は何なのか、もう少しはっきりと説明していただきたいのだが」

「目的って……ドライブに来たんじゃいけませんか？」

「ドライブねえ。一人で、ですか？　おたくさんのように、若くて、美人で……そういう娘さんがですよ、一人でドライブとはねえ」

刑事はまた、例の意味ありげな笑いを浮かべて、上目遣いに木綿子の顔を見た。

「一人で来ようとどうしようと、そんなこと、私の勝手じゃありませんか」

木綿子は憤然として言った。

「これでもう、何も話すことはありませんよね。失礼します」

車に乗り込もうとする木綿子を、刑事は慌てて、「ちょっと待った」と制した。

「もうちょっと訊きたいことがあるので、一つお付き合いしてくれませんか。ここではなんだから、署のほうまで来てもらいましょうかねえ。いや、そんなに時間は取らせません。あそこのパトカーが先導しますから、ついて来てくださいや」

うむを言わせない口調であった。木綿子は心臓がドキドキした。はらわたが煮えくりかえるような怒りと、何かよくない方向に、ことが進んでゆくことへの、強い不安と恐怖感をひしひしと感じた。

6

木綿子にとって、警察署の建物に入るのはこれが二度目である。前の時は父の用事で書類をもらいに行っただけだから、警察官を怖いとも、憎いとも思わなかった。

しかし、いま、彼女の前後を挟んで歩く二人の刑事は、なんて憎たらしい存在なのだろう。明らかに二人は木綿子の逃亡を警戒している態勢だ。考えようによっては、なかば容疑者扱いとも受け取れる。

下部からここまでだって、先導するパトカーと、もう一台、何の変哲もなさそうな車とに前後を挟まれて、やってきた。その、後ろのほうの車に乗っていたのが、職務質問をした二人の刑事である。

その二人以外の、パトカーに乗っていた三人の警察官は、木綿子のBMWを見張るように駐車場に残った。それもまた、木綿子の不愉快を増幅させた。

（私のBMWがどうしたっていうのよ——）

木綿子は叫び出したい衝動に、何度も駆られた。

二階の取調室に入ると、年配のほうの刑事が椅子《いす》を勧めてくれた。いや、勧めたというより、座ることを強要した——というべきかもしれない。

「まあ、そこに座ってください」

言い方は一応、敬語を使っているけれど、いかにも押し付けがましい、うむを言わせない口調であった。

木綿子は不愉快を剝《む》き出しにして、ドスンという感じで椅子に腰を下ろした。

「私は南部警察署捜査課の原田といいます。こっちは、同じく中井君」

刑事は自己紹介をしてから、おもむろに、調書作成用の下書きノートを開いた。

「さて、あらためてお訊きしますが、あなたのお名前は？」

「名前はさっき言ったでしょう」

「ええ、そのとおりですが、念のためにもう一度聞かせてもらえませんか」

原田刑事は涼しい顔で言った。

してている。
原田はさっき渡した名刺を見て、「伊藤、木綿子……と」と言いながら、ノートにメモ
「伊藤木綿子です」

「住所は？」

それもすでに言ったことだ。木綿子はばかばかしくなったが、無駄な抵抗を諦《あきら》めて、刑事の言うがまま、答えることにした。

勤務先、家族構成……と、あたりさわりのない事実関係を訊き出してから、刑事はズバッという感じで言った。

「それで、白木美奈子さんとの関係は？」

「白木さんは私が勤めているユーキという会社の、専属デザイナーで、私は宝石の鑑定や鑑別が専門ですから、仕事上の関係ということになります。でも一応、ユーキの中では白木さんのほうが先輩格っていうか、先生っていうか……つまり、そういう間柄です」

「白木さんとは親しかったのですか？」

「親しいって……そりゃ、もちろん同じ会社の人間ですし、私は白木さんのデザイン感覚を尊敬していましたから、ためになるお話を聞かせてもらったりしていました。そういう意味では親しかったと思います。でも、だからって、特別に仲が良かったというわけじゃないですけど……」

「では、仲が悪かった？」

「ですから、仲がいいとか仲が悪いとか、そういう間柄ではないんです。立場だってぜんぜん違うし、年齢的にも離れていますし、個人的なお付き合いをしていたわけじゃないですから」

「しかし、それにしては、白木さんが殺された現場に近い……しかも、白木さんが行方不明になる直前に訪れていた下部温泉に、あんたが偶然やってきたというのが、ちょっと気になりますなあ。それに、下部に来た目的も言ってもらえないのでは、警察としては、はなはだ困るわけでしてねえ」

「困るのはこっちです。いきなり連れて来られて、意味のないことを訊《き》かれて、ばかばかしい話ですよ」

「ばかばかしいということはないでしょう。かりにも、あんたの同僚というか、先輩というか……いや、あんたにとっては先生みたいな人物が殺された事件ですよ。少しは警察に協力してくれたって、罰は当たらないと思いますがねえ」

原田はネチネチと、絡みつくような言い方になった。

木綿子は刑事の術中にはまり込んでゆくのが分かった。相手はこっちを怒らせて、あらぬことを口走るのを、期待しているにちがいないのだ。

「とにかく、何を訊かれようと、私は白木さんの事件のことなんか、まるっきり知らないし、もちろん何の関係もありません」

「まあいいでしょう。あんたが関係ないと言うのなら、たぶん、関係ないのでしょうな。

それはいいとしてです、とにかく、あんたが下部に来た目的を教えてくれませんか」

「そんなこと、刑事さんに言う必要のないことです」

「それがどうも分からないですなあ。なぜ隠しておかにゃならんのです？　一般的に言って、隠すというのは、何かしら後ろ暗いことがあるからだと考えるのですがねえ」

「そんな……どう考えようと勝手ですけど、とにかく、私はこれ以上、何も言うつもりはありませんから」

木綿子は席を立った。若い中井刑事がドアの前に立ち塞《ふさ》がっている。

「帰りますから、どいてください」

木綿子は右手を払うようにして、中井を脇《わき》にどけた。

木綿子の剣幕に驚いたのか、中井はよろけるようにしてドアの前から離れた。相手が若い女性だというので、多少、手加減をするようなところがあったのかもしれない。

「乱暴すると、公務執行妨害の現行犯で逮捕しますよ」

原田は怒鳴った。

木綿子はドアのノブに手をかけながら、振り向いた。

「乱暴？　何もしてないじゃないですか」

「いや、いまあんたは、刑事を突き飛ばしたのですよ」

「そんな……ひどい言いがかりだわ。逮捕するなら逮捕したらいいでしょう。とにかく、私は帰らせていただきます」

木綿子はノブをひねって、思いきり手前に引いた。

ドアの向こうに、思いがけない顔がこっちを向いていた。好奇心と心配をないまぜにしたような、複雑な笑顔であった。

「あ、浅見さん……」

木綿子はうっかり声を出して、すぐに、その名前を口にしたことさえ、いまいましいと思った。この得体の知れない青年に対して——というより、あらゆることに腹が立ってならなかった。

背後から原田が、「ちょっとあんた、待ちなさい」と追ってきた。

木綿子は急いで廊下を歩いた。しかし、ものの十歩も行かないうちに、原田の手が彼女の腕を摑《つか》んだ。

「このまま逃げたりすると、あんた、警察の心証が悪くなりますよ」

「勝手に悪くでもなんでもなったらいいでしょう」

木綿子は原田の手を振りほどこうとした。

「いや、伊藤さん、刑事さんの言うとおりですよ。いまは我慢して、事情聴取に応じたほうが賢明です」

浅見青年が声をかけた。木綿子は思わず動きを止めた。

二人の刑事もギクリとしたように、浅見を振り返った。

「おたくさん、誰です？」

原田刑事が訊いた。

「浅見といいます。ルポライターをやっている者です」

「ふーん……なんだか知らないが、関係のない部外者がこんなところにまで入り込んでもらっちゃ、困るんだけどねえ」

「いえ、ぜんぜん関係がないわけでもないのです。こちらの署長さんに、青いＢＭＷを探したほうがいいとお勧めしたのは、この僕なんですから」

「えっ？　あんたが」

「あなただったのね」

刑事と木綿子が同時に言った。

木綿子の釣り上がった目に睨《にら》まれて、浅見は照れたような笑顔になった。

第四章　謎の落書き

1

「おたくたちはどういう関係です？」

原田刑事は興味津々《しんしん》という目で、浅見と木綿子を交互に見た。

「友人です」「赤の他人です」

ほとんど同時に答えた。浅見は苦笑して木綿子を見たが、木綿子はあからさまな敵意を持って、浅見を睨《にら》みつけた。

「どっちなんです？」

原田はニヤニヤ笑った。

「他人ですよ。だって、この人とは、昨日はじめて会ったばかりなんですから」

「しかし、会ったその日に他人でなくなるというのが、近頃の流行みたいなものですからなあ」

「失礼ねえ！……」

木綿子の憎悪は原田にも向けられた。

「刑事さん、伊藤さんの言っていることは正しいのですよ」

浅見は当惑げな声を出した。

「友人だと思っているのは僕の勝手なのでして、伊藤さんにしてみれば、ただの通りすがりみたいな存在でしかないのかもしれませんからね」

「ふーん……まあ、どっちでもいいですが、おたくがこちらの伊藤さんを容疑者扱いしろと言ったというのは、本当ですか？」

「冗談じゃない」

浅見は呆《あき》れて、思わず大声になった。

「僕はそんなことは言いませんよ。ただ、青いBMWを、犯人が偽装工作に使った可能性があるのではないかと、そういうヒントを出しただけなのですから」

「そんなこと言って……」

木綿子はふたたび浅見を睨んだ。

「それは私の車を意識して言ったんじゃありませんか」

「違いますよ。困ったなあ、どうしてそういうことになっちゃうのかなあ。あなたが下部温泉にBMWで来たのは、単なる偶然なんでしょう？　僕はそのことと、白木美奈子さんが殺された事件とを関係づけて言ったわけじゃありませんよ」

「でも、青いBMWに乗った女を調べろと言ったのは、あなたなんでしょう？」

「いや、たしかにそういうようなことは言いましたけど、それはべつに伊藤さんのことを言ったわけじゃないですよ。下部温泉のホテルに来た女性を乗せた車が青いＢＭＷだからというだけで、警察が簡単にその車を白木さんの車だと認識してしまうのはおかしいと言っただけなんですよ」

「でも、私が青いＢＭＷに乗っていることと、あれから下部温泉に行くことを勘ぐって、そういうことを言ったのは事実じゃないですか」

「それはまあ、そうだけど……」

「ほらごらんなさい、やっぱりそうじゃない。卑怯《ひきよう》だわ、男らしくないですよ。私にふられたからって、何もそこまで陰険にやることはないと思うのよね」

「参ったな……」

浅見は頭を抱えた。女性の思い込みくらい恐ろしいものはない。いったんこうと決めたら、情け容赦のないところがある。

「まあ、とにかく、どういう関係か知りませんがね」

原田刑事が面倒臭そうに言った。

「一応、お二人とも事情聴取をさせてもらいますよ」

「えっ？」「まだ？」

また同時に声を発した。しかし、意見が合ったからといって、気が合ったわけではないらしい。浅見が親近感を持って見返った先で、木綿子は目を三角にしている。

それから浅見は若い中井刑事に、木綿子は原田刑事に、べつべつに取調室に入れられ、一時間近くもチクチクやられた。

もっとも、浅見のほうは尋問を楽しむようなところがないわけでもない。中井刑事はまだ二十代なかばで、それほどスレていないから、こちらの誘導尋問に逆に乗ってきて、捜査の状況などをポロリと喋《しゃべ》ってしまうことが、しばしばあった。

中井は浅見の尋問を任されたとはいっても、もともと何を訊《き》けばいいのか、目的意識がないのだから、質問はとおりいっぺんのことばかりだ。

住所、氏名、年齢、職業——ときて、あとは当地に来た目的。お定まりのコースといっていい。

「身延山へ行くのですよ」

浅見は言った。

「身延山へ？　ご信仰ですか？」

少し態度が変わった。地元だから、ひょっとすると日蓮宗の信者かもしれない。

「いや、僕は不信心の罰当たりです。日蓮さんの伝説みたいなものがないかと思って、やってきただけですよ」

「あ、そう……」

とたんに元の冷たい顔に戻った。

「しかし、身延に来たのだとしたら、ここは行き過ぎているなあ」

中井ははじめて突破口を発見したように、元気づいた。

「どういうわけで、こんなところまで来たんです？」

「こんなところって、ここは身延の隣町じゃないですか」

「しかし、目的外であることには変わりないでしょう。やはりあれですか、さっきの伊藤木綿子さんを追ってきたわけ？」

「違いますよ、困るなあ、伊藤さんは僕よりあとからここに来たのですよ」

「あ、そうか……」

「だけど、伊藤さんは下部へ何をしに来たのかなあ？」

浅見は首を傾《かし》げて言った。

「ドライブに来たと言ってるけどねえ」

「ドライブ？　そんなこと信じられませんよ、嘘《うそ》ですよそれは」

「そう、そうだよね、あんたも嘘だと思うよねえ」

「思いますよ。だって、あんな美人がですよ、しかもかっこいいBMWに乗って、たった一人でドライブなんかするはずがないでしょう」

「おれもそう思ったんだよね。だけどどうしてもドライブだって言うんだよねえ。ああいうの困るんだ。もっとオバンでさ、ブスだったりすると、こっちも遠慮しないで攻められるんだけどねえ、彼女みたいなのに泣かれると、きついこと言えなくなっちゃうんだよなあ」

「へえー、彼女、泣きましたか？」

「え？　いや、泣きはしないけどさ」

「そうでしょう、あの人は、そう簡単に泣いたりしませんよ。むしろ刑事さんのほうが泣かされるんじゃないかな」

「え？　おれが？　まさかそんなことはないけどさ。しかし、泣かしてみたい感じではあるなあ」

「そんなことより、伊藤さんが下部へ行った目的ですけどね」

浅見は刑事の職業意識を引き戻した。

「それはもしかすると、男性と会うためだったんじゃないのですか？」

「なるほど、男か……」

「だから彼女は、目的を訊《き》かれても言えないのですよ、きっと」

「そうか、そういうことか、彼女には男がいるのか……」

中井刑事は残念そうに顔をしかめた。

「たぶん、いくらあの刑事さんが尋問したって、絶対に喋りませんよ」

「どうして？　彼女に恋人がいたって、べつに不思議でもなんでもないじゃないか」

「そうですよ、ふつうならね。しかし、これまでの事情聴取で、喋らなかったのでしょう？　だったら、これからも喋りませんよ。言いたくないのですよ」

「なるほど、つまり不倫関係か。会社の上司か何かと付き合っているのか……」

「それはどうか分かりませんけどね、言いたくない相手であることは確かでしょうね。いくら訊いても、喋りませんよ。それに、そのことと事件とは何の関係もないのだから、無駄な努力ですよ。あの刑事さんに教えてやったほうがいいな」

「ふーん……そうだよなあ、愛人関係の相手じゃ、喋らないよなあ……しかし、そうは言っても、原田さんは何も収穫なしに帰すような人じゃないからなあ」

「僕に任せてくれれば、訊き出してみせますけどね」

「ん？　おたくに任せるって、どういうことよ？」

「警察には言わなくても、僕には喋るかもしれないってことです」

「まさか……おたくのこと、嫌っているみたいじゃない」

「嫌っていても、喋らないとはかぎりませんよ。女性の心理とはそういうものです」

「ふーん、そういうものかねえ？……」

中井刑事は感心したように、浅見の顔をじっと眺めながらしばらく考えて、取調室を出て行った。

2

中井刑事はなかなか戻ってこない。取調室の窓には鉄格子が嵌《は》まっていて、ガラスも不透明だ。室内は文字どおりの殺風景だが、ものは考えようで、じつに静かな落ち着いた雰囲気ではある。浅見は車の中に筆記具を置いてきたのが残念だった。この良好な環境なら、かなりのスピードで原稿が捗《はかど》りそうな気がした。

十分近くも待たされて、今度は原田刑事が現れた。

「あんた、中井に妙なことを吹き込んだそうじゃないか」

ドアを閉めながら、いきなり言った。

「あ、気を悪くされたら謝りますよ。僕はただ、刑事さんが訊くより、素人の僕が訊いたほうが、彼女も喋りやすいんじゃないかと思っただけなんです」

浅見は立ち上がって原田を迎え、精一杯、下手に出た。何の職業であっても、原田ぐらいの年配になると、専門外の人間にあれこれ指示めいたことを言われるのが、もっとも不愉快なものだ。それはいい意味でも悪い意味でも「職人気質《かたぎ》」というものである。

「いや、気を悪くしたってわけではないけどね」

案の定、原田の機嫌は直ったらしい。入ってきた時の険しい表情はいくぶん和《なご》んだ。

「まあ、座りなさい」

立ったままの浅見に、椅子《いす》を指差した。

「たしかに、あんたの言うとおり、彼女には男がいるのだろう。私も刑事のはしくれだからな、そのくらいのことは、あんたに言われるまでもなく、分かる。分かってはいるのだが、なかなか口を割らんのだなあ。聞いたところによると、彼女はアメリカに留学していたそうだ。むこうは人権に煩《うるさ》くて、すぐに弁護士を呼べということになるらしい。そういう知識があるもんで、どうもうまくいかんのですな」

原田も、伊藤木綿子にはかなり手を焼いた様子が窺《うかが》えた。

「まあ、たしかに本事件には関係ないと思うのだが、しかし、これまでの尋問で分かったところによると、彼女がユーキの社内では、白木美奈子――被害者に比較的親しい位置にいたことは事実だそうだからねえ。とにかく、下部へ来た目的だけでも聞かないことには、こっちだって面子《めんつ》があるからなあ、帰したくとも帰すわけにはいかんのですよ。男と会う目的なら、そう言やいいのだ。まったく近頃の娘っ子は、鼻っ柱ばっかし強くなって、親の……いや、おとなの言うことを聞こうとしないから……」

原田は喋りながら、彼自身の家庭の事情に想いを馳《は》せたらしい。

「それでだ、あんたが中井に言ったことだがね。あんたが彼女の目的だとか、男のことを訊き出すというのを、丸々信用するわけじゃないが、まあ、いつまでこうしていても始まらんし、ひとつ、あんたの希望どおり、あんたに任せてみたらどうかと私は判断したのだ。それに、署長に訊いたところ、あんたがＢＭＷのことを進言したというのは事実だそうだ。それを評価して――ということはあるのです。しかしそうはいっても、これはあくまでもあんたの個人的な考えでやることであって、警察が公式に依頼するわけじゃないですからな、その点、勘違いしないでもらいたい。それに訊き出した情報は必ず報告していただく。そのままトンズラするようなことはろくな結果にならないことを銘記しておいたほうがよろしい。警察は甘くはないからね」

最後に原田は、いささかヤクザっぽく、すごんで見せた。

「言い遅れたが、私はこういう者です」

原田は名刺を出した。巡査部長の肩書があった。

「部長刑事さんでしたか」

浅見はまた、素人っぽく、慎んで敬意を表した。

浅見が駐車場にいると、まもなく伊藤木綿子が出てきた。

浅見を見て立ち止まり、それから怪訝《けげん》そうな顔で近づいてきた。

「あなたが口をきいてくれたって、本当なんですか？」

いきなり、怒ったような口調で言った。

「ああ、刑事さんにね、いくら尋問しても、伊藤さんという女性は絶対に喋《しゃべ》りっこないから、もう諦《あきら》めて帰したほうがいいって言ったのです」

「ふーん……」

木綿子はしげしげと浅見を見つめた。

「絶対に喋らないって、どうしてそう思ったんですか？」

「それは喋りませんよ、僕だって、もしあなたと同じような立場だったら、絶対に喋らないもの」

「立場って……喋らないって、何を喋らないんですか？」

「つまり、あれです……秘めたる恋というか、いのちがけの愛というか……」

「…………」

木綿子は目を丸くした。

「しかし、それにしても、あなたのような魅力的な女性を呼び出しておいて、すっぽかすなんて、世の中には羨《うらや》ましい男がいるものですねえ」

「どうして……」

木綿子は口を「あ」の発音をする状態に開けたまま言ったから、「だーさた」というように聞こえた。

「なぜ、すっぽかされたって……」

「ははは、やっぱりデートはデートだったわけですね」

「あ……」

木綿子は誘導尋問に引っ掛かったことに気づいて、悔しそうに浅見を睨《にら》んだが、立ち去ろうとはしなかった。浅見が「すっぽかされた」と言い当てた理由に、興味を惹《ひ》かれたにちがいない。

「どうして分かったかって、そのくらいのことは分かりますよ」

浅見は言った。

「あなたがガソリンスタンドで僕と会ってから刑事の職務質問を受けるまで、優に二時間はあったでしょう？　それなのに、駐車場に現れた時のあなたは独りだったそうじゃないですか。なんでも、熊野神社に参詣《さんけい》したとかいうことらしい。それはたぶん嘘《うそ》じゃないのでしょう。そのくらいのことは、警察は簡単にウラを取りますから、嘘をついてもすぐにバレちゃいます。だとすると、あなたは熊野神社に一時間ほども一人ぼっちでいたということになる。その結果として、一人ぼっちで車に戻った……これだけの材料があって、あなたがデートの相手にすっぽかされたと思わないようでは、よっぽど想像力が欠如しているとしか考えられませんよ」

「でも、あの刑事さんはそういうふうには考えてなかったみたいだわ」

「そりゃ、あの人たちは頭から、あなたが事件と関係があるという先入観で臨《のぞ》んでいるからですよ。下部へ来たのは、犯人と接触するためだろう――とか、そういう色眼鏡で見ちゃうのです。そうでなく、素直に、デートだっていうふうに、発想の転換をすれば簡単なのにねえ」

木綿子は溜《た》め息《いき》をついた。

「分かりました、とにかくあなたのお蔭《かげ》で帰されたらしいってことは認めます。その件についてはお礼を言わせていただきます。どうもありがとうございました」

硬い口調で言って、頭を下げた。

「あ、いや、お礼を言われる筋合いはないんですよ」

浅見は慌てて言った。木綿子が踵《きびす》を返して、ＢＭＷのほうへ向かいそうになったからでもあった。

「じつは、僕が警察に頼んであなたを帰してもらえたのは、交換条件があったからなんです」

「交換条件？」

回れ右をしかけた木綿子の足が停まった。

3

午後四時を過ぎると、しばらくのあいだ、報道関係の人間——ことに新聞社の連中は、警察の周辺からは消えてなくなる。朝刊の記事になる情報は、午後九時頃までに取れればいいとしているからだ。

さっきまで記者らしい人物が数人屯《たむろ》していたスナックは、閑散としたものであった。浅見と木綿子は、まるで恋人同士のように、店のいちばん奥まったあたりのテーブルにひっそりと座った。

「こうしていると、じつに不思議な気がしてきます」

浅見は真面目《まじめ》くさって言った。

「あなたが、わざわざ下部までやってきて、すっぽかされたということがです。あなた自身、そう思うでしょう？」

木綿子は困ったように、曖昧《あいまい》な苦笑で応えた。

「警察はね、まだそれほど真剣にその問題を考えてはいませんよ。しかし、いずれ、しだいに疑惑のボルテージが上がってくることは間違いないな」

「疑惑って？」

「もちろん、あなたがすっぽかされたという、そのことについてですよ」

「そんな……どうして、そんなことに疑惑を持ったりするのですか？　単なる私のプライバシーじゃないですか」

「それは、あなたにとってはごく個人的なことかもしれないけれど、関心のある人間にしてみれば、そう言って放っておくわけにはいかないものですよ。とくに警察はそうです。いよいよとなると、ワラでも摑《つか》む気分で、あなたのプライバシーを暴《あば》きにくるでしょうね。いや、間違いなくそうなることを僕は予言します」

「そんな……ひどいわ」

「ひどいが、そうなります。なぜかというと、警察は目下のところ、あなたの奇妙な行動以外に、これはと思えるような手掛かりを、何も摑めずにいるからです。いまのところはまだ事件発生三日目ですからね、これからどんどん手掛かりが出てくると高をくっているでしょうけど、そのうちに結局、何もないことが分かって、そうなったら必ずあなたのところに戻ってきますよ」

「嘘でしょう、そんなこと、あり得ないわ。私のところへなんか来たって、無駄に決まってるじゃないですか。だって、事件に関係することなんか、何もありゃしないのは、私自身がいちばんよく知っているんですもの」

「さあ、それはどうかなあ。少なくとも警察はそう簡単に諦《あきら》めないでしょうね。まず、あなたの下部行きの目的を訊《き》き出そうとする。それから、どんなことをしてでも、あなたの恋人の名前を訊き出すでしょう。そうして次なる獲物に殺到してゆくわけですよ」

木綿子はうそ寒そうに肩をすくめた。

「そんなの、いくら訊かれたって、私は何も喋りませんもの」

「さあ、どうですかねえ……」

浅見は気の毒そうに木綿子を見つめた。

「警察はあなたが考えているより、はるかにしつこいものですよ。ことに、相手が弱い立場の人間となると、徹底的に食い付きます。その逆に、政治家や権力に対しては弱いのですけどね」

兄の陽一郎が聞いたら、引っくり返りそうなことを言った。

「まあしかし、あなたが頑張り通すというのなら、あえて悲観的なことを言うつもりはありませんけど……しかし、あなたはそういつまでも頑張りきれないんじゃないかなあ。相談したくても、彼の居所が分からないわけでしょう。そういう状態が長く続けば、そのうちにきっと、心細くなると思いますよ」

「どうして……」

木綿子は啞然《あぜん》とした。

「どうして居所が分からないなんて……そういうことが分かるのですか？」

「それは、あなたの様子を見ていれば分かりますよ。さっきからあなたを見ていて、不思議でならないことが二つありますからね」

「不思議なことって、何がですか？」

「一つは、こんなに長くここにいて、あなたが一度も時計を見ようとしないことです。時間が経過しても、それほど気にしない――ということは、これからの予定がまったくないということです。つまり、下部に来た――熊野神社に来たことで、あなたの予定は終わってしまったことが分かります。それからもう一つ、そのあいだ、どこへも連絡しようとしないことも不思議ですよね。すっぽかされたことに対して怒ったら、まず相手のところへ電話をかけようとするものでしょう。ことに警察で事情聴取を受けていたことなんか、僕だったら腹立ちまぎれに怒鳴りつけてやりたいところです。家族なんかには言えないとしても、当のデートの相手には、文句と一緒にぶつけたくなるのがふつうです。それなのに、あなたがそうしないというのは、絶対に電話しちゃいけない理由があるというより、そもそも相手の電話番号を知らないためだとしか考えられませんからね」

木綿子は茫然《ぼうぜん》として、しばらく浅見の顔に見惚《みと》れていた。

「参っちゃったなあ……」

思わず出た呟《つぶや》きがそれだった。

「ほんと、言われてみると、たしかにそのとおりなんですよねえ。そんなに見透かされちゃうなんて、しまらないなあ……だけど、警察はそういうこと、ぜんぜん気がつかなかったみたいですよ」

「警察はあなたのことを理解しようとしないからですよ」

「そんなことないですよ、しつこく何度も、同じことを訊いたり……」

「それはあなた自身のことではなく、あなたの身分だとか、行動だとか、もしかすると事件との関わりだとか、そういう外見上のことばかりを知りたがっただけです。あなたの内面でどういう動きがあるのか、そっちを見る気があれば、あなたのちょっとした仕種《しぐさ》だとか、かすかな目の翳《かげ》りなんかだけでも、いろいろなことが分かるはずなんです」

木綿子は慌てて、視線をテーブルの上に落とした。

「さて、そういうわけで伊藤さんは、恋人のええと……名前は『Xさん』にしておきましょうか。その『Xさん』と下部温泉の熊野神社で待ち合わせをしたのに、結局、すっぽかされてしまった。これは、何度考えてみても、僕の常識から言うと、白木さんの事件に匹敵するぐらい驚異的な事件ですけどね。あなたみたいな女性をすっぽかすなんて、そんなもったいない……」

「変なこと言わないでください」

「いや、これは僕のというより、ごく一般的な感想を言っただけです。しかも、あなたは会社をサボって下部へ来たのでしょう。それを平然とすっぽかす……これはもう、ただごととは思えませんよ」

「オーバーな言い方ですよ、それは」

木綿子は苦笑した。

「それに、浅見さんの推理には決定的な間違いがあるんですもの」

「決定的な間違い？……」

浅見は驚いて木綿子を見つめた。木綿子は目の奥を見られないように、俯《うつむ》いたままで、薄笑いを浮かべていた。

4

「僕が何か、勘違いしているっていうんですか？」

浅見は不安に駆られながら、訊いた。

「ええ、まあそうです」

「そうなんですか？……何だろう？」

「すっぽかされたっていうところが、間違いなんですよね」

「えっ？　違うんですか？　じゃあ『Xさん』は熊野神社で待っていたのですか？」

「そうじゃありません」

「は？……」

「ほら、分からないでしょう。そんなに簡単に、何もかもが分かったら大変ですもの」

木綿子は揶揄《やゆ》するような目で、チラッと浅見に視線を送った。

浅見はその瞳《ひとみ》の奥に宿っている小悪魔的な光の意味を、猛烈なスピードで分析しようと試みた。木綿子は『Xさん』と会うために下部の熊野神社に行ったはずだ。だが、『X』は現れなかった――それにもかかわらず、木綿子は「すっぽかされたのではない」と言っているのである。

「ああ、そういうこと……」

ほんの数秒で、浅見は大きく頷《うなず》いた。

「そうか、もう少し前の段階のことを思い出せばよかったのですね」

「え？　何か分かったんですか？」

木綿子は、浅見が何を言い出すのか、興味深そうに目を輝かせた。

「ええ、分かりましたよ。要するに、『Xさん』とはデートの約束があったわけじゃないということですね」

「えっ？　どうして？……」

「あの時……ガソリンスタンドで会った時、あなたは妙に浮かない顔をしていましたよ。あれは恋人に会いに行く女性の顔ではなかったなあ。とても不安で、憂鬱《ゆううつ》そうでした。つまり、下部へ行くには行くけれど、相手の人――つまり『Xさん』――に会えるかどうか、確信はまったくなかったということなのでしょう？」

木綿子は目を大きく見開いて、その代わりに、口をへの字に結んでいる。

浅見は仕方なく、話を続けた。

「それにもかかわらず、ともかく下部へ行き、熊野神社に行った。しかし、やっぱり『X

さん』は来なかった……」

「浅見さん、あなたいったい、何者なんですか？」

木綿子は、浅見の饒舌《じょうぜつ》を遮《さえぎ》るように、強い口調で言った。

「誰に頼まれて調べているんですか？　もし塩……あの人の奥さんか誰かに頼まれた私立探偵だったら、私はあの人を横取りしようなんて、そんな気はぜんぜんありませんって、そう言ってください」

木綿子はまるで捨て台詞《ぜりふ》のように言って、立ち上がった。

「まあ待ってくださいよ」

浅見は慌てて木綿子の腕を取った。店のマスターと若い女性が、うさんくさい目でこっちを窺《うかが》っている。

「僕はそんな、私立探偵なんかじゃありませんし、誰にも頼まれたりしていませんよ。もしそうだとしたら、警察やあなたの前にノコノコ現れたりしますか？」

木綿子はようやく椅子《いす》に腰を下ろした。

「それじゃ、どうしてそう、次から次へと、いろんなことを言い当てたりできるんですか？　ぜんぜん当てずっぽうで言ってるとは思えませんよ」

「だから、当てずっぽうなんかじゃないでしょう。ちゃんと、あなたの様子や心理の動きを見て、それで推理しているだけです。それに、あなたは、あくまでも『Xさん』とのことはあなた自身の、ごくプライベートなことだと考えているみたいだけれど、話を聞いているうちに、だんだん僕は、それどころじゃない、大変なことが背後にあるような気がしてきたのですよ」

「大変なことって……何ですか？」

「もしかすると、あなたはやはり、白木さんの事件のことに絡んで、ひと役買わされたのかもしれない」

「ひと役買わされたって、それ、どういうことですか？……」

「まだよく分からないけれど、青いＢＭＷと、しかも美人のオーナードライバーという条件では、白木さんとあなたはそっくりですからね、それを利用された可能性はあると思いますよ」

「利用するって、何のためにですか？」

「それはもちろん、警察の捜査を攪乱《かくらん》する目的でしょう。その証拠に、警察は早速、あなたを連行したじゃないですか。もっとも、それは、直接には、僕という間抜けな男がいて、したり顔に推理を働かせたためでしたけどね」

「そうですよ、浅見さんが悪いのです。浅見さんが余計なことを言いさえしなければ、警察は何も気づかないし、私もこんなひどい目に遭わなくてすんだんです」

「いや、そうでもないでしょう。警察はいずれは青いＢＭＷが出没したことを嗅《か》ぎつけますよ。それに、ユーキで聞き込みをすれば、あなたが同じタイプの車を持っていることも知るでしょう。ちょっと早いか遅いかだけの差にすぎませんよ。ただ……」

浅見は眉《まゆ》をひそめ、首をひねった。

「ちょっと納得がいかないことがあるんですよね」

木綿子はもはや文句も言わず、浅見の次の言葉を待っている。

「それは何かというと、そうやって、せっかく、伊藤さんを事件に巻き込むのだったら、犯人側はなぜ、白木さんを殺害して二日もたってから、あなたを誘《おび》き寄せたのですかねえ？ その点がどうも、よく分からないんですよねえ」

「あ……」

木綿子は声を発して、慌てて両手で口を覆った。

「ん？……」

浅見は目敏《めざと》く、木綿子の狼狽《ろうばい》を見逃さなかった。

「何か思いついたことがあるんですね？」

「ええ、まあ……」

「教えてくれませんか、それ」

木綿子は躊躇《ためら》っている。浅見という男を、どこまで信用していいものか、思い悩んでいる顔だ。

「あっ、そうか……」

また浅見は、木綿子の先回りをして言った。

「なるほど、あなたはもしかすると、『Xさん』の指示どおりの時間に、熊野神社へ行かなかったのじゃありませんか、あるいは伝言には時間が指定されていなかったのではありませんか？」

木綿子の目の中の驚愕《きょうがく》の色は、どんどん大きく広がっていった。

「どうして……」

木綿子はようやく口を開いた。

「どうしてそんなふうに、何でも見通してしまうのかしら？　なんだか、隠しているのがばかばかしくなっちゃいそうです」

「あ、ありがたい、そう思ってくれると助かるんだけどなあ」

浅見は勢い込んで言った。その口調、その目の輝きには、まるでいたずら坊主が女の子に夏休みの宿題を見せてもらおうとしているような、抵抗できない無邪気さとひたむきさがある。

「私が『Xさん』からの伝言を聞いたのは、あの県立美術館でなんです」

木綿子はとうとう、話し出した。

「えっ？　伝言……ですか？」

「ええ、美術館で待ち合わせるつもりで行ったのですけど、あそこの女の人から、電話のメモを渡されたんですよね。それに下部の熊野神社へ行けって書いてあったんです」

「ちょっと待ってくださいよ、じゃあ『Xさん』から直接聞いたのではなかったということですか？」

「いえ、美術館で会おうっていうのは、『Xさん』から言われたんです」

「それは、いつ、どこで？」

「会社に電話がかかってきたんです」

「ふーん……」

浅見はしばらく考えて、頷《うなず》いた。

「そうだったのですか、ようやく分かってきました。そのメモは『Xさん』の意志ではありませんね、きっと」

「えっ？　それはどういう意味ですか？」

「伊藤さんを美術館に呼び出したのは、たしかに『Xさん』の声だったのでしょう。しかし、美術館の職員に伝言を頼んだのは『Xさん』ではないということです」

「？……」

浅見が何を言おうとしているのか、木綿子はおぼろげに分かりかけた顔であった。

「もしかすると、『Xさん』は危険な状態におかれているのかもしれませんね」

「危険な状態というと？……」

「とにかく、あなたを美術館に呼び出すように強制されたことは間違いないでしょう。そこまでは『Xさん』がやらなければ、あなたを信用させることはできませんからね。しかし、美術館に伝言を頼むのは、もう誰でも構わないわけです。そうでしょう？　伝言が『Xさん』からのものであるかどうか、知る方法がありませんからね」

「そうだわ……」

「ただ、テキは唯一のミスを犯しています。それは、熊野神社へ行けと言いながら、何日の何時にかを示さなかった点です。これは単純ミスなのか、それとも『Xさん』が作為的にやったことなのか……そういう伝言をすれば、すぐに行くと考えたのかもしれない。いずれにしても、あなたが次の日になって出掛けて行ったのは、連中にとっては予想外のことだった可能性がありますね。そうでなく、よく目立つ青いBMWに乗ったあなたが、その日のうちに下部へ行っていれば、たとえば警察の捜査を攪乱《かくらん》する効果は、はるかに大きかったでしょうからね」

「でも、もし下部へ行かせたかったら、最初に会社に電話した時、そう指示すればよかったと思いますけど？」

「さあ、それはどうかな？　いきなり下部の熊野神社へ行けと言われたら、あなただっていろいろ問い質《ただ》すのじゃありませんか？　どうしてだとか、困るとか……それに対して、いちいち受け答えすれば、もし『Xさん』が監禁状態にでもなっていれば、様子がおかしいことを気づかれてしまうでしょう。とりあえず美術館へ——ということだったら、その場でOKが出せる……そうだったのじゃありませんか？」

「ええ、たしかに、そうでした……」

木綿子の浅見を見る目は、完全に変わっていた。自分でも気がつかなかったような、いろいろな心の動きを、こんなふうに的確に言い当てる男が、この世の中にいるのだ——という、驚きと憧憬《どうけい》の籠《こ》もった目である。

浅見は時計を見た。

「下部へ行ってみましょう」

「下部へ、ですか？」

木綿子はあまり気乗りがしない口調だ。

「まだ日が暮れるまで時間があります。いちど熊野神社というのを見ておきたい。なぜ熊野神社だったのか、ちょっと興味がありますからね」

「は？……」

「いくら『Xさん』からの誘いでも、いきなり下部温泉の熊野神社に来いと言われて、あなたが誘いに乗るかどうか、誰だって疑問に思いますよ。その場所を提案したのは、間違いなく『Xさん』自身だったはずです。そこならあなたが来る——と、そう主張したのじゃないかな」

「どうしてですか？　私は下部温泉なんて、一度も来たことないし、熊野神社だって、道を訊《き》いて、やっとこ捜し当てたんですよ」

「それですよ、問題は。犯行現場である身延付近のどこかにあなたを誘い出せと、たぶん脅されながら言われて、『Xさん』はとっさに熊野神社を思いついたのです。そこならあなたが必ず来る——と言ったのでしょう。いや、もちろんそれは嘘《うそ》ですよ。ついでに、そこは二人にとって思い出の場所だとか、そういうことまで言ったのかもしれない」

さすがに木綿子は「ついてゆけない」と言いたげに、首を振った。

「勝手な想像をして——と思ってますね？」

浅見はニコリともせずに言った。

「たしかに、こんなふうに、どんどん想像を広げていってしまうのが、僕の悪い癖かもしれないけど、しかし、『Xさん』はきっと、そうやって『下部温泉の熊野神社へ』と言ったのだと確信しますよ。それがあなたへの、精一杯の愛情表現だったのだから」

「え？　それ、どういう意味ですか？」

「たぶん『Xさん』は、あなたに来て欲しくなかったはずです。来るのは危険だと分かっていますからね。だから、あなたが『おかしい』と危険を察知するような場所を設定したのだと思います」

「ああ……」

木綿子は胸を衝《つ》かれる想いがした。たしかに、免許取りたての木綿子は、夜道を下部温泉まで行けといわれても、二の足を踏む。塩野はそこまで考えたのかもしれない。もしそのとおりだとしたら——と思うと、急に恐怖と悲しみが込み上げてきて、あやうく涙を見せそうになった。

5

ＢＭＷとソアラは連なって下部温泉へ向かった。日没時間まではまだ間があるとはいっても、狭隘《きょうあい》な地形の下部は、夕暮れが早いかもしれない。

熊野神社の麓《ふもと》に着いた頃は、太陽は山の端にかかろうとしていた。二人は急いで石段を登った。しかし、山頂に着いてみると、まだ充分に日差しがある。

「ずいぶん寂しいところですね」

浅見は息を切らしながら、周囲を見回して言った。

「でしょう？　彼がなぜこんな場所を指示したのか、いくら考えても分からなかったんですよね。かりに浅見さんが言ったみたいに、相手を欺《あざむ》くためだったとしても、なぜここでなければならなかったのか、ぜんぜん思い当たりません」

「そうですねえ……」

さすがに、浅見にもそれは分かりようがなかった。賽銭《さいせん》箱の前でちょっとお辞儀の真似ごとをして、堂の縁側に腰を下ろした。

「彼がこの場所を設定した必然性は何か——ですか……」

独り言のように呟《つぶや》いた。

「この場所がほかと違う点を考えればいいわけだが……」

下部の熊野神社――この場所のいわば特性は、この寂しさだろうと浅見はまず思った。そして、『X』が熟知していて伊藤木綿子がまったく知らないということ。

「テキはあなたを誘き寄せて、どうするつもりだったのですかねえ？」

「さあ……」

「誘拐《ゆうかい》しようとしたのかな？　それとも殺すつもりだったのかな？」

「まさか……浅見さんは、捜査を攪乱するのが目的だって、そう言ったじゃないですか」

「ええ、一応はね、それも考えられるけど、果たしてそれだけだったのかどうか……」

「じゃあ、違うんですか？」

「いや、分かりませんよ、そんなこと。ただ、可能性はいろいろ考えられるっていうことです。それによって、この場所の必然性も納得できるでしょう。たとえば、誘拐しようとするのに適しているかどうかとか」

「それなら適しているんじゃないですか。殺すのだって、ピッタリの場所だわ」

「そんなヤケッパチみたいなことは言わないでくださいよ」

浅見は笑ったが、木綿子は頰《ほお》の筋肉の一本だって緩《ゆる》めない。殺されるとか誘拐されるとかいうのが、全部自分の関係していることでは、笑う気にはなれないだろう。

「しかし、単にそれだけのことなら、必ずしもこの場所でなくてもいいと思うのですがねえ……」

浅見は無意識に堂のいたるところに書かれた落書きを読んでいた。怪我《けが》やリューマチで悩む人が願いを込めて書いたもの。それが治って、お礼参りに来た時のものらしい、感謝を込めたもの……。

「ここの落書きは変わってますね、みんな真面目《まじめ》なものばかりだ」

言いながら、ふと気がついた。

「そうだ、それが特性か……」

立ち上がって、あらためて落書きの羅列を眺めた。数えたらいったいどれほどの数の落書きがあるのだろう。何百か……いや、何千かもしれない。過去を遡《さかのぼ》れば、何十万という数の落書きが書かれたにちがいない。羽目板や戸は、たぶん年に一度か二年に一度か、とにかくときどき替えられるとみえ、堂全体の古さとは比較にならないほど、新しい。それでもこれだけの落書きである。

「落書きかもしれませんよ」

浅見は言った。

「あなたの『Xさん』は、たぶん犯人を連れてここの下見に来たはずです。犯人だって、こんな場所を知っているとは思えませんからね。その時、あなたへのメッセージをここに書き残したかもしれない」

「でも、どうしてここに?」

「だって、落書きの中に落書きを書けば、森の中に木を隠すように、犯人側に発見されるおそれがないでしょう」

「それはそうですけど、私にだって発見できないかもしれませんよ」

「いや、そんなことはない。なぜこの場所なのか――と、突き詰めて考えれば、必ず落書きに思い当たりますよ。いや、いまはたまたま僕が思いつきましたけどね、誰だっていつかはそこに気がつきます」

「そうでしょうか?」

木綿子は自信なさそうに首を傾《かし》げた。

「とにかく、それを捜してみませんか。まだ新しい落書きだから、簡単に見つかるかもしれない」

浅見は木綿子の反応を無視して、さっさと「落書き捜し」にかかった。『X』は犯人の監視の目を盗んで、すばやくメッセージを残さなければならなかったのだから、場所も当然、限定されるはずだ。おそらく、縁側に腰を下ろしながら、手の届く範囲内のどこかに書いたにちがいない。

しかし「メッセージ」らしきものは、なかなか発見されなかった。どれも感謝や祈りの言葉ばかりだ。ただ、それらの、比較的大きな文字ばかりの中にあって、なぜか異常に小さく書かれた、宗教歌のようなものが一つ、注意を惹《ひ》いた。

それは、堂の正面の引き戸の板に、ボールペンで書いたものである。

――日蓮の生まれ給いしこの御堂――

はじめは何気なく見逃した。それもまた宗教的な意味あいを持つ言葉だと思った。ただし、小さいという点にこだわる気持ちも、少しはあった。

そのこだわりが、浅見の目をもう一度、その「落書き」に向けさせた。

(変だな――)と思った。

「日蓮さんがこんなところで生まれたという、伝説でもあるんですかねえ?」

浅見は訊いた。

「さあ、知りませんけど」

「ほら、ここにこんなことが書いてあるでしょう」

「ほんと……じゃあ、そうなのかしら?」

「しかし、僕の一夜漬けの知識によると、日蓮さんは房州のほうで生まれ育ったはずですがねえ」

「ですよねえ、私もそう聞いたことがあります」

二人は並んで、縁側に手をつき、引き戸に目を近づけた。

「何なのだろう?……」

浅見は胸騒ぎを覚えた。「日蓮の生まれ給いしこの御堂」という五七五の韻を踏んだ文章からして、単なるいたずら書きだとは考えにくい。

「車の中に日蓮さんの資料が入っています。調べてみましょう」

浅見は木綿子を促して、山を下りることにした。石段を下ってゆくにつれて、夕闇《ゆうやみ》が濃くなって、麓《ふもと》近くの木陰では、足元がおぼつかないほどだった。

ソアラのトランクには、物置同然にさまざまな資料や辞書などが積んである。その中には目下の仕事である日蓮の伝記が数冊入っている。

日蓮のものにかぎらず、一般向けの、宗教人の伝記の類は、総ルビの平易な文体で書かれているケースが多い。縁なき衆生《しゅじょう》にあまねく読んでもらおうという親切な発想がそこにあるのだろう。

浅見が引っ張り出した本には、日蓮は安房《あわ》国長狭《ながさ》郡東条郷小湊《こみなと》に生まれた——と書いてある。「安房」は現在の千葉県である。ここには現在、日蓮ゆかりの第一の寺『小湊の誕生寺』がある。文字どおり、日蓮生誕の地を意味している。この寺が建てられたのは、日蓮が入寂《にゅうじゃく》する六年前のことで、建立者は日蓮の弟子の日家と日保という人物であることも分かっているそうだから、かなり信憑性《しんぴょう》があると思ってよさそうだ。

「それなのに、あの落書きは、なぜこの御堂なんて書いたのですかねえ?」

浅見と木綿子は顔を見合わせて、しばらく考え込んだ。ちょっとでも宗教に興味のある人間なら、誰でも知っている日蓮生誕の地のことを、あんなに真面目くさって、誤って書くというのは、いかにも不自然だ。

考えているうちに、浅見の胸には、しだいに疑惑と不安の雲が広がっていった。その雲の中に、まだ見たこともないはずの、安房小湊の風景が想い浮かんできた。

第五章　身延山久遠寺

1

夕闇《ゆうやみ》はいっそう濃くなって、資料本のページを照らす車内灯の光度が、やけに強く感じられた。

二人だけの息苦しさから逃れるために開けてある窓から、寒いくらいの山気が入り込んでくる。

「さっきの字ですが」と浅見は言った。

「伊藤さんは、あの字の筆跡に見憶《みおぼ》えはなかったですか？」

「見憶え？……」

「つまり、僕が言っているのは、あの落書きは『Xさん』の筆跡ではなかったかという意味なのです」

「さあ、どうだったかしら？……ああ、そういえば私は、その、彼から手紙をもらったことはないし、何か書いたものを見た記憶もないみたい……」

木綿子は言いながら、ひどく寂しそうな目になった。『Xさん』と自分とが、結局はそういう程度の関係であることを、ふと思い知った――という顔である。

浅見は興味深い目で、木綿子の横顔に現れる表情の変化を見つめていた。

「もし、あの落書きみたいな俳句みたいな文章が、その……『Xさん』の書いたものだとしたら、どういうことになるのかしら？」

木綿子は不安そうに言った。

「もしそうだとしたら、これまで僕が辿《たど》ってきた推理の道筋が間違っていなかったことを意味しますね。つまり、『Xさん』は危険な状況にあるということ。そのことをあなたに伝えたかったか、あるいは、救いを求めているのかもしれない」

「救いを？……」

「ええ、そういう状況下でああいう、わけの分からない落書きをしなければならない必然性は、何か、よほど緊急を要する事態でもなければ、考えられませんからね」

「でも、あんな俳句みたいなものに、どういう意味が込められているんですか？」

「う―ん……何ですかねえ？」

浅見は腕組みをして、フロントガラスの向こうをじっと睨《にら》んだ。

「日蓮が生まれたわけでもない神社に、『生まれ給いしこの御堂』と出鱈目《でたらめ》を書いたことに、何か意味がないはずはないと思うのだけど……その嘘《うそ》そのものは、おそらく、落書きがSOSであることを感づいてもらいたいためのものだとして、なぜその文句を選んで書いたか――ですね」

浅見は木綿子に視線を移した。

「何か、その『Xさん』から日蓮聖人のことで、聞いたことはないですか？」

「さあ、どうだったかしら？……」

木綿子は浅見の視線を避けるように、助手席側の窓の外を向いた。

「日蓮宗の信者ではないのですか？」

「さあ？……」

「生まれは、出身地はどこの人ですか？」

「さあ？……」

「安房小湊——千葉県の人ですか？」

「……」

木綿子はついに黙った。浅見は驚きを禁じ得なかった。

「もしかして……」と、恐る恐る、訊《き》いた。

「伊藤さんは、『Xさん』の住所も知らないのじゃないですか？」

「ええ、そうですよ、知りませんよ」

木綿子はふいに顔を上げて、浅見を睨むようにして、言った。

「ほんとに知らないんです。彼のことについては何も分かっていないんですよね」

「そんなことはないでしょう」

浅見は木綿子の激しい口調とは対照的に、穏やかに言った。

「少なくとも、その人の名前は知っているのでしょう？」

「それは……それはまあ、名前は知ってますけど」

「偽名ではなく？」

「偽名なんかじゃありませんよ、間違いなく本名ですよ」

木綿子は憤然として言った。

「なるほど、アメリカで知り合った人なんですね」

「えっ、どうして？……」

「そりゃ分かりますよ。あなたがそれほどはっきりと、自信を持って言えるというのは、彼のパスポートを覗《のぞ》いたことがあるからなのでしょう？」

木綿子は唖然《あぜん》とした。窮屈そうに首をねじ曲げて、浅見を見つめたまま、しばらくは身《み》動《じろ》ぎもしなかった。

「驚いた……」

吐息と一緒に言った。

「浅見さんて、ほんと、不思議な人ですね。何でも見通しちゃって、それがまるで当たり前みたいな感じで……なんだか隠しているのがばからしくなってきます」

「いや、ばからしいとか、そういう問題ではありませんよ」

浅見はわざと硬い表情を作った。

「隠しているのは、もはや犯罪に加担しているのと同じことなのです。もしかすると、こうやっているあいだの一秒一秒が、『Xさん』にとって、いのちに関わっているかもしれない」

「そんな……」

木綿子が反論しかけたが、否定しきれないことを悟って、口を閉ざし、それからポツリと、

「塩野っていうんです」

と言った。

2

木綿子は思い出を語るような口調で、塩野との馴れ初《なそ》めや、日本に帰ってきてからの付き合いのことなどを話した。

ニューヨークで宝石鑑定士の勉強をしている時に知り合ったこと。

木綿子より四つ年長であること。

ニューヨークには木綿子より三年早く行っていて、鑑定士の資格を取得すると、さっさと日本に帰ってしまったこと。

木綿子が帰国する飛行機の中で、偶然、一緒になったこと。

東京で別れたあと、ずっと音信が跡絶えていたけれど、去年の秋、突然、会社に電話が

かかってきて、甲府まで会いに来てくれたこと。

その後、何度か、思い出したように訪れて、デートしていること……。

もっとも、彼女は相模湖畔のホテルでのことなどは、もちろん喋《しゃべ》ったりはしない。ひょっとすると、そのことが今度の事件の重大な要因になっているのかもしれないけれど、さすがにそこまで打ち明ける気にはなれないでいる。

しかし、言葉の上でいくら隠してみたところで、そういう秘めごとがありそうなことぐらいは、浅見にも分かる。それは「捜査」のために、それほど必要のないことだと、浅見は思うだけである。

「宝石鑑定士ですか……」

浅見は思慮深い目で言った。すべての出発点が「宝石」という蠱惑《こわく》的なものにあるような予感がしてきた。

「その塩野さんという人ですが、現在の職業はもちろん、宝石鑑定士でしょうね？」

「ええ、鑑定士もしていると思いますけど、その資格を生かして、宝石アクセサリーのブローカーをやっていると、ちらっと聞いたことがあります」

「え？　じゃあ、伊藤さんはそういうことも詳しく知らないで、いままでお付き合いしていたのですか？」

「ええ……」

木綿子は悔しそうに言った。

「だって、向こうが話さないのですもの」

「しかし、仕事のことだとか、家族のことだとか……そういうのは自然、話題にのぼるはずだと思うけど」

「でも、話したがらないっていうこともあると思います」

「じゃあ、塩野さんは話したがらなかったのですか」

「たぶん……訊《き》いたわけじゃないですけど、あまり仕事のことだとか、そういうこと、喋りたがらない人みたいだったし、それを問い質《ただ》したりするのは嫌いだし……」

「怖かったのじゃないですか？」

浅見は優しく言った。

「え？　どういう意味ですか？」

「つまり、伊藤さんは塩野さんの家族のことだとか、そういうことを確かめるのが、恐ろしい気がしたのじゃないかなって、そう思ったのですが」

「…………」

木綿子は黙って、視線を背《そむ》け、暗くなった山の頂きのほうを見上げた。

「さて」と浅見は言った。

「僕は今夜、下部に泊まりますが、あなたは帰るのでしょう？」

「ええ、帰りますけど……でも、塩野さんのこと、どうしたらいいんでしょう？」

「どうすればいいのか、いまのところ分かりません。あの俳句みたいな文章が塩野さんの書いたものだと仮定して、どういう意味があるのか、考えてみることにします。あなたも考えて、何かヒントがあったら教えてくれませんか」

「じゃあ、浅見さんは塩野さんのこと、調べるつもりなんですか？」

「ええ、そのつもりです。それに……」

浅見はニッコリ笑った。

「あなたのことだって調べて、警察に報告しなきゃいけないんですよね」

「えっ？　私のことを？　どういう意味ですか、それは？」

「警察と約束したのです。伊藤さんを解放してもらう代わりに、伊藤さんがどういう人物で、事件とどういう関わりがあるか、調べて報告するっていうことを」

「呆《あき》れた……ひどいわ、そんなの」

木綿子は口を開けて、茫然《ぼうぜん》とした目で浅見を眺めた。怒るとか、非難するとか、そういう気持ちよりも、浅見という人物をどう解釈すればいいのか、心底、戸惑っている顔だった。

「すみません。しかし、伊藤さんをあのまま警察に残して帰るなんて薄情なことは、僕には耐えられなかったのです」

「それにしたって……」

木綿子は目をつぶり、首を振った。

「浅見さんて、ほんとは味方なのか敵なのか、さっぱり分からない人ですね。もしかすると、私はたいへんな過ちを犯してしまったのかもしれない……」

「困ったな、そんな詐欺師を見るような目付きで見ないでくださいよ。あなたを騙《だま》したわけじゃないのですから」

「そう思いたいけど……ううん、そう思うしかないんですよね。騙されたのなら、それでもしようがないと思うしか」

木綿子はドアを開けて外へ足を踏み出しながら、言った。

「浅見さんの気のすむように、警察に何でも報告してください」

「いや、そういう自棄《やけ》っぱちみたいなことは言っちゃいけない……」

浅見の言葉をシャットアウトするように、木綿子はドアをバタンと閉めた。浅見は慌《あわ》てて車を出た。

「伊藤さん」

呼んだが、木綿子は構わず、ＢＭＷに向かって歩いて行く。彼女の青い車は、立ち込めた夕闇《ゆうやみ》の底でひっそりと主を待っていた。

浅見は追いすがって、木綿子のキーを持つほうの腕を掴《つか》んだ。木綿子は浅見の手に腕を預けたまま、ゆっくり振り返った。なぜか、ほの白い顔は笑っていた。

「ああよかった」

浅見は言った。

「泣いているのかと思った」

「泣きませんよ、私は」

木綿子は言うと、いきなり浅見の首に右手を巻きつけ、自分の顔に引き寄せ、すばやくキスをした。

あっという間もない出来事であった。浅見はたじろいで腕を放した。木綿子は何事もなかったように、ドアにキーを差し込んだ。

3

その夜、浅見は下部温泉に宿を取った。梅の湯という、昔風の旅館で、玄関から奥へ次々に継ぎ足していった、うなぎの寝床をひねくったような造りの建物だった。

中途半端な季節なのか、割りと空《す》いているらしく、食事のあいだおばさんがつきっきりで給仕をしてくれた。

そのおばさんに熊野神社の由来を訊いてみたが、あまり詳しく知らないということだった。しかし、日蓮さんが生まれたなどという話は聞いたことがないと、それだけははっきり断言した。

食堂をやっている石部という、下部の主《ぬし》みたいな古い家柄の人に電話で訊いてみてくれたが、やはりそういう伝説はないということであった。

そのうちに、手の空いた若い女と女将《おかみ》までがやってきて、面白《おもしろ》がって話に乗った。

賑やかなことになったけれど、結論としては、そういう日蓮に関する伝説はないということらしい。それはむしろ、浅見には意外な気がした。身延と下部は目と鼻の先である。ちょっと足を延ばせばいい温泉に、日蓮が一度も訪れたことがないのだろうか？　と不思議に思う。

「武田信玄公の伝説はあるのだけどねえ」

女将はひどく残念がってくれた。

食事がすむのを待っていたように、『旅と歴史』の藤田から電話が入った。

「どうなの、うまくいってるの？」

疑わしそうな口振りだった。

「まだ仕事しているんですか、えらいですねえ」

「そんなことはいいから、日蓮さんの話はどうなってるのさ？」

誤魔化しのきかない相手だ。

「下部温泉には日蓮さんの伝説はないみたいですよ」

「ない話なんか聞いたってしようがないじゃないの。ある話を聞かせてよ」

「面白い話があるにはあったのですけど、どうもよく分からない点があって……」

「ふん」

藤田は鼻の先で笑った。

「浅見ちゃんが言う『面白い』っていうの、それ、宝石デザイナーが殺された事件じゃないの？」

「えっ？　いや、違いますよ」

「いいのいいの、隠しても無駄。それが証拠に、ぜんぜん仕事していないみたいじゃないの。一応ね、取材費を出しているんだから、それなりにちゃんと仕事してくれないと困るんだよねえ」

言うだけのことを言うと、藤田はさっさと電話を切った。それにしても何でもよく見通す男である。

（明日はとにかく、身延山へ登るか……）

浅見は自分に言いきかせるようにそう思ったが、寝床に入ると、「事件」のことが次々に思い浮かんでくる。その合間に、唐突に、伊藤木綿子の思いがけない「逆襲」の記憶が割り込んだ。

（あれは何だったのだろう？——）

浅見は薄闇の中で、独り、顔を赤くした。

（塩野という男、いったい何をしようとしたのだろう？——）

浅見は妄想を頭から払い除《の》けると、塩野の立場に身を置いて、彼の心の動きを考えようと試みた。それがいつもの浅見のやり方である。

もっとも、塩野という人物のイメージがあまりはっきりしない。肝心の木綿子でさえ、どうやら塩野の実像が分かっていないらしいのだ。とにかく、肉体関係を結んだほどの相手でありながら、住所も正確には知らないで付き合っているというのは、浅見の感覚からいうと驚くべきことだ。

しかし、「愛する」というのはそういうものなのかもしれない。相手の氏素性が分からなければできない恋などというのは、むしろ不純と言えなくもない。

よく、テレビのインタビューなどで、若い女性が結婚や恋愛の対象について、「月収三十万円以上、お医者さんとか、エリートサラリーマンがいいわね。おしゅうとめさんがいなくて、持ち家があって……」などと、好き勝手なことを並べている。

そういうのを見聞きすると、浅見のような居候は永久に結婚など不可能のような気がしてくる。

しかし、現実には、そう言っていた彼女たちだって、月収十数万そこそこの平凡なサラリーマンと結婚して、結構、幸せにやっているのだから、「愛」というやつは玄妙なものである。あるいは、彼女たちにしても、建前ほどには打算的でないということなのかもしれない。

とはいうものの、浅見自身としては、そういう愛の対象が現れたとしても、果たして猪突猛進できるかどうか――それは疑問だ。

浅見は女性に対して、ひどく臆病《おくびょう》な部分がある。過去に何度も、女性と「大接近」するチャンスはあった。時には事件を手掛けている際に、被害者の娘さんと、たがいに恋心に似た感情を抱いているのを感じることがあって、これはひょっとすると……と思ったりもするのだが、どうしても最後の一線を越えることができない。

たとえば「平家伝説殺人事件」の佐和や、「津和野殺人事件」の実加代、「高千穂伝説殺人事件」の千恵子など、あわや結婚……と思わせる相手はしばしば現れた。しかし、事件が解決してしまうと、いつのまにか、話は立ち消えになってしまう。それはひとえに、浅見の消極性に原因がある。

まったく、そういうところはわれながら不甲斐《ふがい》ないと思う。浅見だって、時には狂おしい情熱の赴《おもむ》くまま、愛する女性に思いのたけを打ち明け、迫ってみたい気になることもあるのだ。しかし、結局、そういうことにはなったためしがない。

そこへゆくと、塩野という男は立派なものだ。浅見の目から見れば、文字どおり男性的な男で、羨《うらや》ましいばかりである。

だいたい、浅見には単身、外国へ渡り、生活する――というような発想が湧《わ》かない。そういうことをやってのける実行力に、まず脱帽しないわけにはいかない。

とりわけ、愛する者がいれば、躊躇《ちゅうちょ》なく接近し、モノにする――などというのは、これはもう浅見光彦にとっては驚異の世界というほかはない。

塩野という人物は木綿子より四歳年長だそうだ。だとすると、まだ三十歳にはなっていない。つまり浅見よりはかなり若い。しかも、アメリカに渡ったのは五、六年前だそうだから、これもまた、浅見にとっては尊敬に値することである。

ただし、そういったさまざまな積極性は評価するとしても、その代償のように、軽率さや不道徳性がないとはいえない。

ことに、住所や職業も告げないまま、伊藤木綿子を、それこそ「モノにした」ような手口や、今度の「事件」ではからずも見せたような秘密性を考えると、どうやら、塩野という男の背後には、何やら犯罪のニオイさえ感じ取れるではないか。

塩野が最初から、何かの犯罪や事件に巻き込むことを狙《ねら》って、伊藤木綿子に接近したとまでは考えられない。いや、考えたくなかった。人間をそこまで悪としてとらえることができないのは、ある意味では浅見の弱点かもしれない。しかし、そういうところが、浅見という人間のアイデンティティーであることも事実だ。もし、そういう優しさ——人によっては、優柔不断であるとか、あるいは「八方美人」と受け取るかもしれないけれど——がなかったとしたら、浅見がこの世の中に存在する理由は希薄になってしまうにちがいない。

塩野という人物は、そういう浅見の目から見ると、いわば対極の側にいるタイプのような気がする。しかし、だからといって、こちらが善で向こうが悪——だなどとは決めつけられない。むしろ、どんどん海外へ出掛けて行くような国際感覚は、これからの日本人には必要なことなのだし、塩野のそういうところが、木綿子の気持ちを惹《ひ》きつけたとも考えられる。

塩野は木綿子を愛している……と浅見は信じることにしたし、木綿子にもそう言った。下部の熊野神社などという妙な場所を指定したことも、塩野の木綿子に対する愛情の証明であるとも言った。

多少、こじつけ臭くないこともないが、浅見は単なる慰めでそう言ったわけでは、決してない。塩野をまだ『Xさん』と呼んでいた頃から、塩野が木綿子を愛していることや、今度の事件できわめて危険な状態にあることも「見える」ような気がしていた。

なぜ「見える」のか——と訊かれても、浅見には答えようがない。理屈でなく、そう思うのみである。

木綿子の話を通して……というより、木綿子の目を、あるいは心を通して、塩野のイメージが見えている。

そういう才能は、なにも超能力だのと大袈裟《おおげさ》に考えることはない。人間には誰にも、相手の話を通して、語られている第三者の姿を見たり知ったりできる能力は備わっているものだ。

時には当の相手が見えないようなところまで、ちゃんと見えてしまうことがある。ことに、一途《いちず》な恋や、欲に目が眩《くら》んだような本人よりは、はるかに冷静な視点で見ることが可能なのだ。

そういう浅見の目には、塩野という人物は悪人としては映らなかった。ただ、何かとつもなく大きな悪事の渦の中にいて、必死でもがき苦しんでいるようにしか思えない。

塩野が木綿子に正確な住所を教えなかったことにしても、もしかすると、木綿子をその渦の中に巻き込まないための心遣いなのかもしれないのだ。

しかし、それはそれとして、塩野が犯罪者集団の一員である——というイメージも動かしがたい事実だ。

そして白木美奈子がその犯罪の犠牲になり、伊藤木綿子がとばっちりを受けつつあることも事実だと思う。その犯罪が木綿子の勤め先である株式会社ユーキにも関わっているのかどうか、あるいは山梨県の宝石メーカー全体とも関係があるのか、浅見の興味は急速に膨《ふく》らみつつあった。

4

ユーキは工場部門はともかく、事務関係のセクションは大なり小なり、事件の余波を受けていないところはなかった。なにしろ、ユーキのトップデザイナーの一人が殺されたのである。

誰もかれもが浮き足立って、仕事が手につかない。伊藤木綿子が早退したことなど、社内ではほとんど忘れ去られているような雰囲気であった。

むしろ木綿子は社員の誰よりも、事件に関わっているわけだし、恐ろしい体験をしているのだから、ほかの社員たちが騒ぎ立てるのとは裏腹に、冷静な目で周囲を眺めていられた。

それよりも、木綿子は家のことが気になっていた。家に警察や、ひょっとすると浅見、あるいは、塩野や事件の犯人側からのコンタクトだってあるかもしれない。

木綿子は浅見と下部で別れて、八時頃、家に帰った。帰るなり、父親の信博が心配そうな顔を見せた。

「さっき、おまえあてに電話があったぞ」

木綿子は二重の意味でどきりとした。塩野からの電話かもしれない――それとも、会社をサボったことがバレたのかもしれない。

「誰から？」

「いや、誰とも言わなかった。木綿子はいま会社だと教えてやったら、そのまま名乗らずに電話を切った。失礼なやつだな」

「男？　女？」

「女だったよ。若い……いや、見たわけじゃないから、ほんとに若いかどうかは分からないが、声の調子は木綿子と同じぐらいの感じだったたな」

「女性ねえ……」

塩野でなかったことにほっとして、木綿子は首を傾《かし》げながら、自分が知っている女性の顔を次々に思い浮かべてみた。

会社の人間だろうか？――もし会社からだとしたら、早退の理由づけが、きわめて具合の悪いことに気がついた。

「どういう電話だったの？」

「だからさ、すぐ切ってしまったから、何も分からないよ」

「でも、何かひと言ぐらい喋《しゃべ》ったんじゃないの？」

「ああ、そりゃまあな」

「で、何て言ってた？」

「木綿子さんいらっしゃいますか、とか言ってたな」

「それで？」

「それで、いま会社へ行っていて留守だが、どちら様ですか？　と訊《き》いた。そしたら、ともだちです、また電話しますと言って切ってしまった」

「どんな感じの人？」

「だから、それは分からんよ」

「でも声の調子で明るいとか、暗いとか、怒っているとか、懐かしそうだとか、いろいろ分かるんじゃない？」

「そうだな、そういえば陽気な感じじゃなかったな。いまどき珍しい、落ち着いた声で話す娘だと思ったからな」

「誰かなあ？……」

「じゃあ、会社のほうへは電話、いかなかったのか？」

「え？　うん、こなかったわよ」

言いながら、木綿子は（まずいな——）と思った。もしその「ともだち」が会社に電話して、自宅にかけたことを喋ったりしたら、たちまちサボリの嘘《うそ》がバレてしまう。

「ところで、事件のほうはどうなったんだ？」

信博は訊いた。木綿子がいちばん恐れている質問であった。

「まだぜんぜん分からないみたいよ」

「おまえのところにも、警察はいろいろ訊いてくるんじゃないのか。白木さんとは親しくしていたのだろう？」

「親しいって言っても、仕事上のお付き合いだし、個人的にどうっていうほどじゃないし」

「しかし、食事をご馳走《ちそう》になったとか、話していたじゃないか」

「そうだけど……やっぱり調べられるのかなぁ」

「そりゃそうだろうな」

「もし刑事が来たらどうしよう、あの指輪のこと、言ったほうがいいの？」

「いや、それは言わんほうがいいだろう」

日頃、あまり断定的な物言いをしない信博にしては珍しく、はっきり言った。

「じゃあ、まだ隠しておくの？」

「うん、そうしたほうがいい。それに、事件に関係があると決まったものでもないしな」

「でも、関係あるかもしれないじゃない？」

「そうかもしれないが、もう少し待ったほうがいいと思うよ」

「どうして？」

「どうしてって……理由はともかくだな、少し待ちなさい」

信博はきびしい顔で、まるで木綿子を睨《にら》むような目をして言った。

「言うなっていうのなら、黙っているけど……だけど、いつまでも黙っていられるかどうか分からないわよ」

「うん、それはそうだが……」

信博は深刻そうに思案してから言った。

「わしにもちょっと考えがある。確かめてみたいこともあるしな。それがすむまで待てや」

木綿子は（へえーっ——）と父親を見直す気持ちになった。母親が亡くなって以来、何につけても消極的で、自分の意志を押しつけるようなことはまったくしなくなった父親だ。

（何か、父には心当たりがあるのかな？——）

木綿子はしばらくぶりで、父親に頼りたい気持ちになった。信博もかつては曲がりなりにも宝石業界にいた人間だ。その経験や知識で、木綿子の知らない、裏の世界のようなものを知っているのかもしれない。

翌日、会社に出ると、木綿子は周囲の人間に、それとなく電話がなかったかどうか、訊いた。誰もそれらしい電話は受けていなかった。電話をかけたという人間もいない。

（誰だったのだろう？——）

木綿子は薄気味が悪かった。会社に電話しないで自宅にしたということは、二つのケースしか考えられない。第一に、木綿子が会社勤めをしていることを知らないで電話してきたケースだ。しかし、この場合には信博が「会社に行っている」と教えたのに、その会社も電話番号も訊かずに電話を切ったのだから、おかしい。

もう一つは、木綿子が会社にいないことを知っている人物だったケースだ。木綿子が会社を早退したのを知っていて、自宅にいるかどうかを確かめるために電話してきたのかもしれない。いや、その可能性が強い――と木綿子は思った。だとすると、その人物は、電話したことを隠していることになる。

そう思って周囲を眺めると、なんだか、周りの同僚たちの誰もが胡散臭《うさんくさ》く見える。会社中にスパイがいて、自分を監視しているような気分がする。

（ああ、いやだ――）

もっとも、現実はスパイどころの騒ぎではない。会社には警察の人間が出入りしている気配が、どこにいても分かる。社内の空気は妙に冷え冷えとしてしまって、たがいに疑心暗鬼を生じているのか、話す言葉もひそひそと秘密めいて聞こえた。

自分の殻の中に閉じ籠《こ》もって、ああでもないこうでもないと、思案に耽《ふけ》っていると、さまざまな妄想が湧《わ》いてくる。どれもが、あまり愉快なものではない中に、ふっと、浅見青年の面影が、爽《さわ》やかな印象を伴って浮かび上がった。

塩野ではなく浅見を思い浮かべたことに、木綿子は驚いてしまった。後ろめたい気持ちもあったけれど、ワラをも摑《つか》むような想いで、浅見の面影を追い続けた。

（おかしな人なのに――）と思う。

――警察と約束したんです、伊藤さんのことを報告するって。

そういうことを、ケロッと言ってのけるから、ほんとにこの人、大丈夫なのかしら？――と疑いたくなるのだが、あの顔を思い、率直な言葉つきを思うと、すべてのことが悪気《わるぎ》から出ていないことは確かなような気がしてしまう。

「伊藤さん……」

呼ぶ声を聞いて、木綿子は「は、はい」と立ち上がった。課長がこっちを見て「どうしたの？」と言った。

「さっきから呼んでいるのに、聞こえなかったのか？」

「すみません、考えごとをしていたもんですから……何か？」

「応接室へ行ってくれ、誰か来客があるらしい」

「私に、ですか？」

「ああ、総務からそう言ってきた」

木綿子は恐る恐る、一つ下のフロアにある応接室へ行った。

来客は南部署の原田刑事だった。部下と二人連れである。

「や、どうも、お忙しいところを恐縮であります」

あまり恐縮しているとは思えない顔で、ペコリと頭を下げた。

「何か？」

木綿子は向かいあいに座りながら、挨拶《あいさつ》もそこそこに訊《き》いた。早く追い出してしまいたい、最悪の客だ。

「いや、さしたる用件ではないのですがね、昨日、浅見さんとずっと一緒だったはずですが？」

「ええ、夕方まで一緒でしたよ。警察がそうさせたのだそうですね」

「え？　あの男がそう言ったのですか？」

「ええ、そう聞きました。私のこと監視して、あれこれ告げ口をするようにということだったのだそうですね」

「あんちきしょう、そんなことを言っていましたか。しようがねえなあ」

原田は舌打ちをしたが、否定はしなかったところを見ると、図星だったようだ。

「それで、あの人、何て言ってました？」

木綿子は意地悪い目を向けて、訊いた。

「いや、まだ何も言ってきませんよ」

原田は憮然《ぶぜん》として、顎《あご》の下を撫《な》でた。

「しかし、早晩、彼は何か言ってくるはずです。でないと、逮捕するって威《おど》かしてありますからね」

「逮捕？　浅見さんをですか？　そんなに悪い人のようには見えませんでしたけど」

「まあ、それは今後の展開しだいということになりますがね。それでです、その浅見氏のことも含めて、昨日のあれからのことを話していただきたいのですが」

「あれから……というと、警察を出てからのことですか？」

「そうです、警察を出て、まず喫茶店に入って、どんな話をしたか。それから車を連ねてどこへ行ったのか。何をしたのか……そういったことですな」

「べつに大した出来事はありませんでしたけど」

「それにしても、午後八時にお宅に帰るまで、四時間ばかりのあいだ、二人きりだったのですからな、何もなかったとは考えられませんよ」

「いやだわ、その言い方だと、あの人と私のあいだに、何かがあったように聞こえるじゃないですか」

「ははは、いや、そういう意味で言っているわけじゃないです。とにかく、ありのままを話してくれませんか。南部の喫茶店を出てから、どこへ行ったのです？」

「下部温泉へ行ったのですよ」

「下部へ？　じゃあ、白木さんが泊まった旅館へ行ったのですか？」

「いいえ、そうじゃなくて、熊野神社へ登ったのです。浅見さんがぜひ見たいって言うもんだから」

「熊野神社へねえ……何しに行ったのですか？」

「ですから、私がそこへ登ったって言ったからでしょう。刑事さんにもそう言ったじゃないですか。でも警察はそんなところ、調べに行く気はなかったみたいですね」

木綿子の厭味《いやみ》に、原田は顔をしかめた。

「熊野神社へ登って、それでどうしたんですか？」

「あっちこっち、調べて回っていたみたいですよ」

「ふーん……調べていましたか……何かあったのかな？」

「さあ、そんなことは知りませんよ。あの人の頭の中まで、見通す能力は、私にはありませんからね。もし知りたければ、浅見さんに直接聞いてみたらどうですか？」

「そうですな、そうしますか……」

木綿子の皮肉っぽい口調が頭にきたにちがいない。原田は苦い顔をして、立ち上がった。

「いずれまた、話を聞きにくることになりますからね、どこか遠くへ行くようなことがあったら、事前に連絡しておいてからにしてくださいよ」

「ええ、分かりました。そうしないと、私まで逮捕されかねませんものね」

「ん……」

原田はジロリと、上目遣いに木綿子を見て、言った。

「そうならないよう、おたがいに気をつけましょうや」

刑事が帰るのを廊下で見送って、仕事に戻ろうとすると、課長が呼び止めた。

「伊藤さん、ちょっと来てくれないか」

手招いて、先に立って歩き出した。黙ってついて行くと社長室の前で止まり、ノックした。中から「どうぞ」と応答があって、課長はドアを開け、中には入らずに、「伊藤さんをお連れしました」と言い、木綿子に「さあ入りなさい」と命じた。

木綿子が社長室に入ると、課長はドアを閉め、さっさと立ち去った。

「やあ、元気かね？」

正面の窓を背景に、大きなテーブルの向こうから結城社長が声をかけて寄越した。

木綿子は極度に緊張した。それほど大きな会社ではないが、社長と直接、話す機会は滅多にない。しかも二人きりで面と向かって――となると、一度もない。

「そこに座りなさい」

結城はテーブルの前の応接用のソファーを勧めた。木綿子が座ると、自分も立ってきて、向かいあう肘掛《ひじか》け椅子《いす》に腰を下ろした。

「刑事が来ていたそうだね」

にこやかな笑顔で訊いた。

「はい」

「白木さんのこと、訊かれたの？」

「はい、そうです」

「それで、何を訊かれました？」

「何って……特別に何っていうことはありませんでしたけど」

「そう……」

結城はしばらく考えてから、少し声のトーンを落として言った。

「さっき、お父さんから電話をいただきましたよ」

「えっ、父からですか？」

木綿子は驚いた。驚くと同時に、なんだか父親に裏切られたような予感がした。

「お父さんがね、指輪の話をしてくれましたよ」

「…………」

思ったとおりだ——と、木綿子は父親の「裏切り行為」に腹が立った。

「立派なお父さんですね」

結城はそういう木綿子の心理を見透かしたように、父親を褒《ほ》めた。

「お父さんは、その話を黙っているように、あなたに指示なさったそうだが、それはわが社にとって、まことにありがたいご配慮なのですよ」

「…………」

木綿子は社長の言っている意味が分からないから、頷《うなず》きもせず、黙って聞いているしかなかった。

「刑事が来たというので、心配していたのだが、黙っていてくれて助かりました。今後ともその件については、絶対に誰にも洩《も》らさないようにしてください」

結城はそこまでは微笑を湛《たた》えながら言ったが、最後に「よろしいですね」と念を押した時には、鋭い、猛獣のような目をした。

木綿子は反射的に「はい」と頷いてしまった。

「うん、結構です、ではご苦労さん」

結城は立ち上がり、「お父さんにはくれぐれもよろしくお伝えください。それと、必ず悪いようにはしないと言っていたともね」と言った。

（悪いようにしないとはどういう意味なのだろう？——）

木綿子はその言葉にこだわった。父親が何か、「情報」と交換に要求したような、いやな想像が浮かんだ。

5

身延山が日蓮宗ゆかりの土地であることを知っていても、一般人の、それこそ「縁なき衆生」の多くはそこがどういうところなのか、分かっていない。浅見光彦も不信心を絵に描いたような男だから、漠然とした知識しか持ち合わせていなかった。

身延山は山梨県南巨摩《みなみこま》郡身延町にある標高一一五三メートルの山である。しかし、日蓮宗の信者が「身延山」と呼ぶ場合には、「日蓮宗総本山・身延山久遠寺《くおんじ》」と久遠寺を中心に広がる堂塔伽藍《がらん》のことを指す。

身延町観光協会が出しているリーフレットには、久遠寺のことを次のように紹介している。

身延山は、いまからおよそ七百年の昔、日蓮大聖人がその晩年をすごされた霊山です。

建長五年（一二五三）四月二十八日、三十二歳で房州清澄山上に御開宗を宣言された日蓮大聖人は、以来鎌倉に伊豆に房州に、さらには死は必定とまでいわれた三年間の佐渡御流罪など、わたしたち凡人には想像もできない御難苦心の二十年を送られました。

佐渡御流罪より帰られた聖人は、幕府に三度目の諫暁をなされましたが受け容れられず「三度いさめて容れられざれば去る」との古来の聖賢にならって、甲斐の国波木井郷の領主、南部六郎実長の招きをいれ、文永十一年（一二七四）六月十七日、草深い身延の山に入山され、南部公心づくしの御草庵に入られました。聖人五十三歳のこの時を身延山の開創紀元としています。

南部公は弘安四年には十八メートル四方の大堂を建設し、大聖人は初めて身延山妙法蓮華院久遠寺と御命名になり、「日蓮が弟子檀那等はこの山を本として参るべし、これ即ち霊山の契りなり」と述べられ、この山はお釈迦様が法を説かれたインドの霊鷲山にも劣らぬ名山であると称され、こよなく愛されたのです。また、身延山の四季は素晴らしく、春の桜、秋の紅葉は特に秀でています。


（原文のまま）

これを読んで、浅見もようやく身延山の何たるかを知ることができた――と思ったのだが、それはただの概念にすぎず、身延山へ向かう急坂を登るにつれて、その規模の壮大さに驚かされた。

百をはるかに超える堂塔伽藍、宿坊が、緑濃い山の斜面のいたるところに、あるものはひっそりと、あるものは存在を誇示するように展開している。

参道に連なる土産《みやげ》物店は参拝客で賑《にぎ》わっていた。団体客を運ぶバスもひっきりなしに登って行く。

そこを抜けて登りつめたところは、広々とした久遠寺の境内である。駐車場に車を置き、境内の一角に立ってみると、あらためて、その規模の壮大さが実感できる。

ただし、ここには奈良の大仏殿や、近年いたるところに乱立するマガイ物の巨大仏のような、見る人を圧倒するような気配は感じられなかった。

参拝者も、単なる観光気分の人間は少ないらしい。浅見のように、むやみやたらカメラのシャッターを切りまくっているような失礼なのは、まったく見当たらない。

浅見は建物よりも、むしろそういう、敬虔《けいけん》な信仰心で訪れた人々の姿や、祈りの風景を被写体にしてレンズを向けた。

夫婦らしい老人の二人連れも多いが、意外なほど若い女性の、それも小人数なのや、中には独り旅と思われるのもいて、浅見の好奇心をくすぐった。

広場の正面には祖師堂、その向かって左には大本堂というのがある。大本堂では数人の僧侶《そうりよ》が読経の最中で、バリトンのハーモニーが堂の外にあふれ出てくる。

浅見は広場を左手のほうへ抜けて、人気の少ない道を辿《たど》ってみた。「本行坊」「清水坊」「樋沢坊」といった宿坊のあいだを下る急坂を、地図を頼りに下りて、帰りの登りが心配になってきた頃、「聖人御廟《ごびょう》」「御草庵跡《ごそうあん》」の案内表示にめぐりあえた。

この辺りまで来ると、参拝客は跡絶え、静謐《せいひつ》の気配が漂う。気温も明らかに低く、ほっとした気分に浸れる。どこからか女性の読経する声が聞こえてくるのが、なんとなくセミの鳴き声のようだ。

「御廟」周辺は小さな植え込みから巨大な立木にいたるまで、じつによく手入れされた環境である。そのもっとも奥まった、岩山の裾《すそ》のような場所に、日蓮の墓があった。

石垣を一メートルほど積んだ上に、こんもりと土を盛り、左右に宝篋印塔《ほうきょういんとう》を従えてはいるけれど、墓標そのものは高さ二メートルばかりだろうか。想像していたのより、はるかに小さく、さり気ないことに、浅見は意外な気がした。

信者なら、当然、ありがたい――と頭が下がるはずのところだが、浅見は無縁の者だ。これが日蓮の墓なのか――という想いで見上げると、人間の営みのはかなさのほうに心が動いてしまう。

そういえば、いくつもの堂を巡ってきていながら、一度も礼拝していなかったことを思い出した。

（このままだと罰が当たるかな――）

浅見は周りを見回し、誰も見ていないことを確かめてから、カメラを持たないほうの手だけで、片手拝みに廟に頭《こうべ》を垂れ、しばし祈りのポーズを取った。

さっきから聞こえている読経の声を頼りに行くと、十段ばかりの石段の上に、瓦屋根《かわらやね》の丈の低い拝殿が建っていた。

拝殿はほとんど壁のない、太い柱だけの建物である。屋根の下はガランとした空間だ。手前に賽銭《さいせん》箱、その奥の建物の中央に狭い床の部分がある。石段を上がると、そこで二人の女性が読経している後ろ姿が見えた。

一人は老女といっていい年配のようだ。その脇《わき》には、中年の女性が付き添い、老女の声を補うように経を唱えている。

二人の息はピッタリ合っているらしい。言っていることはさっぱり分からないが、声が絡みあい、あるいは高くあるいは低く流れ出すさまは、音楽性にも富んでいて、耳ざわりも悪くない。

柱だけの建物だから、彼女たちが祈っている向こう側は透けて見える。そこには廟塔《びょうとう》が立っている。日蓮の廟塔だと思えるのだが、さっき見てきた墓標とどう違うのか、浅見にはよく分からない。

読経は終わったらしい。二人の女性は思いのほかあっさりと立ち上がって、堂を出てきた。

老女と中年女性だが、二人とも上品な顔立ちで、若い頃はさぞかし——と思わせた。

老女のほうは和服で、細かい模様はよく見えないが、全体として渋い枯れ葉色に見える着物に、黒い絽《ろ》の羽織を着ている。

中年女性のほうは、グレーのスーツだが、スカートの裾《すそ》のほうはやや広くなっている。浅見は女性のファッションなど、さっぱり知らない男だが、それはひょっとすると、不測の事態に備え、足さばきがし易《やす》いデザインにしてあるのかもしれない――などと思った。

その想像を裏書きするように、浅見が立っている前を通り過ぎる時、中年の女性が半歩、老女の前に出て、警戒するような目付きを浅見に送って寄越した。

浅見は無意識に後退して、二人に道を大きく譲った。

老女は何事もないような、とぼけた表情を浮かべ、浅見の存在などまったく無視したように、石段を下りて行った。八十歳前後かと思えるおばあさんだが、足腰はしっかりしているらしい。

（何者かな？――）

どこかで見たことがあるような気もしないではないが、例によって、浅見は人の顔を記憶するのが苦手だ。すぐに思い出す作業を諦《あきら》めた。

とはいえ、浅見はいまの二人に興味を惹《ひ》かれた。あの付き添いの女性の警戒ぶりはただごととは思えなかった。

浅見の足は無意識に二人のあとを追っていた。

それほどの急ぎ足ではない。浅見が周囲の風景に向けてシャッターを切りながらでも、充分に間に合う速さであった。

たえず三十メートル以上の距離を保って、つかず離れずの尾行ともいえぬような、のんびりした追跡であった。

6

ふいに、林の中から男が現れた。

黒い背広を着た、見るからに屈強そうな男である。

手にトランシーバーを持っていた。ネクタイをしているけれど、ただのサラリーマンというタイプではなかった。

浅見はゆくてを男に遮《さえぎ》られて、仕方なく立ち止まった。

「すみません」

男は押し殺したような声で言った。意外におとなしい言い方だったので、浅見は面食らった。

「は？……」

「恐縮ですが、ちょっと煙草の火を貸してもらえませんか」

「はあ」

浅見はポケットからライターを取り出して、男に手渡した。そのあいだに男の肩越しに、二人の女性がどんどん離れて行ってしまうのが見えた。

男はライターを手にしてから、ポケットをまさぐって煙草を探している。「あれ？　どこへ仕舞ったかな」などと呟《つぶや》きながら、しばらく探して、結局、最初に手をつっこんだ右のポケットにあるのを発見した。

「どうも忘れっぽいもんで」

男は言い訳がましいことを言いながら、こんどはゆっくりライターを眺め、なかなか火をつけそうにない。どうせ百円ライターである。よほどそのままにして、追跡を続けようと思ったが、そうしたらそうしたで、男は何らかの方法を用いて、浅見を停まらせるだろう。

ひょっとすると——と、浅見は男の暴力を警戒した。

しかし、男は少なくとも表面的にはきわめて友好的に振る舞おうとしているかのように見える。

「独り旅ですか？」

煙草を銜《くわ》えた口で、言った。

「ええ、雑誌の依頼で、身延山の写真を撮りに来たのです」

「ほう、じゃあマスコミ関係の方ですか」

男の目が、一瞬、光を帯びた。

「いえ、マスコミというほどじゃありません。あのおばあさんを撮影して、どうのこうのしようなどとは思っていませんから、安心してください」

「ん？……」

とたんに男は身構えた。ことと次第によっては、本気に何かを仕掛けてくるつもりなのだろう。

「やっぱりそうでしたか」

浅見は苦笑した。

「こうやってボディーガードがついているくらいですから、さぞかし大物なんでしょうねえ。いったい、どなたなんですか？」

「………」

男は黙って、ようやく煙草に火をつけ、ライターを返して寄越した。

「どうも」

短く、礼を言い、それからチラッと背後を振り返り、二人の女性の姿が見えなくなっているのを確かめてから、言った。

「何を言われているのか、分かりませんな」

「まさか……」

浅見は低い声を出して笑った。

「しかし、まあいいでしょう。いまは深く詮索《せんさく》するのはやめておきます。ただし、あなたが出てきたお蔭《かげ》で、あのおばあさんに対する興味は動かしがたいものになりましたよ。いつかきっと、もう一度お会いして、日蓮さんの話などお聞きしたいものだと思います」

「いや、それは止《よ》したほうがいい」

男は無表情に言った。声は小さいが、断固とした意志を感じさせた。

「なぜですか？」

「なぜかは言わないが、あんたのような人が接近するのを、あまり好まないということだけは言っておきます」

「それは彼女の意志ですか？　それとも、あなた……いや、あなたの属している組織の意志ですか？」

「なに？……」

男はいっそう気色ばみ、眉《まゆ》を顰《ひそ》めた。

その時、トランシーバーが鳴りだしたらしい。男は慌ててイヤホーンを耳に押し当て、向こうを向いて、浅見には聞こえないように何事か応答している。

跡切れ跡切れに耳に入る中に、「雑誌の取材だそうです」と言うのがあった。どうやら浅見の素性を報告しているらしい。

言葉つきや態度からは、ヤクザ者の感じはしない。かといって警察関係というのとも、また違うようだ。

（何者？――）

浅見の好奇心はさらに強まるばかりだ。まったく、この男の出現は、さっきの老女への興味を、いっそうかき立てる効果をもたらしたことになる。

トランシーバーを耳から離すと、男はこっちに向きを変えた。

「あまり余計なことは詮索しないほうがいいと思いますよ」

捨て台詞《ぜりふ》のように言って、「どうぞ」と掌を浅見の進む方角に向けた。

しかし、すでに二人の女性の姿はとっくに消えている。おそらく、いま頃は車に乗ったか、それともどこかの建物に入ったか、その安全を確かめた上で「許可」が下りたにちがいない。

浅見は「どうも」と会釈して、男の前を通り抜けた。

下りの時はさほどに感じなかったが、かなりの急坂で、カメラケースがにわかに重くなってきた。

第六章　影の追跡

1

身延山を下りて、昼飯をすませてから南部署に顔を出してみると、目あての原田部長刑事は不在だったが、その代わりのように、廊下で毎朝新聞の井上記者がひまそうな顔をしているのに出会った。

「やあ、まだいたのですか、やけに熱心ですなあ。やっぱり浅見さん、あんたはただのルポライターじゃないね？」

井上は笑いながら言った。

「はあ？　どうしてですか？　僕はただのしがないフリーライターですよ」

「そのしがないフリーライターが、せっせと捜査本部にやってくるというのは、どういうわけですかねえ」

「そりゃ、僕だって好奇心だけは旺盛《おうせい》ですからね。美人の宝石デザイナーが、どうして殺されなければならなかったのか――なんて、べつに商売っ気抜きでも、かなり猟奇的好奇心をくすぐられる話じゃありませんか？」

「なるほど、正義感なんてものとも無縁というわけですか?」

「いえ、そりゃ、犯人が捕まったほうがいいに決まってますよ。しかし、それは警察がやることだし、僕なんかにはどうしようもないことでしょう」

「どうだかなあ……」

井上は冷やかすような目で浅見を眺めた。

「どうしようもないと言いながらも、こうやって警察にやってくるというのは、単なる野次馬根性だけとは思えないけどな。とにかく、下部に来たBMWが被害者の車であったのかどうか分からないという、あんたの発想には、警察の連中も驚いていたのだから」

「困ったなあ。もちろん、僕は推理小説が好きだし、事件の真相をあれこれ空想するのも嫌いじゃないですけど、所詮《しょせん》は素人ですからね、ときどき思いつきみたいに、いい知恵が浮かぶだけですよ。ただ、殺された白木美奈子さんのプロフィールなんかについては、女性雑誌的な興味は持っているんです。宝石デザイナーという職業も珍しいですしね、この事件にはいったいどういう背景があるのかなんて考えだすと、ワクワクしてきちゃうのですよねえ」

浅見はなるべくミーハーふうに聞こえるような口調で言った。

「どうなんですかねえ、その宝石デザイナーというのと事件とのあいだに、何らかの繋《つな》がりがあると思うのだけど、警察は何て言っているのですか?」

「そういったことについては、警察はまだ何も発表してませんよ」

井上はつまらなそうに言った。

「もっとも、事件発生後四日目だからねえ、そうそう何もかも分かっているはずもないけど、それにしても情報量が少ないねえ。むしろテレビのニュースショーなんかのほうが、懇切丁寧に教えてくれる。われわれサツ回りより詳しいのだから、情けなくなっちゃうよねえ」

白木美奈子は東京の人間である。彼女の私生活を知るのは、東京の連中に任せっぱなしになっている。井上のように所轄署に張りついている者は、警察の動きと公式発表だけが取材源で、ほかのことについては、一般人と同じ程度の知識しか入ってこない。

「甲府のユーキでは、彼女の才能は高く評価されていたそうじゃないですか」

浅見は言った。甲府のことなら、井上だって詳しいはずだ。

「ああ、そうみたいですね。もう一人の男性デザイナーと競いあっていたとかいう話ですよ。だもんで、警察はその人とのあいだに何かあったのじゃないかとか、そういうことも考えたらしいが、ぜんぜん空振りだったそうですよ」

「白木さんは、マンションの独り暮らしだったとかいう話ですね？」

「そうそう、いちど結婚して離婚して、それからずっと独りだってね。ああいう美人が独りでいるのは不自然なんだよなあ。おまけに宝石ときちゃ、想像しただけでも危なっかしいよねえ」

「宝石デザイナーだからっていって、彼女のところに宝石があるというわけじゃないでしょう」

「いや、それはそうだけどさ、なんとなくイメージとしてですよ、そんなふうに錯覚するやつだっているんじゃないの？　しかもBMWなんかに乗ってさ。かつおぶしに小判をくっつけて、猫の前に置いてあるみたいなもんですよ」

「ははは、なんだか変な比喩《ひゆ》ですね」

「え？　そうか、変だよね」

二人は声を揃《そろ》えて、だらしなく笑った。

「井上さんは根っからの甲州人ですよね？」

浅見は言った。

「ん？　ああ、そうですよ。それが何か？」

「甲州の人にこんな話をすると、気を悪くされるかもしれませんが、じつは、ユーキのことで、ちょっと妙な体験をしましてね」

「ふーん、ユーキのことで、ですか。何か事件に関係がある？」

「いえ、今度の事件とはべつの次元のことですけどね」

「何です？」

「山梨県の宝石メーカーとユーキのあいだに、何か得体の知れない軋轢《あつれき》みたいなものがあるらしいのです」

浅見はテレビの番組でユーキのことを知って、甲府に来てみた——というところから、宝石メーカーの露骨で陰湿な秘密主義に出くわしたことを話した。

「ふーん、そんなことがあったのですか……。いや、考えられないことじゃないですな。たしかに、山梨の零細な宝石メーカー——というか、宝石加工業者と言ったほうがいいかな——にとって、ユーキの出現はたいへんな脅威だろうからねえ。しかし、だからといって、そんな見え透いた嘘《うそ》までついて、ひた隠しに隠してどうしようというのかなあ。そんなことをやったって、いずれはバレることだし、かえってイメージダウンをきたすばかりじゃないの」

井上は残念そうに首を振った。

2

「ところで、浅見さんは身延山の取材に来たって言ってましたね」

井上は話題を変えた。

「どうでした、行ったのですか？」

「ええ、行ってきました。いいところですねえ」

「ああ、いいでしょう。いや、景色だとかそういう観光的な意味でではなく、精神的な見地から言っても、身延はいいところだと思いますよ」

井上は郷土愛の強いタイプらしい。身延山や日蓮についての話になると、それまでの、いくぶん崩れたような部分は消え失せて、真摯《しんし》な口調になる。

しかし、身延山と日蓮のことに関するかぎり、井上がどれほど手前みそを並べても、浅見は認めていいと思った。それほどの感動があの山の上にはあったと思った。

「さっき、日蓮の廟塔《びょうとう》を見てきたのですが、そこのお堂の中で、おばあさんと中年の女性が、一心不乱にお題目を唱えていました。それがひどく力感あふれるものなのですねえ。見ていて、圧倒される想いがしました」

「そう、そもそも日蓮宗の教義そのものが、かなり攻撃的色彩の強いものですからね。したがって、政財界のリーダーや猛烈社員みたいな人々に熱心な信者がいるのです」

「じつは、僕は今回の取材を始めるまで、日蓮という人物について、ほとんど何も知らなかったんです。お恥ずかしい話だけど、教科書的に『日蓮宗の開祖』ぐらいにしか考えていなかったのですね」

浅見は照れ臭そうに言った。

「しかし、日蓮というのは、調べれば調べるほど、面白《おもしろ》い。いや、面白いなどと言うと叱《しか》られるかな。とにかく、なかなか偉大な人物であったことが分かってきました。ひょっとすると、日本を動かした巨人を十人挙げるとすると、その中の一人に入れてもよさそうな人物だったかもしれないと思ったのです」

「そうですよ、日蓮は偉大ですよ」

井上は当然のことだと言わんばかりに、胸を反《そ》らせた。

「何よりも、日蓮は、貴族階級に取り入ったり、葬式宗教に堕落してしまった既成の仏教各派を指弾したという点で、まさにエポックメーカーであったわけですよ。日蓮は死後の安穏を願うより、現世の充実をと言っている。現実から逃避して、浄土を夢見るなどというのは愚の骨頂だというのだから、すごい。そういう前向きで闘争心旺盛《おうせい》な生き方だから、現代の実業家や政治家の中にも、積極的な共鳴者が多いのでしょうなあ」

「あれだけ激しい布教活動をやったとなると、当然、敵も多かったわけですよね」

「そう、それがねえ、凡人にはなかなかできない。まあ、新しいことをやってウケようというのだから、挑発的だったり、戦闘的だったりしなければならないということもあるのだろうけど、日蓮の場合には、仏教の教義の中にありながら、宗教家どもが一人として顧《かえり》みなかった法華経の価値を再発見して、そこに大衆の耳目を引きつけたわけね。だから、近頃はやりのパフォーマンスみたいな、ただの新しがり屋だとか、人騒がせなんかとは天地の差があるわけですよねえ」

「そのこともはじめて知りました」

浅見は頭を掻《か》いた。

「情けない話ですが、法華経というのは、日蓮宗だけのお経なのかと思っていたくらいですからねえ。だって、『南無妙法蓮華経』と唱えるのは日蓮宗だけでしょう。僕と同じくらい何も知らない一般人は、大抵、そう考えていますよ」

実際、浅見はその程度の知識さえなかったという不信心な男だ。井上には恥ずかしくて言えないが、じつを言うと、日蓮宗といえば、創価学会を思い浮かべるというくらい素朴な知識しかなかった。

日蓮といえども、比叡山《ひえいざん》などでひととおり既成仏教の教義については奥義を究めた。日蓮がそういう既成仏教に疑義を抱いたきっかけは、「承久の変《じようきゆう》」によって後鳥羽《ごとば》上皇派が壊滅的敗北を喫したという、歴史的大事件以降だといわれている。

承久の変では、後鳥羽上皇方は幕府の滅亡を願って、京都界隈《かいわい》の社寺に祈禱調伏《きとうちようぶく》を行わせた。天台の座主・慈円僧正をはじめ、三百人を超える僧侶《そうりよ》に一ヵ月間、祈りに祈らせたのである。

ところが、皮肉にも、祈禱満願の当日に、後鳥羽上皇方の重要拠点・宇治瀬田の防塁が突破され、幕府軍の勝利が確定的となった。

万世一系の天皇家は常に正義であり、正義は必ず勝つはずであった。さらに加えて、仏教各派が総力を結集してなお、反逆の徒である幕府を壊滅させることができなかったのだ。だとすると、宗教とはいったい何だ？――神仏は祈りを捧《ささ》げる者を救ってくれないのか？――という疑問が生じる。既成仏教が大きな顔をして語ってきた「真実」は、絶対ではなくなった。

仏教の宗派は十もあって、それぞれの主張するところは、たがいに矛盾点を内包している。それにもかかわらず十宗が共存しうる状況というのも、それ自体が矛盾ではないか――と考えつくところから、日蓮の「悟り」への道がスタートしている。

したがって、日蓮宗の教義が唯我独尊的志向の強いものになる可能性は、当初から約束されていたともいえる。

仏陀《ぶつだ》の教えに「正法《しょうぼう》・像法《ぞうぼう》・末法《まっぽう》」の思想がある。正法千年、像法千年を経て、末法に到る——と説いている。この論でゆくと、釈迦《しゃか》の入滅の二千年目にあたる西暦一〇五二年から日本は末法の時代に入ったことになる。

社会は混乱し、神仏の権威は失墜し、教団は頽廃《たいはい》する——というのが末法の世のすがたといわれ、日蓮が目《ま》のあたりにした後鳥羽上皇の滅亡は、まさにそれを裏づけるような出来事であったのだ。

日蓮は、仏陀が末法の世を救う道を教えていないのか？——という疑問を抱き、あらゆる教団、宗派の教義をひもとくが、既成宗派の言うところは、すべて自己満足、現世逃避、あきらめ、偽善、形式的なものにすぎないことを知る。

そんなものでない、末法の世から衆生を救い出す教えを求めつづけ、ついに法華経こそが唯一無二の教典であることに思い到る。

そして建長五年（一二五三）四月二十八日、日蓮は生まれ故郷の安房小湊、清澄《きよすみ》山山頂で昇る朝日に向かって立教開宣をした。

ときに日蓮（当時・蓮長）は三十二歳であった。

日蓮はそれから間もなく、幕府の本拠地である鎌倉に出て、布教活動に入った。のちに「獅子吼《ししく》」と称せられる、過激にして好戦的な辻《つじ》説法である。

——念仏を唱え、西方浄土の極楽を欣求する者はあわれだ。この娑婆世界を捨てて、どこに浄土があるものか。死後の安泰を願うよりも、まず現実の世界を生きなければならない。現実から逃避せよという教えなどを信じて、何が極楽浄土であるか。阿弥陀《あみだ》仏を信じ現世を捨てる者は無間《むけん》地獄におちる！

日蓮の論法は概《おおむ》ねこうである。阿弥陀仏そのものを否定するような説法に、仏門の人間ばかりか、一般の信者たちも憤激して、日蓮を迫害した。以後、日蓮は数々の法難に遭遇する。

（似ている——）と浅見は漠然と思った。

異端は排撃され、出る杭《くい》は打たれるものである。それがちょうど、山梨宝石業界における、「株式会社ユーキ」の置かれている状況にそっくりだ——と思った。

だが、そのことと白木美奈子が殺された事件との関係だとか、塩野と伊藤木綿子が巻き込まれた奇妙な「事件」とのあいだに、何か関係があるものかどうかは、まだ浅見にも分からなかった。

3

井上と別れて、浅見はいったん下部の宿・梅の湯に戻った。

「夕方までは、どうせ何もないですよ」

井上が自棄《やけ》っぱちみたいに言っていたとおり、南部署の捜査本部は四方に捜査員を動員して、聞き込み捜査の真最中であった。捜査員が帰着するまで、本部は閑散として、報道関係の連中もすることがない。

宿に戻ると、女将《おかみ》が伊藤木綿子から電話のあったことを伝えた。

「会社のほうにいるので、お電話して欲しいっておっしゃってましたけど」

部屋に入って、木綿子にもらった名刺の番号に電話をかけると、交換が出た。「失礼ですが、どちら様でしょうか?」と訊く。「浅見です」と名乗ると「どちらの浅見様でしょうか?」としつこい。事件があったせいか、それとも宝石メーカーだけに、もともとそういうシステムなのか、よほど警戒しているらしい感じだった。

浅見は「ともだちです」と言った。

木綿子は電話に出て、いきなり「あら、しばらく」となれなれしい声を上げた。

「同窓会ですって？　いつなの？」

わけの分からないことを言っている。電話のこっちで、浅見は苦笑した。どうやら近くに誰かがいて、自由に話せない状況にあるらしい。

「電話をもらったそうで」

「ええ、そうなんですよね。じゃあ、あなたからじゃなかったのかしら？　うちのほうに、昨日、電話があって、父がね、名前を聞きそびれちゃったんですって。それで浅見さんかと思ったのだけれど……」

「電話？　男からですか？」

浅見はその瞬間、塩野の名前が頭をよぎったが、木綿子はあっけらかんとした口調で否定した。

「いいえ、そうじゃないんですって」

「じゃあ、女性ですか？」

「ええ、そうなんですよね、それしか分からないっていうんだもの、いやになっちゃう。心当たり全部に訊いてみたんだけど、違うって言うのよね」

「ひょっとすると、ＢＭＷの女性ですか？」

「かもしれないでしょう。だから気になって気になって……それで、ご迷惑かなとも思ったんですけど、ちょっと電話してみたんですよね」

最後に木綿子の、申し訳なさそうな、それでいて、縋《すが》りつきたいような気持ちを、そのまま表した言葉が漏れた。

「分かりました、また夜にでもお宅のほうに電話しますよ」

浅見は慰めるような口調で言った。

いったん受話器を置いて、すぐに握り直すと、警察庁の兄の直通番号をプッシュした。

いわばホットラインといってもいい電話で、この番号を知っている人間は警察内でもそう多くはないということを聞いている。

「どうした、また何か事件に関わっているのか？」

兄の陽一郎は挨拶《あいさつ》代わりに、のっけからそう言った。迷惑——というのではないが、弟の「やりすぎ」を心配する口調だ。

「はあ、じつは、山梨県身延で宝石デザイナーが殺された事件ですが」

「ははは、やっぱりそうか、和子からきみが山梨へ行ったと聞いた時から、そうじゃないかと思っていた」

「いや、身延に来たのは仕事です、事件とは偶然、遭遇しただけですから」

「まあいい」

賢い兄は軽く笑って、訊《き》いた。

「で、何をやればいいのだ？」

「すみません。くだらないお願いをして」

「いつものことだ。第一、きみが電話してくるのだから、よほど手にあまることなのだろう？」

「ええ、そうなんです。どうしても警察の力に頼るしか方法がないのです」

「分かってるよ。で、何だい？」

「ある人物の素性を洗ってもらいたいのです。名前が塩野満、二十八か九歳で、五、六年前に、宝石鑑定士の資格を取るためにアメリカへ行っていることと、たぶん東京に住所があること以外、ほとんど何も分かっていません」

これまで分かっている塩野に関するデータといえば、わずかにその程度のものだ。兄に頼むにしても、気のひけるような内容であった。

「了解した。三十分後にまた電話してみてくれ」

あっさり言うと、陽一郎は「じゃあ」と電話を切った。

それにしても三十分とは——と、浅見はその早さに呆《あき》れた。ありがたいと思う一方で、日本人の一人一人が、そこまで管理されているのか——と、いささか薄気味悪い気分でもあった。

かっきり三十分待って、浅見はホットラインに電話した。

「いいか、メモしてくれよ。塩野満、二十九歳……」

陽一郎はデスクの上の資料を読んでいるらしい。

「本籍地は千葉県安房郡天津《あまつ》小湊《こみなと》町小湊——。現住所は東京都新宿区戸塚二丁目——、戸塚スカイコーポだ。同居者は登録上は誰もいない。ただし、現実に独り暮らしかどうかまでは分からない。職業は宝石鑑定士だそうだ。前科が二つある」

「えっ？　前科があるのですか？」

「ああ、一つは麻薬取締法違反。もう一つは関税法違反。それぞれ執行猶予つきだが、三カ月の有罪になっている」

「それですが、暴力団がらみの事件ではないでしょうか？」

「そこまでは分からないよ。もし必要なら丸一日待ってくれ」

「すみません、引き続きぜひお願いします。それと……いや、それだけです」

「何だ？　言いかけてやめるなよ」

「はあ、じつは現在どこにいるのかが分かれば——と思ったのですが……」

「ん？　ということは、その男、所在不明なのか？」

「たぶんそうじゃないかと思います。それと、ひょっとすると生命の危険がありそうなのですが……」

「ふーん、どういうこと……」

その時、兄のデスクの上のブザーが鳴るのが聞こえた。

陽一郎は送話口を覆って何か喋《しゃべ》ってから、

「ちょっと待て」

「急な用件ができた。詳しいことはまた聞こう」

と言って、すぐに電話を切った。

ほかにも話しておきたいことがあるような気がしたのだが、忙しい相手なのだから、仕方がない。

兄にとっては、前科が二つある若い男の生死なんかより、重大にして緊急を要する事件が、何か持ち上がったのかもしれない。

そうでなくても、塩野の所在を確かめる作業を、警察庁刑事局長に依頼するのは、いくら兄弟の関係とはいえ、やはり気のひける話ではあった。

4

「安房小湊……か」

浅見は呟《つぶや》いて、受話器を握ったまま、しばらくのあいだ、ぼんやりしていた。

やはり、塩野が熊野神社に落書きした文字は、何かを木綿子に伝えたかったことが、これでほぼはっきりした。

それにしても、塩野は自分の生家が安房小湊にあると告げて、いったい木綿子に何を期待したというのだろう？——

塩野に前科が二つあるという事実は、それほど意外ではなかった。執行猶予つきとはいえ有罪判決が出されているということは、それ以前にすでに一度か二度ぐらい検挙歴があるにちがいない。

麻薬取締法違反、関税法違反というと、やはりどことなく暴力団がらみの事犯を想像させる。暴力団か否かはともかくとしても、いずれにしても、組織的な犯罪が行われている——という浅見の感触は、間違っていないらしい。

「さて、どうする……」

浅見は老人の独り言のように、口に出して言った。

塩野満の話を警察に漏らすべきかどうか、難しいところだ。塩野の存在を話せば、当然の結果として伊藤木綿子のことも話さなければならない。

警察が木綿子の過去を暴き、塩野との関係を根掘り葉掘り尋問する状況を想像するのは、あまり気分のいいものではなかった。

考えあぐねたまま、浅見はふたたび南部警察署を訪れた。

五時から始まる定例の記者会見を待って、各社が集まっていた。しかし、その人数は最初の頃よりずっと減って、十人にも満たなかった。

「その後、何か動きがありました？」

井上のそばに近寄って、浅見は小声で訊いた。

「いや、何もない。三々五々帰って来る捜査員の顔を見ていたが、大した収穫もなさそうだったですな。あの感じだと、ろくな記者会見になりそうにないですよ」

井上が予想したとおり、署長の発表は新味のないものであった。白木美奈子の周辺のことなど、テレビで見たり聞いたりしていることの追認みたいな内容で、記者の中には、露骨に欠伸《あくび》をする者までいた。

警察は白木美奈子の男性関係のセンを追っていたらしい。美奈子の別れた夫に対する追及もかなり執拗《しつよう》に行われたことは想像にかたくない。

しかし、そっちのほうからは結局、何も収穫がなかったということであった。前夫はすでに再婚していて、子供まである。美奈子とのことはすでに過去も過去、おたがいに忘れてしまいたい思い出の一つでしかなくなっていたようだ。

現在進行形だった男性を含めて、美奈子をめぐる男たちの名前も数人、洗い出されてはいた。それぞれに対して、ひととおりの調べが行われたが、事件と直接結びつくような話は、これまでのところでは出てきていないらしい。

白木美奈子が契約しているユーキについても、会社と社員に対する調べは進んでいる。同僚でありライバルでもある宝石デザイナーの兼子などは、ことに調べの対象として注目された。

しかし、そういう捜査対象のすべてについて、目下のところ「シロ」の心証が固まりつつあった。

「要するに、まだ何も成果が上がってないっていうことですか?」

井上が無遠慮に質問して、署長にジロリと睨《にら》まれていた。

「あんたねえ、まだ捜査は端緒についたばかりですよ。そうそう簡単に成果が上がるわけがないでしょう」

「そりゃまあそうですが、しかし、署長さんのおっしゃったことは、けさのニュースショーでやってた内容とまるで同じですよ。これじゃ、われわれが送る原稿は何もありませんからねえ」

「警察は、新聞の原稿づくりに協力するために、捜査を進めておるわけじゃない。その点を考え違いしてもらったら困りますな」

署長がブスッとした顔で言ったので、記者連中は低く笑った。

「ちょっとお訊きしますが」

浅見が後ろのほうから、小学生のように手を上げて言った。署長は発言者が浅見であるのに気づいて、少し緊張した顔になった。

「ふーん、またおたくさんですか。今度は何です？」

「被害者の白木さんですが、安房小湊とは何か関係がありませんか？」

「はあ？……」

署長ばかりでなく、居合わせた者たち全員の目が浅見に集中した。

「何ですか？　その、ええと……安房小湊でしたか？」

「はあ、安房……千葉県の天津小湊町のことですが」

「そんなところと、被害者と、どういう関係があるんです？」

「いえ、ですから、それをお訊きしているのです。何か関係がないかなと」

「そんなこと……」

署長は口を大きく開いて、完全な呆《あき》れ顔を作った。

「いったい、どこからそんな地名が出てきたんです？　千葉県の小湊……あれ、それはあれじゃないですか、日蓮聖人の生まれ故郷じゃないですか？」

「ええ、そうですそうです、誕生寺というのがあるところです」

浅見は嬉《うれ》しそうに言った。

「それくらいは、おたくさんに言われなくたって知ってますよ。しかし、誕生寺はいいが、それがどうしたっていうんです？」

「はあ、もしかすると、白木美奈子さんはそっちのほうと何か関係があるのじゃないかと思ったのですが」

「いや……」

署長は慌ててテーブルの上の資料に目を落とし、傍らの刑事課長に何かを囁《ささや》いた。刑事課長は首を横に振った。

「何も関係がありませんな」

「ということは、すでにその方面もお調べになったのでしょうか？」

「それはまだですよ」

「調べてもみないで、どうして関係がないと分かるのですか？」

「いや、それはあんた……調べる必要を認めていないので調べていないだけのことであってですな……」

「でしたら、ぜひお調べになったほうがいいと思います」

「どうしてです？　いや、もちろん必要があれば調べることにやぶさかではないが、しかしですな、おたくさんはどういう根拠があって、そういうことを言われるのかね？」

「根拠は……べつにありませんが」

「ない？　何てこった……」

署長は笑おうとして顔が引きつった。

「おたく、どこの社です？」

隣の刑事課長が険しい目付きで、語尾を上げる言い方をした。

「いえ、フリーですが」

「なんだ、そうなのか。困るんだよねえ、そういう思いつきみたいなことを言われちゃ。こっちは真剣に話しているんだし、質問するほうもね、真面目《まじめ》にやってくれないとですなあ」

「僕も真面目なつもりですが」

「だったら、そういう意味のない質問をして、困らせないでもらいたいですなあ」

「意味はあります」

「ふーん、あるのですか。どういう？」

「被害者が発見されたのは、日蓮さんが晩年を過ごした身延ですし、小湊は日蓮さんが生まれた土地です」

「それがどうしたんです？」

「ですから、そういう関係で、何か繋《つな》がりがないかと」

「ばかばかしい」

刑事課長は鼻の頭に皺《しわ》を寄せて怒り、記者たちはドッと笑った。一人、井上だけが笑わずに、浅見の顔を見つめていた。

5

記者会見が終わり、会議室をゾロゾロ出る記者たちに混ざって、浅見が廊下に出たとたん、二人の男が左右から、ほぼ同じタイミングで近寄った。

「浅見さん」

まず話しかけたのは井上である。

もう一人のほうは、無言で浅見の腕を摑《つか》んでから、「ちょっと悪いけど、来てもらえませんか?」と、早口で言った。

「あ、刑事さん」

浅見はいったん井上に向けた顔を、摑まれた腕のほうに振り向けて、相手が原田部長刑事であることに気づいた。

「原チョーさん、こっちが先口だから、ちょっと待ってくださいよ」

井上が言ったが、原田は手を放さない。

「いや、そっちはあとにしてくれや。訊《き》きたいことがあるんでな」

痛いくらいな力で、グイッと浅見の腕を引っ張った。

「じゃ、井上さん、あとで」

浅見は仕方なく引かれるまま、原田のほうに歩き出した。その時になって、原田はようやく摑んでいる腕を放した。その代わり、浅見の後ろには部下の中井刑事がピッタリと付き添っていた。

例の取調室に入った。

（長くなりそうだな——）

浅見はひそかに思った。井上が浅見に話しかけてきたのは、もしかすると、こういう事態になるのを、未然に防ごうとしたのかもしれない。

しかし浅見はむしろこうなったことを歓迎している。警察との話し合いは、こうでもしなければ、なかなかチャンスが開けないものである。

「あんた、何だってああいうことを言い出したんです？」

原田部長刑事は、まずは比較的、おとなしい口調で切り出した。

「ですから、これといって根拠はありませんよ。ただ、なんとなく……そう、言ってみれば勘……あるいは第六感というのですか。インスピレーションとでも言いますかね」

「冗談じゃねえ」

原田は肩を揺すって、ほとんど声を立てずに笑った。

「第六感だなんて、そんな、推理小説の名探偵みたいなことを……それよりあんた、あれはどうなったの、伊藤木綿子さんのほうは。ちゃんとやってくれたんですか？」

「ええ、一応はマークしましたよ」

「だからさ、マークした結果、どういうことになったのか、聞かせてもらいたいのですがねえ」

「べつに大した収穫はありませんでした」

「そんなことないでしょうが。一緒に下部温泉なんか、ブラブラしたそうじゃないの」

「あ、知ってるんですか？　人が悪いなあ」

「警察が人がよくちゃ、具合が悪いんじゃないの？　それはいいけどさ、熊野神社まで登ったそうですな。いったい何が目的だったんです？」

「いや、彼女が下部に行った時に、熊野神社を見たというもんで、そのとおりの道順を辿《たど》ってみただけですよ」

「それで？」

「それだけです。しかしそれにしても、なんだか陰気で寂しいところですねえ。伊藤さんは一人で登ったそうですけど、僕はとても一人では、あんなところに行く気になれませんねえ」

「それでどうなんです？　伊藤さんは、あそこへ行った理由が何なのか、言わなかったのかね」

「ええ、言いませんでした。僕はてっきり誰かとデートでもするのが目的だったのじゃないか——と思ったのですが、そういうわけでもなかったらしい。ただですね、あそこへ行ったおかげで、面白《おもしろ》いものを発見したのですよ」

「ん？　何です、それは？」

「あそこのお堂には、いろんな落書きがしてあるのですが、知ってますか？」

「ああ、そうみたいですな」

「しかし、あれはただの落書きじゃないのですよ。ひまつぶしに、全部を読んで回りました。それでよく読むと分かるのですが、足の悪い人なんかが、病気の平癒を祈ったりする言葉が書いてあるのです。驚くべきことは、いたずら書きが一つもないのですねえ。ところがですよ、そういう中に、たった一つだけ、病気とは関係のない落書きがあったのです。しかも、書いてあることがじつに奇妙な内容なのですよねえ」

浅見はもって回った言い方で、二人の刑事を充分に焦《じ》らした。

「それ、何て書いてあったんです？」

原田はすぐに乗ってきた。

「なんと、そこにはこう書いてあったのですよ。『日蓮の生まれ給いしこの御堂』。どうですか、おかしな文章でしょう？」

原田は中井と顔を見合わせた。

「おかしなって、何がおかしいのかな？　俳句みたいだが、べつにどうってことはないと思うが？」

「原田部長さんは、日蓮聖人のことはあまりよく知らないのですか？」

「ん？　いや、そんなこともないが……そりゃ、とくに詳しいというほどでもないがね。一応、地元にいる人間としては、門前の小僧なんとかで、いつのまにかいろいろ覚えてしまうもんだが……それが何か？」

「だって、日蓮さんが生まれたのは安房小湊じゃないですか。それなのに、どうして下部の熊野神社に『生まれ給いしこの御堂』なんて書いてあるのか、おかしいとは思いませんか？」

「ああ、そういうこと……」

頷《うなず》いたものの、原田はあまりピンとこないらしい。困惑ぎみに、また中井刑事を振り返った。

「あれはきっと、何か意味のある落書きだと僕は思ったのですよ。だから、警察は安房小湊に捜査員を派遣すべきだと……」

「ばかばかしい、そういうことだったのかね。こっちはまた、何かよほどのネタでもあって、それであいうことを言ったのかと思ったよ」

原田部長刑事はガックリきたように、椅子《いす》の背凭《せもた》れに体を預けた。

「それじゃ、僕のこのせっかくの提案を受け入れてはくれないのですか？」

「当たり前でしょうが。このクソ忙しいのに何を言うかと思えば、くだらない」

「やれやれ……」

浅見はオーバーに肩を落としてみせた。

「有力な情報をお教えしたのにねえ。それじゃいいですよ。僕が自分で安房小湊へ行くことにしますから。その代わり、逃げ出したなんて言わないでくださいよ」

「分かった、勝手にしてくれや」

原田はうんざりしたように目をつぶって、蠅でも追うような手付きをした。

第七章　三つの寺

1

警察の玄関を出ると、井上が待っていた。

「どうでした？　しぼられましたか？」

浅見と肩を並べるようにして、歩きながら言った。

「いや、大したことはありません。一応、どういう意図で、あんな妙なことを言ったのかを確かめてみただけ——といったところでしょう」

「で、どうなんです？」

井上は探るような目付きになった。

「どう……といいますと？」

「どういう意図があったんです？　安房小湊だなんて、単にたわむれに言ったことではないのでしょうからねえ」

「ああ、そのことですか」

浅見はポケットからマルボーロを取り出して、少し変形したのを口に銜《くわ》えた。ライターを探すようなふりをしながら、井上にどこまで話すべきかを思案した。

井上とは初対面の時からウマが合った。いかにも新聞記者らしい、油断のならないすばしこさがある反面、ホッと気の抜けるような安らぎを感じさせる男だ。飾り気はないけれど、あけっぴろげで、ウジウジしたところがまるでない。いい意味での甲州人気質というのは、こういうものなのかもしれない。

ただし、伊藤木綿子のこと——ことに塩野に関する部分については、警察にもそうしたように、まだしばらくは伏せておかなければならないと思った。

「じつは、昨日、下部温泉の熊野神社に行ったのです」

浅見はライターを使って、最初の煙を吐き出してから、言った。

「熊野神社？　何です、それ？」

「下部にそういうのがあるのです。何でも、怪我《けが》やリューマチなんかで、足が不自由な人の信仰を集めているのだそうです」

「はあ……」

井上は無意識に浅見の足元を見た。

「いや、べつに僕はお参りに行ったわけじゃありませんよ。ただ、BMWの女が下部へ行ったというので、下部を散策していたら、たまたま熊野神社に出くわした——というだけのことなのです」

「はあ……それで？」

「それで、妙な物を発見しました」

「妙な物?」

「ええ、落書きです」

「落書き?」

「神社のお堂に、いたるところ落書きがしてあるのです。といっても、祈りの言葉だとか病気が全快したことへのお礼だとか、そういう真面目《まじめ》なものばかりなのですが、ただ、一つだけ異質なヤツがありましてね、ちょっと気になったのです」

「?……」

井上は興味深そうな目を浅見に向けた。こういう反応が警察の連中と違うところだ。まったく同じ内容を話しても、警察は事件に関連がなさそうだと判断すると、いっぺんで興味を失う。その点、新聞記者はあらゆることにアンテナを向けている。

浅見はソアラの前で立ち止まった。

「甲府まで行きますが、乗りませんか?」

「いや、社の車で来てますから……」

言いかけて、井上は思い直した。

「そうだな、乗せてもらおうかな。車の中で話を聞けるし。ちょっと待っててくれませんか、断ってくるから」

井上は、駐車場の片隅に停まっている、社旗を立てたジープに駆けて行った。

並んでいると気がつかないが、ドタドタと走り出した恰好《かっこう》を見ると、井上はずいぶん短足で滑稽《こっけい》だ。おしゃれのつもりなのか、それとも単なる不精でそうしているのか、首筋のあたりまで伸びた長い髪が、フワフワと風に靡《なび》いていた。

「ＯＫ、乗せてもらいますよ」

井上は息をはずませて戻ってきて、浅見より先に助手席に乗り込んだ。

「で、その発見したっていうのは、どういう落書きなんです？」

車が走り出すとすぐ、井上は催促した。

「こう書いてあったのです。『日蓮の生まれ給いしこの御堂』と」

浅見は警察で話したのとまったく同じことを井上にも話した。井上は視線を前に向けたまま、「うんうん」と頷《うなず》きながら、熱心に話を聞いた。

「それで、その話に対して警察はどう言っていました？」

「警察はまるっきりといっていいほど相手にしてくれませんでした」

「そりゃまあ、そうでしょうなあ」

「井上さんも同じですか？」

「え？　僕ですか？　いや、そんなことはない。だってあれじゃない、日蓮さんが生まれたのは安房小湊じゃないですか。何の関係もない下部の熊野神社なんかにそんな落書きがあることだけでも、おかしな話じゃないですか」

「そうですそうです、そうですよね」

浅見は嬉《うれ》しくなった。

「僕もおかしいと思ったのです。『日蓮の生まれ給いしこの御堂』というのは、ちゃんとした意味を持つ文句です。しかも、一見真面目で、なかなか信心深い印象さえある。どう考えても、ただのいたずら書きとは思えませんよ。そういう落書きが、日蓮とは縁もゆかりもない下部の熊野神社に書かれていたというのは、これは絶対、変ですよ。おかしいですよ」

「そうそう、たしかに変です。ただし、だからって、それだけじゃ事件と関係があるとも思えないから、警察が動かないのは、むしろ当然かもしれない」

井上は好奇心は旺盛《おうせい》だが、そんなふうに物事を突き放して見ることのできる、冷静な部分もちゃんと備えている。

「それで、浅見さんはどう考えたのです？　つまり、その落書きの意味するところをですが？」

「分かりません」

浅見はあっさり答えた。むろん、塩野のことなど、いろいろ分かってはいるけれど、これから先は伊藤木綿子を巻き込むことになるので、たとえ相手が井上といえども、洗いざらい喋《しゃべ》るわけにはいかない。

「いちどその、熊野神社の落書きを見てみませんか、そうすれば井上さんもイマジネーションが湧《わ》いてくるかもしれません」

「そうですな、どうせ帰り道だから、寄ってみますか」

前方にブルーの交通標識が近づいた。下部へ曲がる白い矢印がくっきりと見えている。

浅見はウインカーを作動させた。

「さっきの俳句みたいな落書きですけどね」

浅見の手がハンドルを切りはじめた時、井上はいきなり言った。

「日蓮が生まれ給いしという、それだけど、ほんとうに安房小湊と決めてしまっていいものなのかなあ？……」

「えっ？」

浅見は驚いて、チラッと視線を井上に向けた。

「違うのですか？　安房小湊の誕生寺というくらいですけど？」

「いや、違いませんよ、それはそのとおりなんだけどさ、ただ単純にね……」

井上は言いかけた言葉を中断した。何か考えついたことがあるのだが、その着想を言い惜しむ気持ちに遮られた――という印象だった。

(何だろう？――)

浅見はハンドルを回すのと一緒に思案を巡らせたが、結局、井上の心の中までは見通せなかった。

熊野神社に登りついた時には、すでに夕風が立っていた。殺風景な山上の小堂には今日もまったく人気がない。

「なるほど、これですか」

井上は「落書き」に見入った。

「たしかにそう書いてあるなあ」

少し遠ざかって、堂全体を眺めた。

「浅見さんから話を聞いただけじゃ、あまりピンとこなかったけど、こうやって実物を見ると、なるほど妙な落書きですなあ。それにしても、こんなちっぽけな落書きに、よく気がついたもんだ。感心しちゃいますよ」

井上は笑いを含んだ目で浅見を見ながら、どことなく皮肉っぽい言い方をした。

2

灯ともし頃に甲府に入った。

井上を新聞社まで送って別れてすぐ、浅見は木綿子の家に電話を入れた。まだ帰宅していないかな——と思ったが、受話器を取ったのは木綿子であった。

「あ、浅見さん……」

木綿子は救われたような声を出した。

「じつは、塩野さんの本籍地が分かりましてね」

「ちょっと待ってください」——

木綿子は浅見の言葉を制した。傍らに父親のいるような雰囲気が感じられた。

「どこかでお会いしませんか」

木綿子は言って、国道20号線沿いのファミリーレストランを指定した。空腹を感じはじめていたから、それは浅見にとっても好都合だった。

レストランに入って、とりあえずコーヒーを注文したところに、木綿子は文字どおり息せき切ってやってきた。

「そうだったのですか、塩野さんの本籍地が安房小湊だったのですか」

木綿子の驚きは、浅見が想像していたものよりはかなり抑制されたものだった。ある程度はそういうことを予測していたのかもしれない。

「安房小湊、行ったことはありますか?」

「いえ、千葉県のほうはあまりよく知らないのです。そうなんですか、日蓮さんと同じところで生まれたんですねえ。あの人、ひと言もそんなこと言わなかった……」

木綿子が「あの人」と、距離を置いた言い方をしたのに、浅見は気がついた。

「そうすると、あの落書きは、安房小湊が自分の本籍地だということを知らせるためのものだったわけですか?」

木綿子は悩ましげな目を浅見に向けて、訊《き》いた。

「うーん……そのへんがよく分からない。落書きを見た時の僕の第一印象からいうと、単にそれだけでなく、やっぱり何か、自分がピンチに陥っているという、そのことを告げたかったのじゃないかと思うのだけれど。もしかすると、出身地であるということも、それと何らかの関係があるのかもしれない」

しばらく沈黙が流れた。それぞれの胸に、あの堂の壁に書かれた落書きの文字が去来している。

「安房小湊へ行ってみます」

木綿子は顔を上げ、決然として言った。

「もしあの落書きが塩野さんの書いたものだとすると、安房小湊の誕生寺に何かがあるのかもしれませんもの」

「そうですね」

浅見も否定はしなかった。

「誕生寺にか、あるいは塩野さんの生家にか、それとも安房小湊そのものにか、とにかく、どこかに何かの手掛かりがあるのかもしれない。僕も安房小湊へ行こうと思っていました。しかし、ここしばらくは身延を動くわけにはいかないのです。もうちょっと、日蓮さんの伝説探しをやらないといけないもんですからね」

浅見は残念そうに言った。安房小湊への興味ももちろんだが、木綿子と行動をともにするドライブに心惹《ひ》かれるものがあった。

「ところで、昨日あったという、女性からの電話の件ですが、依然として誰なのか分からないのですね？」

「ええ、分かりません。その後、どこからも何も言ってきませんし、気味が悪くて」

「少なくとも会社の人間ではなさそうですよね」

「ええ、今日、会社に行っても、誰も何も言ってきませんから、それはたぶん違うと思います。ひょっとすると、浅見さんが言ったように、下湯ホテルに現れたBMWの女性かもしれません」

「もしそうだとしたら、いよいよ面白《おもしろ》いのだけどなあ」

「そんな、面白いだなんて、呑気《のんき》なことは言わないでくださいよ」

木綿子は恨めしそうな顔で浅見を睨《にら》んだ。そういう表情をすると、彼女のまだおとなになりきっていない、少女っぽい部分がチラッと見える。「宝石鑑定士」などという、いかめしい肩書のあることが、信じられない気がするのだ。

「殺された白木さんですが」

と浅見は訊《き》いた。

「彼女は宝石鑑定士の資格を持っていたのですか？」

「さあ、どうかしら？　聞いたことはないですけど……でも、そのことが何か？」

「いや、そういう、何ていうんですか？　宝石デザイナーとか、そういう職業には、宝石鑑定士の資格が必要なのかと思ったものだから」

「べつにいらないんじゃないかしら。デザイナーって言っても、宝石そのものをデザインするわけじゃなくて、いわば、周りの飾り金具だとか、そういう全体のデコレーションのデザインでしょう。だから宝石鑑定士の資格なんかなくっても、センスがよくて才能さえあればデザインはできると思うし……でも、宝石鑑定士の知識があればベターなのかしら？……一度もそんなこと、考えてみたことはないですけど」

「具体的にいうと、宝石鑑定士っていうのはどういう仕事をするのですか？」

「あら……」

木綿子は目を大きく見開いて浅見の顔をまじまじと見た。

「浅見さんはとっくにそんなこと、知っている人かと思ってました」

「えっ？　とんでもない。僕は宝石それ自体にまったく無縁だから、知ってるはずがないです。ただ漠然と、たぶん宝石を鑑定する人なんだろうな——とか、その程度のことは想像してましたけどね。だけど、これじゃ当たり前で、ちっとも分かっていることにはならないでしょう？」

浅見が真面目《まじめ》くさって言うので、木綿子は笑いかけたが、すぐに真顔に戻った。

「でも、だいたいはそのとおりですよ。宝石を鑑定したり鑑別したりする仕事です」

「あ、鑑定と鑑別とは違うのですか？」

「もちろん違いますよ。鑑定は宝石のランクだとかグレードだとかを見定めることですし、鑑別はその石が何なのか、ルビーなのかサファイヤなのか、それとも模造品なのかを見極めることですもの」

「なるほど。じゃあ、宝石鑑定士のほかに、宝石鑑別士というのもいるわけですか？」

「そんなのいませんよ、鑑定も鑑別もやっちゃうんです。それに、資格っていうけれど、べつに国家試験が必要だとか、そういうのじゃないんですよね。ただ、学校を出て、免状をもらえばいいだけなんですから」

「ふーん、そうなのか……だったら、その気になればいい加減な鑑定をしたり、イミテーションを本物だとか、そういうことも言えたりしちゃうのですか？」

「それはまあ、やろうと思えばできないことはないですけど……でも、そんなことしてバレたら、すぐに業界から締め出されちゃうでしょう。宝石業界は信用だけが頼りなんですからね、いったんブラックリストに載ったら最後、永久追放ですよ。それに、ふつうは鑑定書には二人のサインが必要だし、実際には無理なんじゃないかしら？」

「幼稚な質問をしますけど、ばかにしないで聞いてもらいたいのですが」

浅見は恐る恐る、訊《き》いた。自分の専門のことを話題にして、木綿子の沈んでいた気持が、いきいきと動き出すのを見るのは、浅見にとっても楽しかった。

「そもそも、宝石の鑑定だとか鑑別だとかいうのは、具体的にいうと、どんなことをやるのですか？」

「大きく分けて二つ、その宝石が何なのかというのと、どういう価値があるのかということになりますけど、浅見さんが知りたいのは、たぶんイミテーションかどうか、本物だとしたら、どれくらいのランクにあるかという、そういうことですよね？」

「まあそうですね、ことに贋物《にせもの》と本物の識別方法なんか、ぜひ聞いておきたいなあ」

「宝石のイミテーションは日進月歩、ダイヤモンドだって、ほとんど本物と言ってもいいほどのものさえ作れるようになっているんです。最初にダイヤモンドの合成に成功したのは、アメリカのゼネラルエレクトリック社ですけど、それが一九五五年。その時は工業用のダイヤでごく小さいものでしたけどね。それから二十年後には、曲がりなりにも宝石用のダイヤができるようになったんです。もっとも、自然石の何倍も経費がかかるので、実用にはいたってません。それに比べると、ルビーのイミテーションのほうが経済的には実用性があるのじゃないかしら。肉眼やルーペなんかでは絶対といっていいくらい、見分けがつきませんよ。ほんとによくできているんですから」

「ふーん……それじゃ心配だなあ」

「でも、そういうのをちゃんと識別するのが宝石鑑定士です」

木綿子は少しおどけて、胸を張った。

「鑑定はおもに光学的な検査方法によって行います。たとえば屈折率です。ルビーの屈折率は一・七六以上ですが、どんなによくできたイミテーションでも一・七七止まり。その差は歴然としてますよね」

「はあ、〇・〇一しか違わなくても歴然なのですか？」

「ええ、歴然です。グラフに表示されますから、はっきり分かりますよ」

「しかし、〇・〇一は〇・〇一でしょう。見た目にはあまり変わりはないんじゃないですかねえ」

「肉眼で見ただけじゃ、絶対に分かりっこないですよ」

「だったら、イミテーションをつけてパーティーに出たって、分かりませんよね」

「ええ、まず気がつく人はいませんね」

「だとしたら、イミテーションで充分じゃないですか」

「やだなあ、それを言っちゃ、おしまいですよ」

木綿子は笑い出した。白木美奈子の死に囚《とら》われていた木綿子の心は、ようやく新しい世界に解き放たれた。

3

伊藤木綿子は翌日の朝、甲府駅から中央線に乗っている。よっぽど車にしようかと思ったのだが、正直なところ、木綿子にはロングドライブをこなす自信がなかった。

中古とはいえ、BMWなどという分不相応な外車に乗っているくせに、木綿子はまだ車で山梨県の外へ出たことがない。まして、東京を横断して、成田のはるか先まで車で行くとなると、かなりの度胸を要する。

アメリカから帰った日の、成田空港からの道路は、都心に近づくにつれて、まるでひしめきあうような混雑ぶりだった。あんな渋滞に引っ掛かったらたまったものではないとも思った。

東京から安房小湊まではJRの外房線でおよそ二時間。房総半島の外側の、ちょうど真ん中あたりに位置している。この付近の海は、北上してくる黒潮と、南下してくる親潮がぶつかりあって、良好な漁場として古くからよく知られているところだ。木綿子はつけ焼き刃的に、列車の中で日蓮の伝記を読みながら来たけれど、それによると、日蓮の生家もこの地方の有力な漁師だったという。

一二二二年二月十六日の朝、日蓮が生まれた時には、海辺の自然界は三つの奇瑞《きずい》を現したと書いてあった。

まず庭先からは清らかな泉が湧《わ》き出して海に注いだ。海辺には時ならぬ白蓮《びゃくれん》の花が、美しく咲きほこり、そして海には深海の鯛《たい》が群れ泳ぎ出した――というのである。

(こんなことを言わなきゃいいんだけれどなあ――)

木綿子はそう思った。宗教も悪くないのだが、こういう子供だましみたいなことを言うからシラケてしまう。

もっとも、庭先から泉が湧き出したのは、地震の前兆かもしれないし、時期はずれに花が咲くことだって、暖冬異変の多い昨今はそう珍しくない。そういえば、深海魚が出現するのも地震の前兆だという話を聞いたことがあるから、そういう不思議な現象があったことは事実なのであって、伝説というものは、それを宗教に結びつけたということなのかもしれない。

房総と聞いただけで、眩《まぶ》しいほどの海岸の風景ばかりを想像していたのだが、小湊は緑濃い町であった。甲府などよりはむしろ木々に覆《おお》われた面積が広そうだ。町は正面の太平洋と、すぐ背後に迫る山や森とのあいだに、挟《はさ》まれるようにしてあった。人口は一万人にも満たないそうだが、誕生寺の参拝客や鯛の浦見物の客で、年間通して賑《にぎ》わいが絶えないらしい。

海岸線にはいくつものホテルが点在し、海沿いの細長い町は活気に満ちていた。

安房小湊駅に下り立った時、木綿子はこの町で塩野満が生まれ育ったのだ——と、あらためて思った。

浅見の調べたところによると、塩野の家はすでに天津小湊町にはないのだそうだ。塩野の父親は教師で、十年前に死亡、母親も八年前に亡くなっているということであった。

塩野の、非情にさえ思える強さの反面、時折、ふっと表情をよぎるあの暗い翳《かげ》りのようなものは、天涯孤独の境遇がもたらしたものだったのかもしれない。

安房小湊駅から誕生寺までは頻繁にバスが出ていた。沢山《たくさん》の信者らしい人々が乗ってきた。老人の姿が圧倒的に多い。中には中年の娘とそのまた娘——らしい三人連れもいたりして、微笑《ほほえ》ましい。

「おねえさんもお参りですか?」

気軽に声をかけてくる老女がいた。

「ええ」

木綿子は曖昧《あいまい》に笑って、頷《うなず》いた。こういう見知らぬ同士の、しかも世代のかけはなれた相手との会話は苦手だが、狭いバスの中では逃げようがない。やっぱり車で来ればよかったかな――と、少し後悔した。

しかし、バスは海岸沿いの道を五、六分走ると、もう誕生寺総門前に着いた。信者の人々の後ろにくっつくようにして、木綿子は参道を歩いて行った。

総門から仁王門までの参道の右手と、その外側の道路には、土産物《みやげ》を売る店が軒を連ねる。すでにお参りをすませた客が、のんびりした足取りで店を冷やかし歩く。

山門を潜《くぐ》ると、正面に大祖師堂が建っている。身延山の久遠寺とは較べようもないほど小ぶりだが、それでも松林の中にひっそり佇《たたず》む七堂伽藍《がらん》には、落ち着いた趣があって、なかなかいい感じではあった。

木綿子は惰性のように大祖師堂に近づいたものの、まったくの不信心で、信者たちのように無心に手を合わせて拝むのには、多少、抵抗があった。

それでもなんとか、恰好《かっこう》だけ真似て、なるべく遠くのほうから建物に向かって頭を下げた。

奇妙なもので、心を込めたつもりはぜんぜんないにもかかわらず、それだけで、スーッと気が楽になるものである。「まず形より入れ――」と、茶道か何かの極意の本にあったような記憶があるけれど、ほんとうにそういうことかもしれないと思った。

それはいいとして、いったい「日蓮の生まれ給いしこの御堂」とは、どこのことを指して言っているのだろう？

木綿子は広々とした境内を眺め回して、途方にくれた。

その様子がよほど当惑げに見えたのかもしれない。背後から「どうしました?」と老女の声がかかった。

振り向くと、バスの中で一緒だったあの老女が心配そうに顔を寄せていた。たしか十人ばかりのグループだったはずだが、その仲間はそれぞれに土産物店でも覗《のぞ》いているのか、一人だけ離れて行動しているらしい。

「どうしましたか?」

老女はもう一度、小首を傾《かし》げるようにして、訊《き》いた。小柄でいかにも人の好さそうな感じである。

「べつにどうもしません、日蓮さんが生まれたのはどこの辺りかなと思ったりしているんです」

「そうでしたの。なんだか困ったようなお顔をしてらしたもんで、体の具合でもお悪いのかと思いましたのよ」

老女はたぶん七十歳は越えているだろう。そのわりにつややかな声音であった。

「でも、日蓮聖人がお生まれになったのは、ここではありませんのよ」

「あら、違うのですか?」

木綿子は驚いた。その瞬間、下部の熊野神社のことが頭をかすめた。

(じゃあ、あのお堂がそうだったのかしら?——)

かった。
「ここは日蓮聖人がお生まれになったところから、三町ばかり離れた場所です」
木綿子は「三町」という言い方になじんでいないから、とっさには距離感がピンとこな
「日蓮聖人がお生まれになったのは、いまは海の底ですのよ」
老女は木綿子の戸惑いを見て、さらに説明を加えた。
「日蓮聖人のご生家の辺りは、大地震と大津波に襲われ、海の中に没してしまったのです
よ。そこにはすでに誕生寺の最初の御堂が建てられ、いくつもの堂塔伽藍が建ち並んでい
たのですけれど、地震ですべて倒壊して、そのまま海に沈みましたの」
「えっ？　そうだったのですか。じゃあ、この誕生寺はその後に建てられたものなんです
ね？」
「そうですけれど、すぐあとに建てられたお寺でもないのです。第一番目の誕生寺が海に
沈んで間もなく、今度は妙の浦《たえ》（鯛《たい》の浦）の浜辺近くに新しい誕生寺が再建されたのです
けれど、これまた元禄十六年に発生した大地震と大津波で流されてしまいました。現在の
堂宇は水戸の徳川様のご寄進によって建てられた三度目のものですのよ」
「そうなんですか……」
木綿子は茫然《ぼうぜん》とした。
（何なのよ、これは――）
とたんに、あの「落書き」に誘われて、日蓮の生まれた土地を訪ねたことが、虚しいも

のに思えてきた。

「でも、ずいぶん詳しいんですね」

木綿子はようやく気を取り直して、老女にお世辞を言った。

「いいえ、そんなに感心なさるほどのことではありませんよ。誰だって知っていることですもの」

「そうでしょうか。でも私は知りませんでしたし……」

あの浅見だってたぶん知らないにちがいない。この事実を聞いたら、どんな顔をするかしら？

「そうすると」と、木綿子は呟《つぶや》くように言った。

「それがほんとうなら、日蓮さんが生まれたお堂なんて、この世の中には存在しないのですよねえ」

「ええ、まあそういうことになりますけれど……」

老女は怪訝《けげん》な目で木綿子を見つめた。

「あ、じつは、ある人がこういう俳句を書いたのです。『日蓮の生まれ給いしこの御堂』というのですけど」

「それ、俳句ですの？」

「じゃないかな——とか思ったのですけど、でも、季語がないから俳句じゃないって言う人もいます」

「そうですわねえ、俳句とは思えませんわねえ」

　老女は笑った。

「それはどうでもいいのですけど」

　木綿子は少し焦《じ》れて、無意識に硬い口調になった。

「そういう、ありもしないお堂のことを俳句にしたという意味が分からないのです」

「でも、その方はきっと、この誕生寺がほんとうに日蓮聖人のお生まれになったところと思われたのじゃありません？」

「そんなはずはないんです。だってその人、この安房小湊の生まれなんですもの、知らないはずはないんですよね」

「あら、そうですの……」

　老女は意外そうな表情になって、また首を傾げた。視線を宙に向けると、瞳《ひとみ》に聡明《そうめい》そうな輝きが浮かんだ。

4

「その俳句ですけれど」と老女はおもむろに言った。

「日蓮の生まれ給いしこの御堂――でしたかしら？」

「ええ、そうです」

「それ、もしかすると、日蓮聖人がほんとうにお生まれになったことを言っているのじゃないのかもしれませんわね」

「は？　どういう意味ですか？」

「つまり、赤ちゃんがお生まれになった場所のことではないっていう意味ですの」

「えっ？　生まれた場所じゃないって……どうしてですか？」

「なぜって、そうじゃありませんかしら。日蓮聖人がお生まれになったのは、ふつうの民家の中でしょう？　民家のことを『御堂』とは言いませんもの」

「それはまあ、そうですけど……」

「それに、『日蓮聖人』というお名前になったのは、赤ちゃんの時でもなければ、はじめてお坊さまになられた時でもないでしょう。お聖人は、はじめ蓮長と名乗られたのですものね」

「あっ、そうですよね……」

木綿子は胸を衝《つ》かれる想いがした。老女だからと、少し侮る気持ちがあったのだが、みごとに足元を掬《すく》われた気がした。

（やっぱり、亀の甲より年の功なのかなあ——）とも思った。

「そうだとすると、そこはどこということになるのでしょうか？」

こんどは謙虚に訊《き》いた。

「日蓮聖人が悟りを開かれ、はじめて『日蓮』を名乗られるのは、このすぐ近くの清澄寺《せいちょうじ》ですよ」

「あ、そうですよねえ。それじゃ、そこのことかもしれませんね」

木綿子は意気込んで、早口に言った。すぐにでも飛んで行きそうな口振りだ。

「でも、ほかの考え方もあるかもしれませんですわよ」

老女は木綿子とは対照的に、穏やかな微笑を湛《たた》えながら、ゆっくりした喋《しゃべ》り方をする。

木綿子にしてみれば、いささかもどかしいけれど、老女の知識はこの際、唯一の頼りであることも事実だった。

「たとえば、日蓮聖人は何度も法難にお遭いになって、そのつど、新しい道をお拓《ひら》きになっていらっしゃるでしょう。俳句の『生まれ給いし』というのは、そういう意味だと考えることだって、できるのじゃありませんかしら?」

「さあ?……」

木綿子はさすがに首をひねった。そこまで拡大解釈をしていいものかどうか——と思ったけれど、だからといって反対するほどの意見も持ち合わせていない。

「とにかく、清澄寺へ行ってみます、どうもありがとうございました」

老女はまだ何か言いたそうにしていたが、木綿子はペコリと頭を下げると、走るような速さで山門へ向かった。

清澄寺は安房小湊駅からバスで、誕生寺とは反対の方角へ行き、山の中を約二十五分ほど行ったところにある。バスの通う道をさらに奥まで行くと、観光名所として知られる

「養老渓谷」につづくのだそうだ。

清澄寺は背後の清澄《きよすみ》山と、有名な「千年杉」をはじめとする沢山の老杉に抱かれた、山寺といってもいい静かな佇《たたず》まいだ。参道にはレストランや土産物店が並ぶが、数はそれほど多くない。付近の森はモリアオガエルの生息地として有名なのだそうだ。

清澄寺は、日蓮が幼名の「善日麿」を「蓮長」という名前に改めてこの寺に入った頃は、天台宗の寺だった。日蓮が、比叡山をはじめ京都・大和で修行してこの寺に戻った当時も、むろんそうだったから、日蓮が突如、法華経を唯一のものとして唱え、広めようとした時には、一山ことごとくが驚き呆《あき》れ怒り、ついに日蓮を追い出してしまう。

その後、日蓮の布教が浸透し、房総にも多くの信者が現出するとともに、清澄寺もまた日蓮に帰依するようになるのだが、それはずっとのちのことだ。

木綿子は清澄寺の境内に立ってはみたものの、やはり誕生寺の時と同じように途方にくれた。

清澄寺は誕生寺とほぼ同じ程度の規模の寺である。山間にあるとはいっても、それなりに大きな建物がいくつも並ぶ。そのどこかに何かの仕掛けがあるのだろうか？

木綿子はとにかく、ひととおり、大小いくつかある建物を巡《めぐ》ってみた。どれも古く、風化が進んでいる。柱も壁も黒ずんで、どこかに落書きが書かれていたとしても、発見は容易ではなさそうだ。

木綿子はじきに諦《あきら》めた。またしても虚しい気持ちが押し寄せてきた。

考えてみると、もともとあの「俳句」そのものが何の意味もない落書きにすぎなかったのかもしれないのだ。それを意味のあるものだとか、しかも塩野の書き置きだとか決めつけたのが、そもそもの間違いなのではなかったか？

しかし、そうだとしたら、いったいどういう意図でもって書かれたものか——という疑問は残る。たしかに浅見の言うとおり、単なるいたずら書きと見るには、真面目《まじめ》すぎる内容だ。

（してみると、やっぱり何か意味のある文句なのかなあ——）

木綿子の気持ちは右に左に大きくブレた。

とはいえ、あの老女が示唆《しさ》したように、日蓮の「生まれ変わった」そのときどきの場所を訪ね歩くとなったら、これはたいへんな作業である。それも、明確な結果が約束されているのならともかく、そうやって歩いてみたところで、何か収穫がある可能性は、ほとんどないのかもしれないとあっては、闘志も鈍るというものだ。

だんだん日暮れ近くなってきた。遠い潮騒の音が心細さをつのらせる。

木綿子は浅見光彦の顔をふっと思い浮かべた。なぜか塩野ではなく、浅見の顔だけが浮かんだ。

（やだ——）

木綿子はかぶりを振って、幻影を頭から斥《しりぞ》け、それをきっかけにして、駆けるように清澄寺を下った。

バスで町に戻ったら、とにかく今夜の宿を探さなければならない。

清澄寺の最寄駅であるJRの安房小湊駅から誕生寺にかけての天津小湊一帯には二十あまりのホテル・旅館と八十あまりの民宿がひしめいている。時期はずれのいまなら、どこも空いているはずであった。

ここに来るまでは、天津小湊なんて、たぶん小さな町だと思っていたが、調べてみると、なんと一千人も泊まれるホテルがあったりして、驚かされた。

木綿子は「ホテル・シーパレス」という、中級のホテルに泊まることにした。安いのは民宿だが、なるべくホテル形式に近いのがいいと思って、多少の料金の高さには目をつぶった。

ホテルの部屋に落ち着くと、木綿子は下部温泉の浅見の宿に電話を入れた。

「僕もいま宿に戻ったところでした」

浅見の明るい声を聞いた瞬間、木綿子はホッと胸の温まるような想いを感じた。心の中に占める浅見の領域が、少しずつ着実に広がっていきつつあるのを感じた。

木綿子が老女から聞いた新しい考え方のことを話すと、浅見は「なるほど、なるほど」と感心しながら聞いていた。

「でも、結局、ここに来ても何も得ることがなかったみたいです」

木綿子は話の最後に付け加えて、言った。

「そんなことはないですよ、そこに行かなければ、そういう知恵だって発見できなかったはずじゃないですか」

「でも、それだけのことです。あの落書きだって、ほんとに塩野さんのものかどうか、ぜんぜん自信を喪失しちゃいました」

「ははは、ずいぶん弱気なことを言うんですねえ。あの鼻っ柱の強い伊藤さんはどこへ行ってしまったのかなあ」

浅見は笑った。

「そんな、私は鼻っ柱なんか強くありませんよ」

木綿子は言って、ふっと涙ぐみそうになった。

5

木綿子の電話を切ったあとで、浅見はえらいことになった——と思った。それが正直な感想だった。

塩野満が書いた(と思われる)落書きを辿《たど》って行くと、日蓮の生涯を追い掛けることになりかねない。

どこの婆さんだか知らないが、たしかに言うことに一理はある。日蓮が生まれたのは寺でもなければ神社でもない、ただの民家だったのだ。

そう思うと、あの落着きは二重の矛盾をはらんでいたことになる。果たしてそこまで意識して、あるいは意図して書かれたものなのかどうか――。もしそうだとしたら、塩野という男はなかなかのアイデアマンといえるかもしれない。

しかし、逆に、まったく意味も意図もないままに書かれた、純粋の「落書き」にすぎないのだとしたら、一所懸命になって動き回っている木綿子も浅見も、文字どおりの草臥《くたび》れ儲《もう》けに精を出していることになる。

（果たして、あれは塩野が書いたものなのだろうか――）

根源的な疑問がつねに頭を離れない。しかし、そのつど浅見が出す答えは必ず「塩野に間違いない」だった。

あんなものを書き残す人物は、塩野以外には存在しない――と信じた。信じながらもなお不安ではある。それは塩野という男が、いっこうに見えてこないせいなのかもしれなかった。

浅見は車に積んである日蓮の資料を、そっくり旅館の部屋に運び込んだ。

日蓮の生まれ給いし――

この文句の意味するところはいったいどこなのか？

はじめは単純に、日蓮がオギャーと生まれた生家のことかと思ったのだが、それなら老女の言うとおり「堂」とは呼ばないだろうし、第一、そこは何百年もの昔に海の中に沈んでしまった場所だ。

新しい出発点となったという意味では、日蓮が得度した清澄寺がまさにその場所に相応《ふさわ》しいのかもしれない。たしかに、見知らぬ老女が言ったとおり、清澄寺は日蓮がいわば悟りを開き、「日蓮」を名乗った場所でもあるのだ。

しかし、木綿子は清澄寺を子細に眺めたが、何のヒントも得られなかったと言っている。自分の目で確かめて、何かが得られるかどうか、浅見にも自信はない。

日蓮の足跡を辿《たど》ると、生涯に何度となく、まさに生まれ変わるような事件に遭遇していることが分かる。

日蓮は清澄寺で得度して「蓮長」と名乗ったが、やがて修行の旅に出る。比叡山をはじめとする、京都、奈良の寺々を訪れては貪欲《どんよく》に師を求め、書を読み、信仰の道を究めようと努力した。

だが、必ずしも、それは報われることばかりではなかった。京都も奈良も、寺の建物はたしかに巨大だが、中身のほうはといえば失望するもののほうが目についた。

当時は法然が広めた念仏が一世を風靡《ふうび》し、いたるところに溢《あふ》れていた。密教の本山ともいうべき高野山《こうやさん》でさえ、念仏の声で埋まっているようなありさまだった。「念仏を唱えよ、念仏を唱えれば救われる」という分かり易《やす》い教義に、民衆は上も下も、一途《いちず》に念仏三昧《ざんまい》の道に流れ奔《はし》った。

そういう風潮の中で、伝教大師最澄が日本に天台宗をもたらし、比叡山延暦寺《えんりゃくじ》を開いた頃の鮮烈な教義は影をひそめ、本来、教義の中心に位置するはずの「法華経」の精神はほとんど顧《かえり》みられることがなかった。

若き日蓮（蓮長）はそのありさまを仏教の堕落であると断じた。このままではわが国土は破滅の道をひた走ることになる――と信じた。

やがてふたたび郷里の清澄寺に戻った日蓮は、ついに仏教の本道は法華経にあると確信し、建長《けんちょう》五年（一二五三）四月二十八日の早朝、清澄寺の東方、旭ケ森で、昇りはじめた太陽に向かって「南無妙法蓮華経」と第一声を発したのである。

「日蓮の生まれ給いし」とは、その瞬間のことを指すのかもしれない。

日蓮はそれ以後、闘争的な布教の日々に明け暮れた。その過程で、いわゆる「法難」と呼ばれる危機にいくどとなく見舞われることになる。

その最初の災難は、日蓮が鎌倉に住まいをなして間もなく発生した大地震であった。この地震で、日蓮は家を失い、多くの被災者とともに地獄図絵のような悲惨な世界を見る。そして、その苦しみの中で、念仏は決して末法の世を救うことはないという信念を強め、大著『立正安国論』を著した。

木綿子が出会った老女の言うように、このことをも「日蓮の生まれ給いし」の一つのケースだと見るならば、謎《なぞ》は鎌倉の地にあるということにもなる。

日蓮の鎌倉時代にはそれだけでなく、「松葉谷の法難」「伊豆の法難」さらには「龍《たつ》ノ口《くち》の法難」と、生死に関わるような危機がつづけざまに襲っている。

ことに「龍ノ口の法難」では、日蓮は片瀬の小松原刑場に引き出され、まさに首を切られそうになった。その時は江ノ島の方角から得体の知れぬ光が射して、処刑人の刀をはね飛ばしたとか、そういう奇跡によって命拾いをしている。

幕府は処刑を断念して、その代わりに日蓮を佐渡《さど》に流す。佐渡での二年半の生活も、日蓮にとっては死と直面するような毎日であったろう。

幕府が日蓮を罰したのは、主として仏教他派の讒訴《ざんそ》によるものだが、日蓮が蒙古《もうこ》軍の襲来を予言し、いたずらに人心を惑わせる――というのもその理由の一つであった。ところが蒙古軍の襲来が現実のものとなって、慌《あわ》てた幕府は日蓮を佐渡から呼び戻し、善後策を質《ただ》した。

日蓮は危機が迫っていることを伝え、法華経の信仰によってのみ、この未曾有《みぞう》の大難から救われると説く。

だがこの意見はついに幕府に認められなかった。

日蓮は「三度諫言《かんげん》して容れられない時には去る」という古賢《こけん》の教えに従って、鎌倉を去り、箱根を越え、富士山の南麓《なんろく》を廻り、富士宮を経て、富士川沿いの道を遡《さかのぼ》って南部から身延山中に入った。

これが身延山久遠寺開基の発端である。

身延山を見た時、日蓮はほとんど感動的にこの地が気に入ったらしい。身延山に生涯を送る――と決意して、以後九年のあいだこの山を出ることはなかった。

考えようによっては、身延開山の時こそが、日蓮の真の意味での「生まれ給いし」時だったのかもしれない。

そうしてみると、身延に隣接する下部温泉の熊野神社に「生まれ給いし」と書かれてあったのも、まんざら意味のないことではなくなってくる。

「やれやれ……」

浅見は資料をテーブルの上に放り出して、老人のようにボヤキを言った。

第八章　鎌倉迷い道

1

日蓮の生まれ給いし——という意味が、もし身延山《みのぶさん》に久遠寺を開基したことを指すのだとすれば、ひょっとすると下部《しもべ》の熊野神社が関係している可能性がある。

そう思って、浅見は、下部町役場で借りた郷土史の年表をひもといてみたのだが、日蓮聖人が下部に来た形跡はまったく発見できなかった。

年表によると、「熊野神社」のいわれは次のようなものであった。

——承和三年（八三六）甲斐国守藤原貞雄二男修理《しゅり》太夫《だいぶ》正信下部温泉未申《ひつじさる》の方へ紀州熊野権現を勧請《かんじょう》して祀《まつ》る。

つまり、日蓮が生まれるおよそ四世紀も前のことである。

日蓮は文永十一年（一二七四）に身延山に入っている。しかし、その後は死の年に上総方面に向かおうとするまで、一度も山を下りることがなかったというのが定評だ。要するに、下部には日蓮の足跡は残されていないことになる。

年表の中に「日蓮」が出てくるのは建治元年（一二七五）に次のような項のあるのが最初である。


——市之瀬村大坊坂真言宗常命院を改宗して日蓮宗法光山妙圓寺と称す。


市之瀬村というのは現在の下部町の字の一つであり、妙圓寺の開祖は日行聖人となっている。

その後、弘安七年（一二八四）に三沢村日向に祖師堂が建立されたが、その時にはすでに日蓮は入滅したあとだ。

そんな具合だから、日蓮と熊野神社どころか、日蓮宗と下部町の結びつきも、ほとんど日蓮死後のことが多く、とてものこと、「日蓮の生まれ給いし」というムードとはかけ離れている。

日蓮がもっとも日蓮らしく転身したのは、いったいどの時点をいうのだろう？

この日は一日、浅見は身延、下部にある日蓮や日蓮宗の史蹟めぐりをやったり、さまざまな資料を広げたりして過ぎた。

そうやって日蓮にのめり込んでいると、浅見は白木美奈子が殺された事件のことを忘れてしまいそうだ。

もっとも、本来の目的はそっちのほうなのだ。『旅と歴史』の藤田編集長にしてみれば、願ってもないことにちがいない。

日蓮という人物はたしかに面白い。死後七百年を経て、いまだに鮮烈なイメージを与え続けている人間など、そうざらにいるものではないのだ。

歴史の中に光を放つ人物は、たとえば豊臣秀吉など無数にいる。しかし、現代にいたってなお、その存在が社会や人びとの暮らしに実質的な影響力を持つとなると、ごく限られてしまう。日蓮はその希有《けう》の人物の一人であった。

浅見は無宗教、無思想を絵に描いたような人間である。いまだかつて、どの宗教も信じたことがないし、どの政党にも偏したことがない。

ことに、宗教の持つある種のいやらしさに対しては、嫌悪感さえおぼえることがある。子供を人質にするような「水子供養」「水子地蔵信仰」などには憤りを感じる――という浅見の考え方は、『佐渡伝説殺人事件』でも紹介してあるとおりだ。

また、巨大な仏像をおっ建てて、観光の目玉にしようという、商魂たくましい「エセ宗教」の氾濫は、まさに末法の時代を象徴するものだと思っている。

日蓮宗だけが例外であるのかどうか、それについての詳細な知識は浅見にはない。ただ、日蓮そのものの生きざまのみごとさに、浅見は目を開かれる想いがするのだ。

日蓮の生きた時代、仏教各派は爛熟期にあった。京都でも鎌倉でも、宗門のトップは為政者とつるみ、本来の一切衆生を救済すべき宗教活動をそっちのけで、貴族的な生活に明け暮れていた。

もともと、上級の僧侶は大抵が上流階級の出であった。曹洞宗の開祖道元禅師が内大臣久我《くが》通親の息、浄土真宗の開祖親鸞《しんらん》上人が皇太后宮藤原有範の息、真言宗の開祖弘法大師が讃岐《さぬき》多度津名門の子息、浄土宗の開祖法然上人は作州の領主の息子——といった具合である。

それに対して、日蓮は自らを「旃陀羅《センダラ》」の出であると宣言している。旃陀羅というのは、インド社会では最下層の人びとを意味している。

実際にはそこまでひどくはなかったのだそうだが、自分を貶《おとし》めるところからスタートするという発念の動機が爽《さわ》やかである。

日蓮の出現は、既成宗派の連中にとっては、さぞかし目障《めざわ》りな異端であったろう。日蓮は安房《あわ》の清澄寺で悟りを得て「正法開顕」の第一声を放ったのだが、その中で、いきなり他の宗派をこっぴどくこき下ろした。早い話が、「法華経以外の経を信じる者は地獄に落ちる」とやったのである。

——念仏無間、禅天魔、真言亡国、律国賊、諸宗法華経を唱えよ。

清澄寺は天台宗の寺であった。日蓮を育てた恩師、幾多の僧たち、集まった檀家の連中を前にして、「おまえたちは間違っている」とやったのだから、誰だって怒るに決まっている。

日蓮は結局、故郷を出ることになり、鎌倉へ赴く。日蓮が日蓮たるべき第一歩は、この時だという気がする。

こうしてみると、「日蓮の生まれ給いし——」御堂《みどう》は、やはり清澄寺であるように思える。

浅見は伊藤木綿子《ゆうこ》が泊まっている、天津小湊《こみなと》のホテルに電話した。

「まだ起きてましたか、さっきはどうも」

浅見が言うと、木綿子は「あら、ちょうどいま、浅見さんのことを考えていたところです」と言った。

「僕のことを？　何ですか？　また何かまずいことをしましたかね？」

浅見は笑いながら言った。

「そんなんじゃありませんよ」

木綿子はムキになった声を出した。

「じゃあ、何ですか？」

「いいんです、もう」

「何だか気になりますねえ……それはそうと、清澄寺のことなんですが、いま資料を調べていて、やはりどうしても、日蓮の生まれ給いし——というのは、清澄寺ではないかという気がするのです」

「ええ、私もその可能性が強いとは思うのですけど。でも、何も発見できそうにないんですよね」

木綿子は悲しそうに言った。

「私の探し方が下手《へた》なのかもしれないけど、でも、どこをどうやって探せばいいのか、まるで見当もつかないでしょう。……もう、どうでもいいかなって、そんな気もするし」

浅見はドキリとした。木綿子の気持ちの中から、塩野のことが急速に希薄になりつつあるのを感じた。

「だめだなあ、そんな弱気を起こしちゃ」

浅見はわざとくだけた言い方をした。

「あなたが会ったおばあさんだって、日蓮が生まれ変わった場所はあちこちにあると言っているのでしょう。僕はまだまだ諦《あきら》めませんよ」

もののはずみとは恐ろしいものだ。ついさっき、清澄寺しかない——と思ったにもかかわらず、心にあることとは、違うことを言う羽目になった。

「でも、これ以上、どうやって……」

「僕は鎌倉へ行ってみます。日蓮さんの伝説を追い掛けるには、やはり鎌倉を抜きにしては考えられませんからね」

「それはそうですけど……」

木綿子は呟《つぶや》いて、ふいに、「私も鎌倉へ行きます」と叫ぶように言った。まるで、新しい希望の光を見つけたような口調だった。

2

木綿子との話が終わって、受話器を置いて間もなく、井上から電話がかかってきた。

「今日は南部署の捜査本部には現れませんでしたね」

井上は言った。

「ええ、本職のほうに専念しました。もう、明日には引き上げないといけないもんで、日蓮さんのほうを真面目に取材したというわけです」

「なるほど、もう帰られるのですか。それはちょっと淋しいですねえ」

井上は柄にもなく、少し湿っぽい声を出している。

「それで、事件捜査のほうは何か進展があったのですか？」

「そうそう、その件で電話したのだが、ついさっき、車が見つかりましたよ。白木美奈子の青いBMWです」

「えっ？　見つかりましたか。で、どこにあったのですか？」

「それがちょっと、意外と言えば意外な場所でしてね、中央自動車道の談合坂サービスエリアに置きっぱなしになっていたのです」

「談合坂サービスエリア……」

浅見は脳裏に地図を思い浮かべた。談合坂サービスエリアは、相模湖インターチェンジと大月インターチェンジのほぼ中間にある。

身延の現場からだと、甲府南インターまで行き、そこから高速道路をおよそ五十キロ——三十分の距離である。身延からでも、のんびり走って二時間もあればゆうゆう行けるだろう。

「まあ、サービスエリアなら、二十四時間、車が駐車してあっても、あまり怪しまれないですからな。一種の盲点みたいなものでしょう。それに、最近はBMWも珍しくなくなったしねえ。現に、BMWがいつからそこにあったのか、はっきりしないらしいから」

「そうすると、犯人は白木美奈子さんを殺して、死体を身延に遺棄したあと、談合坂サービスエリアまで行き、そこで車を乗り換え、逃走した——ということですか？」

「そう、警察もそう考えて、目下、目撃者探しと遺留品の分析やらで、運転していた人物——つまり犯人ですな——そいつを特定する作業に精を出していますよ」

「しかし、何はともあれ、車が発見されたとなると、事件捜査は大きく前進しそうな雰囲気にはなってきましたね？」

「さあねえ、どうだかなあ。難事件であることには変わりはないみたいだけど」

「僕ももう少し、成り行きを見ていたいのですがねえ、残念だなあ」

「なに、心配しなくても、そんなに簡単に解決するような事件じゃないでしょうや。私には分かるね、長年の勘ていうやつでね。東京の仕事がすんだら、また来なさいよ。間違ったって、その頃までは解決しっこないんだから」

「ええ、なるべく早く戻ってきます」

「ほんと？　そりゃいいですなあ。あ、そうそう、それからね、例のユーキと宝石業界のトラブルね、あれはほんと、浅見さんが言ってたように、かなり根の深いものがありそうですなあ。地元の私がそこまでとは知らなかったのだから情けないけど、警察もね、そのへんのことに気づいて、内偵を進めている気配がありますよ」

「ほう、警察が動き出したのですか。しかしどうですかねえ、そのトラブルが原因で殺人事件までゆくとは思えませんが」

「そうねえ、私も違うような気がするけど。そうはいっても、何も手掛かりらしいものが出てこないと、警察も結構、そっちのほうをつっ突くんじゃないかな。とにかく何かやってないと、おマンマの食い上げになっちゃうからね」

井上は辛辣《しんらつ》なことを言っている。

井上の電話が終わると、浅見はふたたび木綿子のいるホテルに電話をかけた。

談合坂サービスエリアの駐車場で白木美奈子の車が見つかった話をすると、木綿子は「えーっ」と悲鳴のような声を発した。

「談合坂って、あの、相模湖へ行く途中にある、あれですか？」

「そうです」

木綿子はしばらく黙った。

「どうかしましたか？」

浅見は木綿子の重い沈黙の意味が分からず、訊《き》いた。

「いえ、何でもありません」

木綿子は曖昧《あいまい》な言い方をしたが、それ以上の質問を拒むニュアンスが感じられた。

「それとですね」と浅見は言った。

「警察もようやく、山梨宝石業界とユーキとの対立に目をつけたそうですよ。それで、ひょっとすると、ユーキでの聞き込み捜査は、ますます執拗《しつよう》になるかもしれません」

「じゃあ、また、このあいだみたいに、刑事さんが私のところに来るのかしら？」

「あるいは、そういうことになるかもしれません。あなたは会社をサボって下部へ行ったのでしたね、そのへんのところをつっ突かれると、何か困ることがあるのじゃありませんか？」

「ええ、私は父が病気だからって、ずる休みをしたのです」

「ははは、そういう親孝行をするから罰が当たるのです」

「そんな……冷たいことを言わないでください」

「冗談はともかく、警察は伊藤さんが下部へドライブに行った本当の目的は何なのか、きびしく追及してきますよ。そうなると、熊野神社へ行った理由だとか、下手をすると、前の日に美術館に呼び出されたことまで、突き止められてしまうかもしれない」

「じゃあ、塩野さんのことも言わなきゃならなくなっちゃいますよね。やだなあ、そんなことになったら」

木綿子の口調から、浅見と彼女と塩野とのあいだにあった、まだ語られていない部分の情景がありありと想像できた。

3

翌朝、浅見は少し早めに下部を出た。薄曇りの穏やかな日和《ひより》であった。東名高速に較べると、中央自動車道は交通量が少なく、走りやすい。

甲府から八王子までの区間は、山や谷、起伏と変化に富んだコースである。秋も深まれば、左右の山々は紅葉で美しく染まることだろう。

しかし、浅見はそういう景色を楽しむ気分ではなかった。

ほんの四日前、この下り車線を行く時は、のんびり気分で走っていたのだが、帰りは重たい荷物を背負うことになってしまったのである。

山梨宝石業界がユーキの存在をひた隠しに隠していたという奇妙な事実に驚いたり呆《あき》れたり怒ったりしていたら、今度はユーキ専属の女性宝石デザイナーが殺される事件に遭遇した。

おまけに、その渦中にある伊藤木綿子との不思議な出会いから、浅見自身が事件の渦に巻き込まれるという展開である。

もっと不思議なのは、その事件の背景に、日蓮聖人の伝説が絡んでいるような気配を感じることだ。

伊藤木綿子のこと、塩野満のこと、下部温泉熊野神社の奇妙な「落書き」のこと……。

警察もマスコミもまだ知らないいくつかの事実を、浅見は偶然のようにキャッチした。

それらのことが、いったい事件の骨格そのものにどう関わっているのか――。

事件の根源にあるもの――あるいは犯人の目的とは、いったい何なのか？――

白木美奈子はなぜ殺されたのか？――

塩野満は善なのか悪なのか？――彼の生死は？――

木綿子は犯人（たち）にとって、どういう存在価値があったのか？――

そして、犯人は何者なのか？――

いくつもの「？」が一緒くたになって、頭の中でグルグル回転している。

途中、談合坂サービスエリアに寄ってみた。この付近は山と谷が迫って、道路はトンネルをいくつも潜る。中央高速道の沿線でも、もっとも景観のいい場所のひとつだ。近くの大野貯水池をめぐるハイキングコースは、東京の人間にはよく知られていて、浅見も学生時代、仲間と来たことがある。

サービスエリア内に警察官や刑事らしい姿は見られなかった。すでにここでの検分は終わったのだろう。

ドライブインの背後に迫る山襞《やまひだ》には樹木が生い茂り、そのそこかしこに、民家の甍《いらか》が覗《のぞ》いている。

（ここで塩野は、車を乗り換えたのか――）

浅見はサービスエリアの真ん中に突っ立って、そう思った。

塩野が――と断定的に思うしか、事件ストーリーを描きようがないと思った。

警察はいずれ、車の中から指紋等を採取するだろう。前科のある塩野を割り出すのに、それほど手間はかからない。

そうして、塩野は指名手配され、やがて伊藤木綿子の身辺も忙しくなる。

浅見はさまざまな妄想を払い捨てるように頭を振って、ソアラに戻った。

木綿子とは東京駅で落ち合った。木綿子は浅見の顔を見た瞬間は、ほっとしたように笑顔を見せたが、助手席に乗ってからは、言葉少なく、やがて完全に沈みっぱなしになってしまった。

警察の追及の手が、いつか伸びてくるであろうことを思い、憂鬱《ゆううつ》なのだ。それが手に取るように分かるだけに、浅見も慰めや励ましを言う気持ちになれなかった。

もののはずみで「鎌倉へ――」とは言ったものの、浅見には鎌倉行きに何のあてがあるというわけでもなかった。しかし、こうなった以上、とにかく鎌倉へ向けて走るより仕方がない。

浅見は安房《あわ》小湊の話をあれこれ聞き出そうと、しきりに水を向けたのだが、木綿子は億《おっ》劫《くう》そうに、生返事で答えるだけだ。

「しかし、とにかく行ってみてよかったじゃないですか。どこかのおばあさんに、いい知恵を授かったのだし」

「ええ、それはまあ……」

「誕生寺に参った御利益があったのかもしれませんね」

「まさか……」

「お賽銭《さいせん》を上げたんですか？」

「あ、いえ、忘れました」

「あははは、それはいい。たとえお賽銭を忘れても御利益はあるものなんですね。宗教とは、すべからくそういうものであって欲しいなあ」

「浅見さんて……」

木綿子は不思議そうな目を向けた。

「どういう人なんですか？」

「えっ？　どういうって？」

「雑誌のルポライターだっておっしゃってたけど、なんだかそれだけじゃないみたいなんですもの。悪い人じゃないことは分かるんですけど、怖い人かなあとか思ったりして……正直なところ、少し不安なんです」

「怖いって、何が怖いんですか？」

「ちょっと見た感じは呑気《のんき》そうで、優しそうだけど、突然、すっごく鋭かったり、情け容赦のないみたいなところがあったり、そういうのに反発したり共鳴したりしているうちに、ドンドン……」

言いかけて、木綿子は口を閉ざした。

「ドンドン……何ですか？」

浅見はチラッと木綿子に視線を走らせて訊《き》いた。

「えっ？　いえ……」

木綿子は慌《あわ》てて「何でも、ドンドン分かってしまうみたいで」と言い換えた。赤い顔をして。木に竹をついだような、チグハグな答えであった。

浅見はまたドキリとした。木綿子の気持ちが、それこそ「ドンドン」と、自分のほうに傾斜してくるのを感じないわけにはいかなかった。

「塩野さんはどこにいるのですかねえ」

浅見は前方を覗き込むようにして、言った。言いながら胸のうちで「この臆病者めが」と、自分を罵《ののし》っていた。

4

古都鎌倉――。浅見のような東京人にとっては、なんとなく近くて遠い街のような印象がある。いつでも行けそうで、そのくせ、なかなか出掛ける気にはなれない。

学生時分には、しょっちゅう湘南海岸を遊びまわっていた記憶があるけれど、鎌倉の記憶は不思議に希薄なものだ。

そして、いまはもう、遠くなってしまった青春の日々のことのように、鎌倉への時間距離はますます遠くなる。

一一八〇年に源頼朝が挙兵してからおよそ百五十年間、鎌倉は日本の政治の中枢であった。

しかし現在の鎌倉からは、そういう栄光の日々があったことなど、ほとんど感じ取れない。京都や大阪や江戸が、現在もなお昔の繁栄を伝えているのに、鎌倉の百五十年は束《つか》の間の夢のごとくに消えてしまったらしい。

夏の喧噪《けんそう》ほどではないけれど、鎌倉の休日は若者に占領されてしまう。むしろ、海に出られなくなったぶん、鎌倉市街を散策する人の群はいっそうの賑《にぎ》わいを見せる。

浅見の車は渋滞に巻き込まれて、鎌倉の街を目の前にしながら、ちっとも進まなくなった。

「龍口寺へ行きましょうか」

浅見は方向転換をすることにした。もともとどこへ行くというあてもなかったのである。

龍口寺は日蓮が直面した法難の最大級のものがあったところだ。

文永八年（一二七一）九月、日蓮は幕府に捕らえられ、片瀬の龍《たつ》ノ口《くち》で斬首《ざんしゅ》されることになった。

鎌倉市中を馬の背で引き回され龍ノ口へ向かう途中、八幡宮の前にさしかかった時、日蓮は馬から下りて「いかに八幡大菩薩はまことの神か」と叱咤《しった》した。「日蓮が首を斬られに行くのに、法華経の行者を守護するという神々の誓状を果たすのか果たさないのか、速やかに奇特を現したまえ」と怒鳴ったのである。

その結果かどうか、龍ノ口で奇蹟が起こった。

日蓮の事跡を記録した『種々御振舞御書』には、概略、次のようなことが書かれている。

――江ノ島の方より月の如く光りたる物、鞠《まり》の様にて辰巳《たつみ》の方より戌亥《いぬい》の方へ光り渡る。太刀取目くらみ倒れ伏し、兵共おぢ怖れ、馳せ退き馬より下りてかしこまる。日蓮申すよう「いかに殿原、かかる大禍あく召人に遠退くぞ。近く打ち寄れや、打ち寄れや」と高高に呼ばれども、急ぎ寄る人もなし。「さて夜明けるば如何に、首切るべくば急ぎ切るべし。夜明けなば見苦しかりなん」と勧めしかども兎角《とかく》の返事なし。――

要するに、首を斬ろうとしたとたん、江ノ島の方角から何やら光る物体が飛んできて、首斬り役人の目が眩《くら》み、処刑は取り止めになったという騒ぎだ。

これが世にいう「龍ノ口の法難」である。

日蓮の「法難」は数多いが、この「龍ノ口の法難」が最大のピンチといっていい。

「もし、例の『日蓮の生まれ給いし』が法難を克服した奇蹟を意味するのだとしたら、龍口寺なんかが、いちばんピッタリなんですけどねえ」

浅見は龍口寺の境内に立って、なかばボヤキのように言った。

龍口寺は、鎌倉で唯一の堂々とした五重塔のある寺である。道路脇の仁王門をくぐって石段を登ると、古い山門がある。安政五年（一八五八）の建立で、みごとな龍の彫刻がほどこされている。山門の向こうはかなり広い境内で、ウメ、マツ、ツバキなどが繁り、すみずみまで手入れが行き届いている。

正面に本堂があった。中に日蓮聖人の立像が安置されている。

「なるほど、こうやって来てはみたものの、どこをどう探せばいいのか、まるで見当がつきませんねえ」

浅見は嘆息を洩《も》らした。

「でしょう、誕生寺でも清澄寺でも同じでした。熊野神社のお堂みたいに小さければ、探しやすくていいのですけどねえ」

本堂のほかには、右手に大書院、左手には日蓮法難当夜の土牢跡がある。そういうものも眺めてみたが、やはり何のヒントも湧《わ》いてこない。

「だめですね」

浅見はついに諦めた。現地へ行けばどうにかなる——という考えは甘かった。

鎌倉には「法難」を中心に、日蓮の事跡がいくつもある。

松葉谷の草庵跡や辻説法跡、腹掛け石等々、ガイドブックを開けば、日蓮の事跡だらけといってよい。そのすべてを調べてみたところで、虚しい結果しか期待できそうになかった。

「分からなくなりましたねえ」

浅見は弱音を吐《は》いた。

「あの俳句みたいな落書きは何なのか、さっぱり見えてこない」

「やっぱり、塩野さんとは関係がなかったのじゃないですか」

木綿子に言われても、浅見には反論する材料が何もなかった。

「でも、私が美術館へ行ったり、下部温泉へ行ったりしたのは、いまさら隠しようのない事実なんですよねえ」

木綿子は溜め息と一緒に、そう言った。

「そう、それを誘った塩野さんのメッセージだって、歴然とした事実としてあったのですよ」

「甲府へ戻ったら、警察が待っているんでしょうか？」

「それは覚悟していたほうがいいかもしれませんね」

「もう家のほうには来ているのかなあ、いやんなっちゃうなあ……」

木綿子は泣きそうな顔になって、それから決然として言い出した。

「浅見さんにお訊きしたいことがあるのですけど」

「は？」

「塩野さんの本籍地、あれはどうして分かったのですか？」

浅見は思わず言葉に詰まって、木綿子の視線を外した。

「私だって知らなかったのに、どうして分かったのかしら？　それもずいぶん早く見つけ出しちゃったでしょう。そのことがとても不思議で……でも、それはいいんです。それより、塩野さんのこと、ご存じなら教えてくれませんか。正直言うと、塩野さんのことなんか、もうどうでもいいかなとか思ったんですけど、放っておいても事件のほうから、どんどん私のほうに迫ってきちゃうでしょう。だったら、警察に調べられる前に、こっちで片をつけちゃおうと思うんですよね。いままでずっと我慢していたのですけど、本籍地が分かったということは、当然現住所だって知っているはずですよね。それはどこなのか、教えてください」

木綿子は語気鋭く言った。

いつか来るとは思っていたけれど、いざまともに訊かれて、浅見は困った。

境内にはそれほど人の姿はないが、真ん中で佇《たたず》んで、何やら口論めいたことを交わしているのは、目立ってしまいようがない。

浅見はさり気なく、木綿子を誘うように歩き出した。

木綿子が疑惑を抱くのも無理はなかった。浅見がどうやって塩野の素性を知り得たかは、いわばトップシークレットである。あんな短時間で、ふつうの民間人が名前だけしか分からない一人の人間の素性を調べ出すことは、ほとんど絶対にと言っていいくらい、不可能だ。

「たしかに僕は、塩野さんの現住所を知っていますよ」

浅見は仕方なく言った。

「ただし、現在もそこにいるのかどうかは、確かめたわけじゃないので、分かりません。明日にでも行って、確認してみようとは思っていますけどね」

「どこなんですか？　教えてください」

「いや、あなたには教えるわけにいきませんよ」

「どうしてですか？　そんなの、卑怯《ひきよう》だわ」

「卑怯というのは変ですよ」

浅見は苦笑した。

ソアラは目の前にあった。浅見は助手席のドアを開け、木綿子を乗せてから、運転席に回った。エンジンをかけたが、エアコンを回しただけで、車を出す気はない。

「僕が教えないのは、あなたが無茶をする危険性があるからです。教えれば、あなたのことだ、ドンドン出掛けて行って、探し回るのでしょう？」

木綿子は悔しそうに唇を噛んでいる。

「それはもちろん、恋人の行方を探すことを止める権利は僕にはありませんけど……」

「そういうことじゃないんです」

木綿子ははげしい口調で言った。

「私が塩野さんを見つけ出したいのは、いまみたいな、こんな理不尽な目に遭っているのが、我慢ならないからなんです」

「それももちろん分かりますよ。しかし、それなら、なおさら危なくてしようがない。とにかく、今度の事件では人が殺されているんですよ。しかも、ことによると塩野さんの生命だって、果たしてどうなったのか、保証のかぎりではないのだから」

「じゃあ、どうしろって言うんですか？　黙って、警察が調べに来るのを待っていろって言うんですか？　そうして、私や私の父が、世間の噂《うわさ》の的になったり、笑い者になればいいって言うんですか？」

伊藤木綿子という女性のシンの強さが、一気に吹き出したような勢いだった。塩野という、愛情の対象であった男の、裏切りとも思える不可解な仕打ちに翻弄《ほんろう》され、窮地に陥ったことで、木綿子は世の中の男性――浅見をも含めて――すべてに、猛烈な不信感を抱いてしまったらしい。

「しばらくのあいだ、僕に任せておいてくれませんか」

浅見は彼女の怒りを宥《なだ》めるように言った。

「一見呑気《のんき》そうに見えるけれど、塩野さんの住所を探し当てたように、僕にはある種の特殊能力があるんですよ。もしかすると、警察より早く事件を解決してしまえるかもしれないのです」

木綿子の目に戸惑いの色が流れた。浅見がこれまでに見せてきた意表を衝《つ》くような推理力は、たしかに「特殊能力」といえるものなのかもしれない。それをこの先も信じていいのだろうか？——という迷いだ。

「僕には確信のようなものがあるのです」と浅見は言った。

「それは何かというと、塩野さんの誠実についてです」

「塩野さんの誠実？」

木綿子はおうむ返しに訊いた。

「そうですよ、塩野さんはたぶん、あなたに対してだけは誠実な生き方をしているのだと思うのです」

「どうしてですか？　どうしてそんなことが言えたりしちゃうんですか？」

「前にも言ったでしょう。塩野さんはあなたを危険に晒《さら》さないために、微妙な配慮をしているっていうことを」

「ああ、美術館の伝言やなんかのことですか？」

「そうですよ、塩野さんはある時期までは、ひょっとすると、あなたを利用するつもりで接近したのかもしれない。しかしその気持ちは変質しているのだと思います。成り行きから、あなたを犯罪に巻き込まざるを得ないようなことになったけれど、その条件の中で、できるかぎりのことをして、あなたを危険から遠ざけるようにしている。そうは思いませんか？」

浅見が話すのを聞いている時、木綿子の脳裏にふっと、ホテルで見せた塩野の涙のことが浮かんだ。天安門広場のあの青年の悲しみが、そのまま塩野に乗り移ったような、不可解な涙であった。

「分かりません」

木綿子は悲しそうに言った。

「ただ言えることは、私が確実に苦しい立場に追い込まれつつあるっていうことだけですよね」

「それは否定しません。しかし、塩野さんの誠実さを信じるか信じないかによって、真実の見え方はずいぶん変わってしまいますよ。僕は塩野さんを信じることにします。そうすると、熊野神社の落書きも、きっと何かの意図を持って書かれたと信じることになる。それがなくなったら、もう何をめどにすればいいのか、まったく分からないことになってしまうじゃないですか」

「それは……そうですけど……」

木綿子は力なく頷《うなず》いた。

「さて、そろそろ帰りましょう。東京駅までお送りしますよ」

「帰りたくありません」

「ははは、警察を恐れていたら、永久に帰れなくなっちゃいますよ」

「そうじゃないんです。このまま、塩野さんのことを確かめないで帰りたくないんです」

浅見はパワーウィンドウを開けた。海の匂いのする空気が入ってきた。

「分かりました」

と浅見は窓の外に目を向けたまま、言った。

「塩野さんのお宅へ行ってみましょう。しかし、ひょっとすると危険な状況が待ち受けているかもしれないですよ」

言いながら、浅見の予知能力は、ほんとうに危険のにおいを嗅いだような気がした。

第九章　誤認逮捕

1

鎌倉は混雑していたが、途中の道路は比較的に空いていて、横浜からの首都高速もスイスイ走った。

羽田を過ぎる頃から、木綿子はしだいに緊張した表情になってゆくのが、浅見にも分かった。それまでは、会社のことや家のこと、子供時代の話など、ポツリポツリと喋《しゃべ》ったりしていたのが、おし黙り、時には溜め息さえも洩《も》らすようになった。

木綿子は明らかに、塩野満と会うことに屈託した気分でいるのだ。

これまでの経緯から推測すれば、たぶん塩野は留守だろう。行っても会えない可能性のほうが強い。木綿子はむしろそうあって欲しいにちがいない。

「怖いなあ……」

赤坂トンネルを抜けて、右前方に新宿副都心の高層ビル群を見た瞬間、木綿子はふと呟《つぶや》いた。

「何がですか？」

浅見はわざとからかうような口調で、訊《き》いた。

「できれば、このまま新宿で下りて、電車に乗ってしまいたくなりました」

「ああ、そうしたほうがいいかもしれませんね。僕はむしろ、最初からそれに賛成しているのだから」

「意地悪……」

木綿子はチラッと浅見に視線を走らせて、拗《す》ねたような言い方をした。

「私がそうはできないことを分かっていて、浅見さんはそう言ってるんでしょう?」

「いや、そんなことはない。僕は一人で行くつもりでいたのです」

「それはそうだけど……」

木綿子は俯《うつむ》いて、吐息をついた。

「浅見さんは女性の気持ちに疎《うと》い人みたいですね」

「えっ? 僕が、ですか? そうかなあ」

「そうですよ。疎いですよ。というより、分かりたくないものだから、避けて通っているのかもしれない」

「ああ、それは言えてるかな。臆病なところがあることは認めます」

「臆病というより、ずるいんです」

「うん、それも認めますよ」

「見えているのに、見えてないふりをしたりするでしょう」

「ああ、そういうところもあるかなあ」

「だめだなあ……」

木綿子は力なく笑った。

「そう、だめな男です」

「そういう意味でだめなんじゃないんです。何を言っても怒らないのがだめだって言ってるんです。つまらない……」

「はあ、つまらない男であることも認めますよ」

冗談ぽく躱《かわ》しているけれど、浅見は息苦しいものを感じていた。木綿子のどことなく投げやりな言葉には、匕首《あいくち》を突きつけられるような圧迫感があった。

浅見自身の中でも、木綿子への想いが少しずつ変質してゆくのが分かっている。木綿子の存在は、もはや単なる同情や好奇心の対象ではなくなってきつつあった。

車を走らせながら、浅見はふっと隣席にいる木綿子を抱きしめたい衝動を覚えた。たとえどういう状況になろうと、自分がそういう破廉恥《はれんち》をできない人間であると思いながら、その空想に脅《おび》えたり、逆にひそかな楽しみを味わったりしていた。

木綿子の背後にチラつく「塩野満」という人物の影が、浅見と木綿子のあいだに見えないヴェールを作っている。それがあることで木綿子は遠い存在になっているし、かえってもどかしい想いを増幅させもする。

その塩野に会いに行くことは、浅見にとっても、平常心ではいられない、いわば「壮挙」というべきものだ。

塩野はたぶん不在だろう。不在でなければならない。そうでなければ、浅見が描いている「事件」の全体像とそぐわないことになってしまう。

しかし、ひょっとして、もし塩野が存在して、木綿子と再会したら——と、その場面を想像するだけで、浅見は滅入ってしまうのであった。

2

夕刻前に新宿副都心のインターチェンジを出た。

JR山手線高田馬場駅前の広い通りを早稲田方向へ向かってゆくと、明治通りという東京都内を走る主要環状道路を横切る。

交差点の地名は「戸塚二丁目」で、その交差点の東側の角の奥まった辺りに、塩野満の現住所地である「戸塚スカイコーポ」があった。

スカイコーポといっても、じつは五階建ての小さなマンションである。スカイコーポが建築された二十何年か前には、この付近一帯は、古い住宅や木造モルタルのアパートばかりだったから、「スカイ」という名称も相応《ふさわ》しかった。しかし最近、十数階建てのマンションがいくつも建って、いまや、いつ取り壊されてもおかしくないような、時代遅れの賃貸マンションになり下がってしまった。

いったんマンション前の道を通過して、建物の様子を検分した。

東京の汚れた空気で、建物の壁という壁は薄黒く煤《すす》けている。ただでさえ陰気くさい上に、隣に建ったマンションのせいで、日当たりが悪く、なんだか廃屋のような感じさえした。

「伊藤さんは車で待っていてください」

浅見は助手席の木綿子に、なかば命令口調で言った。

「一緒に行きます」

木綿子はそれに反発するような、強い語調で言った。

「いや、それはやめたほうがいいでしょう」

「どうしてですか？　塩野さんの居場所を確かめたいのは浅見さんではなく、私のほうですよ」

「それは、塩野さんがいればの話です。僕の想像では、たぶん彼は留守ですよ。いや、それだけならいいのだけれど……」

「ほかにも何か？」

「ああ、何か危険な予感がします。とにかく、あなたは車で待っていてください。それからでも遅くはない」

スカイコーポを見通せるぎりぎりの場所にソアラを停め、浅見はドアを出た。

マンションまでは五十二歩、あった。無意識に歩数を数えていたことに気づいて、浅見は苦笑した。

塩野の住民登録にはマンションの住所は記載されているが、室の番号までは分からない。階段の下に居住者のプレートが出ているのだが、そのほとんどが空白になっていて、塩野の名前も見当たらなかった。

浅見は一階のとっつきの部屋のドアに「管理人室」という札が貼ってあるのを見つけて、ブザーのボタンを押した。

ドアが半開きになって、五十年配の、まるでこの建物そのもののような、陰気くさい男が顔を覗かせた。

「何でしょう？」

愛想のない口調で訊いた。「押し売りなら、お断りだよ」とでも言いそうだ。

「こちらに塩野さんという人が住んでいますね？」

「塩野さん？……」

管理人は一瞬、後ろに身を引くような素振りを見せた。それから、思い直したように、

「ああ、住んでいますけど」と言った。

「何号室ですか？」

「おたく、どちらさん」

「友人です」

「ふーん……」

管理人はまた戸惑ったように、上体を左右に振った。

「いま、いないみたいだけど」

「あ、お留守ですか」

「そうね、留守じゃないかな」

「お出掛けですか」

「さあ、どうかなあ」

「は？……でも、出掛けているから留守なんでしょう？」

浅見は怪訝《けげん》そうな目を管理人に向けた。

「え？　あ、いや、しばらく前からね、見ないもんだから、塩野さん」

管理人は狼狽《ろうばい》したらしく、しどろもどろに言った。

浅見はおかしいな——と思った。寮やアパートでもあるまいし、住人が管理人にいちいち断って出掛けてゆくわけでもないだろう。それなのに、管理人がなぜ留守だと分かるのかが不思議だ。

「じゃあ、長く留守にしているのですか？」

「いや、そう長いというわけでもないと思いますがね」

「というと、いつ頃から見えないのでしょうか？」

「さあ、いつ頃からだったかなあ……」

「九月二十七日頃からじゃありませんか？」

塩野が甲府の美術館に木綿子を誘い出した日付を言った。

「ああ、そうね、その頃だったかな」

「その頃から留守になったということが、どうして分かるのですか？」

「え？……」

浅見がさり気なく言ったことに、管理人はギクリと反応した。

「いや、たぶんそうじゃないかなと思ったもんですからね。だけど、ほんとにそうかは分からないですよ。いまは帰ってきているのかもしれないし」

慌《あわ》てて言い直したが、明らかに何かを隠しているような表情だ。

（何だろう？――）

浅見は気になった。

「しかし、いくら電話しても出ませんけどねえ」

「ああ、だったらやっぱし留守ですよ」

「そうなんですか、しかし、弱ったな……」

浅見は心底、弱った顔を見せた。

「どういう用件なのですか？」

「ちょっと借金のことで……いえ、借りているのは僕のほうなんですけどね。借金を早く返したいと思って来たのです。でないと、利息ばかりかかってかないませんからね」

「そういうお金のことじゃ、私のところで預かるというわけにはいきませんな」

「そうですね、それはまずいでしょうねえ。いや、管理人さんを信用しないというわけじゃないのですが……そうだ、彼の勤め先はどこか、知りませんか？」

「え？ 塩野さんは勤めているのですか？」

「あれ？ 違うんですか？」

「ああ、たぶん違うんじゃないかな。勤めているような感じじゃないですけどねえ」

「というと、出勤している様子はないということですか？」

「ああ、そうですよ」

「じゃあ、塩野さんは金融業なのかな？」

「まさか、そんなことはしていないと思いますよ。いや、もともと、そんなに金廻りがいいようには見えなかったですからねえ」

「ご家族は確か、いないのでしたよね？」

「ああ、いませんよ」

「もしかしたら、塩野さん、病気か何かで、動けなくて、それで顔を見せないということはありませんか？」

「いや、それはないですよ」

「ほう……」

浅見は管理人の顔をマジマジと見てしまった。

「ずいぶんはっきり断言できるのですね」

「え？　ええ、まあ……」

「部屋の中を見たのですか？」

「いや、そういうわけじゃないですがね……とにかく、そういうことだから」

管理人は狼狽の色を隠すように、急いで顔を引っ込めた。

3

エレベーターのないビルである。塩野の部屋は四階の403号室、階段を上がって、斜め正面にあった。

階段もところどころ壁の塗装が剝《は》がれているけれど、塩野の部屋のドアの「403」という数字の「3」の上半分が欠けているのが、この建物の古さを象徴するように、なんとも侘《わび》しい。

管理人が「そんなに金廻りがいいとは思えない」と言っていた、そのとおりの印象であった。

伊藤木綿子の相手――という特別な想いがあるから、浅見はそういったもろもろを、冷静な目で見ることができない。塩野満には、ただの薄汚れた犯罪者なんかであって欲しくない気持ちだった。

（おかしいな――）と思った。留守が続いているというなら、ドアの郵便受けに郵便物や新聞が突っ込んであってもよさそうだが、そういったものは何もない。外観上では、不在の根拠はまったくないのだ。

管理人はいったい、何を目安に「留守」を確信しているのだろう？

試みにブザーを押してみたが、やはり応答はない。

その時、浅見は廊下の最奥部にある部屋のドアが、かすかに動いたと思った。号数にすると、たぶん409か、「9」という数字を避けるとすれば410号室辺りだ。鉄のドアが壁からかすかに浮き出ていたのが、スッと閉まったような気がした。

それと同時に、逆の方角――401号室にも人の気配を感じた。

（誰かに見られている――）

浅見は「塩野さーん」と、わざと間延びした声で呼んでみせた。「しようがないなあ、また留守か」とも付け加えた。

それから、のんびりした動作で階段へ向かった。階段の上に立った途端、浅見は俊敏に動き、踊り場めがけて駆け下りた。

背後でドアが荒々しく開閉する音が聞こえた。つづいて廊下を踏み鳴らす足音。一人ではない、複数――それもどうやら三人以上はいるらしい。

二階から一階へと下りる階段にかかった時、階段下で待ち受けている二人の男がいた。いずれも人相のよくない、顎《あご》の骨の張った頑丈そうな男だった。

浅見は階段に踏み出しかけた足を引っ込め、反転して廊下を突っ走った。廊下の反対側にも「非常口」の表示が出ているのを見ておいた。

だが、階段口に達する前に、ゆくてに男が現れるのを見た。相手は一人だ、それも、浅見よりはいくらか小柄で、このぶんならなんとか突破できるかもしれない。

「待て！」

男は甲高い声で怒鳴った。顔に脅《おび》えの色が流れるのが見て取れた。浅見はできるだけ獰《どう》猛《もう》な表情を作って、まっしぐらに男に向かって飛びかかった。

男の手がこっちの襟《えり》に伸びたと思った次の瞬間、浅見は体がフワッと空に浮いたのを感じた。上下左右の感覚が分からなくなったとたん、背中から腰にかけて、したたかにコンクリート床に落ちた。

浅見は「ウッ」と呻《うめ》いた。

それだけでも、いいかげん意識がもうろうとしたのに、男はさらに追い打ちをかけるように、倒れた浅見の鳩尾《みずおち》をめがけて拳を突き入れた。

浅見は失神した。

木綿子のいる位置からは、ソアラのリアウィンドウ越しに戸塚スカイコーポの入り口だけがかろうじて見える。

浅見が建物の中に消えてから、十数分は経過した。夕暮れの色が濃くなってきた。

塩野がいたのかどうか、そのことだけでも早く知らせてくれればいいのに——と、木綿子は浅見の坊ちゃん坊ちゃんした、どことなくのんびりした動作のことを思い浮かべて、焦燥感を持て余していた。

建物から男が出てきた。二人……いや、三人か。夕闇《ゆうやみ》のせいで、人相まではさだかではないが、ラフな恰好をして、暴力団の組員を連想させた。

男たちは道路の左右をすかし見ている。木綿子は反射的にシートの陰に隠れるように姿勢を低くした。

三人の男たちのあとから、さらに三人の男が現れた。

「あ……浅見さん……」

木綿子は思わず呟いた。力なく頭を垂れた恰好で、二人の男に抱えられているのは、たしかに浅見光彦だった。

木綿子は外に出かかったが、思い直して、逆にいっそう身を縮めた。

男たちのいる場所に黒い車が一台、走り寄った。浅見を抱えた二人の男が後部座席に潜り込むと、車はすぐに発進してこっちへ向かってきた。

木綿子は助手席に沈み込んで、車の通り過ぎる音を聞いてから、急いで運転席に移動した。

突っ込んだままにしてあるキーを回した。ソアラは運転したことがないし、右ハンドルにも自信はないが、いまはそんなことは言っていられない。

浅見の長い足に合わせてシートの位置をセットしてあるので、木綿子の足がペダルに届きにくい。とっさにどうやればシート位置を調整できるのかが分からない。

木綿子は不自由な恰好のまま、とにかく車をスタートさせた。

道は先のほうでかなり急な下り坂になっている。木綿子が車をスタートさせた時点では、男たちの黒い車はすでに二百メートルほど走って、坂を下りきり、広い道へ出る角で一時停車をしている。木綿子がそこに追いつく前に、左方向へ角を曲がって行った。

木綿子は東京の地理はまったくといっていいくらい分からない。ただ、目の前の広い道路の中央を都電が走っているのだけは分かった。都電は東京ではただ一本だけ残っているという話を聞いたことがある。その一方の起点はたしか早稲田だった。

かなり交通量は多かったが、木綿子は強引に広い通りに乗り出した。しかし、それでもその時には、黒い車とのあいだに五、六台の車が入っていた。

トワイライトタイムで、車の色が識別しにくいけれど、黒は珍しい色であるだけ、むしろよく目立った。

走りながら、木綿子はようやくシートの位置を調整できた。そうなると、ソアラの包み込むようなシートは安定して、走り易い。木綿子は追跡に自信を持つことができた。

それにしても、あの男たちはいったい何者なのだろう？――そして、浅見はどうなってしまうのだろう？――

木綿子は白木美奈子を殺害した連中のことを想像した。さっきの男たちの中に塩野がいたかどうか、はっきりしなかった。

塩野が敵なのか味方なのか、まだ木綿子には分かっていない。もし塩野が白木美奈子を殺した一味の仲間だとしたら、彼の「恋人」であった自分の立場はどういうことになるのだろう？――

車を走らせながら、木綿子の脳裏にさまざまな想いが流れた。

黒い車は大きな交差点を左に曲がった。木綿子は数台分遅れて、信号が黄色に変わるのと同時に左折を完了した。

「あれ？……」

木綿子は驚きの声を発した。いくらスピードを上げたとしても、ものの百メートルとは離れていないはずの黒い車が、目の前から姿を消していた。

木綿子は狼狽しながら中央寄りのレーンに出て、アクセルを踏み込んだ。一台二台と追い抜いて、前方に瞳を凝らした時、道路から左へ、十メートルばかり引っ込んだ建物の前に、黒い車と、車から降りたばかりの数人の男たちの姿が通過するのを見た。

（あんなところに？――）

木綿子はスピードを緩《ゆる》めたが、中央に出ているために、すぐには停車するわけにいかない。左のウインカーを出しながら、結局、さらに五十メートル以上も走って、無理やり道路左端に寄せて停まった。

後続の車からはげしいクラクションの抗議が浴びせられたが、そんなことに構ってはいられない。

木綿子は知らないが、そこは交通量の多いことで有名な明治通りだ。車の流れを堰《せき》止めるかたちになるので、ふだんなら停車するのさえ気がひけるような場所だが、木綿子はハザードランプを点滅させておいて、車を降りた。

街路樹に身を隠すようにして、あと戻りする。先方がこっちの顔を見知っているかどうかも分からないが、用心するに越したことはない。

建物の前に黒い車はあったが、男たちの姿はすでに消えていた。

木綿子は車の背後の建物を眺めた。窓に明かりを灯した四階建ての古いビルである。薄闇を通して、建物の正面に星型のマークが飾られているのが見えた。

（警察署？――）

木綿子の目は入り口の上に横に並んだ文字を読んだ。「警視庁戸塚警察署」とあった。

4

手錠をはずす感触で、浅見は意識がはっきりした。それまでは、両側から体を支えられているという意識はあったが、それ以上に眩暈《めまい》と嘔吐感《おうとかん》と、全身がゆれるような感覚に耐えることで精一杯だった。

ぼんやりと手錠の行方を見送って、男の顔が二つ並んでいるのに気がついた。

「おい、大丈夫か？」

年配のほうの男が訊いた。言葉ほどには気づかいの感じられない口調だ。

「僕はどうしたんです？」

浅見は訊き返した。

「なんだ、やっぱり憶えてないのか。一応、公務執行妨害の現行犯で逮捕した」

「逮捕？　じゃあ、ここは警察ですか？」

「ああそうだ」

得意そうに言う男の髭面《ひげづら》を、浅見はつくづく眺めてから、笑い出した。

「そうですか。警察ですか。じゃあ、あれは刑事だったっていうわけですか」

笑いながら腹部の痛みを思い出して、「うっ」と呻《うめ》いた。

しかし、浅見の苦痛に対してはほとんど同情を示さずに、髭面と若い刑事は顔を見合わせた。

「あんた、名前は？」

髭面が訊いた。

「浅見ですよ、浅見光彦といいます」

「住所は？」

「東京都北区西ヶ原三丁目――です」

身分を証明しようと思って、ポケットに手を突っ込んで、浅見は免許証を車に残してきたことを思い出した。

考えてみると、警察はすでにボディーチェックを行っているはずであった。

若い刑事がメモを手に、部屋を出て行った。その時になって、浅見はここが取調室であることに気づいた。

「あんた、塩野満の何なのだ？」

髭面が訊いた。

「べつに、ただの他人です」

「ただの他人ということはないだろう。現に塩野を訪ねているじゃないか」

「訪ねただけで、まだ会ったこともありませんよ」

「訪ねた目的は？」

「会いたかったのです」

「だからだな、その目的は何かと訊いているんだ」

「目的も何も、会いたかっただけですよ。それより、体中が痛くてしようがないのですけど、なんとかなりませんか？」

「ふん、あんたが抵抗をするから悪いのだ。山梨県警一の猛者《もさ》にぶつかってゆくとは、いい度胸してるよ」

「山梨県警？……というと、ここは甲府ですか？」

「まさか、さっき捕まえたばかりじゃないか……ふーん、それじゃ、あんた、完全に気を失っていたのか」

髭面はようやく、いくらか同情する気になったらしい。

「まあ、それは元はといえばあんたの身から出たサビのようなものだ。それで、塩野を訪ねた目的は？」

「何度訊かれても同じですよ。それより、塩野氏がどうかしたのですか？」

「余計なことは訊かないで、こっちの質問に答えればいいのだ」

「もう答えましたよ。塩野氏に会いたかったという、それだけです」

「会ってどうするつもりだったのだ？」

「困ったなあ、同じことの繰り返しにしかなりませんよ。しかし、そうやって警察が塩野氏のことを訊くところをみると、塩野氏はまだ死んだわけじゃないのですね？」

「なに……？」

髭面はいっそう怖い顔になった。

「塩野が死ぬとはどういう意味だ？」

「いや、管理人に聞いたところによると、塩野氏はずっと出掛けたままだそうですから、ひょっとして、どうかなっちゃったのじゃないかと思ったのです」

「どうしてそう思ったのだ？」

「どうしてという理由はありません。管理人の表情がなんとなくそんな印象でしたよ」

若い刑事が戻ってきて、「この住所地に間違いはないようです」と報告した。

「刑事さん、まさか、そこに問い合わせしたのじゃないでしょうね？」

浅見は不安になって訊いた。

「ああ、問い合わせの電話をかけたよ」

「えっ？　ほんとですか？　それで、誰が出ました？」

「お手伝いだそうだ。奥さんかと思ったのだが、あんたには奥さんはいないそうだな」

「冗談じゃないなあ……」

浅見は溜め息をついた。電話に出たのがお手伝いの須美子だったことは、不幸中の幸いというべきだろう。しかし、彼女の口から母親に告げ口されないという保証はない。

「まさか、こういう状態だっていうことを話したりはしなかったのでしょうね？」

浅見はなかば喧嘩腰で訊いた。

「ああ、逮捕したことは言わなかったよ」

「で、僕が警察にいるということは？」

「それは言ってない。ただし、こっちが警察であることは名乗ったがね」

やれやれ――である。その程度なら、なんとでも言い訳がつく。

「そんなことはどうでもいい」

髭面が思い出したように言った。

「で、あんた、塩野とはどういう関係なのだ？」

同じ質問を繰り返した。毎度のこととはいえ、警察は呆《あき》れるほどしつこく、その上、能がない。

「刑事さん、取り引きしませんか？」

浅見は言った。

「取り引きだ？　何のことかね？」

「つまり、僕の質問に答えてくれれば、そちらの質問にも答えるという取り引きです」

「ばかなことを言うな。警察をなんだと思っているんだ」

「あ、そうですか、だったらいいのです、僕は喋りませんから。しかし、おたがいのためにも、損な取り引きじゃないと思うのですけどねえ」

「ばかばかしい……しかし、何を聞きたいのか、一応聞かせてもらおうか」

「ですから、塩野氏はどうしたのか、そのことを聞きたいのです」

「聞いてどうするんだ？」

「その質問は取り引きの計算に入っていませんよ。それに答えるには、僕のほうももう一つ、質問する権利を留保することになりますが、それでいいですか？」

「何をくだらんことを言っているんだ。いいから、こっちの質問に答えてもらおう」

「だめですよ、質問は僕のほうに優先権があります。でないと、警察は聞くだけ聞いて、答えてくれない可能性がありますからね」

「ふん、呆れたやつだな、いったいどういう性格をしているんだ？」

髭面はほんとうに呆れたように、苦笑を洩らした。

「分かった、まあいいだろう、いずれは分かることだからな。塩野満はある事件に関係した疑いがあるので、行方を追っているところなのだ」

「ある事件とは、白木美奈子さんが殺された事件のことですね？」

「なにっ？……」

髭面も若い刑事も、殺気立ったように、腰を浮かせた。

5

「あんた、どうして……そのことを知っているのか？」

「そりゃ分かりますよ、だって山梨県警がいま抱えている大きな事件といえば、白木さんが殺された事件ぐらいなものじゃないですか。それに、塩野さんは宝石鑑定士の資格を持っているのだし、それを結びつけて考えれば想像がつきます」

「塩野が宝石鑑定士だということを知っていたのか」

「ええ、知ってました。しかし、僕のことより、警察がどうして白木さんの事件と塩野氏を結びつけたのか、そっちのほうに興味がありますね。どういうきっかけで、塩野氏が関係していると分かったのですか？」

「そんなことは言えるか。それより、あんたがなぜ知っているのか、それを聞かせてもらおうか」

「だめですよ、順序が逆です、答えるのはそっちが先だと言ったでしょう」

「いいかげんにしろ！」

髭面《ひげづら》はついに怒鳴った。浅見という男が、意外に事件のことを熟知している様子に緊張し、苛立《いらだ》ったにちがいない。

「あんたがそうやって、警察を舐《な》めた態度を取り続けるつもりならば、それも結構、甲府までご足労願おうじゃないか」

「だめですよ、そんな子供騙《だま》しみたいな脅《おど》しを言っても。身柄を拘束する正当な理由は何もないのですから」

「ふん、そんなものはその気になればいくらでも作れる。公務執行妨害と傷害罪の容疑があれば充分だ」

「傷害罪なんて、何もしてないじゃないですか。むしろ被害を受けたのは僕のほうだ」

浅見はまだ痛む腰をさすった。

「いや、さっきの刑事だって相当なダメージを受けている。もし適当な理由がなければ、やっこさんの顔かどこかに、これから傷をつけてもいいのだ」

「無茶苦茶ですよ、それは」

浅見は笑ってしまったが、髭面はどこまでも真面目くさっている。冗談でなく、いよいよとなれば、その程度のことは警察はやりかねない。

「参ったな……」

さすがの浅見もやや不安になって、救いを求めるように周囲を眺め回した。その時になって、はじめて気がついた。

「あ、そうか、ひょっとすると、ここは戸塚警察署じゃありませんか？」

「ん？　ああそうだ、戸塚署だよ」

「なるほど、考えてみると、塩野氏のマンションは戸塚署の管内ですよねえ。どうしていままで気づかなかったのかなあ。腰ばかりじゃなく、頭も打っているのかもしれない。いちど精密検査を受けたほうがいいかな」

「何をゴタゴタ言ってるんだ」

髭面はまた怒鳴った。

「すみませんが、戸塚署でしたら、たしか橋本警部さんがいるはずですので、呼んでいただけませんか」

浅見は言った。

「なに？……」

髭面はまた意表を衝《つ》かれたかたちで、相棒の刑事と顔を見合わせた。

「あんた、橋本警部を知ってるのか？」

「ええ、以前、一、二度お世話になったことがあるのです」

「なんだ、それじゃ、前にもここでパクられたのか？」

「そうじゃありませんよ、一緒に仕事をしたことがあるのです」

「仕事？　何のことだ？」

「とにかく、お会いすれば分かりますよ。浅見が来ていると伝えてくれませんか」

髭面は薄気味悪そうに眉《まゆ》をひそめて、それから若い刑事に合図を送った。

刑事が出て行ってものの一分も経《た》たないうちに、賑《にぎ》やかな声が近づいてきた。「ほんとですか、浅見さんが来ているのですか」と言っている。

ドアが開くと、懐かしい橋本警部の角張った顔が現れた。

「やあ、ほんとだ、浅見さん」「しばらくですなあ、どういう風の吹きまわしですか」

大股《おおまた》に歩み寄って、手を差しのべ、浅見と握手を交わした。髭面も若い刑事も、ポカンと口を開けてその光景を眺めている。

「いや、山梨のほうの事件に、なんとなく首を突っ込んでいたら、偶然、こちらの刑事さんとお会いしましてね」

浅見はニヤニヤ笑いながら言った。

「ほう、また名探偵ぶりを発揮しようというわけですか」

「探偵？……」

髭面が驚いて、言った。

「すると、浅見……さんは、私立探偵か何かですか？」

「え？　おたく知らなかったのですか？」

橋本のほうが驚いた。

「ええ、まだ僕ははっきりした自己紹介をしていなかったのです」

浅見は髭面のために弁解した。

「ふーん、そうでしたか。じゃあ、もしかすると、浅見さんが警察庁の浅見刑事局長さんの弟さんだってことも、知らないのじゃないかな？」

「あっ、それはだめ……」

浅見が慌てて制止しようとしたが、もう遅かった。髭面は「えっ？」と言ったきり、言葉が出なくなった。

「やっぱり知らなかったのですか。浅見さんも人が悪いからなあ」

「そういうわけじゃないのです。こういうことをやっているのを、兄やおふくろに知られると、具合が悪いものだから」

「ははは、局長さんやご母堂に内緒というところをみると、浅見さんのマザコンも相変わらずのようですなあ」

橋本は笑って、髭面にあらためて浅見を紹介した。髭面は棒のように直立して「山梨県警捜査一課警部補の大島であります」と名乗りを上げた。

「浅見さんとは『平家伝説殺人事件』以来のお付き合いですか」

橋本は懐かしそうに目を細めて、その時の「浅見探偵」の名推理ぶりを、まるで自分の手柄のように、得々と話し出した。放っておくと、一時間でも二時間でも喋りそうだ。

「あ、橋本さん、ちょっと気になることがあるのです」

浅見は腰を浮かせて言った。

「あの、もし差し支えなければ、僕はこれで失礼したいのですが」

大島警部補にお伺《うかが》いを立てた。

大島は部下の刑事と目を見交わしたが、どうすればいいのか、処置に困っている。

「まだしばらくは、こちらでの張り込みを続けるのでしょう？」

浅見は訊いた。大島は「はあ、そうなる予定ですが」と答えた。

「でしたら、また明日にでもお邪魔します。逃げたりしませんから、ご心配なく」

「あ、いや、そういうことは……」

大島は目をしばたたいた。

浅見は戸塚署を出て、伊藤木綿子とツアラがいるはずの場所へ走った。あれからかれこれ一時間半は経過している。辺りはすっかり暮れて、マンションのあいだの細い道は足元もおぼつかないほど暗かった。

戸塚スカイコーポ前の道路に出たが、愛するツアラは影も形もなかった。木綿子の姿ももちろん見えない。

浅見は不安になった。いや、木綿子のほうがもっと不安だったにちがいない。そのことを思うと、さらに不安がつのった。

浅見はともかく戸塚スカイコーポに向かって歩いて行った。

前方左側の電柱の手前に、挙動のおかしい男の姿があった。

（刑事かな？——）と思ったのだが、明らかに戸塚スカイコーポの方角を窺《うかが》っている様子は不審なものを感じさせる。

浅見の足音に気がついて、男は酔っぱらいが立ち小便でもするようなポーズを装った。数メートルの距離に接近した時、男はチラッとこっちに顔を向けた。しかし浅見は背に街灯を受ける位置にある。その計算があって、浅見は正面を男に見せて歩いていた。

男の顔に見憶えがあった。身延山で信仰篤《あつ》い老女と中年女性をガードしていた、あの見るからに物騒な男であった。

第十章　見えてきた連環

1

あの身延山久遠寺で会った男が、思いもよらぬ場所に現れたことに、浅見は驚きと同時に、ある種の興奮を覚えた。日蓮の因縁がどこまでも繋《つな》がってゆく、ミステリアスな世界に入り込んでいるような気がした。

あの男はなぜここにいるのだろう？――

敵なのか味方なのか？――

それより何より、この不可解な一連の事件に関わりがあるのだろうか？――

いろいろな「？」が、頭の中でグルグルと回転した。戸塚スカイコーポの前を通過しながら、浅見はこの新しい事態にどう対応すればいいのか、猛烈なスピードで考えた。

（ギャンブルといくか――）

少し先へ行った煙草屋の店先に赤い公衆電話があるのを見つけて、浅見はゆっくり歩み寄った。背中に男の視線があることを想定しなければならない。

さり気なく受話器を握り、戸塚署の番号をダイヤルした。刑事課の橋本警部に繋がる直通電話の番号である。

橋本が出ると、浅見は相変わらず背中の視線を意識しながら、言った。

「戸塚スカイコーポの前に、挙動不審の男がいますが、ためしに不審尋問をしてみてくれませんか」

橋本は詳しい説明も要求しないで、すぐにこっちの意向を察した。

「了解しました、念のために、私もそっちへ行きますよ」

言葉どおり、素早く手配をしたらしい。浅見がひそかに窺《うかが》っていると、しばらく間を置いて、スカイコーポの中から二人の男が現れた。その一人は、さっき浅見を投げた山梨県警の猛者《もさ》だった。

二人の刑事は、タイミングを計るように、マンションの入り口で立ち止まってから、電柱の陰に佇《たたず》んでいる男に近づいた。

その時には逆の方向から、退路を断つかたちで、橋本警部と二人の部下がやってくるのが見えた。

男は三人連れのほうに気を取られていたらしく、建物から出てきた刑事に声をかけられて、ドキッとしたように身構えた。

たちまち、五人の私服警察官が男を囲む態勢になった。

橋本が胸のポケットから手帳を出して、ひと言ふた言、何か言った。たぶん住所・氏名などを尋問しているのだろう。

男は最初、脅《おび》えたように見えたが、相手の素性を知って安心したのか、急に態度が大きくなった。

それとは対照的に、橋本をはじめ警察の連中が恐縮したように頭を下げ、そのあげく、やがて、挙手の礼をして男を解放した。

男は軽く右手を挙げて、刑事たちを尻目に悠々と歩いて行った。

浅見は驚いた。意外な展開だった。男の姿が見えなくなるのを待って、刑事たちに駆け寄った。

「どうしたのですか？」

「ははは、浅見さん、あれはいけません」

橋本は苦笑して、浅見に名刺を渡した。

衆議院議員宮岡隆一事務所
秘書　豊原行三

「代議士秘書ですか……」

浅見は意表を衝《つ》かれた。

「代議士秘書が、こんなところで何をしていたのですか？」

「あの人は立ち小便をしようとしていたところだと言ってますがね」

「ばかばかしい……」

浅見は吐き出すように言った。

「僕が来る前からあそこに立っていたのですよ。何が立ち小便なものですか」

「しかし、それを嘘《うそ》だと決めつける根拠もないわけでして……いや、かりにあったとしても、それ以上、追及するのは無理です」

橋本の言うとおりだ。道路脇に佇《たたず》んでいたからといって、べつに法律に触れるようなことをしているわけではない。

「それじゃ、かえってご迷惑をおかけしてしまいましたね」

浅見は恐縮して頭を下げた。

「いや、無駄足だとは思いませんよ。そういう見え透いた嘘をつくからには、何か後ろめたいことがあると考えられますからね」

橋本は慰めを言って、ほかの刑事たちに元の持ち場に戻るよう、指示した。

「たしか、宮岡隆一といえば、山梨県選出の代議士ですよね」

浅見はふと気がついた。

そうすると、あの時の老女は宮岡代議士ゆかりの人物なのだろうか？

「ところで浅見さん、気になることがあるとか言っておられたが、それはどうなったのですか？」

橋本が訊《き》いた。

「あ、そうそう、じつは僕の車がそこに停まっていましてね、中に女性が乗っていたのですが……」

浅見は少し間の抜けた顔になって、車のあった場所を指差した。あらためて木綿子のこと、それにソアラの行方が気になった。

木綿子はあの時、車の中から浅見が「連行」されるシーンを見ていたにちがいない。さぞかし、びっくりしたことだろう。連行する連中が警察の人間だとは思わなかっただろうから、もしかすると、白木美奈子を殺した一味に襲われた——といったことを想像したかもしれない。

それとも、塩野の仲間にやられたとでも思っただろうか？

いろいろなケースが考えられる。いずれにしても、あの時の浅見は完全に失神していたから、木綿子の目には殺される——というふうに映った可能性がある。

しかし、もしそうだとしたら、何をおいても一一〇番しそうなものだ。だが、警察の動きを見ているかぎり、いまのところそういう気配はない。

（どういうことかな？——）

さすがの浅見も分からなかった。

「女性を待たせていたのですか」

橋本は興味深そうな目を向けて、言った。

「あ、いや、そういう関係の女性ではありませんよ」

浅見は慌《あわ》てて手を振った。

「単なる知り合いです」

「まあ、いいじゃないですか。それより、その車、どうなっちゃったのですか？」

「それが分からないので困っているのです」

困った——というより、浅見は伊藤木綿子の身の上が心配だった。

「まさか、車を乗り逃げされたわけじゃないのでしょうね？」

橋本は半分はジョークのような、半分は本気のようなことを言った。

「そんなことをする相手じゃありませんよ」

浅見は顔をしかめた。笑う気分ではなかった。

「それで、どうします？」

「そうですね……まあ、べつにどうということはないのです……いずれ自宅のほうにでも連絡があるでしょう。それまで、戸塚署で待たせてもらいます」

宣言すると、橋本より先に歩き出した。橋本はニヤニヤ笑いながら、大股でついてきた。

2

「あらためてお訊きしますが」と、浅見は橋本と肩を並べて言った。

「塩野満氏のことですが、警察が彼を調べようとしているのは、どういう理由からなのですか？」

「ああ、あれは山梨県警の連中が追っている事件ですがね、なんでも、被害者の白木美奈子の住居を家宅捜索した結果、塩野満との関係が浮かんできたのだそうですよ。それでもって、塩野に事情聴取をしようとしたところが、事件当日からずっと、塩野は不在だということが分かったのです」

「関係というと、どんな関係ですか？」

「まあ、簡単に言うと、ただ白木さんの手帳に名前があったとか、そういった程度のことのようです。したがって、当初は捜査本部もあまり重視していなかったわけで、ほかの連中に対するのと同じように、ごくありきたりの聞き込み捜査の対象でしかなかった。ところが、さっきも言ったように、塩野はいつ訪ねても不在でしてね。しかも、どうやら事件当日頃から消えてしまったらしい。おまけに、塩野には前科のあることが分かりましてね、それで、これは少々クサいんじゃないか——ということになったというのが実情なのです」

「なるほど……」

浅見もようやく飲み込めた。

「それで、塩野の住居は調べたのですか？」

「調べました。わが署も一応、捜査協力ということで、家宅捜索に参加させてもらいましたがね」

「その結果はどうだったのですか？　何か収穫はあったのですか？」

「はあ……」

橋本は曖昧《あいまい》に答えた。事件は山梨県警の所管である。相手がいくら刑事局長の弟でも、そこまで捜査内容をリークしていいものかどうか、迷っている。

「あ、失礼、無理にお聞きするつもりはありませんから」

浅見はすぐに引き下がった。

「そうですな……いや、ある程度はお話しできると思いますが……」

橋本は逡巡《しゅんじゅん》したあげく、言った。

「じつはですね、われわれが家宅捜索に入って見て驚いたのですが、塩野の住居は、何者かによって荒らされた形跡があったのです」

「荒らされた——というと、空き巣か何かですか？」

「そうですなあ、空き巣といえば空き巣かもしれないが……ちょっと違うようでしたね。金目の物もかなりあったが、それには手をつけていないし、たぶん何か特定の物を狙《ねら》って家捜ししたのでしょう」

「特定の物——とは何でしょう？」

「さあ、それは分かりませんね。当の塩野でも現れれば聞くこともできますがね」

「警察は塩野氏が白木さん殺しの犯人と睨《にら》んでいるのじゃありませんか？　たかが事情聴取の対象にすぎないのでしたら、あれだけの捜査員を張り込みに参加させるはずがありませんからね」

浅見は言った。

「うーん……まあ、はっきりしたことは答えられませんがね、当たらずといえども遠からずってところですか」

「理由は何ですか？」

「弱ったなあ……」

橋本はまた困惑してから、仕方なさそうに言った。

「向こうの刑事に聞いたところによると、白木美奈子が下部温泉のホテルに現れた時、チェックインを若い男が代行していたのですがね、その男の人相が、塩野の特徴と一致するのだそうです。それに、宿泊カードに『野口俊夫』と書いたサインの筆跡が、塩野のものと酷似するのだそうですよ」

「それは本当ですか？　もしそれが事実なら、白木さんと塩野氏は明らかに恋愛関係にあったと考えられるのじゃないですか。そんなことがあり得ますかね？」

浅見は首を傾《かし》げた。木綿子のためにも、それは事実であって欲しくないと思った。

白木美奈子は山梨県最大——あるいは日本最大クラスの宝石メーカー「ユーキ」のチーフデザイナーである。パリの宝石博覧会では、彼女がデザインしたネックレスがイギリス王室に選ばれた。いわば、日本を代表する世界的なデザイナーといってもいい。

一方の塩野はといえば、ニューヨーク帰りの宝石鑑定士といっても、べつにそう驚くほどのものではないだろう。宝石鑑定士なるものが社会的な地位みたいなものでいうとどのあたりにあるものか、浅見はまったく知らない。しかし、兵隊のクライでいうと、白木美奈子を高級将校とすれば、たぶん下士官クラスといったところだろう。

それに、塩野はまだ若く、おそらく同業者の中でも無名に近い存在でしかなかったと思える。塩野の住居である戸塚スカイコーポの建物の様子を見ても、彼がそれほど豊かではなかったことは、ほぼ想像がつく。

その塩野が白木美奈子と親密な関係にあったとは、常識的に考えれば到底あり得ないことだ。

もっとも、男女関係の微妙な部分については、浅見に論評する資格はまるでない。芸能界などでは、十いくつも年下の男と結婚した歌手も珍しくないのだ。どのみち、浅見光彦の守備範囲にはない世界の話である。

浅見は思考に熱中するあまり、知らず知らずのうちに歩速が鈍った。

「それにしても、あの豊原行三という男は、いったい、何の目的で塩野のところに来たのだろう？……」

ブツブツ呟《つぶや》きながら歩いた。

「浅見さん、危ないですよ、そこ、段差があります」

橋本が教えてくれなければ、あやうく蹴《け》つまずくところだった。

「それより、浅見さん、さっき山梨の大島警部補が訊いて、それっきりになっているはずですが、浅見さんこそいったい何の目的で塩野を訪問したのですか？」

五、六歩先で待ち受けて、橋本は微笑を浮かべながら言った。
「あ、そのことですか」

周囲の暗いのをいいことに、浅見はあからさまに渋面を作った。もっとも質問されたくない部分であった。

浅見がふたたび肩を並べるところまで来るのを待って、橋本は言った。

「どうですかねえ浅見さん、浅見さんの目的を話す代わりに、山梨県警の握っている情報を洩《も》らしてもらうという取り引きは」

「それは……まあ、僕としては望むところと言いたいのですが、じつは、僕の一存ではいかない面があるのです。つまり、ある人の了解を取りつけてからでないと……ですね、いわば信義にもとるようなことになっているのです」

「なるほど、それはそうですね。考えてみると、浅見さんは名探偵であったのでした。探偵としては、依頼人の秘密を守らなければならないわけですよねえ」

「いや、依頼人の秘密だなんて、そんな恰好いいものじゃないのです」

浅見は照れた。

「第一、名探偵だなんて煽《おだ》ててくれるのは、橋本さんぐらいなもので、うちではみんなから顰蹙《ひんしゅく》を買っているのですよ」

口では冗談めかして言っているが、浅見は「依頼人」のことがしだいに重く気にかかってきている。

「僕には、白木美奈子さんを殺したのが、塩野氏だとは、どうしても考えられないのですけどねえ」

「どういう理由でそう思うのです？」

「理由は……」

浅見は頭を振った。さっきのショックのせいでなく、論理的な理由など、まだありはしないのだ。

「なるほど、浅見さん一流のインスピレーションというやつですな。しかしねえ浅見さん、残念ながら、塩野の犯行であることは、ほぼ間違いないというのが、山梨県警の見解なのですよ。むろん根拠もあります」

「根拠？　何ですか、それは？」

「指紋です。中央高速の談合坂サービスエリアで発見された被害者の車の中から、塩野満の指紋が採取されたのです。それも、ハンドル付近にもっとも多かったという話でした」

「そんなばかな！……」

浅見の剣幕に、今度は一瞬、橋本の足が停まった。

3

木綿子はあてどもなくソアラを走らせていた。東京の地理にはあまり詳しくない。新宿の街を通過したあと、いろいろな道路標識を見ながら走っていたが、右折禁止だとか、一方通行だとか、規制に縛られながら走っているうちに、現在の場所がどこなのか、はっきりしたことは分からなくなっていた。

ずいぶん走って、気がついたら四谷の駅前だった。どこを走っても交通量は多く、モタモタしては、後ろの車から何度もクラクションを鳴らされた。

もう一度、さっきの戸塚警察署に戻れと言われても、自信がない。地図をひもといてじっくり検討しなければ行けそうになかった。

それよりも、どうしたらいいのか、木綿子は思案に窮《きゅう》した。

片側だけでも四車線ほどもありそうな、むやみに広い通りだった。木綿子は車を道路脇に寄せて停め、これからの方策を考えることにした。

浅見を襲ったのは、どうやら警察らしいことが分かって、ひとまず安心はしたけれど、いまの木綿子にとって、警察は近づきたくない、いわば鬼門《きもん》である。

それにしても、警察が塩野の住むマンションに張り込んでいたことに、木綿子はすっかりビビッてしまった。

（やはり塩野は白木美奈子を殺した犯人だったのだろうか――）

その塩野と、一つベッドで過ごした日々のあることが、木綿子には信じられない気がした。

街は暮れていた。だだっ広い道を溢《あふ》れるような数の車が行き交う。ぼんやり眺めていると、それはまるで光の川であった。

こうしているあいだにも、時々刻々、世の中は動いていて、人は生まれ、死んでゆくのだ――などと、とりとめもないことばかりが浮かんでは消える。

木綿子は車を出て、電話ボックスに入り、浅見の自宅に電話してみた。

「はい、浅見でございます」

女性の声が出た。若やいだ艶《つや》のある声だが、落ち着いた口調だ。

木綿子は一瞬、たじろぐ想いがした。

「あの、浅見さんはいらっしゃいますか？」

ばかな質問をしてしまった。浅見家に電話して、「浅見さんは」もないものだ。

「はい……あの、主人でございますか？」

木綿子は「主人」という言葉が胸に刺さったような痛みを感じた。

「ええ」

「主人はまだ戻っておりませんが……あの、どちらさまでいらっしゃいますか？」

「え、あ、いえ、結構です。またお電話しますから」

しどろもどろで、ろくな挨拶《あいさつ》もできずに、受話器を置いた。

電話ボックスを出たあとも、木綿子はショックから立ち直れず、しばらくその場に立ちすくんでいた。

考えてみれば、浅見に妻がいたとしても、それほど不思議はないのだ。浅見自身は独身みたいに振る舞っていたけれど、すでに三十をいくつか越えた男なのだ。

しかし、木綿子はなんだか裏切られたような気持ちだった。なぜそんな気持ちになるのか、自分で自分のことが分からなかった。

塩野に裏切られ、浅見に裏切られ——。

(ああ、いやだ——)

何もかもが面倒くさく、鬱陶《うっとう》しく思えてならなかった。

(どうしよう——)

浅見のソアラを前に、また考え込んだ。とにかく、この車をどうにかして浅見に返さないうちは、甲府に戻ることもできやしない。

ふたたび電話ボックスに戻って、浅見家の番号をダイヤルした。

「あの、浅見さんの車を預かっているのですけど、これからお届けしようと思いますので、そちらのお宅の場所を教えてください」

浅見夫人が出たとたん、一気にまくし立てた。

「は？　主人の車、ですか？」

夫人は怪訝《けげん》そうな声を出した。

「主人は車を持っておりませんが」

「え？　でも、そんなはずはありません」

「あ、もしかすると、それは弟の車ではございませんか？」

「ええ、主人の弟です、光彦といいますけれど。ソアラに乗っております」

「弟、さん？……」

「あっ、そうです、ソアラです」

木綿子は思わず声が弾んだ。ふいに涙が込み上げるのを感じた。

（ばかねえ、どうしたのよ？――）

自分を嗤《わら》いながら、涙をこすった。

浅見家のある街は、東京の地理を知らない者にとっては、少し分かりにくい場所であった。「北区西ヶ原」などという地名は、東京人だって、あまり馴染みがない。

これまで走ってきた街とはひと味もふた味も違った印象を受ける。古い屋敷の、石垣を積んだ長い塀の横を登る、かなり急な坂があったりして、まるで山陰地方の都市のように、落ち着いた雰囲気の残る街だ。

見知らぬ街なのに、木綿子は浅見家が近づくという感覚が楽しかった。

『マイ・フェア・レディ』に「君住む街」という歌があるのを、ふと思い出していた。

（そんな呑気《のんき》なことを考えている場合じゃないんだわ――）

そう思いながら、気持ちが浮き立った。

浅見家の門は開いていて、ちょうど車一台分が入るスペースの駐車場があった。車の気配がしたのだろうか、家の中からお手伝いらしい若い女性が出てきて、「どうぞ」と誘導してくれた。

「坊ちゃまはお留守ですが、どうぞお上がりください」

「坊ちゃま？」

「ええ、光彦坊ちゃまです」

あの三十男を、浅見家では「坊ちゃま」と呼んでいるらしい。木綿子は笑い出したいのを我慢して、彼女の後ろについて、玄関に入った。

上品な女性が玄関に出迎えていた。緑の地に黒い枯れ葉模様を散らした、ごくスタンダードなワンピース姿が、おとなの女の落ち着きを演出していた。

「先ほどは失礼いたしました」

丁寧にお辞儀をされて、木綿子も文字どおりよそいきの挨拶をした。

「たったいま、光彦さんから連絡がありましたの」

「えっ、ほんとですか？」

「ええ、それで、あなたのことをお伝えしたら、すぐに戻るということでした。どうぞお上がりになって、お待ちください」

応接室に案内された。

飾り気のないインテリアだ。けばけばしい装飾だとか、成り金趣味の置物などが一切ない、少しそっけないほど直線的な佇《たたず》まいであった。

「お食事は？」と訊かれたが、すませてきましたと答えた。本当は空腹だったが、さすがにそこまでは言えない。

浅見の兄嫁は「和子」と名乗った。

「光彦さんとは、どういう？」

そう訊かれて、木綿子のほうはどう自己紹介をすればいいのか、迷った。

「最近、知り合ったばかりなんです。甲府でお目にかかって」

「ああ、そういえば光彦さん、山梨のほうに行ってましたわねえ。でも、たしか身延山のほうだとか言ってましたのに……それにまだほんの四、五日前のことですわよねえ。そうでしたの、甲府でねえ……」

わが義弟もなかなかやる——という顔をしている。知り合ったばかりで、もう車を貸したりするほどの間柄にまで発展しているのだから、誤解されても仕方がない。

「いえ、そうじゃないんです」

木綿子は赤くなった。しかし、何が「そうじゃない」のか説明はしなかった。いつまでも誤解されていたいような、心地よい気分であった。

4

伊藤木綿子が来ると聞いた時、浅見はほっと安心する一方で、これはややこしいことになるぞ——と思った。妙齢の女性が浅見のソアラでやってくるという状況を、家の連中がどう解釈するか、それをどう言い訳するか、これはかなり難しい問題だ。

それでも、何はともあれ、ソアラの無傷なのと、木綿子の無事な姿を見て、胸を撫《な》で下ろした。

「ずいぶん待ちましたか？」

「いえ、ほんの十五、六分です」

「そう、それはよかった」

長い時間、木綿子一人にしておいたら、何を訊き出されるか分からない。身延の事件のことなど、浅見は家の連中には絶対に知られてはならないのだ。

「あれからどうしたのですか？」

兄嫁が席を外すと、浅見はまず訊いた。

木綿子は浅見が「連行」されるのを追い掛けたところから、あてどなく走り回ったことを話した。

「連れて行かれた先が警察なんですもの、びっくりして、どうしていいか分からなくなっちゃいました」

話しているうちに、瞼《まぶた》が潤《うる》んできた。

「あははは、それは大変でしたねえ」

浅見は慌《あわ》てて笑った。こんなところで木綿子の涙ぐむのを家の者に見られたりしたら、それこそ誤解される。

「僕もさんざんな目に遭《あ》いました」

戸塚スカイコーポでの「武勇伝」を話して聞かせた。

「僕を投げ飛ばしたのは、山梨県警の刑事だったのですよ」

「えっ？　山梨から刑事が来ていたのですか？」

木綿子はいっぺんで現実に引き戻された気持ちになった。

「じゃあ、塩野さんは警察に追われているのですか？」

「一応はそうらしいけれど、実際のところ、塩野さんがあの事件とどういう関係があるのかということまでは、警察には分かっていないみたいです」

「でも、それじゃ、どうして？」

「白木美奈子さんのメモか何かに、塩野さんの名前があったのでしょうね」

木綿子は複雑な目の色になった。その彼女の気持ちを読んで、浅見はすぐに言った。

「もっとも、塩野さんだって宝石関係の仕事をしていたはずだし、白木さんとの接点があっても不思議はないのです。だから警察も最初は、そのほかの大多数の参考人に対するのと同じように、ごくとおりいっぺんの事情聴取をするつもりだったのでしょう。ところが、調べてみると、塩野さんは事件当日から行方不明になっているということが分かったのです」

「じゃあ、それっきり、あのマンションには戻っていないんですか？」

「そうらしいですね。これでは警察が疑いを抱くのは当然です」

「そうなんですか……」

木綿子は不安そうに考え込んだ。

「ところで、伊藤さんは食事はまだなんじゃないですか？」

浅見は、木綿子の沈んだ気分を引き立てるように、訊いた。

「ええ」

木綿子は頷《うなず》き、時計を見た。やがて八時になろうとしている。

「でも、それより、そろそろ甲府へ帰らないと……」

「そうですね、それじゃ送りながら、どこかで食事でもしましょう」

二人が立ち上がった時、ドアをノックして雪江未亡人が顔を出した。

「あら、光彦、帰っていたの？　若いお嬢さんをお待たせして、しようのない人です」

言いながら部屋に入って、木綿子と初対面の挨拶をした。

「これから伊藤さんをお送りしてきます」

浅見はすでに逃げ腰であった。木綿子の家が甲府だと聞いて、雪江は眉《まゆ》をひそめた。

「そんな遠いところなのに……」

「ええ、そういうわけですから、急いで行かないとなりません」

浅見は振り切るようにして、家を出た。あとで何か言われるかもしれないが、そうでもしないと、長いお説教になりそうな気配であった。

駒込駅へ向かう坂を下りきったところにある「北京飯店」という小さな店で、五目そばを食べた。浅見はエビのチリソース炒《いた》めでも——と思ったのだが、木綿子が五目そばを主張して、結局それに落ち着いた。

「山梨県選出の代議士で、宮岡隆一という人を知ってますか？」

そばを啜《すす》りながら、浅見は訊いた。

「宮岡さん？　もちろん知ってますけど」

木綿子は箸《はし》を持つ手を止めて、視線を上に向けた。

「その宮岡代議士がどうかしたのですか？」

「じつは、妙なことがあるのです」

浅見は宮岡の秘書が戸塚スカイコーポを窺《うかが》っていたことを話した。

「ほんとうですか？」

木綿子は異常な驚きを見せた。

「じゃあ、塩野さんは、うちの会社と何か関係があったのかしら？」

「は？……それはどういう意味？」

「ああ、浅見さんは知らないでしょうね。うちの社長と宮岡代議士は兄弟なんです」

「えっ、兄弟？……」

こんどは浅見が驚く番だった。

「ええ、うちの社長は結城で、名字は違いますけど、二人は実の兄弟だって聞いたことがありますす。たぶんどちらかが養子に行ったのだと思いますけど」

「なるほど……」

浅見はもはや、五目そばどころではなくなった。宮岡代議士と「ユーキ」の社長が兄弟――という事実から、また新しい局面が展開しそうだ。

浅見の脳裏には、久遠寺の祖師廟のお堂で長いことお題目を唱えていた老女と、中年女性の姿が甦《よみがえ》った。

「それにしても、ユーキの社長の秘書ならともかく、宮岡代議士の秘書が塩野さんのマンションを窺うというのは、どういうことだろう?」

浅見は首をひねった。

「それと、あの秘書は塩野さんがあそこにいないことを知っているのか、それとも知らないで来ていたのか、それも問題だなあ」

「知っていたとすると、その人が塩野さんをどうにかしたっていうことですか?」

「まあそうでしょうね。しかし、それだとなぜ留守を承知で来ていたのかが、また分からないことになる」

「知らなかったとすると、どういうことになるのかしら?」

「塩野さんとコンタクトを取ろうとしているのか、それとも、別の用件があるのか……いや、用件があるのなら、あんな場所で胡散《うさん》臭く様子を窺わずに、直接、塩野さんの部屋に行きそうなものですね」

どうもよく分からない。

「いったい、塩野さんて、何をしていた人なのかしら？」

木綿子は赤の他人のことのように、突き放して言った。

5

北京飯店を出る前に、木綿子は自宅に電話を入れた。

「父さん、私……」

そう言ったとたん、信博は早口で「木綿子か、いまどこだ？」と訊いた。強い口調だが、声のボリュームは抑えたような感じで、小さかった。いつもとは明らかに様子が違う。誰かが傍にいて、聞き耳を立てているような気配があった。

木綿子が「いま東京、これから……」と言いかけるのに被《かぶ》せるように、「そうか、それでイトウのお寺には行ったのか？　ん？　ああ明日行くのか。じゃ帰りは明後日だな」と一方的に喋《しゃべ》った。

（何なの、これ？——）

木綿子は父親の異常に息が止まるほど緊張した。

「誰か来ているのね？」

「ああ」

「刑事？」

「ん？　ああ、いや……とにかく、気をつけるんだな。あ、それからな、例の件、母さんには黙っていたほうがいい。いや、言っちゃいけないよ。わしも絶対に言わんからな。言ったらおしまいだ。じゃあな」

ガチャリと電話が切れた。

受話器を持ったまま、木綿子は振り返った。いまにも泣きそうな顔を見て、浅見が寄ってきた。

「刑事が来ているみたいなんです」

「そう……」

浅見はしばらく思案した。

「仕方がないでしょう、いずれは通らなければならない道なのだから」

木綿子は浅見を見つめた。冷たい——と思うのと、浅見がすっきりした言い方をしたことで、自分の気持ちの整理がついた——と感謝する気持ちとがこもごもあった。

「ただ、父は変なことを言っていたんです」

「変なこと？……」

「ええ、一つは『イトウの寺へは行ったのか』っていうことです」

「イトウの寺？　というと、伊藤さんの菩提寺のことですか？　それとも、伊豆の伊東のことでしょうかね？」

「さあ……それで、イトウの寺には明日行くのかって……」

「何のことか分かりませんか？」

「ええ、ぜんぜん……それと、もう一つ『例の件は母さんには黙っていろ』とか、そういうことを言いました」

「例の件というと、何ですか？」

「よく分からないのですけど、刑事さんが来ていて、それで言ってはならないことというと、あの指輪のことしかないいんじゃないかしら？」

そう言って木綿子は、美奈子からあずかった指輪の話をした。

「なるほど、それはそうかもしれない。ユーキの社長との約束もあるし、そのことは、たとえ相手が警察であっても、絶対に喋ってはならないという意味でしょうね」

「ええ、『言ったらおしまいだ』とも言ってました……でも、それだけならいいんですけど、『母さんには黙っていろ、わしも絶対に言わない』って言ったんですけど、どういうことかしら？」

「はあ……え？　あれ？　伊藤さんのお母さんは確か……」

「ええ、とっくに。だからどういう意味でそんな変なことを言ったのか、おかしいですよね」

「お父さんは『母さんには黙っていろ』につづけて『わしも言わない』とおっしゃったのですか……」

浅見は不吉な想像が頭を過《よぎ》った。それは以心伝心、木綿子にも伝わったらしい。

「もしかしたら、父は死んでもその秘密は言ってはならない——と言いたかったんじゃないでしょうか？　自分も死んでも言わないと……」

血の気の引いた顔で言った。

「ははは、おかしなことを考えますねえ」

浅見は笑った顔を、すぐに引き締めた。

「とにかく、急いで帰りましょう。そうしたほうがいい」

新宿まででいいという木綿子を、浅見は甲府まで車で送ることにした。新宿から甲府までは首都高速と中央自動車道で一直線、少し飛ばせば、約一時間半の行程である。

「もし刑事のことが不安だったら、僕もお宅に寄りますよ」

車をスタートさせると、浅見は言った。

「いいんです、私だけでも大丈夫」

「そう……」

「塩野さんとのこと、警察に話すつもりです。美術館以後にあったいろんなことも、全部話そうと思います」

「そう……」

浅見は肯定も反論もしなかった。その問題は木綿子自身の領分だと思った。

車は渋滞もなく快調に走った。八王子を過ぎて山路にかかる。昼間なら、間もなく左手に相模湖と、湖畔に建つホテルが見えてくるはずであった。木綿子はまた、塩野との甘酸っぱい夜の記憶が甦った。

「浅見さんは、私のこと、嫌いですか？」

木綿子はふいに言った。

「えっ？……」

浅見はギクリとして、アクセルを踏む足の力が一瞬、緩《ゆる》んだ。

「びっくりしたなあ、あまり過激なことを言わないでくださいよ」

冗談めかして、笑ったが、頰のあたりは引きつっている。

「真面目に訊いているんです」

木綿子は怒ったように言った。

「ははは、なんだか怖いなあ。嫌いだったらこんなふうに、甲府くんだりまで送ったりしませんよ」

「そういうんじゃなくて、女としてどう思っているか、聞かせて欲しいんです」

「そりゃ、もちろん、女性としてだって人間としてだって、僕は好きですよ」

「そういう一般論みたいな言い方をして、上手に逃げてしまうんですよね」

「逃げるわけじゃないけど……」

「いいえ、逃げてます。もし違うっていうのなら、私を抱いて」

「………」

浅見は絶句した。

木綿子も黙った。

二人は正面にどこまでも続く白いラインを見つめたまま、おし黙った。

海の底を行くような息苦しい空気が、車内に澱《よど》んでいた。浅見はほとんど無意識に、電子パネル表示の外気取り入れ口をオープンにセットした。少し冷たい空気が入り込んできた。

「浅見さんと知り合った最初の頃は」と木綿子は低い声で言い出した。

「浅見さんのことを、私は、困っている不幸な女性の弱みに付け込んでくる、ふつうの男の人のように思ったんですよね。でも、ぜんぜん違って、それから分からなくなって、それで、ひょっとしたら私を愛してくれているのかなと自惚《うぬぼ》れてみたりもして……でも、そういうわけでもないみたいだし。いったい、この人は何が目的で私にこんなによくしてくれるのかなって思って。そう思うと、どういうわけか悲しくなってきちゃうんです」

木綿子は言葉どおりに涙をこぼした。

浅見は黙って、ハンカチを出して、木綿子の膝の上に載せた。

木綿子は「ありがとう」と言って、ハンカチを目に当てた。

「浅見さんて、私のこと、たぶん軽蔑しているんでしょうね？」

「そんなことはない」

浅見は言下に否定した。

「僕は子供の頃からコンプレックスのかたまりでしたからね、人を軽蔑するなんて思いもよりませんよ。例外として、恥知らずな政治家とヤクザが嫌いなだけです」

よほどムキになって言ったらしく、木綿子は涙ぐみながら笑った。

「いやだなあ、伊藤さんこそ、僕をばかにしているじゃないですか」

「ごめんなさい。だって、浅見さんて、子供みたいなところがあるんですもの。一所懸命になっている私が、まるでアホみたいに思えてきちゃいます」

「そうかなあ……僕のほうがよほど一所懸命にやってるつもりなんだけど」

「一所懸命の対象が違うんですよ。浅見さんの恋人は、たぶん殺人事件なのね」

木綿子は浅見が何か言おうとするのを、手を挙げて制して、笑いと涙を収めると、「もういいんです」と言った。

甲府には十一時頃に着いた。街は真っ暗だった。家が近くなるにつれて、木綿子は緊張して、「そこを右へ」とか「真っ直ぐ」とか道案内をする以外は、まったく口をきかなくなった。

はるか遠くに、パトカーが赤色灯を点滅させて停まっているのが見えた。

「あそこです」木綿子が指差した。浅見は少しずつスピードを落としながら、赤い灯に近づいて行った。

第十一章　予期せぬ惨劇

1

パトカーの赤い灯火を見た時、浅見は（妙だな――）と思った。

木綿子の話によると、電話口の父親の様子で、伊藤家に刑事が来ているらしいことは分かっていたが、それにしても、夜中といってもいいこの時刻に、赤い灯火を点滅させている無神経さは、いささか異常だ。

「ちょっとおかしいな……」

浅見は車のスピードを緩《ゆる》め、五十メートルほど手前で完全に停車した。

「おかしいって、何がですか？」

木綿子はすでにシートベルトをはずし、車から降りる準備をしていた。車が停まったので、ドアロックに手を伸ばしながら、浅見を振り返った。

「あのパトカーがですよ」

「え？　どうしてですか？」

「いや、なぜ赤いライトをつけているのかなと思って……」

「ほんと、近所迷惑だわ。それに、みっともないですよねえ」

木綿子は嘆きながら、しかし覚悟はできている――というように、ドアを開けた。

その時、サイレンの音が聞こえてきた。目の前にあるパトカーのものではない。向こうの角を曲がってくるパトカーが見えたかと思う間もなく、背後からもサイレンが近づいてきた。

さらに少し遅れて、遠くからやってくるサイレンも聞こえる。

木綿子は脅《おび》えて、外へ出しかけた足を、思わず引っ込めた。

「何かしら？」

パトカーは次々に殺到して、前からある赤い灯火の傍で停まった。全部で六台。夜目にさだかではないが、中には黒い車やバンらしいタイプの車も見える。

（鑑識？――）

浅見の頭には不吉な予感が浮かんだ。

「僕も行きましょう」

躊躇《ちゅうちょ》なく車を出た。むしろ木綿子のほうがためらって、数歩遅れてついてきた。

『伊藤文具店』という袖《そで》看板のある二階屋の前に、およそ二十人ばかりだろうか、私服・制服とり混ぜて、警察官たちが店の中に入って行くのが見えた。

家の外にも制服が三人、立ちはだかるように身構えている。

この辺りでは「深夜」といってもいい時間だったのと、まだ事件が発生して間もないせいか、野次馬は出ていないが、隣家や近所の人びとが、ドアや窓から、恐る恐る顔を覗《のぞ》かせていた。

浅見と木綿子が近づき、店に入ろうとすると、警察官が警棒を構えて「だめだめ」と叫びながら阻止した。

「この家の娘さんです」

浅見は木綿子を抱くようにして、言った。

「娘さん？」

巡査部長の襟章《えりしょう》をつけた警察官が、「おい」と顎《あご》をしゃくって、部下を中に連絡にやった。

「何かあったのですか？」

木綿子は急《せ》き込んで訊《き》いた。

「ああ、おたくの、たぶんお父さんだと思うけど、殺《ころ》……亡くなったようです」

警察官はいくぶん口ごもりながら、そう言った。

「父が？……」

木綿子は一瞬硬直して、それからよろめくように、家の中に向かおうとした。

「あ、ちょっと待って！」

警察官が押しとどめるのと、浅見が木綿子を抱く腕に力を込めるのとが、ほとんど同時だった。

木綿子は浅見の腕の中でもがいた。

「待ちなさい、いま鑑識が作業をしているはずですから」

浅見は努めて冷静な口調で言った。木綿子は不信と絶望の想いの込もる目で、浅見を睨《にら》んだ。わずかに口を動かしたが、言葉にはならなかった。

家の中から私服が二人、現れた。

「娘さんはあなたですか？」

木綿子に訊いた。木綿子は黙って、カクンと首を縦に振った。

「甲府署の永原です……ええと、おたくさんは？」

浅見に目を向けて、訊いた。

「伊藤さん……木綿子さんの友人です、浅見といいます」

「そうですか。じつは、あなたのお父さんがですね、何者かに殺されましてね」

永原が言った時、家の中から刑事に伴われた中年の男が出てきた。男は俯《うつむ》きかげんでいたが、木綿子を発見して、「あっ、木綿ちゃん」と叫んだ。

「おじさん」

木綿子は手を差し伸べて言った。

浅見が腕の力を抜くと、木綿子は男のほうに倒れ込むように駆け寄った。

「父は、なぜ、どうしたんですか？」

「いや、私もはっきりしたことは分からないが、パトカーが来たので外に出てみたら、伊藤さんの店におまわりさんが入って行くじゃないの。それで、びっくりしていたら、刑事さんに呼ばれて、身元を確認してくれって頼まれてね……」

「それで、あの、父が？……」

「ああ、おやじさんだったよ」

男は沈痛な表情で、頷《うなず》いた。

「私が見た時には、もう、亡くなっていたんだよねえ」

「どうして……」と、木綿子は無我夢中で、家の中へ入ろうとした。

「待ちなさい、私が案内しますから、落ち着いて」

永原刑事が叱りつけるように言って、木綿子の腕を摑《つか》んだ。

足跡を採取するために、店先から奥へ向かって、ビニール製の四角い板状のものが、敷石のように置かれてある。木綿子は永原の背中にくっつくようにして、それを伝って歩いて行った。

「失礼ですが」と、浅見は中年男に言った。

「お隣の方ですか？」

「ええ、そうですが」

浅見を刑事だとでも思ったのか、男は少し脅《おび》えた目をこっちに向けた。

「僕は木綿子さんの友人で、浅見という者です」

「あ、そうですか、私はそこの松江という者です」

松江は隣の時計屋を指差した。

「お話の様子ですと、松江さんは事件の第一発見者ではないのですね？」

「ええ、私はあとから行っただけです」

松江は好人物らしいが、さすがにことがことだけに、用心深い言い方をしている。

「そうすると、事件のことはどうして分かったのでしょうか？」

「警察に知らせがあったみたいですよ」

「えっ？　警察に、ですか？」

「ああ、たしか、一一〇番があったとか聞きました」

「誰からの連絡ですか？」

「それがどうも、伊藤さん本人からみたいなんですよねえ。つまりその、亡くなる直前に電話したのじゃないでしょうか」

「なるほど……だとすると、その時点では、伊藤さんはまだ生きておられたということですか」

「そうみたいですよ」

「死因は何だったのでしょう？」

「刺されたのですよ」

「刺された……とすると、出血多量が死因ですか？」

「だと思います、なにしろあんた、たいへんな血が流れておりましたからね」

思い出しただけで、松江は身震いがするらしい。
五、六分で木綿子が出てきた。永原がついてはいたが、一人で歩ける程度には落ち着いたらしい。しかし、虚《うつ》ろな目をしている。もし赤色灯が点滅していなければ、顔色は真っ青だろう。
「大丈夫？」

浅見が近寄ると、腕に縋《すが》ったが、それもたぶん無意識の行動にちがいない。

「申し訳ないが」と、永原が浅見に言った。

「おたくさんも一緒に事情聴取させてもらえますか」

「はあ、いいですよ」

浅見は木綿子を腕に摑《つか》まらせたまま、永原のあとについて行った。

永原はいちばん離れて停めてあるライトバンに入った。野次馬もちょっと気づかない場所と車種である。

運転席の後ろに、前向きの椅子が五脚並んでいる。その一つに、木綿子と浅見は並んで座った。木綿子は浅見の腕に縋ったままである。痛いほどの力で浅見の腕を摑み、ガタガタと震えている。

浅見は木綿子の恐怖と怒りと悲しみを思いやって、慰めの言葉も出なかった。

2

「ええと、お二人の関係は友人関係でしたかね？」

永原はおもむろに訊いた。

「ええ、そうです」

「ちょっと、おたくさんの住所・氏名を教えてくれませんか。免許証があれば、それ、見せてください」

浅見が免許証を出すと、永原は記載事項を手帳に写している。部下がそれを持ってどこかへ行った。資料センターに違反や前科の有無を確認しに行ったのだろう。

「住所は東京、ですか」

永原はどうでもいいことのように、言った。

「ええ、東京です」

「そうすると、こちらにはいつ来たのですか？」

「さっき、やってきたところです。たぶん午後十一時頃でしょう」

「午後八時頃はどこにいました？」

「まだ東京にいました。伊藤さん……木綿子さんと一緒です」

「東京のどこです？」

「北区西ヶ原、僕の家の近くです。中華料理店で、遅い晩飯を食べていました。店の名は北京飯店。山手線の駒込という駅の近くです。五目そばを食べました」

浅見は訊かれる前に、必要事項をズラズラと並べた。

「結構ですな、おたくさん、まるで尋問されることに慣れっこになっているみたいだ」

永原は皮肉を言って、ジロリと浅見を睨んだ。

部下が戻ってきて、永原に「Aが一つだけで、あとはありません」と言った。「A」とは交通違反のことなのだろう。浅見にはスピード違反が一度ある。

「友人ということですが、どういう友人ですか？」

永原はふたたび訊いた。

「ただの友人です。知り合ってから、まだ一週間足らずですが」

「恋人同士ではないのですか？」

「いや、残念ながらそういう間柄ではありません」

浅見は慌《あわ》てて言った。

「しかし、こんな夜更けにドライブしてくるというのは、なかなか……」

「なかなか」何と言うつもりなのか、永原は口ごもった。

「刑事さん、そんなことより、伊藤さんのお父さんは誰に殺されたのですか？」

浅見は焦《じ》れて、言った。木綿子のいまにも失神しそうな様子を見ていると、友人だの恋人だのと呑気《のんき》なことを言っている、永原の尋問がまだるっこしい。

「誰に殺されたか分かれば、警察も苦労はないでしょうが」

　永原はムッとしたように言った。

「すると、目撃者も手掛かりも、現在のところないのですね？」

　浅見は構わず、言った。

「そのとおりです、何もありません。もっとも、われわれもたったいま駆けつけたばかりですからね」

「伊藤さんがご自分で一一〇番をしたというのは、事実ですか？」

「ん？　ああ、それはそのとおりだが、そうか、隣の人が喋《しゃべ》ったのですな。しょうがないな……」

「しかし、パトカーが到着した時には、すでに亡くなっていたそうですね」

「そのとおりですよ」

「それじゃ、一一〇番があったのは、十時頃ということになりますか」

「午後十時十一分だったそうです」

「死因は失血死ですか？」

「おそらくそうだと思うが、まだ解剖もしていないから、そういう……あんたねえ、少し黙っていてくれませんかねえ。調べているのはこっちなのだから」

「あ、そうでした、すみません」

「それで、あなたに訊きますが」

永原は木綿子に向いた。

「お父さんがああいう目に遭った原因について、心当たりはありませんか?」

「いいえ、ありません」

木綿子は放心状態だ。ショックのあまり、とてつもなく悲しいはずなのだが、涙も出ない。恐怖と混乱に耐えて、かろうじて言葉を出した。

「いや、そうあっさり答えないでですね、よーっく考えてもらいたいのです。何も理由がなくて、殺されるはずはないのですからな。いかがです?」

永原刑事は冷酷としか思えないような口調で訊いた。

木綿子は何を質問されているのか理解できない——とでも言いたげに、ぼんやりとした目を永原に向けている。

「そうすると、強盗とか、そういう疑いはまったくないのですか?」

木綿子が答える代わりに、浅見が訊いた。

「いや、家の中が荒らされた気配はありますがね、私の勘では、あれは物盗りなんかではなくて、カムフラージュする……あんた、黙っていてくれと言ったでしょうが。悪いが、外に出ていてもらいましょうか」

「すみません、黙っています」

「いいから、出ていてください。その代わり、遠くへは行かないように」

浅見は仕方なく、車の外に出た。

野次馬の数はかなり増えていた。この車は野次馬の背中側にあるので、人びとの注意はほとんどこっちには向けられない。

警察の車の中の木綿子が気になるが、とりあえず、いまのところは被害者の身内なのだから、警察も大事に扱ってくれるだろう。

浅見が煙草を出して、口に銜《くわ》えた時、背中を叩《たた》かれた。ギクッとして振り向くと、毎朝新聞の井上が立っていた。

「また現れましたね」

井上はニヤニヤ笑いながら、呆《あき》れたような顔をしている。浅見も驚いたが、井上のほうも驚いたにちがいない。

3

「まったく、浅見さんは神出鬼没ですな」

「いえ、偶然なのです」

「偶然？　嘘でしょう。こうやって伊藤さんのところに来て、偶然というわけはないでしょう」

井上は『伊藤文具店』の看板を指差して笑った。

「は？　どういう意味ですか？」

浅見は半分はおとぼけで、あとの半分は、真実、井上の言った意味を解しかねて、訊いた。

「ははは、まだとぼけるつもりですか。だめだめ、もうネタは上がっているんだから」

「いえ、とぼけているわけじゃありません。今夜ここに来たのは、ほんとうに偶然なのですから」

「ふーん……ほんとですかねえ」

井上は疑わしそうに、薄暗い中で浅見の顔を覗き込んだ。

「ええ、ほんとうです」

「しかし、ここが伊藤木綿子の家だということは知っているんでしょう?」

「えっ?……」

浅見は戸惑ったが、考えてみれば、サツ回りをしている井上が、木綿子のことを突き止めたとしても不思議はなかった。

「ええ、それはまあ、知ってはいますが、ただし、来たのははじめてです」

「やっぱりねえ、どうもあんたはただのネズミじゃないとは思っていたが……しかし、ワルっていう感じはしないし、どうもよく分からない」

井上は警戒する目になっている。

「僕は悪い人間ではないつもりですよ」

浅見は苦笑した。

「そりゃね、私もそう思うし、そうであって欲しいところですよ。しかしどうもよく分からない部分がある。とにかく警察やブン屋も知らないようなことを知っているというのが気にいりませんなあ」

「というと、どういうことですか？」

「またとぼける。下部の熊野神社の例の落書きのことだってそうじゃないですか」

「ああ、あれですか。あれはしかし、注意力の問題だと思いますよ。警察だって、ちゃんと下部を調べに行っているのですから」

「まあ、そう言っちまえばそれまでだが……しかし、その前に、どうして熊野神社に目をつけたかが問題じゃないですか」

「ですから、それは偶然だって……」

「ははは、隠しても無駄です、ネタは上がっているのだから」

「困ったなあ……」

浅見は両手で頭を抱えた。木綿子の不幸を想うと、笑ってとぼけられるような心境にはなれない。井上を騙《だま》しつづけることに後ろめたさを感じないわけでもなかった。それに、知らない土地で動くためには、誰か協力してくれる人材が必要であることも事実だ。いつかは井上に何もかも打ち明けなければならない時が来るだろう——。そう思いながら、浅見はなおしばらくはとぼけ通すことにした。

「しかし、井上さんがどう思おうと、僕が今夜ここに来合わせたのは、ほんとに偶然なのです」

「ふーん、そうなの、ほんとなの……」

井上は疑わしそうな目で、斜めにこっちを見ている。街灯の明かりが彼の目の中でキラリと光った。

「井上さんこそどうして……どうして伊藤さんのお宅に来たのですか？　いくらサツ回りをしているからって、現場に来るのが、少し早すぎるような気がしますが。警察から出た情報ですか？」

「まさか、警察じゃないですよ。警察の情報なら、各社、キャッチしていて、いまごろはこの辺りにはマスコミが殺到しているはずでしょうが。私がここに来たのは、ちゃんと目的があってのことなんですよ」

「目的？」

「そう伊藤木綿子を訪問する目的がね」

「えっ、それはどういうことですか？」

さすがの浅見も意表を衝《つ》かれた。その様子に井上はいくぶん気をよくしたらしい。

「もっとも、ここを訪ねるきっかけとなる、ある事実を摑んだのは、浅見さんじゃないが、それこそ偶然の所産ですよ。いや、だからといっても、一応の努力の成果ではありますがね。イヌも歩けば棒に当たるっていうの、あれはまさに至言ですなあ。警察のあとを追い掛けて、しつこく動き回っているうちに、思いがけないところで、思いがけない情報をキャッチしましてね」

井上は得意そうに鼻をうごめかしながら、喋《しゃべ》った。

「警察はね、ユーキへ行って、白木美奈子の関係者について、片っ端からデータ集めをやったらしいのですな。何か新しいネタを摑むと、なんでもいいからすぐに走る——というパターンですよ。また、芸がないっていえばないけれど、警察っていう組織でなければできない芸当でもありますよねえ」

「はあ……」

浅見は頷《うなず》いた。

「その中でも、伊藤木綿子に対する調べはもっとも念入りにやったみたいです。彼女はユーキ社員の中でも、白木美奈子との関係がズバ抜けて密だったし、現実に事件後、早い時期に下部へ行ったりしていますからね、警察も一貫して目をつけているのですな。こっちはそういう事情までは知らなかったけど、とにかく、なるべく小マメに刑事の動きをマークしていました。そしたら、そのうちに、刑事が県立美術館へ行ったのをツケるのに成功しましてね」

「美術館？……」

「そう、なんとも妙なところでしょう。刑事に話を聞いたところ、事件当日かその次の日かに、伊藤木綿子が男に呼び出されて、美術館へ行ったのだそうです」

「伊藤さんが話したのですか？」

「いやいや、そうじゃなく、彼女に男から電話があったことを、会社の人間が洩《も》らしてくれたのだそうです」

「なるほど、そうだったのですか」

「なんだか、あまり驚きませんなあ」

井上は皮肉っぽい目をしたが、浅見は気づかないふりを装った。

「いえ、そんなことはありません、驚いていますよ。それで、美術館へ行って、どうしたのですか？」

「それでね、刑事が引き上げたあと、しつこく美術館相手に嗅ぎ回ってみたのです。昨日と今日の二日がかりでね。そうしたら、なんと、出た出た……」

井上はわざと「へへへ……」という、下卑《げび》た笑い方をした。

「浅見さんは、何が出たか分かっているのでしょうな」

「さあ……」

「ははは、まあ、いいでしょう。とにかく私はね、美術館でお客の案内係みたいなことをやっているおばさんと、立ち話をしていたのだが、そうしたら、そのおばさんの口から、ポロリとね、とんでもない話がこぼれ出したというわけですよ」

「そうですか……」

浅見は脱帽した――というように、頭を下げた。

「おばさんは、熊野神社のことを話したのですね」

「そのとおり！」

井上は叫ぶように言った。

「やっぱりねえ、やっぱり浅見さんは知っていたってわけか……」

井上は「やっぱり」とは言いながらも、化け物でも見るような目になっている。

「浅見さん、あんた、どうしてそのことを知っているんですか。あんたが『伝言』の主じゃないのでしょうな？」

「まさか……」

浅見は苦笑した。

「僕は伊藤木綿子さんの口から聞いたのですよ。もっとも、そこに到るまでは、井上さんじゃないですが、いろいろ紆余《うよ》曲折はありましたけどね」

「うーん……」

井上は唸《うな》った。

「いったいどういうことなんです？　あんた、ほんとのところ、何者なんです？」

井上は一瞬、浅見を殺人者だとでも思ったように、半歩ばかり退いて、浅見との距離を置き、身構えた。

「ははは、そんなに怖い顔をしないでくれませんか」

浅見は困って、陽気に笑った。

「巡り合わせっていうやつですよ。偶然が偶然を産んで、なぜかそういう事実を知ってしまったようなものです」

「しかし、いくら偶然だからって……」

「いや、もちろん幸運もあったし、僕なりに一所懸命調べもしましたが、そもそもは偶然の所産なのです」

「うーん……」

井上はまた唸った。

「そりゃ、私が美術館のおばさんに聞いたのだって、偶然には違いないですがね。それにしても驚いたなあ、まったくあんたには驚かされますねえ」

「そんなに感心しないでください。むしろ、僕は、刑事でもない井上さんが伊藤さんのことを突き止めた、その執念に感心しているのですから」

浅見は真顔で言った。

「いや、自分で言うのもおかしいが、それはたしかに、浅見さんの言うとおりかもしれないなあ」

井上は神妙に頷いた。

「警察も私ぐらいのしつこさがあれば、伊藤木綿子の、その伝言のことを摑《つか》んだだろうし、そうすれば、ひょっとすると、彼女のおやじさんが殺されるような事件にならなかったかもしれないですからなあ」

「は？……」

浅見は、井上の言葉の意味が理解できなくて、問い返した。

「えっ？　そうすると、井上さんは警察より先に伝言の話を知ったのですか？」

「そうですよ、いや、警察より先どころか、警察はまだそういう伝言があった事実を知らないんじゃないかな？」

「まさか……」

「いや、ほんとの話です。少なくとも今日、私が美術館のおばさんに聞いた時点では、まだ警察には話していないということでしたからね」

「なぜですか？　警察は聞き込み捜査をやったって言ったでしょう？」

「聞き込みはやったが、伝言の話は聞いていないのです。おばさんは話さなかったのだから」

「なぜ話さなかったのですかねえ？」

「そりゃ、あれですよ、訊かれなかったから話さなかったのですよ」

「なんてことを……杜撰《ずさん》な話ですねえ」

「ははは……それもまた、警察の警察たるゆえんなんじゃないですかね。もっともねえ、下部や身延の現場と美術館じゃ、直接つながりそうもないし、無理もないって言えば言えるんだけど……しかし、ブン屋はそこのところがちょっとばかし違うのですな。訊かれるほうもね、警察だと警戒して、余計なことは言わないものだけど、ひまつぶしみたいな話の中では、ヒョコっと口にのぼらせてしまうものなのですな」

「なるほど……」

浅見は不安になって、訊いた。

「すると、井上さんが言うとおり、警察はまだその伝言のことを知らない可能性がありますね？」

「ああ、たぶん知らないでしょう。私がおばさんに聞いてからあとに、警察が聞き込みに行っていればべつだけど。あれはもう夕方だったし、たぶん行ってはいないと思うなあ」

「だとしたら……」

浅見は顔から血の気が引いてゆくのが分かった。東京から木綿子が自宅に電話をかけた時、父親の様子が変だったと言っていたのを思い出した。

「あの時、伊藤家にいたのは刑事ではなかったということか……」

「は？」

井上が、浅見の呟《つぶや》きを聞きとがめて、首を突き出した。

4

昨日、警察がユーキに対する本格的な聞き込み捜査を開始すると、井上から聞いた時、浅見はてっきり、警察は木綿子の美奈子との関係や、事件直後の不審な行動に関心を抱くだろうと思った。

だから、その時点から警察は木綿子を追い掛けるだろうし、伊藤家に刑事が訪れても不思議はないと思っていたし、木綿子にも覚悟を決めておくように言った。

今夜、木綿子が父親に電話したあと「刑事が来ているみたい」と言ったのも、そういう先入観があったからにちがいない。

だが、あれは刑事ではなかったのだ。

木綿子が電話をかけたのは八時ちょうど頃だった。それから、木綿子の父親が一一〇番通報するまでの、およそ二時間のあいだに惨劇が行われた。

（もし、その時、刑事でないと分かっていたら、何か手の打ちようがあったのじゃないだろうか――）

浅見の痛恨《つうこん》の想いはそこにあった。

「何なのです？」

井上は、浅見が黙りこくってしまったので、怪訝《けげん》そうに首を突き出すようにして、訊いた。

「ちょっと、こっちに来てくれませんか」

浅見は井上の腕を引っ張って、五十メートルばかり離れたところまで行った。そろそろ木綿子と永原が車から出てくる頃である。

「その美術館の伝言ですが、宛先が伊藤木綿子さんになっていたのを、そのおばさんはよく憶えていたものですねえ」

「そうそう、それは感心したなあ。ちゃんと憶えていたんですよねえ。なんでも、木綿子っていうのが、ほら、浜木綿子という女優の名前と同じだもんで、それで憶えていたとか言ってたな」

「それで、誰からの伝言かということはどうでした？」

「いや、それは分からないらしいんだねえ。聞いているはずなのだが、記憶がはっきりしないとか言ってましたよ。しかし、ほんとに浅見さんじゃないの？」

「違いますよ」

浅見はニコリともせずに言った。こうして井上と話していても、「あの時」伊藤家にいた人物のことが気になってならない。

浅見の脳裏に最初に浮かんだのは、戸塚スカイコーポを窺《うかが》っていた宮岡代議士秘書・豊原行三だ。

あの男なら、八時頃までに甲府に来ることは可能だったのではないか？

しかし、豊原に木綿子の父親を殺す、どういう理由があるというのだろう？

いや、豊原にかぎらず、木綿子の父親が殺されなければならない理由とは、いったい何だったのだろう？

またしても新しい「？」がいくつも出現した。警察が後手後手を引いているあいだに、凶悪な魔手は次々に犠牲者を血祭に上げてゆくような恐怖を覚えた。

「警察は何をやっているんだ！」

無意識に、浅見は呟いた。呟きではあったが、舌打ちするようなはげしい口調だった。

井上は浅見のそういうはげしさをはじめて見て、思わずギクッと身を反《そ》らせた。

「まったく、警察は頼りないですなあ」

浅見に迎合するように、弱々しい口調で言った。

「井上さん」と浅見は真っ直ぐに相手を見据えて、言い出した。井上は「ゴクン」と音を立てて、唾《つば》を飲み込んだ。

「僕と手を結びませんか」

「手を結ぶ？」

「ええ、僕の知っている情報をお教えしますから、僕の捜査に協力していただきたいのです」

「浅見さんの捜査？」

「そうです、僕の捜査です。いや、井上さんと僕の捜査と言ってもいいです」

「つまり、警察を出し抜こうっていうわけですか？」

「ええ、警察は頼むに足りません……というと語弊がありますが、少なくとも、頼りにならない面があることは否定できません」

「そりゃまあ、たしかにそのとおりだけど……しかし、われわれだけで何ができるのですかねえ」

「井上さんには宮岡代議士の身辺を洗って欲しいのです」

「宮岡？……どういうことです、それは」

井上は仰天した。

「宮岡代議士といえばあんた、山梨県では名門の出として、もっとも人気のある政治家ですよ」

「そうなのですか」

浅見はそういう知識もまったくなかった。

「驚いたなあ、そのことも知らずに……いったい宮岡がどうしたっていうのです？」

「それは、それこそ話せば長いことになりますから、明日、お会いしてゆっくり相談します。いまはとりあえず、ここの事件の情報を仕入れるのが先決です」

「はあ……」

井上は度胆《どぎも》を抜かれたように、浅見の顔をぼんやり眺めている。

その時、井上の肩越しに、警察のライトバンの中から木綿子が降り立つのが見えた。浅見の姿を求めているのだろう、暗闇《くらやみ》の中を模索するように、辺りを見回している。

「井上さん、お願いがあります」

「はあ、今度はお願いですか」

井上は気圧《けお》されて、いくぶん、うんざりした表情を見せた。

「しばらくのあいだ、僕の行動から目を逸《そ》らしていてもらいたいのです」

「え？　ああ、まあ、そういう注文なら、そうしないこともありませんがね」

「では、お願いします」

浅見は言うと同時に、木綿子に向かって走って行った。

木綿子も浅見を発見して、手を差し伸べるようにして、走ってくる。

井上は映画の一シーンでも見る気分で、その光景を眺めていた。

（あれは、ひょっとすると伊藤木綿子じゃないのかな？――）

そう気がついた。気がついたが、二人の傍に近寄る気はなかった。浅見との約束を守るつもりだった。

時間が経つとともに、こわばった感情は雪融けのようにゆるんできたのだろう、木綿子はとめどなく涙を流していた。

浅見は木綿子の肩を抱くようにして、暗がりに入った。

「しっかりしてください」

浅見にはそれしか言うべき言葉が見つからなかった。祈るような想いで、そう言った。

「ええ、大丈夫です」

木綿子は健気《けなげ》に応《こた》えた。

「でも、涙が、止まらないんです」

しゃくり上げながら、跡切れ跡切れに言った。言葉と言葉のあいだに、「うう、うう」という嗚咽《おえつ》が混じった。

浅見は「うんうん」と頷きながら、しっかりと木綿子の肩を抱き締めた。

木綿子は大きく「ほうっ」と吐息をつき、嗚咽がやんだ。

「警察は何を訊きましたか？」

浅見は静かに訊いた。

「とおりいっぺんのことです」

木綿子は醒《さ》めた声で言った。南部警察署で尋問を受けた経験があるだけに、永原刑事の事情聴取を冷静に分析している。

「結局、父が他人に恨《うら》まれるようなことを、何か知っていないか――という、そのことに尽きたみたいでした」

「じゃあ、身延の、白木美奈子さんの事件との関わりについては、何も訊かなかったのですか？」

浅見はまたしても、（警察は何をやっているのだ――）と思った。

「ええ、何も訊かれませんでしたけど……でも、あの、父が殺されたのは、白木さんの事件と関係があるのですか？」

木綿子はいっそう脅えた顔になった。

「あ、いや、そういうわけじゃありませんが、ひょっとすると何か質問があったかなと思って……しかし、向こうとこっちでは、所轄《しょかつ》の警察署が違いますからね、気がつかないということもあるのでしょう」

実際、そうとでも思わないことには、警察の呑気《のんき》さかげんは許せなかった。

「じつはですね、あなたが東京からお父さんに電話した時、刑事が来ていると言ってたでしょう。あれ、どうも違うのじゃないかって思うのですけどね」

「あ……」

木綿子は大きな目で頷いた。

「そうなんです、刑事さんに訊いたら、その時に父の傍にいた人物が犯人じゃないかって……」

「やっぱりそうですか……」

「その時は、刑事さんに私がしばらく留守だって思わせるために芝居していると思ったのですけど、もし、あれが犯人だったのだとしたら、父と約束したことは守る必要がなかったのでしょうか？」

「約束とは、指輪の件ですか？」

「ええ、よっぽど刑事さんに話してしまおうかと思ったんですけど、あれほどまで父が言っていたのだし……それに、母さんには黙っていろって……だから、やっぱり父は犯人たちと一緒にいたあの時、殺されるのを覚悟していて、それで、私に遺言のつもりで、そう言ったんじゃないかって……」

木綿子は嗚咽を抑えきれなくなった。

「そのとおりだと思いますよ」

浅見も沈痛な想いで、涙を堪《こら》えながら、言った。浅見の掌の下で、木綿子の肩が震えていた。

「その指輪のことを喋ってはいけないとおっしゃったのには、何かよほど重大な意味が込められているに違いありませんよ。なぜそう思うかというと、僕はもう一つ気になっていることがあるのです」

「？……」

「もしかすると、お父さんは、一一〇番通報をした時に、犯人の名前をおっしゃっていないのじゃないかっていうことです」

「あ……」

木綿子は小さく叫んで、浅見を見上げた。その目には悲しみを乗り越えた、健気《けなげ》な意志が感じられた。

「それ、私も不思議だなって思いました。父は出血多量で死んだらしいのですけど、いったん息を吹き返して、必死の想いで一一〇番したらしいのです。でも、『やられた』ということと、住所・氏名を言っただけで、犯人の名前は言わずじまいだったそうです。警察の人は、誰にやられたのか——って、何度も訊いたのですが、ついにそれっきりだったと言ってました」

「そうだったのですか……だとすると、やはり、指輪のことを言わないのと同じ理由で、犯人の名前まで言ってはならないことだったのでしょうねえ」

なぜだろう？——と、二人はたがいの目を見つめあった。

「それに、『イトウの寺』って言ったことも、何か深い意味があると思って、刑事さんには言いませんでした」

「そうですね、いまはそれでよかったと思います……しかし、イトウの寺とは何を意味しているのだろう？……」

「それと、『明日行くのか』とも言いました」

「イトウはやはり伊豆の伊東なのでしょうねえ。伊藤さんは、そういう予定をお父さんに話したりしたのですか？」

「いいえ、たしかに、私は鎌倉のお寺には行くって言って出ましたけど、どうして伊東のお寺なんて言ったのか、それも分からないんです」

「うーん……ことによると、お父さんはその『客』にうっかり、あなたがお寺を見に行ったと話してしまったのじゃないかな？　しかし、相手は非常に危険な人間であることを知って、べつの場所へ行ったことにしたとか」

「そうかもしれません。父はひどく脅えたような感じでしたから」

木綿子はその時の信博の口調を思い浮かべ、あらためて、悔しさが涙と一緒に込み上げてきた。

「そういえば……」と浅見は思いついた。

「伊東にも日蓮さんゆかりの伝説がありましたね。ほら、鎌倉から流された時、岩の上に置き去りにされたのを、漁師に助けられて、九死に一生を得たとかいう」

「あ、そうなんですか？　私は知りませんけど」

「あるのですよ……そうか、だとすると、伊東に日蓮ゆかりの寺があってもおかしくはないな……」

浅見は眉《まゆ》をひそめた。日蓮の「再生」は伊東だったのだろうか——。

「犯人はもしかすると、われわれと同じように、『日蓮の生まれた御堂』を探し歩いているのじゃないですかね？」

「えっ？」

「その可能性はありますよ。われわれが熊野神社で落書きを見つけたくらいですからね、おそまきながら、そいつも気がついたかもしれない」

浅見の脳裏には、日蓮伝説の謎《なぞ》を追い求めて蠢《うごめ》きまわる者どもの、魑魅魍魎《ちみもうりよう》のごとき姿が浮かんでいた。

第十二章　伊豆伊東の仏現寺

1

その夜は午前一時過ぎまで、伊藤家内外の指紋や足跡を採取する作業が行われた。

木綿子はその作業に立ち会い、家の中を案内しながら、さらに付随的な事情聴取に答えなければならなかった。

木綿子は父親が襲われたことは、自分が関わっている、奇妙な出来事のせいだと思っているから、警察の事情聴取にも、そう言っている。

「父は、私の身代わりになって殺されたのです」

そのことを何度となく、木綿子は刑事に訴えた。

その理由を問われて、木綿子は必死に説明するのだが、詳しく話そうとすればするほど、刑事は困惑した。

「白木美奈子さんを殺した犯人と、父を殺した犯人は、同一人物だと思います」

木綿子はそう断言した。

「白木美奈子というのは、身延で死体が発見された、あれだろ？」

刑事は仲間同士で確認しあっている。

「その白木美奈子は、あんたのお父さんと、どういう関係なんです？」

「ですから、父とではなく、白木さんと私とが、同じ会社で知り合いなんです。だから、犯人は私を狙ったのです」

「同じ会社だからって、あんたを狙うことにはならないでしょうが。どうしてそう思うんですか？　動機は何です？」

「動機は……私が何かを知っていると思っているんです」

「何かって、何です？」

「それは知りませんよ、相手が何を考えているのか」

「相手って、誰が？」

「犯人に決まっているでしょう」

「その、あんたの何かを狙っている人物が犯人だっていうわけ？」

「そうですよ」

「どうしてそう思うの？」

「だって、父を殺したじゃありませんか」

「あんたが何かを知っていると思ったとしてもですよ、それで、なぜあんたのお父さんを殺さなきゃならないの？」

「それはだから、私が家にいなかったからですよ」

「あんたがいないと、どうしてお父さんを殺さなきゃならないの？」

「そんなこと、私は知りません」

「それじゃ困るんだなあ。いいですか、あんたは、お父さんを殺したのは、あんたを狙う連中だと言うわけね。だけど、お父さんを殺すことと、あんたを殺すこととのあいだには、何の関連もないでしょうに」

「…………」

「そんなふうに一途《いちず》に思い込まないで、冷静になってくれませんかねえ。お父さんは誰か人に恨まれるような事情がなかったかどうか、そこのところをもう一度考えてみてくださいよ」

「そんなもの、父は他人に恨まれるような人間じゃありませんよ」

「いや、そうでないのよ。真面目で聖人君子みたいな人が、思いがけないことで恨みを買っている場合が多いんだから。たとえばさ、商売がたきだとか、あるいは、地上げ屋だとか、そういう連中といざこざがあったというようなことはなかったですか？」

「それは……」

木綿子は絶句した。そんなものはない――と断言できるほど、木綿子は父親のことについて、何も知らない自分に気づいた。

「私は、ニューヨークに行っていたりして、父のそういう付き合いのこと、あまりよく知らないんです」

「ほらほら、そうでしょうが」

刑事は満足そうに頷《うなず》いた。

「お父さんは、もしかすると、何かのトラブルに巻き込まれていたのかもしれないじゃないですか」

「…………」

「われわれが知りたいのは、まずそういう、被害者……いや、お父さんが抱えていたであろう問題なのですよ」

刑事はじゅんじゅんと説くように言った。

「たとえば、この事件の犯人は、お父さんと顔見知りの人物である可能性が強い。なぜかというと、お父さんは自分でコーヒーをいれて出しているのですね。しかも三人分のカップが出ていた。つまり、客は二人だったことが分かる。ただし、客はコーヒーに口をつけていないのです。これは明らかに、指紋等を残さないための配慮です。したがって、犯人は最初からお父さんを殺害する意志があったと判断できる。あんたが言うように、あんたがいなかったからお父さんを殺したとかいうような犯行ではないと思いますよ」

「それは……たしかに刑事さんの言うことも分かりますけど……でも、違うんです」

木綿子はどうすれば刑事に、こっちの思っていることや、現在までの状況を知らせることができるか——と、身を揉《も》むようなじれったさを味わった。

木綿子の説明が断片的であり、しかもあまりにも性急すぎることも、刑事たちの理解を拒む結果になっていた。

もっとも、いまの木綿子に、理路整然と事情を説明しろというのが、土台無理な話なのかもしれない。もっとも肝腎な部分と思える『指輪』の一件を抜きにしては、説明のしようがない。

せめて浅見が木綿子の傍につきっきりでいられたら、もう少しまし な説明の仕方があったかもしれない。

警察の捜索や鑑識活動が行われているあいだ、浅見はなるべく、木綿子を遠くから見守るような位置にいようとしていた。しかし、取調べの際には、もちろん立ち会うことはできないし、伊藤家の中にも入れてもらえなかった。

刑事は浅見に対しても事情聴取を行ってはいるのだが、浅見は木綿子の父親とは面識がない。その一事を知っただけで、もはや、刑事は関心を示さなくなった。

警察がひととおりの作業を終えて引き上げる頃には、木綿子は疲れ果てていた。

それはそうだろう。朝、房総を発って、東京駅で浅見と落ち合い、鎌倉へ行き、そして東京ではちょっとした捕物騒ぎに巻き込まれ——という挙句《あげく》の父親の死である。心身ともにボロ布《きれ》のよう——と言ってもいい。

さすがに刑事もそれを見兼ねたらしい。

「まだ訊《き》きたいことは山ほどもあるのですが、あとは明日、ということにしましょう。いろいろたいへんでしたが、気をしっかり持ってくださいよ。それから、警察が引き上げると、マスコミさんが取材に来ますから、あまり外には出ないほうがいいですよ」

釘を刺すように言って、帰って行った。

2

浅見は車から出て、伊藤家に向かって歩いて行った。

家の周囲からは警察官も野次馬もすべてが去って、浅見の大嫌いな、丑三《うし》つ刻《どき》の闇《やみ》があるばかりだ。

伊藤家には、甲府市内にいる木綿子の母方の叔父とその息子――木綿子にとっては従弟がやってきて、騒ぎの後片付けをしてくれていた。浅見のことを、取材に来た記者と勘違いして、ひと悶着あったが、木綿子が出て来て、家に上げてくれた。

家の中の空気は、異様に冷たかった。木綿子の父親が殺された部屋は、惨劇の跡も生々しかった。

「警察が、二両日は現場を保存しておいてくれというのですよ」

木綿子の叔父が恐ろしげにそう言った。

父親の血がドス黒く変色して、畳にしみついている部屋に立って、木綿子は卒倒しそうな顔をしていた。

父親の遺体は解剖のため警察の管理下にあり、明日の朝、戻ってくることになっているということであった。

「私、父のことを何も知らなかったみたいなんですよね」

木綿子は呟《つぶや》くように、言った。

「刑事さんに、父のことをいろいろ訊かれても、父がどういう暮らしをしていたのか、答えることもできないくらい、何も知らないんです」

「しようがないよ、木綿ちゃんは、ずっと学校だったし、アメリカへ行ったりしてたんだから」

叔父がそう言って慰めた。

「そんなの、理由にならないわ」

木綿子は悲しそうに首を振った。

「父のことといえば、こんなささやかな文房具店の主人──という姿しか知らないのですもの、親不孝な娘ね」

「あれから、刑事はどんなことを訊いてました？」

浅見が訊いた。

「ずっと同じことの繰り返しです。父を恨んでいる人の心当たりはないかっていう、そのことが中心。でも、白木さんの事件との関係があるかどうかは、私にも分からなくなっちゃったんですよね。父には父しか知らない何かがあったのかもしれないって、そう思えてきたんです。刑事さんは、お客は二人あったと言ってました。コーヒーカップが三つ出ているのは、お客が二人で、しかもカップに口をつけていないところを見ると、最初から父を殺すつもりだったのじゃないかって言うんです」

木綿子は放心したように、抑揚のない声で喋《しゃべ》った。

「もう今夜はこれくらいにしましょう」

浅見は木綿子の神経が限界にきていると思って、言った。

「そうですな、それがいい。木綿ちゃん、今夜はうちにおいで」

叔父の言葉に、木綿子はコクンと頷いた。

四人は戸締りをして外に出た。叔父の車に乗る木綿子に、浅見が別れを告げると、木綿子は、まるで知らない人間を見るような、ポカンとした目を向けて、黙ってお辞儀をした。もう何も考えられないほど、憔悴《しょうすい》しきっているのが分かった。

浅見は一人、ソアラに乗った。

井上記者と落ち合う約束になっていた。すでに三時になろうとしていて、浅見もぶっ倒れそうに疲れていたが、それは井上も同じだろう――と思うことにした。

甲府の市街地には、深夜営業の店はあまりないらしい。国道沿いにあるトラック相手のドライブインで待ち合わせていた。

井上はとっくに空になったらしいコーヒー茶碗を前に、煙草をふかしていた。

「やあ、ご苦労さん」

浅見が倒れ込むようにテーブルにつくと、まず労《ねぎら》いの言葉を言ってくれた。

「だいぶ待ちましたか？」

「いや、僕のほうも十分ぐらい前に来たところですよ。社へ行って、原稿を送ったり、それから、例の宮岡代議士の資料なんか、いろいろ調べたりしていたもんだから。だけど、なんとも、ややこしい事件になってきましたねえ」

半分同情し、半分は興味津々《しんしん》——という言い方である。

「可哀相に……」

浅見はまず、木綿子への想いを言った。

「彼女、相当参っていましたよ」

「いったい、何がどうなっているんです？」

井上は、眠気を覚まし、浅見を叱咤《しった》激励するように、強い口調で訊いた。

「彼女のおやじさんが殺されたのは、身延で白木美奈子が殺されていた、あの事件と関係があるんですか？」

浅見は井上の質問にすぐは答えず、まず運ばれたコーヒーをゆっくり飲んだ。

「今度の事件の概略を、井上さんにすべてお話ししておきましょう」

浅見は言った。

井上は唾《つば》を飲み込み、大きく頷いた。

「僕がそもそもこの事件に関わったのは、前にもお話しした、山梨県の宝石業界とユーキとの軋轢《あつれき》を取材した時以来です」

「うん、つまり、業界側が、ユーキの存在をひた隠しに隠していたという、ケッタイな話でしたな」

「そうです。それを探ろうとしていて、ひょんなことから、伊藤木綿子さんと知り合いました。その場所が県立美術館の駐車場だったのです」

「えっ？　あそこなの？」

井上は驚いた。

「そうなのですよ。僕は単なる見物客として美術館へ行ったのですが、井上さんが探り当てたように、彼女はある人物の呼び出しで、あそこに来ていたのです。その人物というのは、彼女がニューヨーク留学時代に知り合った塩野満という男です」

「塩野満だね」

井上はメモを取った。

「ただし、彼女が呼び出しを受けたのは、会社にいる時で、電話の声はたしかに塩野だったが、その時、塩野が自由な状態だったかどうかは不明です。彼女も、あとになって思うと、ひょっとすると、塩野は電話の向こうで、脅迫されながら電話をかけていたのかもしれない——という気配を感じたそうです」

「ふーん……」

「まあ、それはともかく、彼女は美術館に行ってみた。そこで美術館の職員のおばさんから、塩野からの伝言を受け取ったのです。ただし、こっちのほうは、塩野本人の伝言かどうかは不明です」

「うん、分かりますよ」

「その伝言は……」

「下部温泉の熊野神社へ行け——ですな」

井上は謎の一つが解けたことで、いっそう興味を惹《ひ》かれた様子だ。

それから長い時間をかけて、浅見は井上にこれまでの出来事を話して聞かせた。

東京で塩野の住居であるマンションを訪ね、宮岡代議士秘書・豊原行三の不審な行動を見たこと。そして、甲府まで木綿子を送ってきて、この惨劇に出くわしたこと——までを話して、浅見は「ふーっ」と息をついた。ただし、例の「指輪」のことだけは話さなかった。

「これで、何が起きているのか、分かりますか？」

浅見は自分一人負っていた荷物の幾許《いくばく》かを、井上に分担させたような、どこかほっとした気分であった。

井上はしばらく口もきけないほど驚き、興奮していた。

「うーん……なんだか、さっぱり分からない」

やがて唇からこぼれ出たのが、そういう言葉であった。

3

「ところで、もし今夜のあの事件が、白木美奈子殺害犯人によるものだとしたら、犯人はなぜまた、伊藤木綿子の父親を殺したのですかねえ？」

井上は、ややこしい謎よりも、当面の現実的な疑問に思考の矛先《ほこさき》を向けた。

「言えることは」と浅見は眉をひそめながら言った。

「犯人はひどく焦《あせ》っているということですよね」

「焦ってる？　なぜです？」

「だってそうでしょう、ほとんど関係がないと見られる、伊藤信博さんを、いともあっさり殺害してしまったのですから」

「それだけど、伊藤さんを殺した理由は何なのだろう？」

「一つは、伊藤木綿子さんが握っている秘密を聞き出そうとして、失敗したことだと思いますね」

「秘密……とは、何です？」

「そんなもの、何もありませんよ」

「えっ？　ないって……」

「いや、彼女だって、何も知っていないという意味です。ただし、彼女は気づいていないことが、犯人にとっては重大な秘密なのかもしれない。たとえば、例の『日蓮の生まれ給いし――』というあの言葉だって、重大な意味を秘めたものなのかもしれないのです」

「うーん……」

「それと、伊藤さんは娘さんの電話に対して、『イトウの寺』という、妙なことを言ったらしいという、そのことですね」

「ほうっ、それはいったい何なのです？」

「イトウとは伊豆の伊東のことだと思うのです」

「なんだって伊豆の伊東の寺なんていうのが出てくるわけ？」

「井上さんは知らないのですか？　伊東には、日蓮聖人の伝説が残る、有名な寺があるのですが」

「ああ、そうなのか。いや、僕は地元のくせに、身延山の縁起だとか、日蓮聖人の事跡だとかいうことに、とんと疎《うと》くてねえ」

井上は頭を掻《か》いた。

「そうすると、またぞろ日蓮さんが出てくるわけだな。いよいよ例の『日蓮の生まれ給いし』という文句が重大な秘密を持っているとしか考えられないなあ」

「それはそのとおりだと思います。しかし、そのことを伊藤さんが知っていたはずはないのですよね」

「娘さんが話したのじゃないかな？」

「いや、彼女は話していません」

「いやに断定的ですな」

井上は、やや皮肉っぽい目をした。

「彼女は塩野満のことを、父親に隠していましたからね、それに抵触するような話題は、意識的に避けていたのですよ」

「なるほど……だとすると、それにもかかわらず、伊藤さんが伊東の寺と言った理由は何だろう？」

浅見は「犯人」と伊藤とが向かいあっている状況を頭に思い描いた。

「彼女が言っているように、犯人は彼女に会いに来たのだとすると、当然、父親に彼女の行方を訊いたでしょうね」

「まあ、そうでしょうな」

「その時、父親は相手の態度に異様な何かを感じたかもしれない。あるいは、すでに犯人は本性を現して、脅迫めいたことを言うとか、ひょっとすると、凶器を突きつけて、娘の行方を問い質《ただ》していたのかもしれません」

まるでドラマの一シーンを見るように、その時の光景が思い浮かんだ。

「それで、父親は『伊東の寺』と言ったのじゃないでしょうか」

「なるほど、苦しまぎれに嘘をついたというわけか……」

「ええ、娘さんが房総や鎌倉の寺へ行ったことを隠さなければならないような何かが、二人の客にあったということですよ」

「しかし、何があったにせよ、殺してしまうことはなかったのじゃないかな」

「しかし、犯人は伊藤さんに顔を見られています。そのことが犯人にとっては命取りになると思ったのかもしれない」

「ひでえ話だな……」

井上は空間の一点を睨《にら》んだ。

「行きますか、伊東へ？」

浅見は言った。

「やつらが現れるかもしれませんよ。いや、じつはそのことも伊藤さんの思惑にあったのかもしれない。『明日』という限定の仕方をして、伊東の寺に犯人どもが行くであろう条件づくりをしたとも考えられます。いったいどんなヤツが現れるものか、見に行きませんか」

「そうですな……」

井上は腕時計を見た。

「しかし、間に合うかな？　あれからずいぶん時間が経《た》っているから、連中はもう行っちまったんじゃないかな？」

「まだでしょう。なぜなら、犯人は、伊藤さんがまだ生きていて、一一〇番したとは思っていません。しかも、娘さんが伊東の寺に行くのは明日だと分かっていますからね。行く先が分かれば、何も急ぐことはないのです。第一、こんな時間に行ったって、しようがないでしょう。動くとすれば、明日ですよ。明日の朝で間に合います」

「よし、行きましょう」

井上は大きく頷いた。

「行くにしても、ひと眠りしなきゃ。浅見さん、うちに来ませんか、汚い家だが、寝るだけなら構わないでしょう」

「いや、こんな時間に伺っては奥さんに悪いですよ」

「ん？　奥さん？　いいのいいの、奥さんはいま、いないから」

「えっ？　井上さん、独身ですか？」

「まあね、いろいろわけありでしてね」

井上は「ははは」と気が抜けたような笑い方をした。

井上の家に着いたのは、午前三時半であった。甲府市郊外の野原のような土地に建った、それでも曲がりなりに、二階建ての一軒家であった。

こんな立派なマイホームがあるのに、どうして？——と浅見は思ったが、井上の妻の話は出さなかった。

井上が言っていたように、たしかに汚い。ろくすっぽ食事を作るようなことはしていないらしいのだが、カップラーメンの器がゴミ容器代わりのポリバケツに溢《あふ》れていたり、脱ぎ捨てたシャツなどが散らかっていて、足の踏み場もない。

「そういうの、あまり見ないで」

井上は照れくさそうに言って、さっさと布団を敷きはじめた。

一応、客間だけは片付いていて、そこに浅見を寝かせてくれた。もっとも、片付いている——というより、その部屋には調度品類が何もないというにすぎない。

二人とも八時まで眠った。

浅見は少し寝過ごした——と思って、飛び起きたが、井上はまだ鼾《いびき》をかいて熟睡中であった。

それでも九時には、浅見のソアラは動き出している。井上は車の中でパンを齧《かじ》っていたが、車が走り出すと間もなく、また鼾をかきはじめた。

4

中央自動車道を大月で右へ、河口湖方面へ向かい、山中湖畔を経て御殿場へ抜ける。箱根から十国峠を経て、伊豆スカイラインの亀石峠から伊東へ下りて行く。かなり長い道中である。

浅見は運転しながら、いろいろな想いが頭をよぎった。ことに木綿子のことが気にかかった。よほど伊藤家に寄ってから……と思ったのだが、それでは伊東へ着くのが遅くなってしまう。

「犯人」が昨日の犯行時刻の直後に、伊東へ向かったとは考えられなかった。事件の直後は、街道筋などで、警察の検問が行われている危険性がある。ことに深夜は交通量も少なく、動けば目立つものだ。

しかし、一夜明けた今日、「やつら」は伊東へ向かうにちがいない。それより一歩でも早く行っていたいと思った。

山中湖のほとりのハイウェイを走っている時、眠っているとばかり思っていた井上が、ふいに、ポツリと言った。

「宝石か……」

浅見は「えっ？」と、横目で井上を見た。井上は思ったより冴えた顔をしている。

「いや、宝石かなと思ったんですよ。犯人が追い掛けているものがね」

「たぶん……」

浅見は頷《うなず》いた。

「ん？　なんだ、浅見さん、そのこと、知っているのか」

井上はつまらなそうに言った。

「たぶんそうだと思っています。それも、犯人の焦り具合から言って、かなり莫大なものじゃないかと」

「ふーん……浅見さん、あんたは何でも知ってるんだなあ」

井上は少し気味悪そうに、浅見の横顔に見惚《みほ》れた。

「たとえばさあ、塩野満なんて、あんた、会ったこともないんでしょうが。さっきの話によると、伊藤木綿子さんだって、ほとんど素性を知らずに付き合っていたというじゃないの。それなのに、あんた、塩野の住所を知っていたわけでしょう？　どうして……」

話しているうちに、井上は、そのことがきわめて不自然なことであるのに気づいたらしい。ギョッとしたように、わずかだが体を引いた。

「あんた、ほんとうは何者なの？」

「弱ったなあ、またそれですか……」

浅見は苦笑した。

「何者も何も、ただのしがないフリーライターだって言ったでしょう」

「違うね、いや、絶対に違う」

井上は開き直ったように、断言した。

「塩野満の素性を知り得たことといい、宮岡代議士を追及していることといい、あんたあれか、政府の……そうだ、内閣調査室の人間だな」

内閣調査室といえば、いわば日本版ＣＩＡといったところだ。

「違いますよ」

浅見は笑いながら左手を振った。しかし、井上の疑惑は晴れない。思い込みのきつい性格なのかもしれない。

「いや、あんたはタダ者じゃないよ……しかし、それもまあいいとするか。まさかおれの命まで取るとは言わないだろうからね」

「ははは……」

「いや、いよいよとなると、その可能性もあるのかな？　まあいいだろう、どうせ惜しくもない命だ」

「なんだか、いやに厭世《えんせい》的ですね」

「いや、それは違うよ。おれは世の中が好きだし、生きていることも好きだ。たとえ女房に逃げられ……」

井上は「あ」と口を押さえた。

浅見は気づかなかったふりを装った。

「浅見さん、あんた、優しい人だね」

井上は苦笑しながら、言った。

「は？　どういう意味ですか？」

それには答えずに、井上はしばらく照れ臭そうな笑いを浮かべてから、言い出した。

「じつはね、女房はサラ金に手を出して、どうにもならない借金を作って、それでおん出ちまったんですよ。元を質《ただ》せば、おれがほっぽっといたのが原因だから、文句を言えた義理じゃない。それにね、やつは、自分がこさえた借金だからって、毎月ね、せっせと送金だけはしてきやがるんだ。それもさ、半端な金じゃないのよ。十万とか二十万とか……三十過ぎた、とりたてて才能もない女がさ、そんな金、どうやって稼ぎ出せると思う？」

井上がどんな想いで話しているのか、浅見は心臓に針を刺されるような痛みを伴って、理解できた。

「やめましょう、井上さん」

「いや、話しておいたほうがいいんです。おれの自堕落な性格と生活を分かってもらうためにはね。おれがもっとしっかりすれば、あいつを助け出してやれるのに……」

声が潤《うる》んで、跡切れた。

ずいぶん長い沈黙の時が流れた。車は東富士の長い裾野《すその》をなめらかに下って行く。

「あ、そうそう、忘れていた。宮岡代議士のことですけど」

井上はふいに話題を転換した。

「宮岡はたしかにユーキの社長・結城孝雄と実の兄弟でしたよ。もともとは結城家の次男坊だったのが、宮岡家の養子に行ったというわけ。それでね、結城家というのを調べてみたのだが、これもなかなかの名門らしいんだよねえ」

井上は手帳を取り出した。

「結城家というのは、ルーツを辿《たど》ると、結城秀康に繋《つな》がるというんだなあ」

「結城秀康というと、徳川家康の次男坊の、あれですか？」

「そう、その結城家の一門だそうだ。源流は武田信玄の頃から身延地方にあって、なかなかの治世だったらしい。日蓮が身延山に入った時には、早くから日蓮に帰依して、結城家の地所も、かなり寄進したという記録が残っている」

「なるほど、それであのおばあさん……」

浅見は、身延山で見た、あの、それこそタダ者でない老女のことを思い出した。

5

「浅見さん、あんた、彼女は？」

御殿場市に入ったあたりで、井上は訊いた。向こうに箱根の山々が見えてきた。

「彼女ですか……これが、ぜんぜん」

「いないの？　ほんとに？」

「はあ、いいところまではいくのですが、あとひと押しが足りないのかもしれない」

「シャイなんだね、きっと……しかし、信じられないなあ、ほんとかなあ？」

「残念ながら、目下のところ、ほんとうなんです」

「彼女とはどうなの？　伊藤さんとは」

「冗談でしょう、彼女は塩野氏の恋人じゃないですか」

「だけど、塩野は生死のほどもさだかじゃないんでしょうが。たぶん頼れる男が欲しいはずだと思うけど」

「それはそうですが……いや、よしましょうよ、そういう話。いまは伊藤さんはそれどころじゃないでしょう」

「ははは、どうもあんたは優しいねえ。それにしても、塩野というのはどういう男なのかねえ。単に、伊藤木綿子を利用するためだけで、彼女に接近したとも考えられないことはないいんじゃないかな」

「そうは思いたくありませんけどね」

浅見も、井上の説を完全否定できるほどの論拠は、持ち合わせていなかった。

「殺された白木美奈子は宝石デザイナー。行方不明の塩野満と、その恋人・伊藤木綿子が宝石鑑定士——と、こうまで宝石がらみの役者が揃ったとなると、事件の陰に宝石ありということだけは、間違いなさそうだな」

井上は新聞記者らしい分析をした。

「おそらく、巨額の宝石がどこかに隠されているんだね。そいつを求めて、何かの組織が必死で蠢《うごめ》いている……そういう図式だな」

井上は一人で喋り、「うんうん」と頷いている。

浅見はじっと前を見つめて、ハンドルを操作するだけで、井上の言葉に反応は見せなかった。

事件発生からまだ一週間である。警察でさえ、次々に起こる事件について行けないほどの、目まぐるしい展開だ。

たしかに井上の言うように、犯人は複数どころか「組織」であることを思わせる。その連中はいま、消えてしまった宝石を求めて、猛烈なスピードで動き回っているにちがいない。

御殿場を過ぎ、芦ノ湖畔を抜け、箱根峠で国道1号線（旧東海道）を横切る。十国峠から伊豆スカイラインに入り、亀石峠から東へ下ると、まもなく伊東の街に入ってゆく。日蓮ゆかりの寺・仏現寺は伊東市物見が丘にある。

弘長元年（一二六一）五月十二日、日蓮は伊豆流罪となった。

その少し前、日蓮は有名な『立正安国論』を著し、蒙古の襲来を予言するとともに、仏教他派をさんざんにこき下ろした。

鎌倉の辻々に立って、「立正安国論を用いないと、天変地異が起こる、無間地獄に落ちる——」とやった。

その結果の伊豆流罪である。

日蓮を船で伊豆へ護送した役人は、ここが磯だと偽って、干潮時だけ頭を出す岩の上に日蓮を置き去りにしてしまう。

間一髪、日蓮を溺死《できし》から救ったのが、地元の漁師であった。その漁師の家に身を寄せているあいだに、伊東の領主・伊東八郎祐光が熱病に冒され、日蓮に平癒《へいゆ》祈願を依頼する。日蓮の祈願で、祐光の病は癒《い》えて、そのお礼にと、伊豆の海中から出た釈迦《しやか》の立像を日蓮に献じる。

この仏像は、日蓮が生涯、身辺に置いた随身仏となった。

仏現寺の名の由来は、この伝説によっている。

仏現寺は、身延山の久遠寺はもちろん、木綿子に聞いた、房総の誕生寺や清澄寺などのように、観光をかねた参拝をするような寺とはまったく異なる、ごくふつうの寺――という佇《たたず》まいであった。

伊東の繁華街を出はずれた坂を登ると、岡の上に建っている。沿道に土産店もなければ、仏具屋なども見当たらない。

浅見たちは車で境内まで入ったが、徒歩で来ると、坂の下から、道路と並行する長い石段を登って行くことになる。石段の両側には無数の墓が並ぶ。鬱蒼《うっそう》と葉を茂らせた大樹の下に、かすかな木洩《こも》れ陽《び》を浴びて、ひっそりと立つ墓石が、いかにも安らいだ雰囲気を醸《かも》し出していた。

境内からは伊東の街や相模湾の眺めがいいのだが、訪れる人は少ないらしい。参拝者の姿も見えず、竹箒《ぼうき》で石段を掃除する、上品な老女が印象的であった。その石段を登る参道は、小さな山門を通ると、本堂と客殿とを繋《つな》ぐ渡り廊下の下を潜って境内に入る。

「やつら、まだ来てないのだろうか？」

井上が心配そうに言った。

「まだ来ていませんよ」

浅見は断言した。理由はない、勘である。

本堂の前に立って、形ばかりの礼拝をすませると、浅見は境内に車を置いて、寺の周辺を見て回った。井上は車の中で、カメラのセッティングに余念がない。

境内の裏手にも石段があって、そこからも市街地に下りて行けるようになっている。しかし、地元の人ならともかく、一般の参詣用には、この石段は使われていないらしい。遠方から来る客は、車ならこの境内に入って来るだろうし、徒歩ならば正面の長い石段を登って来るだろう。

井上は車の中、浅見は石段の上に立って、それらしい人物が現れるのを待った。

それにしても参拝者の少ない寺であった。考えてみると、これが本来の寺の姿なのかもしれない。物見遊山気分でお寺参りをしたり、観光バスを連ねて、大挙、押し掛けるようなのは、信仰心の発露とは、到底、言いかねる。ひっそりと清掃に勤《いそ》しむ、あの老女の慎ましさに、浅見はしみじみとした感銘を覚えた。

ひょっとすると――と、浅見は思った。

木綿子の父親は、ここの閑散とした環境を知っていて、「伊東の寺」と言ったのではないだろうか。ここならば、それらしい人物が現れれば、見逃すことはなさそうだ。

そこに気づいたとき、浅見は伊藤信博という男の深慮遠謀を思った。

(テキは必ず来るな――)

浅見は信じることができた。

午前十一時二十五分――石段の下に二人の男が現れた。そこに立ち止まり、うんざりしたように、何かを言い交わしている。「この石段を登るのか……」などと、愚痴《ぐち》を言っている様子だ。かなりの距離とはいえ、信者らしい敬虔《けいけん》さは少しも感じられなかった。

（来た！——）

浅見は車の見える位置まで走り、井上に合図を送った。

井上はＯＫのサインをして、窓に隠れるようにして、カメラを構えた。

浅見は愛用の三百ミリズームを装着したカメラを手に、境内の一隅にある石碑の陰にひそんだ。

第十三章　渦中の人びと

1

ほんの束の間の静寂があって、間もなく、二人の男が渡り廊下の下から現れた。

四十代なかばぐらいと、三十代なかばぐらいの男であった。もちろん、浅見は顔を知らない。井上は――と見ると、車の中で、ヒョコッと頭を浮かせてはシャッターを切っている姿が見えた。

(見つからなきゃいいが――)と浅見は気が気ではない。

二人の男は言葉も交わさず、ほとんど無表情に歩いている。

年配のほうは、両手をズボンのポケットに突っ込んで、やや猫背だ。

若いほうはいくぶん背丈があり、左手を上着のポケットに入れてはいるけれど、上体をシャキッと起こして、姿勢がいい。なんとなく、ポケットの中の手は拳銃でも握っていそうな、精悍《せいかん》な感じがする。

しかし、総じていえば、二人とも平凡なサラリーマンタイプと見えなくもない。ただし、目付きだけは油断がならない印象を与える。たえず左右に視線を動かして、状況の変化に気を配っている。

若いほうの男の視線が、車の方角に向いた。井上は望遠レンズの中でアップの顔を見ているから、慌《あわ》ててシートの上で沈み込んだ。しかし、見られたという意識はあったのだろう、すぐにリクライニングシートを倒して、仮眠を取っているようなふりを装った。

二人の男は井上のほうを見ながら、何か囁《ささや》き交わした。カメラにまで気づいたかどうかは、浅見の位置からでは分からなかった。

しばらくそうしていて、井上の動きがないと判断すると、二人は本堂の前まで行って、最前の浅見たちと同じ程度にお座なりに、手を合わせ、拝んだ。

敬虔な犯罪者や敬虔な探偵はいないらしい――と、浅見は場違いなおかしさで、独り、笑いを嚙み殺した。

境内は見通しもよく、井上以外に人間がいないことは一目瞭然である。二人は本堂の奥を覗《のぞ》き込んだり、何か思案をしたり、これからどうするか――相談をしている様子だったが、やがて山門のほうへ歩き出した。

（帰るつもりかな？――）

そう思った時、ソアラのドアが開いて井上が現れた。

（何をするつもりだろう？――）

井上は短い脚をなるべく大股に使って、二人の男に真っ直ぐ、近づいた。

二人は警戒する視線を井上に向けたが、足の運びを停めることはしない。

井上は二人に話しかけ、煙草を口許に持っていった。煙草の火を貸してくれ――と言っているらしい。

（やれやれ――）と、浅見は井上の下手《へた》くそな演技に冷汗が出た。

案の定、男二人は井上を挟むような位置に立って、井上のカメラを取り上げた。

「いいカメラですね」と言っている感じで、いきなりフィルムケースの蓋《ふた》を開けた。

井上の「あっ」と叫ぶ声が、浅見の耳にまで聞こえた。

井上が抵抗しようとすると、年配の男が何か、二言三言、低く言ったらしい。とたんに井上は沈黙した。脅えた様子にも見えた。身の危険を感じさせるようなことを言われたにちがいない。

若い男は取り出したフィルムを井上の目の前にダランとぶら下げた。

浅見は二人が消えるとすぐに、客殿の脇を回り、墓地の中を石段と並行して走った。見返してもらったカメラを手に、井上は間の抜けた顔で二人の男を見送った。

通しのいい場所まで下りて、大きなイチョウの幹の陰に入ると、カメラを構えた。

二人は速足《はやあし》で石段を下りてきた。井上の出現で、長居は無用と判断したのだろう。

二人の顔は浅見のカメラの中にしっかりと収められた。

浅見が車に戻ると、井上はなんとも面目なさそうな顔をして、車の脇に突っ立っていた。

「見てましたよ、やられましたね」

浅見は冷やかした。

「ああ、煙草の火を貸してくれって言ったら、いきなりカメラをふんだくりやがった。なんで分かったのかな？」

「そりゃ分かりますよ、煙草の火なら、車のライターを使えばいいはずですからね」

「あ、そうか……」

井上は一瞬、目を点にして、それから「しかし、せっかくの写真が……」と、情けない顔になった。

「大丈夫ですよ、ここに入っています」

浅見はカメラを捧げてみせた。

「あ、ほんと、そいつはよかった……しかしねえ、やつらがおれの顔を知っているのには参ったなあ」

「え？　知っていたのですか？」

「ああ、どうもそうらしいのね。話しかけたら、あんた何を取材しているんだい——って言いやがった。どこかでおれの顔を見ているんだろうなあ。こうしてみると、おれも有名人かな、とか思っちゃったりして」

「呑気《のんき》な人ですね」

「いやいや、見破られた時には、心底ドキッとしましたよ。下手すりゃ殺されかねない相手だからね」

「そうみたいですね、井上さんが棒のように突っ立っていたくらいだから、よほどの迫力だったのでしょう」

「えっ？　そこまで見てたのか……」

井上は面目なさそうな顔になった。

「ところで、あの二人はどういう連中でした？」

「いや、それがどうも、おれのほうには心当たりがないんですよね。何かの事件を取材した時にでも、見られたのかもしれないが……しかし、何者かなあ？　ヤクザという感じとは少し違うような気もするし、かといって、まともな人間じゃないことだけは確かなんだけどねえ」

「とにかく、戻ったら、顔写真を伸ばしてみましょうよ」

「そうね、社の誰かが知っているかもしれない。場合によったら、警察に持ち込んでもいいかな」

「それはともかく、あの二人は何をしようとしていたのか、もう少し様子を窺《うかが》っていたかったのですけどね」

「うーん……そうねえ、まさか見破られるとは思わなかったもんだから、軽率なことをしちゃって……申し訳ない」

井上は頭を下げた。

「ただねえ、連中の近くまで行った時に、チラッと会話が耳に入ったのだけど、年上のほうのやつが『分からないなあ』と言っていたんだよね」

「何が分からないというのですか？」

「いや、そこまでは聞こえなかった。本堂を眺めながら、そう言っていたというだけで、要するに、ここに来てはみたものの、何がなんだか分からない——と、そういうことじゃないかなって思ったのだけどね」

「なるほど……だとすると、われわれと同じですね」

「ああ、そうねえ……そうしてみると、連中も、例の『日蓮の生まれ給いし……』という、あの文句の謎に引かれて来たものの、その意味が何なのか分からずに、当惑しているのだろうか？」

「あれはいったい、何なのですかねえ？」

浅見はまた、その謎に突き当たった。

「日蓮の生まれ給いしこの御堂」

何度繰り返して読んでも、日蓮が生まれた堂——ということしか浮かんでこない。

さっきの連中が、もし伊藤木綿子の父親を殺害した犯人か、その仲間だとしたら、父親の口から、木綿子が、その言葉の意味を求めて伊東へ行った——ということを聞いた可能性はある。

伊東にある「御堂」とくれば、仏現寺しかない——と、ピンとくるからには、日蓮宗の信者か、あるいはある程度、日蓮宗や日蓮の伝説に詳しい人間なのだろう。

そこへ木綿子が行ったと知って、おっとり刀でやってきた——。そうして、来てはみたものの、「御堂」の何をどうすればいいのか、皆目、見当がつかない——というのが、さっきの彼らの印象であった。

いや、浅見にだって、あの歌の意味はまだ分からないのだ。「日蓮の生まれ給いしこの御堂」の意味する「御堂」は、いったいどこのどの「御堂」なのか、日蓮の事跡を訪ねてゆけば、際限がないような、絶望的な数であることが分かってきた。

日蓮ゆかりの寺のどれもが、「御堂」であり得るように思えるし、そのどれもが違うようにも思えるのだ。

何か、根本的なところで、勘違いをしているのかもしれない。

「念のために、もう一度、本堂を見てみましょうか」

浅見は言って、歩き出した。井上もあまり気が進まない顔で、ついて来た。

本堂に近寄って、階段の奥の、本尊が立つあたりの暗い空間を覗いたり、横手の回廊のほうへ回ってみたりしたが、何も得るところがない。

ところどころに千社札が貼ってある。以前、千社札が重大な謎を秘めている——という事件に遭遇したことがあるので、それに何か意味があるのか——と考えたが、思いつくものがなかった。

それから、ふたたび車に戻って、四時過ぎまで待ってみた。しかし、信者らしい老人や女性のグループがちらほらやってきたほかには、怪《あや》しい人間は現れなかった。

「帰りましょうか」

浅見はついに諦《あきら》めて、車に戻り、イグニッションキーを回した。

「伊藤木綿子さんが、すでに房総の誕生寺と清澄寺を見て来て、何もなかったと言っているのですからねえ。ここに収穫がなくても、むしろ当然なのです」

自分を慰めるようなことを言った。

2

かなり急いだつもりだったが、それでも甲府に戻ったのは、午後八時過ぎだった。写真を現像したいという井上を、毎朝新聞甲府支局へ送った。

「出来しだい、伊藤さんのところへ届けますからね」

井上は言い置いて、威勢よく社屋に飛び込んだ。

そのあと、浅見は伊藤家へ向かった。

月のない夜だった。甲府の夜は意外に早い。暗い街の中で、伊藤文具店には明かりが灯り、店の前に人の姿があった。

車を道路端に停めて、浅見は店の中に入った。入り口のところで、近所の人らしいおじさんに、「ご苦労さまです」と言われた。

ほかにも男が二人いて、その一人が浅見に向かってかすかに頭を下げた。見憶えがあると思ったが、考えてみると、昨夜の刑事の一人にちがいない。

おそらく、弔問客に対して聞き込みをする目的で詰めているのだろう。いまはそれらしい姿が見えないが、マスコミ関係者も来ていたにちがいない。

そのせいか、弔問客の姿が少ないように思えた。もっとも、死因があいう事件によるものだけに、二の足を踏んでいるのかもしれない。

木綿子は通夜の席の主人公として、客の応対に当たっていた。浅見の顔を見ると、ほっとしたように笑顔を見せかけて、すぐに悲しい表情に戻った。

「来てくださったんですね」

「ええ、いましがた、伊東から戻って来たところですよ」

「あ、伊東へ……」

「ええ、毎朝新聞の井上記者と一緒です。昨日は彼のところに泊めてもらいましてね」

「そうなんですか。あの、それで？……」

収穫はあったのか？――という目をした。

「いや、いぜんとして、何がなんだか、よく分かりません。ただ、怪しげな二人連れが来ました」

「怪しいって、何者ですか？」

「いや、それは分かりませんが、もしかしたら伊藤さんが知っている人物かもしれない。とにかく、井上氏がその写真を引き伸ばしして、こっちに持って来るはずです」

近くを通る客に会釈してから、木綿子は声をひそめて言った。

「けさ、社長が来てくれました」

「ほう」

「それで、あのことは警察に言ったかどうか訊《き》かれました。私も、それに父も喋《しゃべ》っていないと知ると、ほっとして、何度も繰り返し礼を言うんです」

「そうですか……社長にとっては、よほど重大な秘密なのでしょうねえ」

「ええ、これで会社は救われる——とか、そんなようなことまで言ってました。でも、いずれは警察に話さなければならないと思うって言うと、もう少し待って欲しいと、頭を下げて頼まれました」

「ふーん……何だろう？……」

「あの様子だと、社長はもしかすると、父を殺した犯人にも、心当たりがあるのかもしれません」

「どうします、警察に言いますか？」

「そうですね……いえ、もう少し待ってみるつもりです。父がいのちと引き換えにしてでも、守った秘密ですから」

「そうですか……そう、それがいいでしょうね」

浅見は祭壇に向かって礼を捧げてから、通夜の席の端のほうに座った。

「お食事、まだでしょう」

木綿子は気をきかせて、ささやかながら、巻き寿司の皿を出してくれた。

弔問客の多くは近所の人間らしい。十時頃までは頻繁《ひんぱん》に訪れたが、しだいに間遠になって、やがてほとんど跡絶えた。

親戚《しんせき》の人びとと、ごく親しく付き合っていたらしい友人が十人ばかり残って、祭壇の前で寛《くつろ》ぎながら、故人の思い出話などを喋っている。

昨夜の隣家のおじさん、それに叔父と従弟を除くと、もちろん、浅見の知らない顔ばかりである。その時になって、木綿子は浅見を紹介した。

「ふつつかですが、木綿子をなにぶんよろしく」と、まるで浅見を婚約者か何かのように勘違いした挨拶《あいさつ》をする老人もいて、浅見は困った。

「えらい災難で、木綿《ゆう》ちゃんもこれからが大変だが、気を落とさずに、しっかりしなきゃいけないよ」

隣家のおじさんが励ました。

「しかしまあ、宝石鑑定士とかいう、立派な資格もあるのだし、あとはいい婿《むこ》さんをもらえば心配することはないなあ」

言って、意味ありげに浅見を見た。

「あんないい人間を……いったい犯人は何者かねえ」

昨夜の叔父が悔しそうに言った。

「まったくだよなあ。伊藤さんは、他人の恨みを買うような人じゃなかったものねえ」

隣のおじさんも同意した。

「町内では、世話役さんみたいな人だったのですよ」

「ここでご商売を始めたのは、いつ頃なのですか？」

浅見は会話の仲間に入った。

「かれこれ二十年近くになるんじゃないかなあ。木綿ちゃんがまだ幼稚園ぐらいの時だったものねえ。奥さんも元気だったし……美人の奥さんでねえ。木綿ちゃんそっくりでしたよ」

「その前は何をなさっていたのですか？」

「水晶関係の仕事ですよ」

「水晶？」

「そう、その当時はまだ、甲府の水晶は盛んでしてね。なんたって、山梨県の産業の中では、ブドウと並んでトップクラスといってよかった。いまは、安い輸入品に押されっぱなしだし、さっぱりだめですがね」

「水晶関係の仕事というと、どういうことをしておられたのですか？」

「さあ、詳しいことは知らないが……」

隣家のおじさんは、妙なことを訊くな――という顔で浅見を見た。

「僕の母親も、昔は山梨の水晶といえば、最高だったと言っていましたが、やはり細工が優れていたのでしょうか？」

浅見は急いでお世辞めいたことを言った。

「ああ、そうでしょうなあ。伊藤さんも水晶細工にはうるさいほうだったみたいですよ。しかしなんだねえ、カエルの子はカエルって言うけど、ほんとだねえ。木綿ちゃんも宝石業界に入ったのだからなあ」

「まったくです。兄も木綿子が宝石の仕事をやると言った時には、ずいぶん嬉しかったみたいでしたよ」

叔父がそう言うのを聞いて、木綿子は複雑な表情で言った。

「でも、私がこんなことを始めたのが、もしかするとお父さんを……」

「いや、木綿子の仕事と兄さんが殺されたこととは、何も関係がないよ」

叔父は慰めるように言った。

「えっ？　そしたら、昨夜の賊《ぞく》は、そういう関係の？……」

隣家のおじさんは、聞き捨てならない——とばかりに、身を乗り出した。

「いや、そうじゃないのです。ただ、警察はいろいろな場合のことを考えて、そういうことも調べるのと違いますか」

「なるほど……」

「でも、やっぱり私が宝石をやっていることと、無関係だとは思えないわ」

木綿子はどうしても、その点にこだわらないわけにいかない。

「やめなさい、木綿子」

叔父は、「そういうことを言うものじゃない」と窘《たしな》めた。

「叔父さんは何も知らないから、そう言うけど、絶対に関係があるのよ」

木綿子はムキになって言った。隣家の主人は興味深そうに傍観している。ほかの人びとも、聞き耳を立ててこっちを見ている。なんだか、通夜の席が険悪な雰囲気になった。

その時、親類の女性が「浅見さんに、井上さんとおっしゃるお客さんですけど」と呼びに来た。

浅見は救われたように立ち上がった。

3

井上は霊前に額《ぬか》ずいて型通りに手を合わせた。しかし、そういう仕種《しぐさ》がほんとうに似合わない男だ。

「写真、彼女に見てもらってくださいよ」

浅見に言って、角封筒に入った写真を取り出した。十数枚の写真は、どれもキャビネ判に伸ばした白黒写真である。

浅見は部屋の隅に木綿子を手招いて、写真を手渡した。

「伊東に現れたのはこの二人なんですが、どうでしょうか、この顔に見憶えはありませんか？」

木綿子はしげしげと写真に見入った。樹の陰に隠れて望遠で撮っただけに、ブレが目立って、かなりボケた写真が多い。それでも、あの悪条件を考えれば、まずよく撮れたほうかもしれない。

「こっちの人、どこかで見たような気もするんですけど……」

木綿子は年配のほうの男の顔を指差して、首を傾《かし》げた。

「ほんとですか！」

井上は意気込んだ。

「どこで見ました？　会社ですか？　それともこの近所ですか？」

「そんな……」

木綿子は困った顔になった。

「はっきり見たかどうか分からないんですけど……ただ、なんとなく見憶えがあるような気がするという、その程度のことです。ほかにも似たような顔の人がいるのかもしれないし……」

「いや、そんなに簡単に諦めないで、よく見てくださいよ。もし知っている人間なら大変なことになるかもしれないのですから」

「井上さん」

浅見は見兼ねて、窘《たしな》めた。

「そんなふうに言ったって、伊藤さんは困っちゃいますよ」

「ん？　ああ、そりゃそうですけどね。しかし、思い出してもらいたいなあ」

「そう言われても……」

木綿子はほんとうに当惑げだ。余計なことを言ってしまった——と後悔している顔である。

「昨日、お父さんを訪ねてきた連中は、とにかくお父さんの顔見知りであることは間違いないと思います」

浅見は井上とは対照的に、落ち着いた口調で言った。

「だとすると、当然、あなたも一度か二度、顔を合わせた可能性があるわけですよね」

「でも、それだったら、いくらなんでも、すぐに思い出すはずじゃないかしら？　こんなにしげしげと眺めても、ちっとも思い出せないのですもの、やっぱり違うような気がするんですけどねえ」

木綿子は気持ちとしては、逃げ腰になっている。ただ、やはり見憶えはあるので、写真が気になる——という顔であった。

「モノクロだからかなあ……」

井上は残念そうに言った。

「あ……」

木綿子は小さく叫んだ。

「そうだわ、写真で見たのかもしれない……ちょっと待ってください、アルバムを持って来ますから」

木綿子は急いで、アルバムと、未整理の写真が入ったダンボール箱を持って来た。

「白黒写真の記憶があるのかもしれないと思ったんです」

言いながら、古いアルバムから広げはじめた。

両親の結婚当時の写真から始まって、木綿子の誕生、七五三、幼稚園、小学校……と思い出の記録が現れた。

木綿子はしばしば手を止めて、昔の写真に見入って、思わず涙をこぼした。

井上は木綿子の涙に当惑して、浅見を見ては眉をひそめた。浅見だって当惑は同じである。木綿子の心情を察すると、泣いている場合ではない——とも言えない。

写真の多くは木綿子の記録であった。両親がどれほど一人娘を愛したかが、胸に迫ってくる。

その中にある、父親関係の写真を選びながら、木綿子は一枚一枚、慎重に写っている人物を調べていった。

ある時期を境に、アルバムの写真はほとんどカラーに変わってゆく。少女期以降の木綿子の写真は、免許証や学生証用の小さなもの以外は、すべてカラー写真といってよかった。

アルバムの写真には、ついに問題の男に似た人物はなかった。残るは未整理の写真である。こっちのほうはゴチャまぜに入っているので、年代順には出てこない。

そのうちに、木綿子は一枚の写真を見て、手を止めた。

「あ、この人……」

呟《つぶや》いて、浅見に写真を手渡した。

おそろしく古そうな写真である。木綿子の父親がまだ、現在の浅見とそれほど差がないくらいの若さに見えるから、おそらく二十年以上は昔だろう。

五十がらみの社長風の男を真ん中にして、数人の男女が写っている。明らかに記念写真風だ。木綿子の父親は右端に立っている。

父親とは反対側の端に立つ、おそらく二十代前半か——という感じの男が、たしかに、木綿子が言うように、伊東で会った男に面影が似ている。

「どういう人たちですかねえ？」

浅見は訊いた。

写真の裏を見ても、何のデータも書いていない。

「たぶん、昔の仕事関係の人たちだと思うのですけど」

叔父を呼んで見てもらったが、叔父は知らない顔だという。

「この頃は、たしか水晶細工の会社に勤めていたのじゃないかな」

「何という会社か、分かりませんか？」

浅見は訊いた。

「さあねえ……会社といったって、水晶細工の会社なんて、どうせ零細な会社だろうし、とっくに解散しちまっているだろうから、名前なんか憶えていませんが……商工会で昔の業者組合の名簿でも調べれば、名前ぐらいは出ているんじゃないかな」

「でも、この人がそうかどうか、こんな写真ですもの、分かりませんよ」

木綿子は消極的なことを言った。

「それにしても、こんな小さな写真を憶えていたというのは、大したもんですねえ」

浅見は感心したように言った。

「ほんと……変ですよねえ」

木綿子も、まるで他人事のように、怪訝《けげん》そうに言った。

「なんだか、この写真じゃなくて、べつの写真のような気がするんですけど……でも、何だったか思い出せないんですよねえ。記憶に残るには、それなりにはっきりした理由があるはずですけど……」

木綿子は悩ましげに、両手の指でこめかみのあたりを押さえた。

4

その夜遅く、浅見は東京へ戻った。疲れていたし、井上もしきりに「泊まれ」と言ってくれたのだが、着替えも持たずに家を出ているのだから、さすがに断った。

深夜だったが、お手伝いの須美子に電話しておいたので、風呂は沸いていた。

母親がやかましかろうが、居候で肩身が狭かろうが、やはり家はいい――と、浅見は湯の中で手足を伸ばして、つくづく思った。

男の自分はともかく、伊藤木綿子は今日から独り暮らしになるわけだ。さぞかし寂しいだろうな――と思うと、なんとかしてやらなければいけないような気分がしてくる。とたんに塩野満のことが頭に浮かんだ。とにもかくにも、木綿子のもっとも近い男性は塩野なのである。

その塩野はいったい、どこでどうしているのだろう？――死んだのか？　生きているのか？　それ以前に善か悪かさえ不明なのだ。

風呂から上がると、ドッと疲れが出た。ベッドにひっくり返ったとたん、泥のように朝まで眠った。

午前十時、井上から電話が入った。「ひでえ話なんですよ」といきなり怒鳴った。

「何がひどいんです？」

浅見は驚いて、怒鳴り返した。

「いや、いま社に出てみたらさ、支局長に呼ばれて、青森支局へ行けだとさ」

「青森？　何ですかそれは、栄転ですか？」

「栄転なわけがないでしょう。昨日の今日ですよ。あの二人連れが絡んでいるに決まってるじゃないの」

「あっ……」

「しかし、それにしても早いんで驚いた。やつらの仕業《しわざ》だとすると、相当な力のある組織にちがいない。いったい、何者かな？」

「違うのじゃありませんか？　いくらなんでも早すぎますよ」

「うーん、そうかなあ……しかし、あまりにもタイミングがよすぎる」

「あっちのほうはどうなんですか、昨日、伊藤さんの叔父さんが言っていた、商工会か何かという」

「いや、これから調べに行くつもりだったが、すぐに転勤の準備にかかれっていうんだよね。おかしいと思わない？」

井上は声が震えるほど怒っている。

「そうですね、たしかにおかしいですね……しかしまあ、とにかく、それくらいのことをしたってクビにはならないでしょう」

浅見はむしろハッパをかけた。

「ああ、もちろんそうですよ。クビになんかしやがったら、タダじゃおかねえ」

近くに転勤を命じた上役でもいるのか、井上は聞こえよがしに大きな声を出した。

（それにしても、何者なのだろう？——）

浅見は電話を切ってから、しばらく茫然と佇《たたず》んでいた。

その浅見の耳を驚かすように、ベルが鳴り出した。受話器を取ると、木綿子の声が飛び出した。

「あ、浅見さん、あの写真の人、分かったみたいなんです」

「えっ？　誰なのですか？」

「いえ、そうじゃなくて、あの写真の人をどこで見たのか、思い出したんです。たぶん間違いないと思うんですけど、あの人、塩野さんの写真に一緒に写っていた人です」

「塩野さんの？……」

浅見は瞬間、昨夜の風呂の中で、感慨に耽《ふけ》っていた時のことを思い出した。

「ええ、ニューヨークにいる頃、塩野さんがパスポートに挟んで持っていた写真を、見せてもらったことがあるんです。そこに、塩野さんのほかに二人の男の人が写っていて、その一人があの年配のほうの人だったような気がします」

「その人、何者ですか？」

「さあ、それは訊きませんでしたけど、歳が塩野さんとはだいぶ離れているし、友人というより、上司か、仕事関係の知り合いか……そういう感じじゃないでしょうか？」

「その写真を見たのは何年前ですか？」

「三年前です」

「それで、お父さんの写真に写っているのと、同一人物なんですね？」

「ええ、それは間違いないと思います。二十年も経《た》っているけれど、あまり変わっていないんですよね。少しおでこのあたりが広くなったかな——という程度で」

「名前はまだ分かりませんか？」

「ええ、分かりません。井上さんが調べてくれるはずですけど、まだ連絡がないんですよね」

「ああ、彼からはさっき電話がありました」

浅見は青森転勤の話をした。

「それじゃ、上のほうに圧力がかかったっていうことなんですか？」

「はっきりは分かりませんが、ひょっとするとその可能性があります。しかし、あまりにも急すぎますからね、真相はまだなんとも言えませんよ」

浅見は木綿子までが騒ぎ立てないように、釘を刺した。

「しかし、ともかくあの人物が、お父さんとも塩野さんとも結びついたというのは、大変な発見です。もしかすると、あの男が塩野さんの行方を知っているかもしれない」

「はあ、そうでしょうか……」

木綿子は、興醒めしたような、気のない言い方をした。塩野の安否を気遣う気持ちは、すでに失っているのだろうか。だとすると、女心とはうつろいやすいものだ。

そう思った時、浅見は気がついた。

「あれ？　いまお葬式の最中じゃないのですか？」

「ええ、間もなく出棺です。父の写真を見ていて、急に思い出したものだから、早く知らせたくて……」

浅見は胸にグッとくるものを感じて、思わず、

「ばかだなァ……」と言った。

ともあれ、役者が出揃った——という感触があった。塩野満から始まって、結城家の老

婆、宮岡代議士とその秘書、そして謎の写真の男――に至るまで、ひと癖もふた癖もありそうな顔触れである。

その連中が何かに憑《つ》かれたように、巨大な渦を巻いて動き回っている。渦の中心には宝石のにおいがする。

ことによると、木綿子も井上も浅見も、本人たちが気づかぬうちに、その渦の中に巻き込まれてしまっているのかもしれない。

だとすると、木綿子の父親もまた、渦の中で溺《おぼ》れた犠牲者のひとりなのか……。そして、これから先、さらに犠牲者が出る危険性はあるのだろうか――。

そう思った瞬間、浅見の脳裏には、反射的に、井上の顔が浮かんだ。

第十四章　結城家の人びと

1

浅見が毎朝新聞甲府支局に着いた時、井上は不在だった。受付で行く先を訊《き》いたが、分からないという話だ。デスクのほうにも訊いてもらったが、やはり分からないという返事だった。

受付の脇には、金モールの制服を着たガードマンが立ち、胡散《うさん》臭そうな目をこっちに向けている。右翼や過激派が新聞社を狙《ねら》う事件が頻発しているせいで、人間の出入りには神経を尖《とが》らせているらしい。

それにしても、来客に対して、その行く先さえも教えようとしないというのは、いささか異常だ。やはり、井上が言っていたように、彼の取材活動に対して、何らかのクレームがついて、社の上層部が神経質になっているのだろうか。

それとも、井上はデスクにさえ行く先を告げずに出掛けたのだろうか。

浅見はいやな予感がした。伊豆の仏現寺での行動から見ても、井上は無鉄砲なところがあるらしい。そこへもってきて、左遷ばなしが出たとなると、ついつい気負いすぎて、身の危険を顧《かえり》みることを忘れてしまいはしないだろうか――。

浅見は仕方なく、受付の女性に、井上が戻ったら電話してくれるように頼んで、伊藤家へ向かった。

伊藤家のある通りに入った時、遠く――たぶん伊藤文具店の前辺りにパトカーが停まっているのが見えた。

浅見はドキリとした。

新たに事件が発生したわけではないだろうけど、パトカーを見ると、反射的に何か不吉なことが起こったような気がしてくる。

店の白い日除けのカーテンは閉じられていたが、いくぶん及び腰でガラス戸を引くと、スルスルと開いた。

店には文房具店特有のにおいとともに、湿った空気が澱《よど》んでいた。商品の棚のあいだを通して、店から奥の住居部分へ繋《つな》がるドアが半開きになっているのが見えた。

ドアの先には、斎場から戻ったばかりらしい喪服姿の木綿子がこっちを向いて、彼女と向かいあいに、男が二人立っていた。浅見は木綿子に手を上げて、軽く頭を下げた。

木綿子が声をかけるより早く、気配で振り返った二人の男の、やや年配のほうの顔を見て、浅見は思わず「あっ」と言った。

先方も驚いたらしい。「あんた……」と指を突きつけ、口をまん丸く開けた。

「どうも原田さん、その節は」

浅見は苦笑を浮かべながらお辞儀をした。

「またあんたですか」

南部署の原田刑事は、浅見とは対照的に苦りきったような顔をした。しかし、言葉遣いは以前より感じがいい。東京で山梨県警の連中と出会って、こっちの素性を知られた。そのことが原田刑事にも伝わっているのかもしれない。

「白木美奈子さんの事件、何か進展があったのですね？」

浅見は機先を制して言った。

「は？　ああ、まあ……」

原田は曖昧《あいまい》に答えた。

「先日、東京で県警の大島警部補に会いましたが、そうすると、塩野さんの消息が摑《つか》めたのですか？」

「えっ？　あ、そうか、浅見さんはそこまで知っているんですな」

原田はいよいよ面白くなさそうだ。しかし、大島が話しているのなら、下っ端が隠している必要はない――と思ったのだろう。

「じつは、白木さんが、塩野という人物と知り合いでしてね。その塩野の東京の自宅を家宅捜索したところ、伊藤さんの名前が出てきたのです」

「伊藤さんの？……」

浅見は眉《まゆ》をひそめた。木綿子についての、どのようなことが書かれてあったのか、気になった。

「私の名前と住所なんかが書いてあったのだそうです」

木綿子は浅見の懸念を察知して、気をきかせて言った。

「ああ、そうなのですか」

浅見はほっとして言った。

「それで、事情聴取に見えたというわけですね」

「そうです。いま聞いてみると、塩野氏がニューヨークにいた頃、現地で知り合ったのだそうですな」

原田は不満そうな表情を隠せない。どうやら木綿子は、とおりいっぺんの答え方しかしていないらしい。

「浅見さんはそのこと、知っていたのじゃありませんか？」

「ええ、僕も彼女に聞いて、びっくりしたところですよ」

「ふーん……」

原田は疑わしそうに、斜めに浅見を見て、訊いた。

「ところで、おたくさんは、何をしに来たのです？」

「それはもちろん、事件の解明をしたいから来たのですよ」

「事件の解明？……」

原田は笑い出したいのを我慢したように、唇の端を歪《ゆが》めて言った。

「そりゃ、なんだか東京では、浅見さんは名探偵だとか言われているのだそうですな。しかし、山梨は東京と違いまして、先祖代々の繋《つな》がりだとか、風習だとかが絡《から》みあっていて、なかなかひと筋縄ではいきませんよ」

「そうらしいですね」

浅見も素直にそのことは認めた。

「おまけに、身延山には日蓮聖人開基の総本山があるせいか、信仰篤い人びとが大勢いたりして、話をますますややこしくしているみたいです」

「はあ、また日蓮聖人ですか」

原田は苦笑した。

「そういえば浅見さんは、安房小湊がどうしたとか、そういうことを言ってましたなあ。それで、小湊へは行ってみたのですか？」

「僕は行きませんでしたが、伊藤さんが行きました」

「えっ、あんたが？」

原田は呆《あき》れたような顔をしたが、浅見はそれ以上に呆れた。

「なんだ、原田さんはそのこと、聞いていないのですか？　伊藤さんのお父さんは、その留守中に殺されたのですよ。驚いたなあ……そのことは、甲府署の永原さんという人に話したのですけどねえ」

「ふーん、そうなのですか。しかし、こっちの事件とわれわれとは関係ありませんのでねえ」

原田は憮然《ぶぜん》として顎《あご》を撫《な》でた。警察の横の繫がりの悪いことは、ベテラン刑事にとっても不満な点なのだろう。

「警察は繫がってなくても、事件は繫がっていると思うのですが」

「うーん……たしかに、浅見さんの言うとおりかもしれんですなあ……参考までに、安房小湊へ行かれた件について、聞かしてもらいましょうか」

「いいでしょう、分かりました。そのこと以外にも、原田さんがまだご存じないと思われる、僕がこれまで調べたことについて、お話ししますよ」

浅見は木綿子に、「お部屋、使わせてもらってもいいですか?」と訊いた。

「え、ええ、それは構いませんけど……」

木綿子は戸惑ったが、浅見の目くばせを見て、「さあ、どうぞ、散らかってますけど」と、スリッパを出した。

2

「まず、前もってお断りしておきたいのですが」

浅見は原田部長刑事とその部下の刑事が、ソファーに落ち着くやいなや、硬い口調で言い出した。

「これからお願いする条件を受け入れてくださるなら、僕の調査結果をすべてお話しします」

二人の捜査員は顔を見合わせた。

「条件とは、どういう条件です？」

「僕も伊藤さんも、今度の事件にはまったく関係がないということです」

「それは、浅見さんは関係がないことは分かっていますがね、伊藤さんのほうははっきりしませんなあ」

「いえ、はっきりしているのです。伊藤さんもとばっちりを被っているだけで、事件そのものには、何も関与していないことは確かなのです」

「うーん、そう言われてもねえ……」

「だめですか、だめなら、僕のほうも話さないだけですが」

「しかし、いくら何でも、私の一存では決めかねますなあ。上司に相談してならべつですがね」

「分かりました、それじゃ諦めましょう。いくら探偵ごっことはいえ、僕としては依頼人の不利益になるような話はできません」

「それは浅見さん、まずいんじゃありませんか？　お兄上の立場からいってもねえ」

原田は皮肉な笑みを浮かべた。

「ほう……」

浅見は不快感をあらわに見せた。

「兄のことを持ち出すのですか。だったら、ますます僕は話しませんよ。僕は兄や警察のために働いているわけじゃないのですから。では、これで失礼します」

浅見は立ち上がりかけた。

「それはまずいでしょうが」

原田は鋭く言って、下から浅見を睨《ね》め上げた。

「捜査上、重要と考えられる事実を知りながら、それを隠蔽《いんぺい》するのは、犯人秘匿《ひとく》に準じる罪に問われると思いますがねえ」

「職務上知り得た事実を、依頼人の不利益を承知で供述することも、罪に問われますよ」

浅見も負けずに、高い位置から原田を睨《にら》みつけた。

「待ってください」

木綿子が見兼ねて言った。

「そんなふうにいがみ合わないでください。浅見さん、私のことなら、もうどうなってもいいんです。秘密のうちに解決しようとしたから、こんなことになったのだと思います。もし、もっと早く警察に知らせていれば、父も死ななくてすんだのかもしれません」

「………」

浅見も原田も、木綿子の言葉に沈黙した。

「塩野さんは、私の恋人でした」

木綿子はポツリと言った。

「えっ？……」

二人の刑事は驚きの声を上げた。

「恋人というと、どういう？……」

浅見は刑事の無神経に腹が立ったが、木綿子は覚悟を決めた様子だ。悪びれずに、「愛しあって、肉体関係もあった、ということです」と言った。

「う－ん……いや、これはつらいことを言わせてしまいました」

原田はさすがに頭を下げた。

「しかし、伊藤さんは塩野氏の失踪には関係ないのですよ」

浅見はその点だけははっきりさせておきたかった。

「分かりました、いいでしょう。伊藤さんも正直に言ってくれたのだから、われわれとしても、その気持ちに沿うようにします」

原田が神妙な顔で言い、浅見もふたたび椅子に座り直した。

それから三十分近くかけて、浅見はこれまで調べた事柄のうち、例の偽造の指輪に関わる部分以外のすべてを、話して聞かせた。そのほとんどは、すでに大島警部補に話した内容だが、大島から伝わっていない部分が多かったらしく、原田は新鮮な驚きをもって、話に聞き入っていた。

「宮岡代議士の秘書ですか……」

やはり警察官としては、そのことがもっとも重大問題に思えたようだ。

「そのことは聞いておられないのですね？」

浅見は訊いた。

「ああ、聞いていませんなあ……事件には関係がないという判断でしょうが、やはり代議士先生が絡むとなると、なかなか動きにくいでしょうしねえ」

「しかし、塩野氏のマンションを探っていたらしいことは確かですよ。どういう目的があったのか、訊いてみるぐらいはしてもいいと思うのですがね」

「そうは言ってもねえ……それに、秘書さんは立ち小便をしようとしていたと弁明しているのでしょう」

「そんなことは嘘《うそ》っぱちに決まってます」

「それはそうですが、嘘と決めつける根拠もないわけでして」

浅見はそれ以上は言う気がなかった。公務員たるもの、あえて火中の栗を拾うような真似は、なかなかしないものだ。

「いろいろ話していただいて、感謝しますよ。本官としても、それに応《こた》えて、できるかぎりの努力はするつもりです」

帰り際、原田は真剣なまなざしを浅見と木綿子に向けて、きっぱりと言い切った。

「とうとう言ってしまいましたね」

刑事が帰ったあと、浅見は痛ましそうに言った。

「いいんです、いずれ隠しておけなくなることですもの」

「そう、たしかにそうですね、原田さんも悪いようにはしないでしょう」

「そうだといいのですけど……」

木綿子は虚脱したように、力なく言って、

「塩野さんは、やっぱり、私のこと、利用しようとしていたのじゃないかって、そんな気がします」

「そんなことはないでしょう」

浅見は強く否定した。

「浅見さんは知らないから、そう言ってくださるけど、でも、塩野さんが私に接近してきた時のことを思い起こすと、単純な愛情だけだったとは思えないんですよね」

「どうしてそう思うのですか？」

「塩野さんとひさしぶりに会った時、彼はたまたま甲府に来る仕事があったと言ったのです。宝石鑑定士の資格を活かして、かなりいい収入になる仕事だって言って……ベンツに乗っていたし、ほんとに景気がよさそうに見えました。それで、私も資格を活かして、ユーキという会社に勤めることができたって言ったのです。そう言った瞬間、彼はびっくりして、『えっ、ユーキに勤めているの』って、明らかに顔色を変えました」

「ほう……なぜだろう？」

「私も訊いてみたんです。ユーキを知っているんですかって。そうしたら、少し困ったような顔をして、『それはユーキは有名な会社だから、僕だって知っているよ』とか、そういう言い方をしてました。私もその時は何気なく聞き流してしまったんですけど、こういう事件が起きてみると、やっぱりあの時の塩野さんは、少しおかしかったと思うんですよね」

「それはいつ頃のことですか？」

「去年の秋です」

「最後に会ったのはいつですか？」

「今年の六月……梅雨《つゆ》の前の頃かしら」

「じゃあ、ずいぶん長く会っていないわけですね」

「ええ、まあそういえばそうですけど」

木綿子は悲しい目になった。

「こんなこと訊いて、どうかと思うのですが、この春まで、塩野さんとは頻繁にデートしていたのですか？」

「いいえ、頻繁だなんていうほど会っていません。甲府に帰ってきてから月に一度ぐらいしか会っていないんですから」

「あ、そうなんですか……」

これは浅見には意外な事実というべきだった。

「ということは、塩野さんは甲府には六回か七回ぐらいしか来ていないということになるのでしょうかねえ」

「まさか……」

木綿子は苦笑した。

「甲府に来るたびにデートしていたわけじゃないんですから。塩野さんは週に一度ぐらいの割合で、甲府に来るって言ってました」

「週に一度？　それなのに、月に一度しかデートしていないのですか？　それはひどい話だなあ」

浅見は義憤を感じて、思わず大きな声を出した。

「あら、ひどいんですか？」

「そりゃひどいじゃないですか。こんな魅力的な恋人を放っておくなんて」

「やだ……」

木綿子はおかしそうに笑った。父親が死んで以来、はじめて心の底から声を出して笑った。

しかし浅見はあくまでも真顔であった。それに気づいて、木綿子も笑いやめた。

「いや、冗談でなく、やはり月一回というのは、いくらなんでも少なすぎますよ。僕なら一日おきにでも甲府にやってきますね。うーん……だとすると、伊藤さんが言ったように、塩野氏はあなたを利用する目的で、つまり、騙《だま》していたのかなあ……」

「そんなことはありませんよ」

木綿子はムキになって言った。

「それだけじゃないと思います。それは、まあ、たしかに、そういう目的もあったのかもしれないけど……でも、私を愛してくれてはいたと思うんですよね。いくら私が無知でも、そのくらいは分かります。そういう……なんていうか、あの、言葉つきだとか、表情だとか……あるでしょう？」

あるでしょう――と言われても、第三者には窺《うかが》い知ることのできない世界だ。浅見は大いに照れて、慌《あわ》てて煙草を出した。

「塩野さんは、ときどき、すっごく悲しそうな目になるんですよね。溜め息なんかついたりして、『いまの仕事、辞めようかと思っている』とか言って……」

「ほう……」

浅見は思わず木綿子の口許に注目した。

「塩野氏は仕事を辞めたいって言っていたのですか」

「ええ、そう言ってました」

「それじゃたぶん、現在はその仕事、辞めていたんじゃないかな。東京のあのマンションの様子を見ると、あまり裕福な暮らしだったとは思えないし……そうそう、ベンツを乗り回しているような人の住いとは、とても考えられませんからねえ」

浅見は喋《しゃべ》りながら、しだいに表情が緊張してくるのが、自分でも分かった。

「そうか、塩野氏は『仕事』から足を抜こうとしていたのかもしれないな……」

「足を抜くって……じゃあ、彼の仕事って、何かそういう、あまりいい仕事じゃなかったという意味ですか？」

「そう、つまり、何らかの危険性を伴った仕事だとか……たとえば、ベンツに乗るような高収入が約束されるには、それなりの理由があったと思うのです。彼は早くに両親を失って、苦労して生きてきた人でしょう。アメリカ留学だって、宝石鑑定士の資格を取るために、ギリギリの生活の中で頑張ってきたんじゃないかな」

「あ……そういえば、彼、ニューヨークでは皿洗いだとか、ありとあらゆるバイトをしながら、資格を取ったって言ってました。それで、ベンツに乗って甲府に来た時、すっごく嬉しそうだったんですよね」

木綿子はその時の塩野の表情を、ありありと思い出すことができた。塩野はベンツのハンドルを叩《たた》きながら、「もう惨《みじ》めったらしい人生は捨てたんだ」と言っていた。だのに、そう言ったのと同じ口で、「いまの仕事を辞めようと思う」と言ったのだ。いったい、その二つの言葉のギャップには、何があったというのだろう？

「じつは、これはあなたに言うべきかどうか分からないのですが」

浅見は逡巡《しゅんじゅん》しながら、言った。

「塩野氏には二つ、前科があるのです。二度とも執行猶予つきですから、大した罪ではないのかもしれないが、一度は麻薬取締法違反、もう一度は関税法違反だそうです」

「そうなんですか……」

木綿子はもう、あまり大きな驚きは見せなかった。

「たしか、伊藤さんがアメリカから帰って来る飛行機の中で、偶然、塩野氏と再会したのでしたね。たぶんその時に何かやったのかもしれない」

「そうかもしれません。彼、誰かの目を気にしているみたいな、なんとなく落ち着かない様子でしたから……だとすると、甲府に来た『仕事』というのも、何かそういう悪いことだったのかしら？　もしそうだとしたら、私のことなんか、ほんのついでみたいなものだったわけですね」

木綿子は言って、「ははは……」と空疎《くうそ》な声で笑った。

浅見は言うべき言葉もなかった。

木綿子はすぐに笑いやんで、気まずい沈黙が流れた。

その状態を救うように、電話のベルが鳴った。

4

電話は井上からだった。

「まだ外にいるんだけど、浅見さん、社に来てくれたんだって？」

井上はせわしない口調で喋った。

「ええ、ちょっと心配だったものですから」

「心配って、ああ、転勤のこと？　なに、それは心配じゃないんだけど、それより浅見さん、見つけた見つけた、あの写真のおっさんだけどさ、何者か分かりましたよ」

「ほう、何者ですか？」

「笠森政三という人物だそうです」

「笠森政三……」

浅見は木綿子を振り返って、「知ってる名前ですか？」と訊いた。木綿子はかぶりを振った。

「その笠森は、何をしている男ですか？」

「それがねえ、あまりよく分からないんですよねえ。ずっと昔は水晶関係の仕事をしていたことは間違いないのだけど……いや、商工会で聞いて、かつての水晶業者を訪ねて、写真を見せたのだけど、かなり年配の人が知ってましたよ。あまり評判はよくなくてねえ。

だいぶ前に山梨を出て、いまはどこにいるのか、誰も知らないっていうことでねえ」

「評判が悪い理由は何ですか？」

「古い話で、あまりはっきりしないのだけど、詐欺《さぎ》めいたことをやらかしたんじゃないかな。最後は借金を踏み倒して、山梨にいられなくなったというのが真相らしい」

「なるほど……そうすると、その笠森と、彼の仲間が何かを画策しているということですか」

「どうもそうみたいだねえ」

「しかし、今度の事件の背後には、もっと大きな組織が動いているような気がしてならないのですが」

「そうねえ、おれもそう思いますよ。たとえば、宮岡代議士なんかが一枚加わっている可能性もありそうだしね。そうなると、親戚《しんせき》関係ということからいって、ユーキも怪しいかもしれない」

「ユーキが？……」

浅見はチラッと木綿子を見た。木綿子も浅見の顔を、心配そうに見つめていた。

「いや、それはないと思いますが」

浅見は木綿子の目に出くわして、思わずそう言った。

「どうして？　殺された白木美奈子はユーキの宝石デザイナーじゃない。何かの秘密を知っていたがために、消されたということだって、当然考えられますよ」

「それはそうですが……しかし、違うと思いますが」

「ははは……まあ、電話でこんなことを言い合っていてもしようがない。とにかく、もうちょっと調べてみますよ」

井上が電話を切りそうになったので、浅見は急いで言った。

「調べるって、井上さんはいま、どこにいるのですか？」

「六郷町っていうところだけど、浅見さんは知らないだろうな」

「六郷町……というと、たしか下部へ行く途中にありましたよね。ハンコの里じゃなかったかな」

「へえー……ちゃんと知ってるんだ。その六郷町にハンコ屋を訪ねて来ているんですよ」

「ハンコ屋を？　はあ……」

その時、電話の中でブザーが鳴った。

「あ、いけね、カードが切れそう。じゃあまた電話しますよ」

井上が言うとすぐ、電話は切れた。

浅見は妙に心残りだった。「ツー」という音しか聞こえない受話器を持ったまま、しばらくじっとしていた。

「どうかしたんですか？」

木綿子に背後から、心配そうに声をかけられて、ようやく受話器を置いた。

「井上さん、やりすぎなきゃいいんだけど」

浅見は呟《つぶや》いた。

「何か、危ないことをしているんですか？」

「いや、そうじゃないと思うけど、彼、青森へ飛ばされるもんで、かなり焦りぎみなんですよね。そういう時には、えてして無理を承知で突っ走っちゃう。相手はなにしろ、殺人も辞さない連中なんだから、充分に気をつけないと……」

言いながら、浅見はますます危惧がつのった。

「さっき六郷町とか言ってましたけど、井上さんは六郷町へ行ったのですか？」

「そうみたいです。六郷町はハンコの町でしたね」

「ええ、ハンコの生産では、全国一じゃなかったかしら？　昔、洪水があって、それ以来、水晶細工が盛んになり、水晶や象牙のハンコを作る技術者を輩出しているって、聞いたことがあります」

「洪水と水晶とは、どういう関係があるのですか？」

「さあ……知りませんよ、そんなこと。洪水で山が崩れて、水晶の原石が沢山取れたのかしら。それとも、田畑が流されて、農業が成り立たなくなっちゃったせいかしら？」

「なるほど……その両方だったのかもしれませんね」

「でも、井上さんは、六郷町なんかに、何をしに行ったのかしら？」

「そう、そのことがね、ちょっと気にかかるのです」

浅見は眉をひそめた。

「六郷町は下部や身延へ行く途中でしょう。つまり、白木美奈子さんの死体が発見された方角ですからね」

「あっ、ほんと……」

木綿子もようやく浅見の憂鬱《ゆううつ》に気がついて、顔を曇らせた。

「まあしかし、井上さんのことだから、何か面白い話を摑《つか》んだのでしょう。われわれは楽しみに待っているとしますか」

浅見はわざと陽気に言った。

「それより伊藤さん、さっきのことですが、塩野さんは、最初に電話してきた時には、あなたがユーキに勤めていることを知らなかったのでしたね？」

「ええ、そうでした」

「それで、そのことを知った時、彼が顔色を変えたというのは、それは間違いありませんか？」

「ええ、たぶんそうだったと思います」

「そうして、デートのたびに溜め息をついたりしていたのでしたね。あげくの果てには、その仕事を辞めると言ったのでしょう。だとすると、やはり塩野氏は伊藤さんを愛していたのですよ」

「あら、どうしてそういうことになるのですか？」

「まあ、これは想像でしかないけれど、塩野氏は何か良からぬ企みに加担して、その一味として甲府に乗り込んできたのだと思います。その悪事のターゲットはユーキだった。そして、その悪事をはたらく延長線上で、白木美奈子さんを殺害した……」

「えっ？　じゃあ、白木さんを殺したのは、塩野さんだったのですか？」

「いや、塩野さんじゃないでしょうが、彼の属していた組織みたいなものか、その仲間ではあった可能性が強いと思いますよ。塩野氏はその組織に造反して、ひょっとすると消されたのかもしれない」

「そう……ですよね……」

なかば覚悟してはいても、さすがに木綿子の顔から血の気が引いた。

「塩野がなぜ造反したのか……その理由は伊藤さんしか考えられません」

「私が？」

「ええ、伊藤さんがユーキに勤めていた、そのことが彼に方向転換をさせることになったのじゃないですかね。塩野さんはやはり根は善良な人間だったのでしょう。愛する人のためには、せっかく摑みかけた幸運も、ベンツと一緒に投げ捨てようとしたにちがいない。いや、その上に、いのちまでも捨てる覚悟だったのかもしれない……」

「まさか……」

木綿子は顔を強張《こわば》らせ、それから「あっ」と小さく叫んだ。

「あれがそうだったのかもしれない……」

「ん？　何ですか？……」

浅見の問いかける目にチラッと視線を送ってから、言った。

「いつだったか、浅見さん、塩野さんのことを『誠実な人だと思う』っておっしゃったでしょう」

「ああ、言いましたね」

「あれ、もしかすると、ほんとうにそうかもしれないんです」

「………」

「一度ね、彼、泣いたことがあるんです。中国で、天安門広場の事件があったでしょう、あの時なんですけど。テレビに中国の青年の顔が映っているのを見ながら、彼、ほんとうに泣いていたんですよね」

木綿子はじっと、焦点の定まっていない目で空間の一点を見つめながら喋《しゃべ》っている。その曖昧《あいまい》な空間に、いま塩野の面影を見ているのだ――と浅見は思った。

「どうしたのって訊いたら、その青年はニューヨークの頃の友人で、最後に会った時、助けてくれって言われたのだそうです」

「助けてくれ？……」

「ええ、そう言ったんですって。日本は嫌いだけれど、助けて欲しい……その話をしながら、彼、ポロポロ涙を流して、泣いているんです。私はびっくりして、少し滑稽《こっけい》に思ったりしたんですけど、反対に、すっごく厳粛なものを感じて……」

木綿子の瞳はしずかに潤《うる》んでいた。

「それですね、きっと」

浅見は頭の中の血が凍りつくような想いを籠《こ》めて、頷《うなず》いた。

「あなたに出会って以来、ずっとモヤモヤしていた塩野さんの気持ちに、その出来事が、踏ん切りをつけさせる、最後の決め手になったのですよ。それは彼の一味にとっては変節だった。彼はおそらく、その時から、裏切り者の道を突っ走ったのじゃないかな」

浅見の推論も恐ろしかったが、それより、塩野のそういう状況を空想しても、以前ほど切実な感情移入が起こらない自分の気持ちの変化が、木綿子には恐ろしかった。

「その一味は、ユーキに対して何をしようとしていたのかしら？」

「宝石がらみの事件であることだけは間違いありませんね。それもかなりの量の宝石なのでしょう。いずれにしても、ユーキが狙われていることは確かです。ただ、結城社長が何を惧《おそ》れているのか、それがよく分からない……」

浅見は最後は悩ましげに首を横に振った。

5

二時間後には、浅見は六郷町にいた。井上の動きがどうしても気にかかったのと、彼がいったい何を摑んだのかを知りたかった。

六郷町はまったく「ハンコの町」である。メインストリートに面して、いくつものハンコ屋が店を出し、看板も並んでいる。

とりあえず商工会へ行ってみると、井上が来たことはすぐに分かった。

「ああ、あの新聞記者さんかね、その人なら、昔から水晶加工業をしている人を紹介してくれというもんで、荒井さんのところを教えてやっただが」

そう言って、荒井保という老人の家に行く地図を書いてくれた。商工会から歩いて五、六分のところだった。浅見は車を商工会の駐車場に置いて、歩いて行った。

荒井家は古い往還に面した場所にあり、現在は無職らしい。しかし、門構えの立派な家で、水晶加工業はなやかなりし頃のリーダー格であったことを窺《うかが》わせるような佇《たたず》まいだ。

荒井老人は八十歳前後だろうか、顔の色艶《いろつや》は元気そうだが、長年の職業病みたいなものなのか、度の強い眼鏡をかけ、脚はひどいガニ股だし、上半身が極端に前かがみになっていた。

「井上という人なら、結城様のお屋敷へ行ったがな」

老人は言った。

「えっ、結城さんですか？」

浅見は驚いた。「結城」の名前にぶつかるとは思ってもみなかった。

「結城さんのお屋敷はこの近くにあるのですか？」

「いや、隣の市川大門だがな。それに、お屋敷といっても別宅みたいなもんだ。いまは先代様の奥様の、隠居所みたいに使っておいでだがな」

「ああ、あのおばあさん……」

浅見は身延山で会った老女のことを思い浮かべた。

「それで、井上さんは、こちらに何をしに来たのでしょう？」

「笠森政三のことを訊きたいとか言っていただが、わしはあまりよく知らねえだ。ただ、このあいだ、結城様のお屋敷に伺って戻る時に、笠森とよく似た男を見たもんでな」

「えっ？　笠森という人は結城家にいたのですか？」

「いや、いたかどうかは知んねえ。ただ、門の前のところで擦れ違った車に、笠森とよく似た男が乗っていただよ。もっとも、ずいぶん長《な》げえこと会ってねえだで、別人かもしんねえがよ」

「それはいつ頃の話ですか？」

「ついさっきだ。二時間くれえ前に来ていただよ」

「あ、いや、井上さんのことではなく、荒井さんが笠森さんによく似た人物を見たという日のことです」

「それだら、はあ、半月ばかし前になるかな……いや、十日ぐれえかな？」

老人の記憶力はあてにできないが、その頃だとすると、白木美奈子が殺害された時期ときわめて近い。

浅見は身震いするような興奮を覚えた。おそらく井上も同じだったにちがいない。とにかく結城家を訪ねることにして、老人に礼を言い、ソアラまで走って戻った。

市川大門町は、和紙の生産で知られた町である。武田氏支配の頃から、芦川の清流を利用して紙漉《す》きがさかんだった。徳川家康は入国と同時に、肌吉紙《はだよしがみ》の紙漉衆を呼び寄せ、紙の御用を命じ、苗字帯刀を許し、さらに諸役を免じている。

肌吉紙というのは、この土地特有の肌の滑らかな和紙で、その製造方法は門外不出とされてきた。

結城家の「別宅」は小高い丘の中腹に、周囲を檜林《ひのき》に囲まれるようにしてあった。荒井老人は笠森と「門の前で擦れ違った」と言っていたが、門の前の道路は結城家以外には通じていないようにさえ思えるほど、付近に民家はなかった。

浅見は車を門内に乗り入れる際、心臓が苦しいほど高鳴るのを感じた。

門内はあまり手入れがいいとはいえないが、とにかく広い庭である。ニワトリが五、六羽、コッコと鳴きながら、庭の虫や草をついばんでいるのは、田舎の豪農の家を思わせる、のどかな風景であった。

門を入ったところに車を置き、建物まで三、四十メートルを歩いて行った。森閑として人の気配が感じられなかったが、浅見が玄関に着くと同時に、男が現れた。

「どちらさん……」と言いかけて、男は絶句した。

「あ、どうも、その節は……」

浅見のほうは多少、予期してはいたけれど、それでも驚かないわけにいかなかった。男は身延山で会い、塩野のマンションの前で見た、例の豊原行三であった。

浅見は男に頭を下げながら、玄関の中の靴を眺めていた。黒いかなり草臥《くたび》れた革靴は、まぎれもなく、井上の履き古した靴だ。

「何の用です？」

男は突慳貪《つっけんどん》に言った。

「こちらに、毎朝新聞の井上さんがお邪魔していると思いますが」

「いや、そういう人は来ていませんよ」

「そうすると、彼は裸足で帰ったということになりますか？」

「ん？……」

豊原はチラッと靴を見て、（しまった――）という顔をした。

「豊原さんがここにいらっしゃるということは、代議士先生も見えておられるということですか？」

浅見はニコニコしながら言った。

「なにっ……」

豊原の表情はさらに緊張の度を加えた。

「おたく、どうして名前を？……そうか、あんただね、あちこち動き回っている男というのは」

「あ、そうですか、そんな噂《うわさ》が流れているのですか」

浅見は照れ臭そうに頭を掻《か》いた。

奥から「どなたか見えたの？」という声がして、女性が現れた。彼女にも浅見は見憶えがあった。老女にボディーガード然と寄り添っていた女性だ。

女性に遅れることほんの二、三歩で、男がのっそり現れた。男は浅見の顔を見て、「あっ」と叫んだ。

第十五章　裏切り者は死ぬ

1

奥から現れた男は井上だった。浅見のほうは驚きもしないが、井上は化け物でも見るような目で、しばらく言葉を失った。

「あ、浅見さん、どうして、ここに？……」

「井上さんを追い掛けて来たのです」

「おれを？　しかし、どうして……」

「まあ、そのことはいいじゃないですか。それより、ご紹介をお願いします」

「ああ……」

井上は中年女性を振り返り、それから豊原行三を見た。

「そうか、浅見さんは豊原さんのことは知っていたんだっけな」

「ええ、いまご挨拶《あいさつ》をしました」

「こちらは結城恭子さんとおっしゃって、ユーキの社長夫人ですよ」

「あ、そうですか」

予想はしていたけれど、浅見は恐縮した素振りを見せた。

「僕は浅見という者です」

「あなたとは、身延山でお会いいたしましたわね」

恭子夫人は言った。落ち着いたアルトであった。四十歳を越えたか越えないかという年代だろう。さすが、結城家の嫁だけあって、物に動じないドッシリした風格がある。

「はあ、よく憶えていらっしゃいますね」

「ええ、油断のならない方だと思いましたので、ほほほ……」

上品に笑った。

「で、浅見さん、何をしにここに？」

井上は気まずそうに言った。これには浅見は驚いた。どういうつもりなのか、井上の腹の内が読めない。井上が芝居をしたりするような男だとは思えない。

まじまじと井上の顔を見つめると、井上は忙しく目を瞬《まばた》いた。それもまた、何を意図しているのか、こっちにはちっとも伝わってこなかった。

「僕は、井上さんがこちらに見えているって聞いたものですから……」

浅見はさっきと同じように、曖昧《あいまい》なことを言った。

「そうなのか、じゃあ、ヤツに聞いたのね。余計なことを言うなあ」

浅見は（ははあ——）と井上の苦衷に察しがついた。

要するに、井上は浅見がここに現れたことで、当惑しているのだ。

(何か、ここの連中に言い含められたな――)と浅見は思った。井上を青森に飛ばそうとした連中である。その、当の井上が自らやってきたので、やむなく彼本人を籠絡《ろうらく》したに相違ない。

浅見は怒るより、おかしかった。芝居気にはおよそ縁のなさそうな井上が、懸命になって演技し、事態を収めようとしているのが、である。

「じゃあ、もういいのですか？　だったら帰りましょうか」

「ん？　ああ、そうしますか」

井上はほっとしたように、結城夫人に向き直った。

「それじゃ、私はこれで」

「そうですか、なにぶんよろしくお願いいたします」

夫人は立ったままで挨拶し、井上が靴を履《は》きにかかると、式台の向こうに跪《ひざまず》いた。右手を膝頭に、左手の指先を床に突くようにした姿には、武家の夫人のような気品があった。

二人の客が玄関を出ると、豊原は車のところまで送って来た。礼儀でそうしたというよりは、なんとなく、二人のあいだに交わされるであろう会話の様子を、確かめに来た印象があった。

浅見は井上に当たり障りのない話題を話しかけた。昨日の晩飯の肉がどうだとか、およそくだらない話題だ。

井上は弱りきって、トンチンカンな相槌《あいづち》を打った。

「何があったのです？」

車が走り出すやいなや、浅見は一転して、きびしい口調で訊《き》いた。

「何がって、何？……」

「えっ？……」

浅見は今度こそ、掛け値なしに驚かされた。なんと、井上は本気でとぼけようとしているのである。

「どうしたんですか？」

「どうって……」

井上も気がさしていることは確からしい。浅見の詰《なじ》るような口調に、気弱い態度になった。

結城家からの、なだらかな坂道を下って、市川大門町の市街地に入る手前で、浅見は車を停めた。

「驚いたなあ、井上さんまでが籠絡されるとは思いませんでしたよ。理由は何です？」

「うーん……」

井上は唸《うな》った。

「浅見さん、見逃してくれないかなあ」

「見逃す？……なるほど、連中に弱みを摑《つか》まれたというわけですか。しかし、井上さんに怖いものがあるとは、信じられませんけどねえ。いったい……」

「いいから、もう詮索《せんさく》はやめてくれないか」

井上はドアを開けた。

「どうするんです？」

「これで別れよう」

悲しそうに言うと、向こうを向いて、駆け出した。止める間もなかった。いや、止めようがなかった。井上は、例のドタドタした足取りで町の中に走り込むと、車がついて来られないような細い路地に消えた。

2

浅見は勃然《ぼつぜん》とした怒りが、腹の底から込み上げてきた。

（何なのだ、これは！——）

最後の最後まで盟友として信じきっていた井上が、いったいなぜ？——と、頭の中が混乱した。

とはいえ、理由もなしに井上が背信行為をするはずがない。何かあったことは確かだ。結城家に行って、ミイラを発掘しようとした井上が、逆にミイラになったのだ。物凄《ものすご》い政治力か、それとも生命を脅《おびや》かしたのか、とにかく、あの井上に寝返りを打たせたのだから、並み大抵の圧力ではなかったにちがいない。

そういう情状を酌量してみても、浅見の怒りは静まるどころではなかった。

（これで幾度だろう——）

山梨に来て、まず、ジュエリー業者の奇妙な秘密主義にぶつかった。存在することが分かりきっている「ユーキ」を、まったくテレビのでっち上げであるかのごとくに言った、あの豚づらをした男の顔が、いまさらのようにクローズアップされた。

その次は看板に偽りあり——の〔ほうとう〕だ。期待はずれもはなはだしい「甲州名物」によって与えられた食い物の恨みは、当分、忘れられそうにない。

しかし、何にも増して、井上の背信はこたえた。一緒に手を組んで、事件の真相に迫ることで、二人の信頼関係は絶対的なものだと信じていた。だからこそ、浅見が知り得た謎《なぞ》の多くを、井上にも伝えたのだ。

その井上が離反したとなると、テキにこっちの手の内をさらけ出したことになる。しかも、相手は強大だ。なにしろ宮岡代議士は山梨県きっての名門の出で、中央での政治力もなみなみならぬものがある。

新聞社はもちろん、時には警察の動向さえ左右できる力量を持っているだろう。現に毎朝新聞を沈黙させ、造反者である井上を転向させた。

東京の戸塚で、警察の職務質問を封じ込めた事実もこの目で見ている。

反射的に、浅見は兄・陽一郎の立場を思った。

テキはどうやら、まだ浅見の素性に気づいていないらしい。しかし、もし知ったなら、即刻、警察庁刑事局長の浅見陽一郎に、牽制《けんせい》の矛先を向けるだろう。

勝負はそうなる前につけてしまわなければならない――と浅見は思った。井上を奔《はし》らせた焦《あせ》りとはべつの動機で、浅見は焦ることになった。

浅見はソアラをUターンさせた。坂道を一気に上がって、結城家の門を潜《くぐ》り、庭先深くまで突っ込んだ。

思いきりブレーキ音を響かせたので、豊原が飛び出してきた。

「なんだ、またあんたか」

車を降り立った浅見を迎えて、不愉快そうに言った。

「忘れ物かね？」

「ええ、ちょっと言い忘れたことがあるものですから」

「何だい？」

「あなたにではなく、結城さんの大奥様というのですか、あのおばあさんに会わせていただきます」

「えっ、大奥様に？　冗談じゃない、そんなに簡単に、大奥様にお会いできると思っているのかね」

「いえ、僕のほうで会いたいというより、あなた方にとって、僕が必要なのではありませんか？」

「なに？」

豊原は薄気味悪そうにじっと浅見を見つめたが、どう見ても、この坊ちゃん坊ちゃんした青年が、危険な人物であるとは考えられなかったらしい。

「何を言っているのか知らないが、いつまでもしつこくしてると、警察を呼ぶぞ」

「警察ですか、どうぞ呼んでください。本来、このことは警察で話すべき性質のものなのですからね」

「このこと——とは何だ？」

「つまり、ユーキの宝石の件についてです」

「なんだと……」

豊原はギクッと身構えた。

「いかがですか、それでも警察を呼びますか？　いや、もし大奥様に会えないということなら、やむを得ません。僕のほうから警察に出掛けてゆくことになります」

「あんた……」

豊原の目に険悪な気配が流れた。浅見は一瞬、(危ないかな——)と思ったが、引っ込むつもりはなかった。いくら連中が狂暴だとしても、結城家の中でひどいことはしないだろう。それは井上が無事に帰ったことでも分かる。ここの連中は、少なくとも平和的手段によって、事態を収めようとしているのだ。

「ほかにもいろいろお話ししたいことがありますよ」

浅見は豊原の決意を促《うなが》すために、言った。

「笠森政三氏の件なども、ぜひお話ししたいのです」

笠森の名前を出したとたん、豊原は明らかに動揺した。その動揺ぶりは浅見の予測を上回った。

「ちょっと、あんた、悪いが待っていてくれないか」

豊原は玄関先に浅見を待たせておいて、奥へ急いだ。豊原がいなくなると、庭先に遊ぶニワトリの鳴き声が、なんとも場違いなのどかさで聞こえてきた。

本来は、ここは平和な里なのだな――と思う。大奥様が隠居所に定めたのも、そういう環境を愛《め》でてのことだったろう。身延山の久遠寺にもほど近く、世俗を離れ信仰三昧《ざんまい》の老後を――と、かの大奥様は念願していたにちがいない。

しかし、なかなかそうはいかないものである。結城孝雄と宮岡隆一、二人の息子が何をしたのか知らないが、隠居所の大奥様に、まだ安寧《あんねい》の日々は遠いらしい。

3

豊原は結城恭子を伴って戻って来た。

「どうぞお上がりなさいませ」

結城夫人は白い顔を向けて言った。

外観からおおよその察しはついたが、おそろしく広い屋敷であった。廊下の角を三度曲がった。襖《ふすま》を開けて入った部屋は二十畳ほどあったが、それはただの次の間にすぎず、その奥の襖を開けた向こうに、「大奥様」が座っていた。

部屋の広さもさることながら、彼女の背後にある五つの仏像に、浅見は目をみはった。中央の像が釈迦であることだけは、浅見にも分かったが、左右に居ならぶ四体の像が、どういう仏なのか、まったく知識がない。

大奥様は仏たちを背に、紫色の座蒲団の上に端然と座っていた。

「浅見さんをお連れしました」

恭子夫人が言って、大奥様のななめ手前に跪《ひざまず》き、浅見に座蒲団をすすめた。豊原は襖を開けたままの次の間に控えている。

「浅見といいます」

挨拶をして、浅見は無造作に座蒲団に座った。老婆を相手だが、真剣勝負に臨むような緊迫感があった。

「綾乃と申します」

大奥様は思ったより深ぶかと頭を下げた。

「何か、わたくしにお話があるとか」

ゆったりした喋《しゃべ》り方だが、声はお題目で鍛《きた》えたのか、けっこう張りがある。

「はあ、今度の事件について、ご意見をお聞きしたいのです」

「事件のこと……」

結城綾乃は憂鬱《ゆううつ》そうに言った。

「どこまで知っておいでですの？」

「井上さんに事件の概要について教えたのは、この僕だとお考えください」

浅見はズバリと切り込むように言った。

「そう……」

綾乃は吐息をついた。

「それで、お望みは？」

「望み？　もちろん事件の真相を解明することです」

「いえ、それはやめていただきます。その代わりのお望みを――とお尋ねしているのですよ」

「それ以外に望みなどありません」

「それでは困るのです」

「困る？　それは勝手というものでしょう。殺された白木美奈子さんや伊藤信博さんにしてみれば、困るどころの話ではないのですから」

「亡くなられた方々はお気の毒です。お気の毒ですが、だからといって、真相を解明しても、ふたたび生き返ることはありませんでしょう。これから先は、生きている人たちのために、どうするのが最善かを考えなければならないのです」

「驚きましたねえ」

浅見は綾乃の背後に並ぶ仏像を、無遠慮に指さした。

「あなたは信仰の篤《あつ》い方だと思っていましたが、そういう身勝手は、仏の道には反しないのですか？」

「身勝手ではありませんよ。大勢の人びとのために申しておるのです」

「大勢のためになら、一人や二人の死はどうでもいいとおっしゃるのですか？」

中国の指導者が「百万人ぐらいは死んでも……」と言った話を思い出しながら、浅見は言った。

「そうまでして身の保全を計らなければならないのですか？」

「おやおや、あなたもあの新聞記者さんと同じように、勘違いなさっておいでなのね」

綾乃はかすかに苦笑した。

「勘違い？　しかし、現におたくは、笠森氏と関係があるじゃないですか」

「笠森……ほほほ、あなたは笠森の何をご存じか知りませんけれど、あれは結城の身内ではございませんですよ」

「しかし、このお屋敷にしばしば出入りしているそうじゃないですか」

「出入りはしておりましたけれど、目的が違います。それに、出入りしているということであるならば、あなたも、もう二度も出入りしたのではありませんの？」

笑いを含んだ声で言われて、浅見はカーッと頭に血が昇った。婆さんに揶揄《やゆ》されたことよりも、自分がとんでもない錯覚を犯していることに思い当たって、そのショックにうろたえた。

綾乃の言い方には、クロをシロと言いくるめるような気負ったところが少しもなく、それだけにかえって説得力があった。

「そうだったのですか……」

ようやく気持ちの整理がついて、浅見は呟《つぶや》くような声で言った。

「笠森は結城家にとって、敵であったというわけですね。つまり、われわれと同様の意味で……」

最後は自嘲ぎみに言って、実際、浅見は低く笑った。

「しかし、あなたのほうも勘違いなさっておられる。僕にしろ井上さんにしろ、笠森氏とは望むものが根本的に異なるのです」

「それは分かります。井上さんでしたか、あの記者の方も金品を要求してはおりませんでした。けれども、結果としてはわたくしどもを脅かすことに違いはありませんの。それでやめていただきました」

「やめていただいたって……いったい彼に何をしたのですか？」

「べつに、何も……ただ、道理を説いて、分かっていただいただけです」

「それだけで、井上さんが沈黙してしまうはずがないじゃないですか。カネですか？　それとも……」

「あの方には」と、脇から恭子が執《と》り成すように言った。

「奥様とお子様がおいでですのよ。あの方はご自分のしたい放題をなさっていらして、ご家族を顧みることを、少しなさらなすぎましたものね」

「あ……」

浅見は眉《まゆ》をひそめて彼女を見た。井上の変節の理由がいっぺんで理解できた。

（卑劣なことを——）と思ったが、しかし考えてみると、結城家にとって、井上に対する措置としては、それが最後の手段であったのだろう。井上が青森行きをすんなり受け入れていれば——そして、結城家を強襲したりしなければ、なにもそういうゴツイ手段に訴えることはなかったのかもしれない。

それにしても、笠森が結城家という強敵を向こうに回して、恐喝をかけた武器とは、いったい何だったのだろう？　それが浅見にはまだ見えていない。

不思議なのは、結城家の連中が、笠森が殺人を犯しているらしいことを、ある程度、承知している様子が感じ取れる点だ。それならば、笠森の脅《おど》しに屈するどころか、逆に笠森を脅せる立場にあると考えても、よさそうなものではないか。

にもかかわらず、結城家は笠森を警察に通告せず、かえって、真相解明に動いている井上や浅見を籠絡《ろうらく》し、沈黙させようとしているのだ。

いったい、結城一族は、笠森に何を握られ、何を恐れているのか？——

4

「豊原さんは、塩野氏のことを捜してましたね？」

浅見は次の間にいる豊原を振り返って、訊いた。豊原は苦い顔をして、どう答えるべきか、恭子夫人の顔色を窺《うかが》っている。

「浅見さんは、そんなことまで知ってらっしゃるのですか」

恭子は、見直した――というふうに顔を反《そ》らせて、浅見を見つめた。

「豊原に塩野という人を探らせたのは、わたくしですけれど、でも、ほんとうのところ、その人がどういう方なのか、よく存じ上げませんのよ。ただ、笠森の仲間であることは分かっておりますけれど」

そう言う彼女にしろ、豊原にしろ、嘘をついているようには、到底、思えない。もし芝居をしているのなら、名優ぞろいということになる。

「塩野氏は死んだのでしょうか？」

浅見は自分の言葉に反応する、三人の様子を見ながら言った。しかし、三人の表情には、驚くほど変化が現れなかった。

その中で、「たぶん」と、豊原が憂鬱そうに言った。

「私の勘ですがね、塩野という人物はすでに消されていると思いますよ。警察もそう思っているかどうかは知らないが、どうも存在感がないのです」

「やはりそうでしたか……」

浅見の脳裏を、一瞬、木綿子の顔が通り過ぎて行った。

「塩野氏は、ユーキや結城家に対して何をしたのですか？」

「それは、塩野自身というより、笠森の一味としてということでしょう。塩野のことは、われわれはじつは、あまりよく知らないのですよ」

「それでは、笠森氏が何をしたのか……」

言いながら、浅見は頭の片隅に、線香の火のような、かすかな曙光《しょこう》が見えたような気がした。

笠森にとって、塩野がなぜ必要であったのか——が、チラッと見えたような気がした。

塩野はまだ三十にもならない青年である。アメリカ留学の経験があるといっても、それだけでは、笠森の「仕事」の役に立つとは思えない。彼には何か、笠森にとって有用な部分があったにちがいない。

塩野の「特性」の一つは、宝石鑑定士の肩書だ。そしてもう一つは……それはひょっとすると、伊藤木綿子との関係ではなかっただろうか？

浅見の頭脳は目まぐるしく回転した。いつの場合もそうだが、いままで不鮮明だった、登場人物の役どころが見えてくるにつれて、芝居の筋書き全体が見えてくるのと、それはよく似ている。

「なるほど、獅子身中の虫がいるというわけですね」

浅見は大奥様の綾乃に向き直って、大きく頷《うなず》きながら言った。その時、綾乃の目の中にはじめて、(これは——)と驚く気配の生じたのが見えた。

「どういう意味ですか?」

脇から恭子が言った。彼女の声音にも、これまでの落ち着き払った様子に、かすかながら乱れが現れた。

「笠森政三が何をやっていたのか、僕にもようやく分かってきました」

浅見は逆に、興奮が静まって、勝者のゆとりのようなものを感じた。

「分かったって、何が分かったのですか?」

「これは宝石のトップメーカー、ユーキの信用に関わる大問題だったのですね」

浅見はゆっくりした口調で、気の毒そうに言った。三人は三様の驚きを見せた。それでも、恭子はまだ、浅見がハッタリを言っているのではないか——と疑ったらしい。

「ほほほ、何のことをおっしゃっているのか、分かりませんわね」

空疎な笑いと一緒に言った。

「もうお隠しになっても意味がありませんよ。一度思い当たってしまえば、ほかの理由はもはや考えようがないのですから。要するに、宝石の偽造——いや、正確に言うと、鑑定書の偽造が行われたということなのでしょう?　塩野氏はその鑑定書にサインをする役割を担ったのでしょう?　違いますか?」

「…………」

今度こそ、三人はショックを隠しきれなかった。

「どれほどの期間、どれほどの量かは知りませんが、ユーキから出た宝石類の鑑定書に、グレードを偽った記載があったのでしょうね。このことがマスコミに知られれば、ユーキは致命的な打撃を受けることになる……」

浅見は宝石のことについては、ほとんど知識がないに等しかった。今度の山梨取材の過程で、木綿子と会ったりして、ごく基本的な知識を得たにすぎない。

宝石のグレード——ランクづけは、カラーとキズの有無によって行われる。ダイヤモンドに例を取ると、カラーは「D」から始まって、「EFGH……」というようにランクが規定される。キズに関しては、顕微鏡下でまったく無傷のものが「フローレス」、以下「インテナリー・フローレス」「VVS1」「VVS2　VS1　VS2　SI1　SI2　I1　I2……」と続く。

したがって、最高級品は「DFL《フローレス》」と表示されたもので、いわゆる財産価値のあるものを——と思うなら「GVS2」までのものを買うべきだ。

そのグレードを鑑定し、鑑定書に記載するのは、宝石鑑定士の肩書を持つ専門家でなければならない。しかも記載は二名連記の形式が多い。もし意図的に虚偽の事実を記載したとすれば、その宝石は新たに鑑定されないかぎり、未来永劫《えいごう》、その鑑定書によって定められた「価値」で取り引きされることになるわけだ。

浅見が言ったのは、そのことである。

ユーキが製造し販売した何百何千という宝石類に、そういう重大な虚偽の記載事項があったことが分かれば、市場は大混乱に陥るにちがいない。

ユーキは――いや、ユーキばかりか、ひいては山梨の宝石業者全体が、信用を失墜《しっつい》して、かなりのダメージを受けるだろう。ジュエリー業界においては、信用を失うことはそのまま死を意味する。結城綾乃が「亡くなった人より生きている人のことを……」と言ったのは、そういう意味では実感が込もっているといっていい。

5

「さて……」と浅見は腰を浮かせた。

「僕はそろそろ失礼します。こうなった以上、一刻も早く笠森たちのことを警察に通報しなければなりませんからね」

あぐらから正座に座り直して、綾乃にお辞儀をしかけた。

「お待ちください」

綾乃は背筋を伸ばすようにして、手を上げて浅見を制した。

「もう一度、わたくしどもの話を聞いてください」

「はあ……」

浅見は仕方がない――という素振りを見せて、座蒲団の上に戻った。

「この時期にあなたに動かれたり、まして警察に通報などされては、わたくしどもがこれまで苦労してきたことが、何もかも虚しい努力になってしまいます。この不祥事は、ひとりユーキだけの問題ではなく、ひいては山梨宝石業界の死活に関わっているのですよ」

大奥様は切々と訴えるように語った。恭子夫人や豊原などのように、気負いや生臭さがないだけに、耳を傾けさせ、心を捉《とら》える雰囲気がある。

「じつは、今回の不祥事については、伊藤木綿子さんのお父様からユーキの社長に報告がございました。その際、伊藤さんは、事件の首謀者はユーキの発展を憎む人物だろうと言って、笠森政三の名を挙げたのです。そして、ひそかに笠森一味の様子を探ってくださるとおっしゃっていたのに、ああいうことになって……それなのにわたくしどもは、ありのままを警察に通報することさえできずにいるのです。どうぞ、わたくしどもの苦衷を慮《おもんぱか》って、お力添えをいただけませんか」

「はあ……」

浅見は目を閉じ、溜め息をついた。

「しかし、いつまでも笠森氏を野放しにしておくわけにはいかないでしょう。彼は殺人犯なのですよ。いったい、あなた方はどうやって、この厄介な事態を収拾されるおつもりですか？」

「それをあなたにお願いしたいのですよ、浅見さん」

綾乃はことも無げに、言った。浅見はもちろんだが、恭子と豊原は「えっ」と驚愕《きょうがく》の声を発した。それは明らかにシナリオになかった台詞《せりふ》だったにちがいない。

「あの、お母様、それは……」

恭子が慌《あわ》ててクレームをつけようとした。

「いいのですよ、恭子さん」

綾乃は左手で、袖《そで》を払うように、恭子の制止を振り払った。

「わたくしを含めて、あなた方ではもう、あの者たちは手に負えないことになっているではありませんか。警察に頼むのは危険ですし、だとすると、残る方法はどなたか、信用できる方にお願いするよりほかに、仕方のないことです」

「でも、こちらの浅見さんが……」

「信用できる方だ、とわたくしは思いますよ。お兄上のことはあっても、そこにちゃんと、一線を引いていらっしゃる……そういう方だと信じて、お願い申しあげるのです」

「あ、兄のことをご存じなのですか」

浅見は驚いた。これまで、そういう気配はまったく感じ取れなかった。

「ええ、それはね、失礼かとは思いましたが、それなりに調べさせていただきました。お兄上も清廉潔白のお方ですが、あなたもお見受けしたところ、まことにみごとなお方だと感服いたしております」

「みごとだなんて……」

浅見は大いに照れた。それと同時に、精一杯気張っていたものが溶け、崩《くず》れてゆくのを感じた。

「いかがでしょうか、わたくしどものために、ひと肌脱いでいただけませんか？」

「分かりました、僕でできることなら、お引き受けしましょう」

浅見はもはや、駆け引きなど無用だと思った。この婆さんは本気で結城家やユーキ、それに、そこで働く人びとの身の上を案じているのだ。家名や社名を傷つけるとか、そういう次元を超えて、これはもう人道上の由々しき問題なのだ。

それに、男子たる者、女性に縋《すが》られて、敵に後ろを見せるわけにはいかないではないか——などと思った。

「じゃあ、あらためてお訊きしますが、結城家とユーキとしては、笠森を警察に逮捕させるだけでは困るわけですね？」

「そうです」

綾乃は目をつぶって頷いた。

「要するに、偽造鑑定書のことが伏せられた状態のまま、事件を解決するのでなければならないというわけですね」

「そうです、そのとおりです」

「笠森の仲間の人数は、確認されているのですか？」

「どうなの、豊原」

綾乃は浅見の肩越しに代議士秘書を見て、訊いた。

「はっきりとは摑《つか》んでおりませんが、おおよそ五、六名かと……」

「頼りないこと」

綾乃は眉をひそめた。

「僕はそのうち、笠森と塩野氏の二人のことは知っていますが」

浅見は言った。

「残りの人間のことは、あまり詳しく知らないのです。ただ、ユーキの社内に、少なくとも二人の仲間がいると思うのですが」

「えっ？……」

「二人、ですか？」

豊原は意外そうな声を発した。

「ええ、一人は男性、たぶん宝石鑑定士の資格を持っている人物です。もう一人は、おそらく女性ですね」

「女性ですか……というと、伊藤木綿子のことでしょうか？」

「まさか……」

浅見は呆《あき》れて、笑い出した。

「彼女は被害者じゃないですか」

「では、誰のことでしょう？」

「僕は社員のみなさんのことは、ぜんぜん知りません。それに、社員に共犯者がいると考えたのも、たったいま、鑑定書の偽造が行われた可能性がある——と思いついた時からですよ。ただし、その女性は目撃者がいますから、しかるべき方法を講じれば、人相の確認は可能ですけどね」

「目撃者？……いったいその女性は、何をやったのですか？」

豊原は浅見が次から次へと「新事実」を言い出すので、反駁《はんばく》するどころか、疑いを挟むことさえできなくなっている。

「彼女は、下部温泉のホテルに、白木さんの青いBMWに乗って顔を出しています。相棒の『野口』と名乗った男が宿泊カードにサインしているあいだ、白木さんに成りすまして、車の中から一歩も出ませんでした。したがって、人相まで記憶している人がいるかどうか疑問ですが、その時刻はユーキの勤務時間内です。そういう点から追及すれば、自供に追い込むことができるでしょう。なんといっても、自白の強要は、警察のもっとも得意とするところですからね」

浅見は兄が聞いたら、卒倒しそうなことを言った。

「だけど、そんなこと——白木さんに化けたりして、何の役に立ったのだろう？」

豊原が首をひねった。二人の女性も不思議そうな顔をしている。

「もちろんアリバイ工作でしょう。その時刻に白木さんが下部にいては、絶対に犯行が不可能な場所に、犯人はいたのですよ」

「あ、そうなのね……」と恭子が膝を叩《たた》くようにして、言った。

「では、本当の白木さんは、『野口』がチェックインをした時刻には遠いところにいて、その直後に殺されたのですわね」

「そうだと思います。試しに、笠森がどこにいたのか調べてみると、面白い結果が出るかもしれません」

「面白い……」

綾乃は眉をひそめた。浅見の不謹慎を窘《たしな》めようと思ったらしいが、結局、何も言わなかった。

「でも、おかしいですわ」と恭子が言った。

「かりに、そうやって、笠森は完全犯罪が成立したとしても、『野口』にはアリバイがないわけでしょう？」

「そのとおりですね」

「でしたら、『野口』が追及されれば、トリックはばれてしまうじゃありませんの」

「追及しようにも、『野口』がすでにいなくなっていればいいわけです。さっき、豊原さんが『存在感がない』と言われたじゃありませんか」

「あ、じゃあ、『野口』は塩野……」

恭子は悼《いた》ましそうに、口のあたりを掌《て》で覆《おお》った。

「塩野氏は、無理心中を装って殺されてしまったのだと……」

言いながら、浅見は（はっ——）と思いついた。

「すみませんが、電話を貸していただけませんか」

豊原がコードレスホンを運んで来た。浅見は南部警察署の番号をプッシュした。

原田部長刑事は席にいた。この重要な時期に署内にいるのは、よほど手詰まりな状態なのだろう。

「原田さんにいい情報を教えますよ」

浅見は元気づけるように言った。

「はあ、それはどうも」

あまり気乗りのしない、眠そうな声であった。

「白木さんのBMWが放置してあった、談合坂サービスエリアですがね、あの付近を捜索してみると、塩野さんが見つかるかもしれませんせん」

「塩野が？　山狩りですか……しかし、いくらなんでも、あんなところにいつまでもいるはずがないでしょう」

「いや、動けない状態なら、そこにいるしかありません」

「動けないって、怪我《けが》でもしているんですかい？」

「怪我ならいいですけどね」

「え？　あっ、ほんとですか？……しかし、それ、どこから仕込んだネタです？」

「情報源は言えませんし、絶対とも言えませんが、探してみる価値はあると思いますよ」

「分かりました、すぐに署長に言ってみます。どうも」

慌ただしく電話を切った。

浅見の電話する口許を結城家の三人がじっと見つめていた。受話器が置かれると、待ちかねたように、恭子が言った。

「その塩野さんという人、笠森の仲間じゃありませんの？」

「ええ、そうです」

「だったら、なぜ殺してしまったりするのかしら？　それはたしかに、白木さんを無理心中に見せ掛けるために——という目的はあったとしても、仲間を殺すというのは、ずいぶん残酷すぎます」

「もちろん、殺害した動機はほかにもあるのですよ。塩野氏は仲間を裏切ったのです」

「それにしたって殺されるなんて……第一、裏切った人間なら、それなりの用心はしていたでしょうに。『野口』の役を演じさせられたり、犯行に加わっていながら、あっけなく殺されるなんて、ずいぶん間の抜けた話ですわね」

「そうですね」と浅見は頷いた。

「僕もそのことについては不思議でならないのです。塩野氏に油断があったとしか考えられません。塩野氏は宝石鑑定士として、犯人側にとっても、貴重な存在だったのですから、よもや殺されることはないだろう——と高をくくっていたのかもしれませんが、それだけでは安全保障の条件としては希薄です。ほかにも——たとえば、笠森一味の非道をユーキが告発できないような、何かの事情があったのかもしれません。そうでもなければ、単身、危険がいっぱいのところに、ノコノコやってくるはずはないのです」

話している浅見の頭の中に、一度も会ったことのない塩野の面影が、陽炎《かげろう》のようにぼんやりと佇《たたず》んでいた。

（塩野は死んだのだ——）と、浅見はその時、あらためて思った。

塩野は本当に死を覚悟して、仲間を裏切ったのだろうか。いや、裏切れば殺されることは、笠森やほかの仲間の冷酷さを知れば知るほど、分かりきったことであったろう。

それにもかかわらず、塩野は仲間を裏切った。——それは単に、木綿子に対する愛情がひたむきなものであったことや、天安門広場の青年に感動したという、それだけの理由だろうか？

（違うな——）と浅見は冷静に考えた。事実は小説のように甘くはない。塩野には塩野なりの計算や、自己保全策があったはずである。

裏切っても殺されない——という、何らかの確信材料がなければ、かりにいくら木綿子に対する愛情が強かろうと、そうそう簡単にはいのちは捨てまい。

そのフェイルセーフの根拠になっているものこそが、例の「日蓮の生まれ給いし……」で示される「何か」であるにちがいない。

「それはね、浅見さん、宝石ですよ」

綾乃が、まるで浅見の思索を見透かしたように、のんびりした口調で言った。

「そうですよ、宝石です。あなた、鑑定書が偽造されたというところまで気づいておられるのに、その先のことが分からないはずはないでしょうに」

「宝石？……」

「?……」

「ユーキが、いい加減な宝石を世に出すとお思いですか？」

「いえ」

「でしょう、安物は笠森の手ですり替えられたものです。それはそれとして、それでは、その元の宝石はどこへ行ってしまったのかしらねえ」

「あっ……」

浅見はおのれの迂闊《うかつ》さを呪《のろ》いたかった。考えてみれば当然の話だ。本物のほうの宝石がどこかに隠匿《いんとく》されていなければならないはずである。

（そうか、『日蓮の生まれ給いし……』はそれを指していたんだ——）

塩野だけが、宝石の隠し場所を知っているのだとしたら、充分、フェイルセーフの役には立ちそうだ。だが、それにもかかわらず、テキは裏切りに対しては容赦なく、断罪を行ったらしい。それはことによると、笠森かほかの誰かの「勇み足」だったのかもしれない。あるいは、塩野の自宅に隠されていると、楽観しきっていたのだろう。その結果、「宝石」の行方は杳《よう》として摑めなくなってしまったのだ。

わずかに残された手掛かりは「日蓮の生まれ給いし……」である。

最初の段階では、おそらくテキはその謎《なぞ》めいた「歌」の所在にすら気づいていなかったにちがいない。

やがて、熊野神社の壁に書かれたその歌を発見したか、あるいは、浅見や木綿子、それに井上たちが「捜査」を進めてゆく過程で、しばしば人に洩《も》らしたこともあったせいか、とにかくその歌の存在に気づき、歌に何やら意味のありそうなことに思い当たった。

それは、笠森ともう一人の男が伊藤家を訪ね、木綿子の父親を殺害したあと、伊東の仏現寺へ向かっていることからも推測できる。

「それにしても……」と、浅見は唾を飲み込んでから、言い直した。

「やつらは、伊藤信博さんをなぜ殺したりしたのでしょうか？」

「そう、伊藤さんは本当にお気の毒なことでした。あの方はユーキのために全面的に協力してくださっていたのです。今度の事件が起きた時、伊藤さんは偽造宝石のことを息子に教えてくださいました。それで、慌てて市場を調べてみると、たしかにかなりの量の不良品が出回っていることが分かりました。幸い、マスコミなど、明るみに出る前の段階で教えていただいたので、何とか手を打つ余裕ができましたのは、すべてあの方のお蔭ですのよ」

「だったら、伊藤さんが殺されたのは、その情報をユーキにもたらしたためだったのではありませんか？」

「いいえ、それは違うと思います。伊藤さんが情報をもたらしたことは、ユーキの社長とわたくしと幹部の者しか知らないことですもの。そうではなく、笠森はあの日、塩野さんが隠した宝石の行方を求めて、伊藤さんの娘さんの様子を探りに行ったのではないかしら？　そうして、思いがけず、伊藤さんとバッタリ会ってしまった……伊藤さんはかつては宝石関係の仕事をしておられた、いわば業界ではベテランだった方で、もちろん笠森も知った顔です。その時に、伊藤さんは事件の真相に気づいたのかもしれませんわね。そうして、笠森にそれとなく打診しようとして、その夜、自宅に招き、逆に警戒され、殺されてしまった……いえ、本当のことは分かりませんですよ、分かりませんけれど、そんなことが想像できますわね」

「なるほど、おっしゃるとおりでしょう」

浅見は老女の分析力に感服した。やはり笠森一味は塩野が残した「歌」の意味を求めて、血眼《ちまなこ》になって動き回っているのだ。一刻も早く宝石を回収しなければ、第三者の手に落ちてしまう。おそらく何十億円にも相当する宝探しだ。その途中で思いがけない障害に出会ったら、容赦なく抹殺してしまうほど、殺気立っていたにちがいない。

しかし、そうまでしていながら、やつらは依然、あの奇妙な歌の意味するところを解読できていないのだ。

日蓮の生まれ給いしこの御堂――

この短い文章の中からは、誰が考えても、日蓮が彼の人生の折々に、生まれ変わり、あるいは死に変わった場所――建物――を想像するだろう。

しかし、それ以上の何も解明はされない。ただやみくもに、それとおぼしき場所を訪ね歩くしか方策がないのだ。

誰がいちばん先にその謎の真相に到達するか、そこにはいったい何があるのか――浅見は結城家の三人を前にして、束《つか》の間、宝捜しの夢を見ていた。

第十六章　日蓮聖人生誕の謎

1

その夜、浅見は井上の家を訪ねている。ドアが開いて、客が浅見であることを知ると、井上は「あっ」と言って、慌《あわ》てて中に逃げ込もうとした。

「結城家はあなたを必要としていますよ」

浅見は早口で言った。井上は「えっ？」と振り返り、「どういうことです？」と訊《き》いた。アルコールの臭いが強かった。

「井上さんも水臭いですね」

浅見は苦笑した。

「あのおばあさんに脅かされたからって、僕から逃げることはないじゃないですか」

「いや、それを言われると面目ない。しかし、おれにも弱いところがあるんですよ」

「分かってます、おばあさんに聞いてきましたよ。もしそういう理由でなければ、井上さんを軽蔑するところでした」

「いや、たしかに軽蔑すべき存在です。われながらいやになる」

井上はサントリーの角ビンを持って来て、「どうです？」と言った。

「いや、僕はしばらく飲《や》りません」

浅見はきびしい表情で言った。井上は口を尖《とが》らせて、しばらく考えてから、「そうね、やめようね」と、自分のグラスも片付けた。

「で、浅見さん、どうするつもりです？」

「もちろん一路邁進《まいしん》ですよ」

「ということは、笠森一味を告発するってわけ？」

「最後にはそうなるでしょうね」

「そう……しかし、難しい問題があるんですよね。そのこと、ばあさんは言いませんでしたか？」

「おばあさんは言いませんが、こっちから言ってやりました。いよいよとなれば笠森はユーキと刺し違える気ですよね」

「そう、それが結城家にとっては恐ろしい。相手は手負いの虎みたいなものだ。笠森には怨念《おんねん》がありますからね」

「怨念？……というと、何があったのですか？」

「ああ、それは聞いてこなかったのね」

井上はかすかに優越感を抱いたらしい。

「古い話だけど、笠森のおやじは、結城一族に会社を潰《つぶ》されて、自殺したのですよ。いや、水晶業界全体がダメになった頃のことで、どこも大変だったのだから、果たして事実なのかどうか知りませんがね、笠森はそう思い込んでいる。そこへもってきて、またぞろ、ユーキが宝石業界を圧迫するような変身を遂げたでしょう。笠森の会社は、おやじさんの轍《てつ》を踏んで、またぞろ潰れちまった。笠森にしてみれば、さぞかしアタマにきたんでしょうな。言ってみれば、ユーキに対する業界の被害者意識が、笠森に乗りうつって、ヤツの怨念を増幅させたようなものかもしれない。ヤツはもう、狂気に駆られていますよ。何をするか分からない」

「なるほど、そういう歴史が背景にあったのですか……」

宝石博物館での、なんとも不可解な応対ぶりが、それで理解できた。

「しかし、それは逆恨《さかうら》みというものでしょう。業界にしろ笠森にしろ、ユーキの近代化や発展を阻《はば》む理由はないはずです」

「それは正論というものですな」

井上は（若いな――）という顔をした。その皮肉な顔に、浅見は保守王国と言われる甲州の体質を見たような気がした。井上の変節といい、それをさせた結城家の仕打《の》ちといい、どこかに浪花節めいた、しがらみの濃さを感じさせる。ユーキ自体、抵抗を押し退けてまで、あえて「正論」を通すことをしないのも、やはり義理人情のしがらみに自ら縛られているためなのだろう。

「分かりました。結城家の側も、業界や笠森に対して、精神的な負い目を感じているというわけですね。それで思いきった処置を取れないでいる……ユーキも傷つかず、業界も平穏のうちに、笠森一味を追い詰め、壊滅させなければなりませんね」

「それは難しい。まずできっこないね」

「難しいから、こうやって井上さんに協力を頼みに来たのです」

「協力？　いや、おれはだめ。ギブアップだなあ」

「だめじゃないですよ。結城家はいまやあなたを必要としていると言ったでしょう」

「ほんとなの、それ？　だけど、おれに何ができるって言うの？　警察に笠森一味の悪事を告発するのは簡単だが、あのばあさんが心配しているとおり、下手《へた》すると、ユーキはぶっ潰れちまいますよ」

「だから、それを潰さないように、何とかしてやろうじゃないですか」

「何とかするって、どうするの？」

「問題は三つです。一つは白木美奈子さんと伊藤さんの事件を解明すること。二つ目は偽造宝石の行方を把握《はあく》して、回収すること。三つ目は塩野氏の行方と、例のメッセージの謎を解くこと。もっとも、塩野氏はたぶん、殺害されているでしょうけどね」

「白木美奈子と伊藤さんのおやじさんを殺した事件のほうは、警察に任せるっきゃないでしょう」

「ええ、最終的には、ですね。ただし、そうなるものとしても、その過程でマスコミに偽造宝石関係の情報が流れないようにしなければなりません」

「しかし、そんなことは無理でしょうが。どうしたって、情報は洩《も》れるな。ブンヤの嗅覚は鋭いですからねえ」

「そこを井上さんの才覚で回避してくださいよ。たとえば、警察と密約を結んで、情報提供をするなんていうのは、井上さんのお手のものじゃないのですか？」

「そりゃまあ、そうだけど……」

井上はようやく「その気」になりかかった様子だ。

「だけど、そういうのは、浅見さんも得意そうじゃないの？」

「いえ、僕はだめです、もともと警察は苦手な男なのです」

浅見は慌てて手を振った。井上の「どうして？」という質問には、何も答えなかった。

2

翌日から、浅見はユーキの社員になった。名目は秘書課付——何をやっているのか分からないような職名である。そこで、社史の編纂《へんさん》にあたる——というのが、建前であった。「社史」は嘘っぱちだが、遅れている『旅と歴史』の原稿を、携帯用のワープロで書き続けているので、いかにもそれらしく見える。

したがって、必要な資料や情報収集をやっていても、誰も不思議には思わない。そうして原稿が書き上がる頃には「事件」の全貌がしだいに明らかになっていった。

ユーキが販売した夥《おびただ》しい数の宝石のうち、「偽造鑑定書」を添付して売られたのはどれほどなのか……そして、その流れて行った先はどこなのか？

これを調べるには、ユーキの社内にいる裏切り者を特定しなければならない。

その一人はすでに、結城家の人間にも分かっていた。ユーキの社員で宝石鑑定士の資格を持つ者は、最年少の伊藤木綿子も含めて、三人。消去法で犯人を割り出せば、簡単に結論は出せる。

依田由夫・三十八歳——彼が獅子身中の虫であった。

宝石の鑑定は二名の有資格者の署名が必要だ。むろん、二人の鑑定士がそれぞれ鑑定の作業をすることが前提である。

しかし、実際には一名の鑑定によって、鑑定書が発行されるケースが多いものなのである。もう一人は単に署名だけをする。それで間違いが生じることも、原則的にはあり得ないといっていい。

だが、意図的に虚偽の鑑定書を発行することを目的とする者がいれば、話はべつだ。グレードの低い宝石に、偽りの記載をした鑑定書が添付されてユーザーに流れるケースも、当然あるわけだ。

この場合、美術品における「贋作」とは異なって、刑事事件にはなじみにくい。売られた商品——ダイヤモンド——はあくまでもダイヤモンドであって、偽造品（たとえばガラス）ではないのだ。単に、ダイヤモンドの品位を鑑定するに当たって、鑑定士が錯誤もしくは過ちを犯したにすぎない。顕微鏡下のキズを見落とした――と言えば、それ以上、犯意を追及するのは難しい。

ただし、それを市場に出したメーカーや業者の信用は失墜する。したがって、できることなら、販売先の客の手から、穏便な方法で取り返すのが望ましい。

そのためには、偽造鑑定書を添付した宝石の販売先リストを、誰が把握しているのかが問題であり、それがユーキ社内の女性ではないのか――と浅見は考えた。

島崎泰子――

さまざまな条件にマッチする人物として、その名前が浮かび上がった。宝石類を取り扱う技術もあるし、販売先や顧客リストの管理の実務者でもある彼女は、ユーキが現在のような近代化と大型化を達成する以前からの、いわば子飼いの社員で、その当時は宝石デザインの仕事に従事していた。

「島崎、ですか……」

結城社長は唇を噛んだ。彼女が入社してからの十二年間が、走馬燈のように彼の脳裏をかすめていったことだろう。

その頃のユーキはまだ、有限会社結城宝飾といっていた時代で、山梨県に数多くある小規模な宝石関連業者の一つでしかなかった。

結城家は、戦前から十数年前までは、水晶を中心とする鉱物資源を保有して、山梨県の宝石業者・水晶加工業者に君臨していた。

水晶が斜陽になってからは、結城家も斜陽の一途を辿《たど》った。ほかの水晶業者や宝石業者と同じレベルまで地位が下がってしまったのである。

その結城家が現在の社長の代になって、乾坤一擲《けんこんいってき》、巨大流通機構と手を結び、業態を一変させた。まったく新しい考え方で、宝飾品のデザインを中心に、国際的にも通用する総合ジュエリー産業として再出発したのだ。

それが「株式会社ユーキ」である。

この思いきった転身は、山梨宝石業界を震撼《しんかん》させたのはもちろんだが、社内にも抵抗分子が少なくなかった。近代化・合理化についてゆけない人間というのは、どういう場合にも出てくるものである。

島崎泰子はかつては宝石のデザインと加工という、いわば技術畑にいたのだが、新会社発足と同時に営業部門に回された。それはキャリアウーマンを自負していた彼女にとって、大きな挫折であったろう。

しかも具合の悪いことに、それと時を同じくして、白木美奈子がデザインセクションのチーフとしてやってきた。島崎泰子が、自分の配置転換は白木美奈子の差し金だと勘違いしたのも、あるいは無理のないことかもしれない。

島崎泰子はユーキブランドの宝飾品に組み込まれた宝石を、店頭に出る手前のところで、一ランク乃至《ないし》二ランク、グレードが下の宝石に差し換える作業をした。笠森一味からカネはもらったが、むしろユーキや白木美奈子への復讐心が、彼女を犯罪に走らせたとも考えられる。

依田由夫の違反は単純にカネ目当てのものであったらしい。こっちのほうは、島崎泰子が作り変えた宝飾品を、元のままのグレードで「鑑定書」を書く作業に専念した。

そうした犯罪の構図は解明できたので、今後は偽造鑑定書が発行されることは防げたものの、下手に動けば偽造鑑定書の一件が明るみに出て、ユーキの信用を失墜する危険がある状況に変わりはない。

笠森一味を破滅させるのは、そういう危険性を百パーセント払拭した上で行われるのでなければならなかった。

表面上は何事もないかのごとく、日々は過ぎていった。下手な動きができないのは、犯人側も同じことのようだ。

伊藤木綿子もショックから立ち直って、出勤しはじめた。依田も島崎泰子も、通常どおりの勤務態度で、何食わぬ顔をしている。

機はしだいに熟してゆくようにも、またほとぼりが冷めてゆくようにも思えた。

事件解決の三つのテーマのうち、一つは解明したが、塩野のダイイング・メッセージ――「日蓮の御堂」がどこなのかどうしても見えてこない。

浅見はあらためてその「歌」の意味するものが何なのか、あれこれと思い巡らせた。

「日蓮の生まれ給いしこの御堂」

日蓮の史実や伝説にからむ、いろいろな場所が想定されてきた。そのどこもが、決め手に欠けた。文字どおりの生誕の地、発心の場所、奇蹟的に命拾いをした場所、配流《はいる》の地……と、そのいずれもがそれに該当するようであり、かといって、それではあまりにも漠然としすぎているように見える。

実際、どこへ行ってみても、そこから受ける特別な印象や感慨といったものは、何もなかった。

浅見は自分のインスピレーションだとか霊感を、ある程度、信じるほうだが、そういうものが一度もキャッチできなかった。

（あの歌には、特別な意味など、ありはしなかったのかもしれない――）

そういう退嬰《たいえい》的な気分に、しばしば襲われる。そのつど、いや違う――と、浅見は断固否定した。塩野が何の目的も意味もなく、あの「歌」を書き残したとは思えない。あれはあくまでも、宝石の在りかを暗示しているのだ。

（暗示か――）

ユーキの秘書室の窓から、甲府盆地を眺めながら、浅見はぼんやりと考えていた。

（暗示か――）と、何度目かに思った時、ふと、なぜ暗示なのだ？――という疑問が浮かんだ。

（なぜ暗示と決めつけたのだろう？――）

それはばかばかしい着想かもしれないが、もっとも基本的な発想でもあった。

（あれは暗示なんかではなく、「明示」だったのではないのか？――）

暗示だと思うから、さまざまな仮説が生まれた。誕生寺から伊豆の仏現寺まで、あてどもないような探索行が続いた。

しかし、あの歌を素直に、あるがまま、秘密を明示した文章だと見れば、それほど簡単なことはないのではないか。

「日蓮の生まれ給いし――」はあくまでも、日蓮生誕の地を意味するのではないのか。いや、本来は、それ以外に考えようがないはずなのだ。

浅見は愕然《がくぜん》とした。それと同時に、たった一ヵ所、自分の目で確かめていない場所を思い出した。自分の目で見ないで、何がインスピレーションだ――と思った。そこに気づいた時、浅見は独り、笑ってしまった。

3

島崎泰子が伊藤木綿子から相談を持ち掛けられたのは、木綿子の父親が殺された日から、半月後のことであった。

「父の古い写真を整理していたら、島崎さんが写っていたんですよね」

木綿子は言った。

「へえー、どういう写真？」

泰子は内心ドキリとしながら、訊いた。

「ユーキがまだここに移る前の写真らしいのですけど、宝石の技術関係者の集まりじゃないかと思います」

「ああ、そんな古い写真……じゃあ、七、八年くらい前のかな？……そう、お父さんも写っていたの。ちっとも知らなかったけど」

「うちの父も、昔は水晶の関係の仕事をしていたんです」

「ああ、そういえば、そんなこと聞いたような気もするわね」

「それで、なんとなく島崎さんに相談してみようかなって思ったもんだから……」

「それはまあ、光栄だけど、でも頼りないわよ、私なんか」

「そんなことありません。ほかに相談するような人、いないんですよね。お願いですから、聞いてくれませんか？」

「そりゃまあ、いいけど……それで、相談て、お父さんの事件のこと？」

「いえ、父の事件のこともそうなんですけど、ほかにもすっごく心配していることがあるんです」

「ふーん、どういうこと？」

「私、ニューヨークに行っていた頃、ボーイフレンドができて、日本に帰ってきてからも付き合っていたんです。東京の人で、塩野っていうんです。それで、将来は結婚する方向でいたんですけど、急に音信不通になっちゃったんですよね。べつに喧嘩《けんか》したわけでもないし、ただ、最後のデートをすっぽかしたことはあるんですけど、でも、それだけじゃ説明がつかない、唐突な感じなんです」

「ふーん……でも、そういうことって、よくあることじゃないのかなあ。私なんかしょっちゅうふられてるし」

「まさか……嘘でしょう？」

「ほんとよ、男なんて信用できないわよ」

「でも、それがおかしいんですよね。塩野さんは、私にある重要な品を預けたままなんですから」

「重要な品？……何なの、それ？」

「うーん……ちょっと、言えないんです」

「なんだ……そう、言えないのか……それじゃ相談に乗るも何もないじゃないの」

「すみません……ただ、言えることは、すっごく高価なある物なんです」

「高価っていうと、たとえば宝石とか？」

「えっ？　ええ、まあ……」

「ふーん、そんなものを預かっているの。だったらヤバイんじゃないの？……あ、そうよ、お父さんが狙われたのも、その宝石のせいなんじゃないの？」

「そうかもしれませんよね。でも、父は宝石のことなんか……あ、いえ、宝石みたいなもののことなんか、ぜんぜん知らなかったのだし、いくら脅かされたって、どこにあるのか、教えようがなかったんですよね」

「ああ、やっぱり……それだから殺されちゃったんじゃないの？」

「ええ、そうかもしれません……みんな私が悪いんですよね」

木綿子はこの時ばかりは、演技抜きで、ほんとうに、心から涙を流した。

「まあまあ、そう泣いてみたところで、お父さんが生き返るわけでもないし、これから先のあなたのことのほうが心配じゃないの。それで、その宝石は、あなたの家に隠してあるわけ？」

「いいえ、違います。最初っから、うちになんかないんですよね」

「そうなの……だったら、どこなの？」

「宝石そのものじゃなくて、塩野さんがある場所に隠して、その隠し場所を私に教えてくれたんです」

「ほんと……どこなの？　それは」

「それが、おかしな歌みたいな、俳句みたいなものに託しているんですよね」

木綿子は「日蓮の生まれ給いしこの御堂」の歌をメモした紙片を見せた。

「ふーん、これなの……」

泰子は冷たい目でメモを眺めた。

「でも、これじゃ何の意味か分からないじゃない」

「ええ、知らない人にはそうなんですけど、私にはキーワードみたいなものを教えてくれてますから」

「じゃあ、分かるっていうわけ？　どこなの、それは？」

「誕生寺です。日蓮聖人が生まれた、房総半島の」

「ああ、安房《あわ》小湊《こみなと》のでしょう？　誕生寺なら、私だって知ってるわよ。でも、それだけじゃ広すぎて分からないいんじゃないの？」

「それが分かるんですよね」

木綿子は勝ち誇ったように言った。

「だったら、どうして取りに行かないの？」

「一人じゃだめなんです。ちょっと危ない場所ですから。それで島崎さんに一緒について来ていただけないかと思って……だめでしょうか？」

「そりゃあ、だめじゃないけれど……」

島崎泰子は話の真偽のほどを推し量るように、じっと木綿子の顔を見つめた。

4

外房線を安房小湊駅で降りると、木綿子と島崎泰子はタクシーに乗った。「誕生寺ならバスがあるのに」と泰子は言ったが、「そんなセコイこと、いいじゃないですか」と木綿子は笑ってみせた。

順番待ちの人が数組いたけれど、三番目の車が来た時、木綿子は二組前の客に、「すみません、急いでいるので、順番、代わっていただけませんか？」と頼んだ。男の二人連れで、いいとも悪いとも言いかねているうちに、木綿子は泰子を促して、さっさと乗り込んでしまった。

「へえーっ、あなたって、見掛けによらず、太っ腹なのねえ」

泰子は見直した――という目で、木綿子をしげしげと眺めた。

「だって、待つのって、嫌いなんですもの」

木綿子は内心、冷汗をかきながら言った。あの客に拒絶されたらどういうことになるのか――この運転手に訊いてみたかった。

誕生寺が近づくと、木綿子は「運転手さん、蓮華ヶ淵に行ってください」と言った。それもまた、泰子の意表を衝《つ》いた。

「えっ？　誕生寺じゃないの？」

「じつはね、違うんです」

「だってあなた、たしか誕生寺だって言ったんじゃないの？」

「ええ、会社では誰が聞いているか分からないでしょう。父のああいう事件があったもんで、私、用心深くなっちゃったのかもしれません」

「ふーん……だけど、どうして？……」

誕生寺の参道前を通過した時、泰子は未練たらしく、何度も振り返っていた。明らかに思惑が外れた……という様子である。

天津小湊町の前の海は「妙《たえ》の浦」とも「鯛《たい》の浦」とも呼ばれる。観光船が出て、船底のガラス越しに、海中を覗かせてくれるが、名前のとおり、とにかく鯛が無数に群れていることは事実だ。

誕生寺を少し行き過ぎた海岸の防波堤のところで、道路は行き止まりになっていた。

「ここから先は、遊歩道しかないですよ」

運転手が教えてくれた。

二人はタクシーを降りた。防波堤を越えた付近は砂浜よりも、磯が目立つ。この日は北西寄りの風がわずかにあったが、鯛の浦は穏やかで、波も小さかった。夕方近かったけれど、海岸には観光客が出て、磯遊びをしたり、そぞろ歩きをしたりしている。木綿子は海と崖のあいだの遊歩道を歩いて行った。

「どこへ行くの？」

島崎泰子は不安そうに言った。周囲をすべて山に囲まれ、どっしりと安定している山国の住人は、海に憧れる反面、たえず揺れている海に対して、本能的なおそれを感じるのだそうだ。

「だからァ、日蓮さんが生まれたところですよ」

木綿子は逆に気持ちにゆとりができたように、明るく言った。

「生まれたところって……そっちは、崖の下がすぐ海みたいなものじゃないの」

泰子は不信感を露《あらわ》に、言った。

「日蓮さんが生まれた家っていうのは、地震だか津波だかで、海の中に沈んじゃったって聞いたけど？」

「ええ、そうなんですよね。だから分からなかったんですよね。だけど、塩野さんは教えてくれたんです。海に沈んでない場所だっていうことを」

「沈んでない場所？」

「ええ、ほら、あそこ……」

木綿子が指差した方角を見て、泰子は「あっ」と言った。

前方の海の中に、奇妙な形をした岩が、二つ、海中からキノコかタケノコでも生えたような恰好で、伸び出している。いまは穏やかだが、台風でもくれば、岩山を越えるほどの波が押し寄せるにちがいない。岩のてっぺんの辺りにはしょぼくれた松が、しかし健気《けなげ》に潮風に耐えて立っていた。そして、その岩の中腹に赤い小さなお堂が据えてあった。

「あの岩の上に、宝石を埋めたっていうんです。あの岩は、ふつうじゃ上がれそうもないけれど、塩野さんたち地元の子供なら、誰でも一度や二度、登って遊んだことがあるのだそうですよ」

足元まで波が寄せる辺りまで行って、木綿子は岩を眺め、しみじみした口調で言った。

そういうことは、すべて浅見から聞いた話の受け売りだ。

浅見は三日前にこの地を訪れ、塩野の旧友からその話を聞いたと言っていた。あの岩山に登って遊んだ日々が、塩野の少年時代にあったことを想うと、さすがに悲しくなる。

「そうなの、あの岩の上に、その宝石があるっていうわけなのね？」

島崎泰子は緊張した顔で言った。

「でも、どうやってあの岩に登ればいいのかしら？」

「塩野さんは、干潮の時なら磯伝いに渡れるって言ってました。明日の昼が干潮だから、ホテルで泊まって、ゆっくり行けばいいと思うんですけど」

「そうね、それがいいわね」

木綿子の案に救われたように、泰子は相槌を打った。夜になれば仲間と連絡が取れる――と泰子は考えている。そして、そう考えていることが、木綿子にも手に取るように読み取れた。

木綿子の希望で、その夜の宿は日本式の旅館にした。ホテル形式のところでは、密室のような状態になるので、身の安全に自信がない。

島崎泰子は、旅館に落ち着くと、ロビーの公衆電話でどこかに電話していたが、それ以外はごくさり気なく、寛《くつろ》いだ様子を見せていた。

鯛の浦は鯛の禁漁区になっているのだそうだが、旅館の料理には鯛料理が出た。

「人間て、自分の都合で、生かしたり殺したりする、本来、原始的な生き物なのかもしれませんね」

木綿子は批判した。暗に犯人一味に対するいやみを言ったつもりだが、泰子は無関心を装った。

食後、風呂に入り、九時頃には布団に潜った。木綿子は疲れて眠くてしようがなかったが、泰子は寝つかれないらしく、手拭いを持って風呂へ行った。そこまでは知っていたが、それからすぐ、木綿子は眠りに落ちた。あとで思うと、どうやら睡眠薬を飲まされたらしい。

5

月のない夜であった。午後十時を過ぎると、潮が引いて、磯が露出してきた。その中にひときわ高くそそり立つ感じで、例の岩山が暗い空をいっそう暗くしていた。

午後十一時過ぎ、人影が二つ、懐中電灯もつけずに磯伝いの道を歩いて行った。大柄のほうの影が、折り畳み式の梯子《はしご》を肩に担いでいる。

この辺りの岩は海草がついて、すべりやすい。二人はゆっくり、足元を確かめながら歩いた。それでも、しばしば足を取られそうになった。

岩の根方に着くと、梯子を伸ばして崖に立て掛けた。これまでは隠密裡に行動してきたが、足場も崖の状態もはっきりしないので、さすがにここでは懐中電灯を使った。

頼りない光束の中に、赤いちっぽけな堂が浮かび上がった。

「ははは、こいつが日蓮の生まれ給いし御堂か……。苦労させやがって」

年配のほうの男が毒づいて、「先に上がるぞ」と言って、梯子を登った。下の男は梯子を支えていたが、思ったよりは安定していた。

「大丈夫ですか、笠森さん？」

「ああ、いいぞ、登ってこいや」

若いほうの男も梯子を登った。岩のてっぺんは、平坦な場所はほんの半坪ほどもない。二人は松の根方を懐中電灯で照らした。

「ここに窪みがある」

笠森が言った。松の根が四方に張った隙間《すきま》のようなところに、黒ぐろとした窪みがあった。その奥を照らすと、直径二十センチほどの平たい石が、蓋《ふた》のように見えた。

笠森は腕を差し込んで、その石を取り除いた。

「あった！……」

低く叫んだ。穴から引き戻した手には、ビニール製の小物入れのようなバッグを摑《つか》んでいた。

「ありましたか！」

若い男も声を震わせた。笠森はバッグの蓋を開けた。中にもう一つ、小振りのバッグが入っていた。「厳重にしてやがる」と、笠森は含み笑いで呟《つぶや》いた。

二番目のバッグのチャックを開けると、透明なビニール袋の中に宝石がぎっしり詰まっていた。笠森はその感触を確かめると、思わず「ははは」と哄笑《こうしょう》した。

その笑い声が合図のように、サーチライトが一条二条……四条まで照射した。明らかに、あらかじめこの岩の位置に、目標を設定してあったものだ。

「ちきしょう！」

笠森は一瞬、目がくらんで、岩の上に身を伏せた。身を隠すというより、立ったままだと光の圧力で平衡《へいこう》感覚を失いそうだった。

「何なのです？」

若い男も岩にへばりついて、悲鳴のように言った。

「罠《わな》だ、はめられやがったんだ、あのばかやろうめ」

笠森は、口汚く、ここにはいない島崎泰子を罵《ののし》った。

「どうします？」

「ばか、逃げるっきゃねえだろう」

しかし、集中する光芒《こうぼう》は視野を真っ白に閉ざしてしまっていた。梯子を立てた方角がどっちかさえ、見当がつかない始末だ。

ふいにスピーカーが怒鳴った。

――笠森、逃げられないぞ、これから警察官が行く。その位置でじっとしていろ。

「くそっ……」

笠森は這《は》ったまま足のほうから斜面をまさぐりながら、体の位置をずらした。サーチライトは動く様子はない。べつに動かなくても、こんなちっぽけなスペースを照射しているぶんには、問題ないのだろう。

しかし、笠森は何とかして、この光の洪水の中から脱出しなければならない――と思った。荒れ狂う波の中にいるよりも、この光の世界に閉じ込められていることのほうが恐ろしかった。

「海に逃げるしかないな」

笠森は自分に言い聞かせるように言った。事実、若い男の耳が、その言葉を聞いていたかどうか、はっきりしなかった。若い男は笠森に従おうとしていながら、その実、逆の方向に身をずらしていたのだ。

男はそれでも、斜面を少しずつ下がって、岩場に爪先がかかった。足の先の辺りからは、光の輪が薄くなっているように思えた。一刻も早く、その暗黒の世界へ潜り込みたかった。足が梯子の先端を探り当てた――と男は思った。だが、実際には、それは松の根が岩からはみ出したものでしかなかった。男の体重がかかった途端、根は折れ、男は足場を失った。

若い男は物を言うひまもなく、悲鳴を上げることもなく、転落した。岩場の上から鬼の洗濯板のような磯までは七メートルあまりであった。

鈍い衝撃音がしたのだが、波の音にまぎれて、笠森には聞こえなかった。

「おい、ノブ、どうした？」

仲間の気配が消えたのを感じて、笠森は不安に襲われた。

（逃げたのか――）とも思った。

警官隊の動きに変化はないようだ。若い男がテキの目をかすめて逃亡した情景を、笠森は想像した。

(おれも行くぞ――)

笠森は上体を起こして、光芒を透かすように腕をかざし、斜面をずり降りた。

――笠森、動くな！

スピーカーが一段とボリュームを上げて叫んだ。

「ばかやろう」

笠森は罵り、松の根を掴んで斜面をさらに降りた。ズルッと下がった時、足元に空間があるのを察知した。オーバーハング状の崖の上であった。

笠森は宝石のバッグをジャンパーの腹の中に収め、チャックを確かめてから、崖の上の松の根を両手で掴んだ。そうして身を乗り出し、下の状況を確認した。かすかに、白く光るものが見えた。磯のゴツゴツした突起が、夜露かしぶきに濡れて、月光に映えているのだが、笠森は潮が満ちてきているのだと思った。

(海に逃げるのだ――)

信念のように、そう思った。

――笠森、逃げようとしても無駄だ。この海岸一帯は包囲されている。

「うるせえっ！」

笠森は叫び、岩のてっぺんを蹴《け》った。

エピローグ

「ははは、いやだわ……」

木綿子は眠そうな顔をしかめ、男のような笑い方をした。

「そうですよねえ、潮の満ち干《ひき》って、一日に二回あるんですよねえ。そんなこと、ぜんぜん忘れていました」

夜のあいだに大捕物があったことを、まったく知らなかったのは、木綿子一人だったと聞いて、憤慨したり、笑ったりした。

「笠森は死んだそうですよ」

彼女の笑いが収まるのを待って、浅見は厳粛な顔を作って、言った。

「もう一人は一命は取りとめたそうですが、頭を強く打っているので、おそらく後遺症が残るだろうという話でした」

「そうなんですか……」

木綿子も眉を曇らせた。

「南部署の原田さんからの連絡によると、島崎泰子がすべて自供しつつあるそうですが、塩野さんはやはり殺害されていたようです。談合坂サービスエリア近くの山の中で、服毒死している塩野さんが発見されました」

「そうですか……」

「ご愁傷さまです」

浅見は頭を下げた。

「えっ？　いやだ……」

木綿子は狼狽《ろうばい》し、泣きそうな顔になった。木綿子にとって、塩野のことは遠い過去の夢のように思えるのだ。それを、目の前の現実のように、しかも浅見に言われて、無性に悲しく、辛《つら》かった。

「塩野さんのこと、この先もずっと引きずって生きていかなければならないのかしら？……」

ポツリと、呟《つぶや》くように言った。

「そんなことはない」

浅見は言下に否定した。

「むしろ忘れるべきでしょう。人間、何回も生まれ変わってゆくのでなければ、成長しませんよ。脱皮するごとに美しくなる……羽化登仙というやつですね」

「それとも、そのたびに醜くなるかの、どっちかですね」

「ははは、醜くはなりませんよ。あなたは間違いなく美しくなった。少なくとも、美術館で会った時よりは、ずっと魅力的です」

「ほんとですか？」

「ほんとうですよ、新しい伊藤木綿子が誕生したのです。今後は、この地を『伊藤木綿子の生まれ給いし……』とでも言いますか。伝説的美しさと言っていいかもしれない」

「嘘ばっかし……」

木綿子はようやく、屈託のない笑顔を見せた。しかし、彼女の胸の奥では、キリリと痛むものがあった。

そのことは浅見も、まるで自分自身の痛みのように感じている。終わりよければすべてよし——というわけにはいかないのだ。

笠森を誘《おび》き出すところまでは、浅見の樹《た》てた計画どおりにことが運んだが、笠森の死は予測を超えた結末であった。笠森と一緒に捕まった小村信男は宝石ブローカーくずれで、笠森の右腕のような男だったが、おそらく一生脳に障害が抜けないだろうという。

白木美奈子殺しや伊藤信博殺しの真相について、もはや正確に解明することは困難になった。依田由夫と島崎泰子が知っていることは、偽造宝飾品を買った顧客リストがその主たるもので、事件の全貌《ぜんぼう》ではない。

犯人一味を追い詰めた浅見光彦でさえ、この時点にいたって、なお、事実関係の一端を把握できたにすぎない。

白木美奈子の死亡推定時刻には、笠森と小村は、なんと福井県の敦賀《つるが》にいたそうだ。白木美奈子の死体発見現場まで、どう急いでも数時間はかかる。美奈子は夕方近くに下部温泉の下湯ホテルに現れているのだから、笠森とは接点がないし、笠森たちには絶対のアリバイがあることになる。

実際には、笠森と小村は前の晩に白木美奈子を拉致《らち》し、睡眠薬で眠らせ、車のトランクに詰めて運んだ。

下部温泉のホテルに現れた、美奈子の青いBMWに乗っていた「美奈子」は、もちろん島崎泰子である。だが、驚くべきことに、泰子本人は何のために自分が白木美奈子の身代わりを務めているのか、その時点でははっきりした認識がなかったらしい。

笠森の思惑としては、そのとき下部温泉に現れた「白木美奈子」を、「野口俊夫」こと塩野満が殺害し、塩野自身も「自殺」した——という筋書きによって、この事件は終結するはずであったのだ。

塩野は宝石のすり替えと鑑定書を偽造する作業に従事していた。宝石学会員として、塩野は鑑定書に署名する資格を有していた。そして、ニューヨーク時代のコネで、紛《まが》い宝石の入手先にも通じていた。その便利さと、多少ニヒルなところのある放浪性癖を、笠森は買ったのである。

ところが、ある時点からなぜか、塩野は突然変異して、笠森一味を裏切った。笠森にこれ以上の犯行を中止するように求めると同時に、それまでにすり替えた本物の宝石を持ち出し、隠匿《いんとく》してしまった。

むろん笠森たちは激怒して、塩野を追及したが、何しろ宝石を「人質」に取られているあいだは、塩野に手出しはできない。仕方なく、時間をかけて塩野を説得している矢先、白木美奈子が偽造宝石の存在に気づき動きだした。

　白木美奈子は偽造宝石の鑑定書のサインに、ユーキの鑑定士以外に、宝石学会員である「塩野満」の名前が混じっていることに気づいた。そこで、塩野に接触し、事情を調べようとしたために、笠森は急遽《きゅうきょ》、美奈子を殺害しなければならなくなった。

　一方、島崎泰子や依田由夫の報告によって、美奈子が伊藤木綿子に偽造の事実を伝えた気配のあること、さらには、木綿子と塩野が「親密な」関係にあることも分かってきた。どうやら塩野の「反逆」は木綿子に唆《そそのか》された疑いがある――と笠森は睨《にら》んだ。

　こうして笠森は、美奈子、塩野、木綿子の三人を同時に処理しなければならない事態に追い込まれたといっていい。とくに白木美奈子の殺害は待ったなしに実行せざるを得ず、実際に笠森は、断固そうした。

　いったん犯行に踏み切った以上、回りだした車を停めるわけにはいかない。美奈子の事件に対する警察の捜査が進展する前に、塩野を片付けてしまわなければならないし、塩野の隠匿した宝石を取り返さなければならない。しかも、ことは急を要すのだ。

　笠森は木綿子に危害を加えることを脅《おど》しの材料にして、塩野に宝石の隠匿場所を吐かせた。宝石は塩野の自宅の天井裏にあった。家探しに出向いた小村からの報告を受けて、笠森は後顧《こうこ》の憂いなく、塩野と木綿子の殺害に踏み切ることにした。

　だが、笠森に二つの誤算があった。一つは、塩野の自宅にあった宝石は、塩野がアメリカから仕入れた模造宝石であったこと。もう一つは、塩野がおびき出したはずの木綿子が、下部温泉の熊野神社に現れなかったことである。

そのために、塩野と木綿子を心中に見せ掛けて殺す――という計画は崩れ、塩野の単独の自殺――にシナリオを書き変えた。

もっとも、それでもなお「完全犯罪」の自信は笠森にはあった。それはユーキの弱腰によって支えられていると言ってもよかった。

偽造宝石が出回っている事実は、ユーキとしては極力秘密にしなければならないことだ。なんとか隠密裡に偽造宝石を回収し、事態を収拾しなければ、ユーキは壊滅的な打撃を受けるはずであった。

笠森は偽造宝石の流れた先に関する情報をユーキに与えるのと引き換えに、法外な報酬か利権を要求するつもりでいた。いや、場合によっては、何もかもオープンにして、絞首台の上からユーキの末路を笑って眺めても、それはそれで面白いと思っていた。それはあながち復讐のためばかりではない。そういう破滅的性向が笠森にはあった。

しかし、もはや、これらの事実のほとんどは、まさに、「天のみぞ知る――」である。

美奈子が死に、塩野が死に、笠森が死に、小村が再起不能になったいまとなっては、事件ストーリーの全貌を証明することは不可能に近い。浅見光彦の推理といえども、その細部にいたるすべてを見通すことなど、思いもよらないのだ。

ともあれ、事件は、終焉《しゅうえん》を迎えた。これから先の警察の捜査で、果たしてどこまで解明が可能なものか——。

あるいは解明されざることのほうが望ましいということだって、ないわけではない。そういう意味から言うと、笠森の死は天の配剤というものかもしれない。

ホテルの窓から、鯛の浦ののどかな風景が望めた。浅見は木綿子に背を向けて、たゆたうような初秋の太平洋を眺めていた。

自作解説

いまから七、八年前のある夜、NHKテレビのドキュメンタリー番組で、山梨県甲府市にある宝石メーカーを取材、紹介していた。従来、手作りで家内工業的に作られていた宝飾品を、デザインから仕上げまで、一貫生産する近代的工場が生まれた――というものであった。

宝石にあまり縁のない僕には、きわめて目新しい情報だったから、最初から最後まで興味深く視聴した。

流れ作業というわけにはいかないが、台座になるゴールドの加工技術などは、ダイカストの導入で、ある程度量産できるようになっているし、デザインの斬新《ざんしん》さには感心させられた。中でも、宝飾品を展示するホールの豪華なことは目を奪うものがあった。そのホールには、見るからに金持ちそうなおばさんたちが、入れ代わりたち代わりやってきて、ショーケースやウインドーに飾られた商品を食い入るように見つめていた。

公共放送だから会社名は紹介されない。しかし、建物の一部や工場内部などはきちんと見せてくれていた。そして番組は、こうした近代的な宝飾品メーカーが誕生したことによって、名産品である水晶の研磨など、従来からある山梨、甲府の業者のあいだに、ちょっとした動揺と旋風が巻き起こっている――と結んだ。

番組を見ているうちに、僕の頭の中にはぼんやりと、新しい作品のストーリーが思い浮かんだ。

甲府——山梨県から、身延山《みのぶさん》を連想した。「日蓮か」とすぐに思った。その当時、『天河伝説殺人事件』『隠岐《おき》伝説殺人事件』など「伝説シリーズ」を書きつづけていたこともあって、『日蓮伝説殺人事件』というタイトルを思いついた。

宝石と日蓮——このまったくのミスマッチといっていい題材をモチーフにして、物語が書けそうな気がしてきた。

日蓮については、子供のころ、学童疎開先が沼津市郊外の本能寺という日蓮宗の寺だったこともあって、多少だがなじみはある。日蓮は鎌倉時代、堕落した既成宗派に飽き足らず、攻撃的な折伏《しゃくぶく》による布教活動を行い、いわば末法に活を入れた人物だ。元来が不信心で無宗教の僕だから、宗教的なことはどうでもいいのだが、日蓮の生き方には共感を覚えていた。気まぐれで自堕落な日常を送っている僕でさえも、瞬間的には正義感に目覚めるときがあったりもする。その象徴的なイメージとして、末世における日蓮の出現——といったようなことを思った。その発想を投影した人物として、『日蓮伝説殺人事件』の中では「塩野満」を提示している。塩野がテレビで天安門事件を目撃し、愕然《がくぜん》として何かに目覚めるところから、この物語は始まったのである。

しかし、この作品を書くに当たって、強く僕の創作意欲をそそることになった原因は、前述した宝石メーカーを取材したときの奇々怪々な顚末《てんまつ》にあった。

テレビで紹介されたほどだから、甲府の新しい宝飾品メーカーは地元でも脚光を浴びているにちがいない——と思ったのだが、そうではなかった。甲府の宝石博物館を訪ね、山梨県宝石業組合といったたぐいのオフィスを訪ねて、問題の宝飾品メーカーの所在を尋ねると、なんと、僕がテレビで見たような近代的メーカーなど、この世に存在しないという答えが返ってきたのである。

キツネにつままれたというのは、まさにあれだ。詳しい経緯は作品の中で浅見光彦が遭遇したのと、ほとんど同じだと思っていただいていい。まことにひとを愚弄《ぐろう》した話で、僕は甲府まで行って悪い夢でも見ているのではないかと思った。たぶん、そうしろと命令されていたのだろう。博物館入口の可愛い受付嬢までが、しらじらとした顔で嘘《うそ》をついたのには呆《あき》れた。もう七年もむかしのことだが、思い出すと、いまでも腹が立つ。

その腹立ちまぎれの取材だったせいではないけれど、甲府では悪しきイメージの材料にばかり遭遇した。極めつけは「ほうとう」である。作中では「浅見ははじめて食べた」と書いたが、僕はめん類が好きで、山梨名物のほうとうも、過去にあちこちで食べて、堪能《たんのう》している。ほうとうを食することもそのときの取材の楽しみな目的であった。だがその期待は無残にも裏切られた。それも作中で浅見が体験したとおりだ。

山梨県の名誉のために断っておくが、ほうとうは本来、旨いのである。山梨県の読者から何通もの手紙が来て、ほうとうの旨さを強調されたが、僕もそれは保証する。ほうとうを家庭で食べられるようにしたお土産のセットもあるから、ぜひいちどお試しになることをお勧めする。

しかし、やらずぶったくりみたいな悪い業者が一つでもあると、全体のイメージまで損なわれることになる。たかがほうとうと言うなかれ、その精神はすべてに通じるといっていい。大嘘つきの宝石業界もそうだし、作品とは関係ないが、後にニュースにもなったように、金丸某に操られ、汚職に塗れた建設業界も山梨県のイメージを汚し、市民や若者、子供たちの精神をスポイルしているにちがいない。山梨県にかぎったことではなく、社会や市民の範となるべきおとなたちがそんな体たらくでは、イジメ問題などで立派なことを言えたものではないだろう。

それはそれとして、そういう背景があったからこそ、この物語は生まれたともいえる。宝石業界内の確執や宝石デザイナーについてはもちろん、女性の宝石鑑定士のことなど、いままで知らなかった世界に触れるだけでも、十分にエンターテーメントの要素があると思った。取材に協力してくれた宝石鑑定士は若い女性で、彼女がそのまま「伊藤木綿子」のモデルになった。ちなみに彼女の名は勁文社という出版社の編集者の名前を借りた。伊藤氏には後に『鐘』を書いた際、出身地である富山県の方言指導を頼んだりしている。そのくせ、彼女の度重なる執筆依頼に、いまもって応えていないのが心苦しい。

『日蓮伝説殺人事件』は実業之日本社の「週刊小説」に十六回にわたって連載された作品に加筆して刊行した。連載終了後に千葉県の安房《あわ》小湊《こみなと》の誕生寺や静岡県伊東の仏現寺を再取材して、風景描写はもちろん、ストーリーにも微妙な変更を加えた。

連載を開始してから起算すると、すでに七年を経過している。天安門広場の事件も記憶が薄れた方が多いだろう。山梨の宝石業界の因習に満ちたしきたりは改善されたかもしれない。不味《まず》いほうとうの店は淘汰《とうた》されただろうか。

しかし、世の矛盾や不条理は基本的には何ひとつ変わっていない。むしろ、奇々怪々の事件は増える一方である。この文章を書いている朝も、東京の地下鉄で、死亡者を含む驚くべき多数の被害者が出たという「毒ガス事件」が発生した。去年の六月に長野県松本で起きた「サリン事件」を彷彿《ほうふつ》させ、それをはるかに凌駕《りょうが》する大事件である。何者が何の目的で——などという、常識的な論理では量りきれない犯罪が、急速に増加しつつあるように思える。

考えてみると、社会の秩序のかなりの部分は、人々の良識と善意を前提に、あやうく成立しているといっていい。したがって、その良識と善意に対する信頼を裏切るような犯行に対しては、ほとんど無防備だ。多くの人は、隣の席の乗客が、理由もなくいきなりナイフで切りつける——などということは想定しないで生きているのである。

無防備の人々が相手なのだから、犯罪を行おうとする者にとっては、「裏切り」の場はいたるところにあるといえる。犯罪ばかりではない。政治、経済、宗教などのあらゆる場面で裏切りが日常茶飯的に横行している。政治を信じ、経済の仕組みに身を委ね、宗教に心の拠り所を求めるわれわれ庶民は、それらが裏切り行為に走った場合には、ひとたまりもない。そういう、いわば公的な「裏切り」が人々の公徳心を麻痺《まひ》させ、無数の個人的な裏切りを生む温床になっているといったら、いささか詭弁《きべん》に過ぎるだろうか。

山梨県では何年か前、金融機関に勤める若い女性が誘拐され殺された事件があった。たまたま被害者が僕と同姓だったこともあって、無関心ではいられなかったが、彼女のケースもまさに善意を悪用され事件に巻き込まれたといえる。その事件報道を知ったとき、僕はなぜか宝石博物館の入口でしらじらしい嘘《うそ》をついたお嬢さんのことを思い出した。上からの命令で不本意ながらそうしなければならなかった（であろう）彼女と、会社の命令で誘拐犯人に（それと知らずに）会いに行った女性と、なんとなくイメージが重なるものがあった。

『日蓮伝説殺人事件』を書いた一九八九年は僕がもっとも多作だった時期で、この年に刊行した作品は『隠岐伝説殺人事件（下巻）』から『神戸殺人事件』まで十三冊にのぼる。その中で『日蓮――』は僕のとりわけ好きな作品である。取材旅行で出会った出来事のひとこまひとこまが、これほど有効に使われた作品はほかにあまり例がない。久しぶりに読み返して、その当時のことが思い出される。一生懸命になって嘘をついていた宝石博物館の人々や、あんなに不味かったほうとうでさえも、しだいしだいに懐かしく思えてくるのである。

一九九五年三月二〇日深夜

内田　康夫

本書は平成七年四月、角川文庫として刊行された作品を改版し、上下を合本したものです。なお、本書はフィクションであり、実在のいかなる団体・個人等ともいっさい関係ありません。

日《にち》蓮《れん》伝《でん》説《せつ》殺《さつ》人《じん》事《じ》件《けん》

内《うち》田《だ》康《やす》夫《お》

平成7年 4月25日　初版発行
令和4年 2月25日　改版初版発行
令和5年 4月10日　改版4版発行

発行者●山下直久

発行●株式会社KADOKAWA
〒102-8177　東京都千代田区富士見2-13-3
電話　0570-002-301（ナビダイヤル）

角川文庫 23048

印刷所●株式会社KADOKAWA
製本所●株式会社KADOKAWA

表紙画●和田三造

ISBN 978-4-04-112294-5　C0193

◆◆◆

角川文庫発刊に際して

角川源義

第二次世界大戦の敗北は、軍事力の敗北であった以上に、私たちの若い文化力の敗退であった。私たちの文化が戦争に対して如何に無力であり、単なるあだ花に過ぎなかったかを、私たちは身を以て体験し痛感した。西洋近代文化の摂取にとって、明治以後八十年の歳月は決して短かすぎたとは言えない。にもかかわらず、近代文化の伝統を確立し、自由な批判と柔軟な良識に富む文化層として自らを形成することに私たちは失敗して来た。そしてこれは、各層への文化の普及滲透を任務とする出版人の責任でもあった。

一九四五年以来、私たちは再び振出しに戻り、第一歩から踏み出すことを余儀なくされた。これは大きな不幸ではあるが、反面、これまでの混沌・未熟・歪曲の中にあった我が国の文化に秩序と確たる基礎を齎らすためには絶好の機会でもある。角川書店は、このような祖国の文化的危機にあたり、微力をも顧みず再建の礎石たるべき抱負と決意とをもって出発したが、ここに創立以来の念願を果すべく角川文庫を発刊する。これまで刊行されたあらゆる全集叢書文庫類の長所と短所とを検討し、古今東西の不朽の典籍を、良心的編集のもとに、廉価に、そして書架にふさわしい美本として、多くのひとびとに提供しようとする。しかし私たちは徒らに百科全書的な知識のジレッタントを作ることを目的とせず、あくまで祖国の文化に秩序と再建への道を示し、この文庫を角川書店の栄ある事業として、今後永久に継続発展せしめ、学芸と教養との殿堂として大成せんことを期したい。多くの読書子の愛情ある忠言と支持とによって、この希望と抱負とを完遂せしめられんことを願う。

一九四九年五月三日